Gunter Altenkirch

Saarländische Märchen

Gunter Altenkirch

Saarländische Märchen

Eine Sammlung von über hundert Märchen
aus dem Saarraum

ISBN 978-3-946036-71-5

www.geistkirch.de

4. Auflage 2022

Verlag: Geistkirch Verlag, Saarbrücken

Titelgestaltung: Bernd Kissel, Berus
Satz und Layout: Harald Hoos, Landau
Printed in EU

Inhaltsverzeichnis

Vorwort

Umfragen in den Jahren 1999 und seit 2010 bestätigten: Die Bevölkerung des Saarraumes kennt keine eigenen Märchen mehr, und es waren nur noch sehr wenige Menschen, die sich an das Vorhandensein alter Märchen dieses Raumes erinnern konnten. Betrachtet man die Altersstruktur der Befragten, so waren Menschen unter sechzig Jahren überhaupt nicht mehr in der Lage, sich zu erinnern.[1]

Märchen zählen zu den Dichtungen des einfachen Volkes, und die orientieren sich eher an Fantasien als an historischen und mythologischen Überlieferungen.
Dabei spielten die Märchen eine wichtige Rolle beim »Maien«[2] in der Bauernkultur, denn Märchen wurden in früheren Zeiten überwiegend oral überliefert.
An die alten Texte der Märchen gelangten die Menschen schnell, wenn sie sich in diese Erzählkreise einfach dazusetzten und zuhörten.

Das Wort »Märchen« ist sprachverwandt mit dem Wort »Mär«, ein Wort für eine herumgetragene Nachricht, eine Erzählung, ein Ruf oder gar ein Gerücht, so Grimm. Das Wort Märchen ist eine Verniedlichungsform von Mär, also eine kleine Nachricht.[3]

Wenn die Alten von Sagen und Legenden erzählten, dass sie zumindest einen Kern von Wahrheit enthalten, so darf man dies nicht auf Märchen übertragen, und das wussten die Erzählerinnen und Erzähler in den Dörfern.

Märchen sind fantastische Nachrichten bzw. Erzählungen. Sie sind weder an Zeiten noch namentlich genannte Orte gebunden - obwohl auch das hin und wieder vorkam.[4]
Erzählungen dieser Art sind in allen Kulturen und zu allen Zeiten spielerisch zusammengesetzte Gewebe von speziellen Erzählmotiven, und die sind nicht lokal zu orten. Häufig sind die gleichen Motive in ganz Mitteleuropa zu finden. Die erzählenden Gruppen haben die vielen Einzelmotive zusammengesetzt und die daraus entstandenen Geschichten immer wieder weitererzählt.
So entstanden Märchen, die kleinen Volksgruppen zuzuordnen sind.

In diesem Zusammenhang sei die Frage erlaubt: Gibt es »saarländische Märchen«?

---

1 Prot 9.9.1967, S. 8, Wadern, Prot 4.6.1972, S. 20, Merzig, Prot 25.6.1973, S. 4, Ensheim, Prot 27.7.1999

2 mdl. für das Erzählen in den Gesellschaftskreisen

3 Gri 12, S. 1618 ff, 1623

4 Und dennoch gab es eine Reihe von Dörfern in unserem Raum, in denen »ein typisches Dorfmärchen erzählt wurde, wie das Rubenheimer Märchen »vom Fuchs und vom Wolf in der Grumbeerernte«, siehe unten.
Ein weiteres Märchen ist das aus der Nalbacher Gegend stammende, von Nikolaus Fox (mundartliche Wiedergabe) und Aloys Lehnert (hochdeutsche Wiedergabe) aufgezeichnete Märchen vom Liddermänner Wolf. Bau 1950, S. 176 f, M 654, S. 144 ff

Wenn man nach dem Entstehungsort fragt, ist die Frage eindeutig zu beantworten: »Nein, es gibt fast keine saarländischen Märchen.«

Die Märchen- und Volkskundeforscher F. Ranke und W. E. Peuckert beschäftigten sich in den 1930er Jahren mit der Frage »Gibt es deutsche Märchen«?[5]

Und sie beantworteten diese Frage uneingeschränkt mit »Ja«.

Doch auch da müssen Einschränkungen eingestanden werden. Viele Märchen, die die Brüder Grimm als »deutsche Märchen« erkannten und niederschrieben, wurden auch in anderen Volksstämmen in Mitteleuropa erzählt. Sie gingen mit den fahrenden Händlern und mit den Vaganten auf Reisen durch ferne Länder, wurden dort mit eigenen Erzählungen vermischt, weitererzählt und blieben mit neuen Motiven vermischt in fremden Landen hängen.

Dazu ein weit bekanntes Beispiel:
Die Blaubart-Märchen, sei es nun ein König Blaubart, ein Ritter Blaubart, oder ein sonstiger Blaubart, die Grundstruktur ist in ganz Mitteleuropa die gleiche, lediglich abweichende Erzählformen schufen aus den vielen Motiven in vielen Volksstämmen kleine eigene Märchen.

Bei derart weit verbreiteten Erzählungen spielt das spezielle Miteinanderspielen der Einzelmotive eine wichtige Rolle. Die Zuhörer erkennen darin »ihr« Märchen wieder und sie versuchen, diese Individualitäten auch zu bewahren.

Kaum ein Erzählstoff war der dörflichen Bevölkerung so wichtig wie das Märchen.

Das Märchen ist poetischer ausgestattet und unterhaltend in sich selbst.
Veränderungen der einmal als eigene Erzählungen akzeptierten Texte galten dennoch als unzulässig und wurden sofort von den Zuhörenden korrigiert – ausgenommen waren dabei nur die Lügenmärchen.

Die erzählenden Personen – in der Regel waren es Frauen – wurden als zuverlässige Menschen angesehen, wenn sie die Texte immer wieder korrekt überlieferten.
Diese einst strikt eingehaltene Sorgfalt ist heute ebenfalls verschwunden.[6]

Aus dem einstigen Maien, dem Erzählen, wurde im Laufe des zwanzigsten Jahrhunderts ein überwiegendes Vorlesen.
Zu den alten Märchen gesellten sich in der Moderne auch Kunstmärchen, denn längst war das Märchen zu einer neuen Form der Literatur geworden. In den modernen Erzählungen tauchen neben neuen auch viele der alten Motive auf, doch die Vermischung dieser hat neue Formen angenommen. So stehen sie

---

5 V 063, S. 74 ff
6 Prot 9.1.1990, Saarbrücken

häufig im Widerspruch zu den alten Traditionen. Das auffallendste Beispiel sind die modernen Geschichten von »lieben oder guten« Hexen – einem Wesen, das den ursprünglichen Märchen völlig fremd war.

Welchen Zweck verfolgten die Erzählerinnen von einst mit den Märchen?
Die Menschen, die in den Bauerndörfern lebten und arbeiteten, verließen ihr gewohntes Umfeld sehr selten. Beliebt waren die seltenen Besuche bei Bekannten und Verwandten in den Nachbardörfern. Ein zweiter Reisegrund waren die gelegentlichen Wallfahrten, und die führten ebenfalls lediglich in die nähere Umgebung.
Abwechslungen in fremden Landen war in der bodenständigen Bevölkerung sehr selten. Lediglich die Fahrenden waren in weit entfernte Landschaften unterwegs.

Märchen waren für die Dorfbewohner Möglichkeiten, sich für eine kurze Weile aus dem täglichen Umfeld heraus zu begeben und »ferne Welten aufzusuchen«. Diese Welten zeigten den Dorfbewohnern etwas, was sie unter normalen Umständen nie erleben würden. Mit heutigen Worten gesprochen, war es eine kurzzeitige Flucht in eine irreale Welt, die gefahrlos erlebt werden konnte, auch wenn sie noch so gefahrvoll und grausam dargestellt wurde.
Deshalb ist es auch so schwer, nach den Regeln der Literaturwissenschaft Märchen von Sagen, Fabeln und anderen Erzählungen zu trennen.

Die in dieser Arbeit aufgezeichneten 118 Märchen sind von den Erzählerinnen und Erzählern als solche genannt worden. Für sie gab es nicht die strikte Trennung zwischen den einzelnen Erzählformen. Immer wieder hörten wir als Kinder in den 1950er Jahren: »Eich vazehl da mòl e scheenes aldes Märche.«
Für die »maienden« Dorfbewohner waren alle Erzählungen, mit denen sie kurzzeitig in fremde Welten ausweichen konnten, nichts anderes als Märchen, ausgenommen der von der Kirche verbreiteten Legenden, denn die galten als wahr, schließlich verkündete die Kirche dies.

In unseren Redensarten konservierten wir dieses Empfinden, wenn wir einer mündlichen Mitteilung nicht trauen, indem wir antworteten:
»Ich glaab, aweille vazehlschde Märcher.«

Der Volkskundler Will-Erich Peuckert widerspricht allerdings dieser Darstellung aus der dörflichen Bevölkerung. Er schrieb:
»Das Märchen erzählt auch »wahre« Geschichten, doch solche, die fernab, weit zurück und nicht mit Zeugen bezeugbar erscheinen. Die Wahrheit der Sage ist (aber) fester...« [7]

Zurück in die Erzählwelt der Alten: In den Märchen erscheinen sie noch einmal alle, die Könige und Königinnen, die Prinzen und Prinzessinnen, die alten ehrlichen und geachteten Handwerker, andere ehrliche Leute wie auch die unehrlichen, die Verbrecher und Betrüger.

---

[7] V 063, S. 111

Sie lebten und kamen in die Maistuben, und mit ihnen kamen auch die kleinen Zwerge, der Teufel und die bösartigen und hinterhältigen Hexen. Und es kamen Tiere, die in unseren menschlichen Gefühlswelten zu Hause waren und fließend unsere Sprache sprachen. Da waren der Fuchs, der Wolf, der Bär, die Katze und die Maus und viele andere. Sie nahmen menschliche Züge an und trugen teilweise sogar die Kleidung der Menschen. Sie zeigten Stärke, Klugheit oder Dummheit. Die Zuhörer vernahmen von personifizierten Stürmen und Wolken, der Sonne, den Sternen und dem Mond, und der konnte sogar die Menschen leibhaftig auf unserer Erde besuchen.
Märchen schenkten erzählenden und zuhörenden Personen eine unschuldige Vertraulichkeit, eine Welt, in der sich die zuhörenden Gäste auch dann noch zu Hause fühlen durften, wenn die Situationen unmenschlich und grausam wurden.

Glück und Unglück schienen sich in den Märchen die Hände zu reichen, selbst der Tod konnte zu einem Freund werden.
Nichts schien endlich zu sein, nichts endgültig.
Einige Märchen wurden zu zauberischen Spielereien, in denen sowohl die erzählenden als auch die zuhörenden Personen Mühe hatten, sich an die monotonen Sprachregeln zu gewöhnen, wie bei dem unten nachzulesenden Märchen vom »Wolf, den sieben Geißen und dem Geißbock«.

Die in diesem Band wiedergegebenen Texte sind solche, die Zeitzeuginnen und - seltener - Zeitzeugen erzählend mitteilten, und derartige Texte schrieb ich seit den 1950er Jahren erstmals auf. Zunächst beschränkte ich mich auf den unmittelbaren Raum, in dem ich damals zu Hause war, dem Haustadter Tal und seiner Umgebung. Die ersten Texte wurden in teils naiven Notizen festgehalten und seit den frühen 1960er Jahren erstmals systematisch auf Karteikarten der Größe DIN A 6 übertragen, um sie besser erhalten zu können. In den 1970er Jahren wurden diese Texte flüssig zu Papier gebracht. Gleichzeitig wurden immer wieder Zeitzeugen befragt, doch es stellte sich bald heraus, dass die Ausbeute immer magerer wurde.

Mit der Umstellung auf elektronische Datenerfassung seit den späten 1980er Jahren ergab sich erstmals die Möglichkeit, die Sammlung systematisch so zu erfassen, damit sie der Nachwelt noch besser erhalten werden kann.

Viele der Märchentexte wurden in der jeweiligen Mundart der Dorfbewohner erzählt, jedoch nur selten in dieser aufgeschrieben. Viele Zeitzeugen sprachen mit mir hochdeutsch. So ist es zu verstehen, dass nur wenige Texte in der jeweiligen Mundart erhalten blieben. In den meisten Texten tauchen allerdings mundartliche Begriffe auf, die so wiedergegeben werden. Sie wurden von den Alten als normale umgangssprachliche Begriffe verwendet. Und manche dieser Begriffe benötigen heute eine Erklärung, weil sie nicht mehr zum aktiven Sprachschatz der Menschen von heute gehören.

Saarländische Märchen hatte sich auch Nikolaus Fox nach eigenen Angaben seit 1919 erzählen lassen und niedergeschrieben. Hin und wieder wurden Kurzfassungen solcher Märchen in Zeitungen und Kalendern abgedruckt. Darüber hinaus blieben viele Texte im Volk als Erzählstoff bis in die 1960er Jahre erhalten. Danach erfolgte keine systematische Erfassung mehr.

Es galt mittlerweile nicht mehr als erstrebenswert, die alten bäuerlichen Texte, wie auch Zeitzeugenaussagen über das Alltagsleben einfacher Menschen zu erfassen. So verschwand dieses so wichtige Wissen über die Alltagskultur unserer Vorfahren mehr und mehr.

Und was sagten die Märchenerzählerinnen selbst?

Viele Frauen erzählten als Einleitung in ihren Berichten von der Art und Weise, wie sie die Märchentexte selbst erlebten und wie sie diese als Kinder erzählt bekamen.
Schon diese Texte geben einen Einblick in das Alltagsleben vor hundert und mehr Jahren. Sie sollten den Leserinnen und Lesern der vorliegenden Arbeit nicht verborgen bleiben. Deshalb an dieser und anderer Stelle einige Beispiele:

»Als ich Kind war, gab es in vielen Dörfern hier noch solche oder andere Märchen. Es gab auch viele Sagen. Da war einer aus Saarbrücken[8]*, der viele Sagen und Märchen aufgeschrieben und vor kurzem auch als Buch hat drucken lassen. Ich habe in so einem Buch gelesen. Er hat auch hier aus unseren Dörfern viele Sachen, aber nicht alle. Ich glaube, daß er in den Dörfern bei den Lehrern gefragt hat und die haben ihm die Sachen erzählt. Die Lehrer in den Dörfern haben aber nicht alles erzählen können, weil die meisten gar nicht in den Dörfern zur Welt gekommen sind, sondern in anderen Dörfern und dann kamen sie in die Schulen von Dörfern, wo sie das Erzählen gar nicht kannten…«*[9]

Und eine andere Zeitzeugin aus dem Haustadter Tal berichtete:

»… Ich kann mich noch sehr gut erinnern, wenn Märchen erzählt wurden. Das war noch vor dem ersten schrecklichen Krieg. Besonders schön war es im Herbst. Da wurde die Arbeit auf dem Feld früher aufgehört, als noch im Sommer und es war schon ein bißchen duschder, wenn wir am Abend am Tisch gesessen haben. Wenn die Oma gut drauf war oder eine Frau aus der Nachbarschaft da war, dann konnte es heißen: ›Soll eich noch e Märche vazehle.‹. Das war dann für uns Kinder was Besonderes, deshalb habe ich das auch gut behalten. Ich kann mich auch erinnern, daß da manchmal schon der Ofen an war, weil es in der Küche zu kalt geworden war, das war dann noch schöner…
Nein, vorlesen gab es nicht bei uns, jedenfalls nicht damals. Einmal wurde das Schneewittchenmärchen erzählt und da ist das ja mit dem vergifteten Apfel drin und vorher haben wir noch einen Apfel gekriegt. Ich kann mich noch sehr gut daran erinnern, weiß noch alles ganz genau…
Ja, es gab nicht nur die von den Brüdern Grimm. Es gab auch noch Geschichten von uns hier, von den Dörfern und dann gab es auch noch den Maltiz und so…«[10]

In einem dritten Beispiel aus dem Nalbachtal berichtete eine Frau:
»… Wir haben früher, als die alten Frauen aus unseren Kreisen noch gerne beisammen waren, immer gut erzählt…

---

8 Karl Lohmeyer, M 691
9 Prot 29.5.1966, Elm
10 Prot 9.10.1958, Reimsbach

Von denen lebt schon lange keine mehr. Es waren schöne Zeiten und die sind nun vorbei, schon bald heißt es auch bei mir, daß es schon vorbei ist...
Ich kann mich noch gut an solche Mai-Abende und Nachmittage erinnern, das waren schöne Zeiten, ich glaube, die kommen nie mehr wieder...
Es wurde viel von früher erzählt und die Arbeit, wann es schlechte Zeiten waren und wann gute Zeiten, die Hausarbeit und so. Ab und zu, wenn eine der alten Frauen gut drauf war, gab es mal ein Märchen oder eine Sage. Eine Nachbarin, die war ganz fromm, die hat uns dann auch eine Heiligengeschichte erzählt. Die kannten viele, aber die habe ich nicht so gut behalten...« [11]

Gunter Altenkirch
Gersheim-Rubenheim, Oktober 2016

[11] Prot 22.9.1961, S. 5 f, Nalbach

Die Funktion der Märchen

Die Trennung der Märchen aus den umfangreichen und unterschiedlichen bäuerlichen Erzählungen wird den Brüdern Grimm zugeschrieben.

Sie wollten die Märchen zusätzlich »kinderfreundlich« machen, als sie 1813 ihre »Kinder- und Hausmärchen«-Sammlung veröffentlichten.
Die Trennung der Märchen von Sagen, Legenden und anderen Erzählungen waren in der Mitte des 20. Jahrhunderts noch üblich. Analysiert man diese Erzählungen und die dabei empfundenen Gefühle der Erzählerinnen, Erzähler und Zuhörer, so stellten die Märchen - wie bereits erwähnt - eine Reise in eine irreale Welt dar. Eine Reise in solche entfernten Welten war nicht alltäglich, aber eine willkommene Abwechslung in einem recht monotonen Alltag.

In der Bauernkultur vergangener Jahrhunderte war es, ausgenommen der der Vaganten, nicht üblich, dass einfache Dorfbewohner aus ihrem unmittelbaren Erlebnisumfeld herauskamen und die »weite Welt« kennenlernen konnten. Der Erlebnisraum beschränkte sich geografisch auf das eigene Dorf und einige wenige Dörfer in der Nachbarschaft.
Das Märchen aber öffnete den Erlebnisraum sehr weit und so wurden diese Erzählungen auch empfunden. Es waren nicht alleine die Inhalte der Geschichten, die faszinierten, es war vor allem das vorübergehende Verschwinden in unbekannte Welten, die bisweilen sogar grausam sein konnten. In der Regel waren diese Welten jedoch trotz aller ungewöhnlichen Höhepunkte solche, die stets harmonisch endeten und auf diese Weise eine Rückkehr in die reale Welt positiv erscheinen lassen. Endete jedoch ein Märchen grausam (> Grausamkeit in Märchen), dann halfen die unten beschriebenen > Märchenschlusssätze, so, dass keine Ängste in die reale Welt mitgenommen wurden.
Ein solcher Umgang mit den Märchen ist uns heute verlorengegangen.

Den Märchen wird auch ein belehrender Charakter nachgesagt. Beim Eintritt in die irrealen Welten erleben Erwachsene und auch Kinder Situationen, die Ängste lösen, Erfahrungen offen darlegen und Wünsche offenlegen können.
Märchen belehren wesentlich besser, als es Personen können, mit denen man täglich zusammenlebt, sie sind bindungsneutral, ihre Aussagen werden sofort von jedermann verstanden.

So gesehen unterscheiden sich die Märchen von den ebenfalls sehr zahlreichen Sagen und Legenden. Was aber erstaunt, ist die ungleich größere Motivhäufung innerhalb der Märchen.[12]

---

[12] HBl, 5/1959, S. 3

Die folgenden Märchentexte wurden von Zeitzeuginnen und Zeitzeugen seit 1950 dem Autor erzählt und blieben auf diese Weise überliefert. Die oft einfache Sprache der Erzählerinnen und Erzähler wurde beibehalten. Eine Reihe von mundartlichen Wörtern blieb auf diese Weise erhalten und wurde erklärt.

Kunstmärchen

Neben den alten und weit verbreiteten Märchen, die sich die Menschen stets erzählten (Volksmärchen), tauchen, besonders seit den 1970er Jahren viele Kunstmärchen auf, auch solche, von denen behauptet wird, sie seien »uralte Erzählungen des Volkes«.

Im Gegensatz zu den traditionellen Märchen, die aus dem kollektiven Gedächtnis der Menschen immer wieder überliefert wurden, sind Kunstmärchen Geschöpfe von Literaten, wobei an dieser Stelle keine weitere Bewertung abgegeben werden soll.

Schriftsteller und vor allem Schriftstellerinnen versuchen seit dieser Zeit, in der Verkleidung der alten Volksmärchen eigene literarische Beiträge einzubringen. Sie sollen vor allem unterhalten, und da auffallend viele Märchen als Kindermärchen deklariert werden, sollen sie ein Teil der Belehrung und der Erziehung der Kinder sein.

Aber auch in der modernen Prosa wurden und werden Elemente der Märchen verarbeitet, ohne dass diese Literatur als Märchen betitelt wird.[13]

Formen der Einfügung von Märchenmotiven in die Literatur finden wir bereits in Arbeiten von W. v. Goethe, A. von Chamisso, C. Brentano oder E.T.A. Hoffmann und vielen anderen.

Kunstmärchen werden in der Volkskunde als eine eigene Disziplin gesehen, sie sollen nicht mit den alten Volksmärchen in einem Atemzug genannt werden. Die Volkskunde beschäftigt sich deshalb nur ganz am Rande mit dieser Literaturform.

Bis heute ungeklärt ist die Frage, ob und wie weit Kunstmärchen die Lust auf die traditionellen alten Märchen einschränken können.
In neuester Zeit ermöglicht gerade das Internet vielen »Dichtern« das Veröffentlichen von esoterischen Texten, zu denen auch moderne Kunstmärchen zu zählen sind. Mit der alten Märchenwelt haben sie nichts mehr zu tun, auch wenn die meist weiblichen erzählenden Personen gerne den Eindruck vermitteln, es handele sich dabei um alte Märchenerzählungen der jeweiligen Region.[14]

Moderne Kunstmärchen entstanden auch in der männlichen Arbeitswelt während der frühen Zeit der Industrialisierung.

---

[13] Nicht nur bei Kafka und Hesse zu finden

[14] Prot 8.1.2009, Heusweiler, Felix von Bonin: »Schamanismus und Märchen«

In der Regel berichteten die Arbeiter zu Hause aus ihrer Arbeitswelt nichts. Wenn sie dennoch in sehr mageren Sätzen die eine oder andere Bemerkung »fallen ließen«, so konnten sich die Familienangehörigen kaum ein zusammenhängendes Bild von der schweren Arbeit in der Industrie und noch weniger von der im Bergbau machen. Die »zweite« Welt der Ehemänner oder der Väter blieb ihnen weitgehend verschlossen und fremd. Nur in Ausnahmefällen erzählten Bergleute und Hüttenarbeiter von ihrer schweren Arbeit. Ein solcher Anlass ergab sich - wie in nachfolgenden Fall - wenn ein Kind krank darniederlag und sich das Kind ein Märchen gewünscht hatte. Derartige Geschichten hörten sich dann den eigenen Kindern wie solche aus einer weiten fremden Welt an.

Eine Zeitzeugin erzählte 1961 aus ihrer Kindheit ein solches - wie sie es nannte »Märchen«. Sie war erkrankt und der Vater wollte sie mit seinem Märchen trösten. Es ist eine Geschichte aus dem Bergmannsleben, die durchaus auch wahr sein konnte.

Die Zeitzeugin bewahrte das Erzählte bis ins hohe Alter. Vielleicht hatte sie diese Geschichte auch den eigenen Kindern weitererzählt.

Am Anfang sollte ihre Einleitung wiedergegeben werden:
»Da ist mein Vater bei mich ans Bett gekommen, hat einen Stuhl geholt und hat sich hingesetzt, dann hat er meine Hand gehalten und hat von einem Freund erzählt, wie der auf die Grub gang ist...
Als ich älter geworden bin, habe ich mir das Märchen immer und immer wieder selbst erzählt und dann ist das mir so richtig wahr geworden...«

Des jungen Bergmanns erste Anfahrt

» Es ist lang her, da war eine arme Witwe, die hatte nur einen Sohn und dann hat sie zu ihm gesagt, daß er schaffen gehen muß, weil nichts mehr zu essen da war. Und dann ist der auf die Grub gang und war erst zwölf Jahr alt. Es gab noch keinen Zug (Anm.: Eisenbahn) und Autobusse erst recht nicht. Da ist der am Morgen weg, zu Fuß, es war noch halb Mitternacht. Der Mond hat ihm mit Halbgesicht angelacht und er konnte dann den Weg finden.
Dann ist er in die einsame Flur gekommen und dann in einen Wald. Einmal kam da eine Maus. Die lief ein Stück neben ihm her. Dann ist auf einmal ein Fuchs da gewesen. Der schnürte hinter ihr her. Die Maus hat gemerkt, daß der da war. Da ist sie schnell ins Gebüsch. Der Fuchs ist vor dem Bub über den Weg und auch hinter der Maus her. Der Bub ist stehen geblieben und hat gucken wollen. Da hat er auf einmal ein Piepsen gehört und dann war es wieder still. Dann kam der Fuchs aus dem Gebüsch und hat sich das Maul mit der Zunge abgeleckt.
Der Bub ging weiter, er mußte ja auf der Grube pünktlich sein. Da bemerkte er hinter sich was. Er drehte sich um. Da kam ein Wolf. Da hat er furchtbar Angst gekriegt und vor ihm war ein Baum

mit einem Ast in drei Meter Höhe. Da ist er drangesprungen und hat sich hochgehoben. Dann noch zwei Äste obendrüber und er hat geguckt, wo der Wolf ist. Der stand da drunter und hat hochgeguckt. Aber er konnte nicht so hoch springen. Der Wolf ist nicht weggegangen. Da war ein trockener Ast. Von dem hat der Bub Stücke abgebrochen und hat sie auf den Wolf geschmissen. Dann ist der Wolf wieder weg. Der Bub ist runtergesprungen und ging weiter zu der Grub. Auf einmal kam eine große Wildsau. Die war aber ganz friedlich. Die ging neben dem Bub her und machte nichts. Die ging und ging, das waren bestimmt drei, vier Kilometer. Dann ist die auf einmal wortlos in die Büsche gegangen und war weg. Dann ist er weitergegangen. Der Wald war jetzt zu Ende. Da war nur ein Feldweg. Den ist er längs gegangen. Es war Zeit geworden und es fing schon mal an, heller zu werden, aber die Sonne war noch nicht aufgegangen. Dann kam wieder ein dunkler Wald. Aber der Bub ist auf einem Weg geblieben, der wo ganz am Waldrand war. Dann war er endlich auf die Grub gekommen.
Und da ist auch die Geschicht' aus von der ersten Schicht auf der Grub'.«[15]

Ein weiteres Kunstmärchen aus der Welt der Arbeiter »dichtete« ein Hüttenarbeiter. Nachdem es bei seinen Kindern gut angekommen war, erzählte er es einigen seiner Kumpels und die wiederum erzählten es ihren Kindern.
So wurde das kurze Märchen schnell verbreitet.
Nachfolgend die Version, die ein Hüttenmann aus Völklingen zu Protokoll gab:

» Da waren mal sieben Mann oben am Hochofen auf der Gichtbühne. Die haben die Öfen immer wieder beladen. Da kamen die Hängewägelchen an, da waren Erz und Koks drin und die mußten in den Hochofen gekippt werden. Dazu hat einer die Gichtglock' hochgefahren und dann wurde das reingekippt und wenn die Glock' noch mal nunner ist, ist alles in den Ofen gefallen. Einmal war die Schicht zu Ende, da hat auf einmal einer gesagt: ›Hasch'de Hòns nidd gesiehn?‹ Da haben alle geguckt, aber der Hans war nicht zu finden. ›Er werrd schunn in de Waschraum gang sinn‹, hat dann einer gesagt und das war dann für alle erledigt. Als die anderen heim sind, war noch kein Hans wieder da. Da sind sie auch heim und am anderen Morgen sind sie wieder zur Arbeit und da haben sie gehört, daß der Hans immer noch nicht da war.
Es war an dem Morgen noch dunkel, wo sie angefangen haben zu schaffen. Da ist wieder die Glock' hochgezoo woor und wie die anderen die Hängewägelchen abkippen wollten, kam auf einmal aus dem Ofen eine schwarze Gestalt raus.
Hat nix gesaad, ist an den anderen vorbeigegangen und war dann weg. Da haben alle angefangen, sich zu ferrschde. Als die Glock' wieder ablassen werden sollte, ging die auf einmal wieder halb hoch, als wenn da einer heimlich die festhalten würde. Auf einmal kam die schwarze Gestalt wieder, ging in die Glock' und da ging die wieder zu. Da haben sich alle noch viel mehr geferrschd. Die Arbeit ist weitergegangen und jedes Mal, wenn die eine Glock' hoch ist zu beschicken, ist der schwarze Mann rausgekommen, ganz stumm und ist wieder rein, wenn die Glock' nach unten ist. So ging das schon zwei Wochen. Am anderen Morgen war es wieder so. Da ging die Glock' wieder

---

[15] Prot 22.9.1961, Bous

hoch und der Schwarze kam raus, aber er verschwand diesmal nicht, sondern kam auf die anderen zu und sagte zu denen: ›Gebbds heit im Birro die Lohntuute?‹.
Da haben es alle gesehen. Es war der Hans, der seit zwei Wochen verschwunden war.«[16]

[16] Prot 1.9.1967, S. 12 f, Völklingen

Kunterbunte Märchenwelt

Wenn Motive der Märchen systematisiert werden sollen, verbleiben viele, die sich in keine Schublade zwängen lassen.

Am Anfang dieser Sammlung sollten einige Beispiele wiedergegeben werden.
Sie beginnen mit einem Märchen, das nicht nur in unseren hiesigen Dörfern gerne erzählt, sondern auch in der überlieferten deutschen Märchenwelt mehrfach niedergeschrieben wurde:

Wie der Gevatter Tod selbst in Schwierigkeiten geriet

»Der Tod hatte sich selwert ein Unglück angetan und konnte seiner Tätigkeit nicht mehr nachkommen, und der liebe Gott war ganz verzweifelt.
Niemand starb mehr auf dieser Erde. Schwerkranke mußten schrecklich lange auf ihre Erlösung warten.
Der Tod fragte alle Menschen und guten Geister um Rat, doch keiner konnte ihm helfen.
Da ist er an ein altes schlaues Bäuerlein geraten, das gab ihm einen guten Rat, und so rettete es den Tod aus seiner aussichtslosen Lage. Nun konnten wieder alle Sterbenden Hoffnung schöpfen, abgerufen zu werden. Und die Soldaten konnten wieder in den Krieg ziehen, um den Feind zu schlagen.
Da wollte sich der Tod bei dem Bäuerlein bedanken. Er versprach ihm für seine Hilfe eine Belohnung. Er sagte zu ihm, daß er ihm eine Botschaft schicken würde, bevor er käm, um ihn zu holen, denn es ist seine Pflicht, irgendwann jeden Menschen abzuberufen, manche sind noch jung, andere werden sehr alt, eine Ausnahme könnte er nicht machen.
Das Bäuerlein war zufrieden und lebte noch viele Jahre. Eines Tages aber wurde es schwer krank, und schon eine Woche später stand der Sensenmann vor seiner Türe, um ihn abzurufen.
Da beklagte sich das Bäuerlein und ermahnte ihn an sein Versprechen.
Der Tod antwortete, daß er sein Versprechen gehalten hätte, daß er ihm doch eine schwere Krankheit gesandt hätte. Leider habe das Bäuerlein die Zeichen nicht erkennen wollen. Mit der schweren Krankheit hätte er sein Kommen angekündigt. Er hätte danach wissen müssen, daß er ihn bald holen käm.
Da nahm er wortlos seine Sense von der Schulter und schnitt dem Bäuerlein sein altes Leben ab, schulterte erneut die Sense und ging seiner nächsten Pflicht nach.«[17]

[17] Prot 26.1.1952, Beckingen, Wiebelskirchen, Prot 2.6.1959, S. 7 f, Merzig

Nicht allzu häufig wurden Märchen von einer personifizierten Sonne, einem zweibeinigen Mond und den Sternen erzählt. Der Mond spielt in der Märchenwelt eine größere Rolle, die personifizierte Sonne taucht in den saarländischen Märchen möglicherweise nicht mehr auf. Eine Zeitzeugenaussage liegt dazu nicht vor.
So soll der Mond nachfolgend aus der versunkenen Märchenwelt zurückgerufen werden:

Als der Mond auf die Erde kam

»Die vielen Sterne am Himmel erzählten dem Mond, daß auf der Erde viele gute Menschen wohnen. Das machte ihn sehr neugierig und so entschloß er sich eines Tages, die Menschen auf der Erde selbst einmal zu besuchen.
Es war nun wieder so weit, daß er rund und voll am Himmel stand und sich die Menschen über ihn sehr gefreut haben. An einem solchen Morgen sprang er hinunter auf die Erde und landete gerade auf einer breiten Lichtung mitten in einem großen Wald. Er ging durch diesen Wald hindurch bis an sein Ende, aber er war keinem einzigen Menschen begegnet. Da kam er über ein großes Feld, wo Bauern bei ihrer Arbeit waren. Sie schwitzten und schufteten, konnten ihn aber nicht erkennen. Also wanderte er weiter. Bald erreichte er ein kleines Dorf. In dem Dorf waren fröhliche Kinder beim Spiel oder auf dem Weg aus der Schule. Er fand Frauen, die vor dem Haus saßen und maaiten (maiten).
Alle erkannten ihn nicht und so zog er immer weiter. Er begegnete vielen Menschen in vielen Dörfern.

Nicht alle waren fröhlich, einige klagten auch über sehr unterschiedliche Sachen.
Und ein paarmal hörte er, wie sie darüber klagten, daß seit einem Tag der Mond nicht mehr am Himmel zu sehen wär, obwohl er doch um diese Zeit voll zu sehen sein müßte.
Dann zog es ihn weiter, und er kam in eine Stadt. Die Menschen dort waren viel schneller unterwegs, sie waren hektisch und hatten füreinander keine Zeit. Nie sah er einen Menschen, der mit einem anderen einmal irgendwo saß oder stand und ruhig maaite. Das machte ihn ganz traurig und schon nach kurzer Zeit beschloß er, die Stadt wieder zu verlassen.
Nun kam er wieder an einen großen dichten Wald. Er ging in diesen hinein und der Wald wurde immer dichter und dunkler.
Gegen Abend sah er vor sich ein kleines Felsengebirge und unten eine Höhle. Als er dort ankam, sah er auf einmal aus dem dunklen engen Gewölbe ein kleines graues Männchen herauskommen. Es war ein Zwerg, der mit seiner ganzen Sippschaft in dem Höhlensystem wohl lebte. Der kleine Alte verschwand kurz wieder und schon kamen mehrere Höhlenbewohner heraus. Sie hatten den Mond erkannt und begrüßten ihn sehr freundlich, denn der Mond schenkte den Zwergen das einzige Licht vom Himmel, das sie vertragen können. Würde ein Zwerg in die helle Sonne gehen, müßte er sofort zu Stein erstarren.
Die Zwerge redeten mit dem Mond und luden ihn zu einem Plauderstündchen ein.

Abb. 1: *Der aufgehende Mond - hier in doppelter Deutung*[18]

Gegen Mitternacht hatte der Mond genug gesehen und gehört und dachte an seine Rückkehr an den Himmel. Er hatte seinen alten Standort bald erreicht und leuchtete nun wieder ganz hell. Auf der Erde war es wolkenlos.

Die Menschen auf der Erde waren von dem plötzlichen Wiedererscheinen des Mondes überaus glücklich, sie freuten sich und alle Ängste waren vorbei, und sie grüßten voller Freude ihren alten Herrn Mond am Himmel. Der Mond aber wußte nun, daß sich die Menschen über ihn stets freuen.«[19]

Die Sonne und vor allem der Mond als große Himmelserscheinung erfuhren im Alltagsleben der Menschen schon immer höchste Beachtung.

Himmelserscheinungen erklärten sich die Menschen in früheren Zeiten auf ihre naive Art. und so gelangten sie auch in die Märchenwelt.

Besonderheiten, die den Menschen in allen Völkern an den Himmelserscheinungen auffielen, waren zunächst Rätsel, die durch Erzählungen und Bräuche auf ihre Art gelöst wurden. Die Schatten auf der Vollmondoberfläche zählten zu diesen Rätseln. Sie wurden zu einem Motiv auch in unseren Märchen.

Dazu einige Beispiele:

---

18 unbekannter Zeichner um 1900, Fol 1883

19 Prot 17.9.1970, S. 5 ff, Namborn

Die Spinnerin im Mond (I)

» Es ist schon lange her, da haben die Frauen, junge und alte, in der Stubb gehuckt und haben gesponnen oder genäht. Manche Mäddcher waren fleißig und manche waren faul.

An einem Abend, mitten im Winter, kam eine fremde alte Frau durch die Hintertüre in die Stubb. Sie sagte nichts, ging zu den Mäddcher und guckte, wer fleißig war und wer faul war. Den Fleißigen hat sie zugelächelt, die Faulen hat sie streng ahngeluud. Dann war sie wieder weg. Die Hausmutter hat zu dem einen von den Mäddcher gesagt: ›Hasch' Dau gesiehn, wie ren geluud haad? ›Sei froh, daß ne Deich nidd geströòfd haad.‹

Diese Mahnung klang sehr streng. Da hat sich das Mäddchin für ein paar Tage gudd angestrengt, aber schon nach einer Woche war bei ihr wieder alles so falsch und faul, wie vorher.

Eines Abend ist die Alte wiedergekommen und es ging genau so, wie vor Wochen. Als sie wieder weg war, hat die Hausmutter zu der Faulschden gesagt: ›Hasch' Dau gesiehn, wie ren geluud haad? ›Sei froh, daß ne Deich nidd geströòfd haad.‹

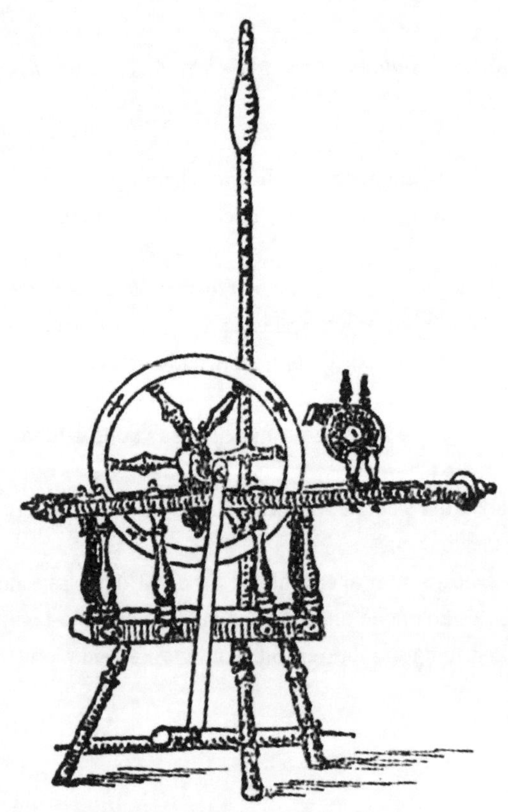

***Abb. 2:** Spinnrad, dessen Machart und Form als »Geiß« bekannt war*

Edd hat sich geschòmd, war e Woch' wieder fleißig und ein paar Tage danach war sie wieder, wie am Anfang. Da kam nach einigen Tagen erneut die alte Frau durch die Hintertür und es war wie beim ersten Mal. Aber als sie zu dem Mäddchin gekommen war, die immer die Faulste war, da guckte sie ganz zornig.
Noch in der gleichen Nacht kam die Alte in ihre Kammer, packte das Mäddchin und seine Geiß (Anm.: mslfr. für eine bestimmte Spinnradform), und nahm sie mit in die Nacht hinaus.

Alles war so schnell gegangen, daß keiner im Haus das mitgekriegt hat.
Am anderen Morgen wollte die Mutter sie wecken, aber die Kammer war leer. Wo sie aber auch suchten, sie wurde nicht gefunden.
Es vergingen viele Tage, die Faule wurde nicht mehr gefunden.
Da war wieder ein später Abend, der Mond stand voll am Himmel und schaute in die Stubb der Leute. Die Frauen schauten aus dem Fenster und auf einmal sahen sie, die Alten zuerst, daß auf dem Mond eine Frau saß und spinnte.
Sie spinnte in der Hoffnung, bald zur Erde zurückkehren zu können, so eifrig, daß sie sich nach dem Vollmond immer wieder lange ausruhen mußte ...«[20]

Dieses Märchen oder auch nur Teile davon wurde im Saarraum mehrfach und in unterschiedlichen Weisen erzählt. In der Heimatliteratur taucht es auch als Sage auf.
Nachfolgend eine weitere, diesmal kurze Form, aufgezeichnet im Haustadter Tal:

Die Spinnerin im Mond (II)

» Ganz früher einmal ging Frau Holle, die alte Spinnfrau, in der Adventszeit in die Spinnstuben und sie schaute sich die Arbeiten der Mädchen an.
Da nahm sie die faulste Spinnerin und setzte sie mitsamt ihrem Wrocken auf den Mond. Weil auf der Erde der Vollmond hell leuchtete, konnten die spinnenden Frauen die Faule beim Spinnen sehen. Die aber schämte sich und arbeitete die ganze Nacht hindurch bis zum anderen Morgen.
Am Morgen, als es wieder hell werden wollte, lag die Faule in ihrer Kammer und konnte vor Müdigkeit kaum aufstehen.
Faule Spinnerinnen erzählten von ihrem nächtlichen Erlebnis nicht.«[21]

Weit bekannter als die Frau im Mond war die von dem Mann im Mond. Diese Geschichte war noch weiträumiger verbreitet als die der Frau im Mond.[22]

---

20 Prot 25.7.1953, Borg
21 Prot 13.11.1969, S. 5, nnb, Haustadter Tal
22 Prot 26.5.1979, Rohrbach, Prot 2.3.1993, Beckingen

Die Geschichte des Mannes im Mond geht auf christliches Moraldenken zurück. Eine Bibelstelle im Alten Testament belegt dies. Dort wird von einem Mann berichtet, der sich am Sabbat durch unerlaubtes Holzlesen versündigte.[23]

Die weit verbreiteten Märchen vom Mann im Mond wurden den Kindern bis in die Mitte des 20. Jahrhunderts gerne erzählt.
Hier wird eine solche Geschichte wiedergegeben. Etwas ungewöhnlich für Märchen sind genaue Ortangaben, wie im nachfolgenden Text zu erkennen ist:

Der Mann im Mond

» An einem Sonntag ging ein Mann in den Wald und nahm eine Axt mit. Als er oben über dem Rodenknopp war, hörte er die Kirchenglocken läuten. Da beeilte er sich, daß er schneller in den tiefen Wald kam, denn er wollte Holz schlagen.
Er schaffte bald schon zwei Stunden und hatte ein großes Bündel Holz geschlagen, das er gerade zusammenbinden wollte. Da kam ein fremder Mann daher. Den hatte er noch nie gesehen gehabt. Der fragte ihn, warum er im Wald sei und nicht in der Kirche, wie es sich für jeden frommen Menschen am Sonntag gehört. Der Mann sagte, daß der Wald ihm so viel wert wäre, wie das Sitzen in einer Kirchenbank unter der Kanzel.
Da sagte der Fremde, daß er ihm einmal gerne zeigen wollte, wo er Tage, ja wochenlang seine Axt schwingen könnte und dort auch noch dem lieben Gott näher wäre.
Der Mann mit der Axt lachte und freute sich auf diesen Ort. Also nahm der Fremde ihn mit. Er war seither auf dieser Erde nie mehr gesehen. Das ist nun schon tausend Jahre her.
Wenn einmal im Monat der Mond in aller Fülle hell zur Erde strahlt, kann man den Mann mit der Axt sehen. Er ist auf dem Mond und schwingt dort seine Axt, um Holz einzuschlagen. Wir nennen ihn seither ›der Mann im Mond‹ und freuen uns, ihn immer wieder sehen zu können.«[24]

Die oben gelesenen Märchen von der Spinnerin im Mond zählen zu einer Reihe von Märchen um den Flachs. Flachs und Leinen spielten in der Alltagswelt der Bauern über Hunderte von Jahren eine sehr wichtige Rolle. Gut gesponnenes Leinen galt bis in die Neuzeit als das hochwertigste bewegliche Kapital in der alten bäuerlichen Gesellschaft. Es wurde in verschiedenen Bräuchen bedacht und deshalb darf es nicht verwundern, wenn es auch ein Teil der alten Märchenwelt blieb.
Zusätzlich galt es als göttliches Element, sowohl in den Resten der vorchristlichen Religionen, wie auch in der christlichen, später nur noch katholischen Kirche.
Das nachfolgende Märchen baut auf sehr altes Denken um verehrte weibliche geisterhafte Wesen:

---

[23] Ar 506, II, S. 598 ff, Bibel: 4. Mos. 15, 32-36
[24] Prot 15.2.1952, Beckingen

Die drei Spinnerinnen (I)

» Es war einmal ein armer Müller. Er lebte mit seiner Frau, seiner einen Tochter und seinem Sohn ganz ärmlich in einer kleinen Mühle. Sein Auskommen würde nie gereicht haben, um seine Familie zu ernähren, wenn nicht seine Frau alle einfachen Arbeiten im Dorf bescheiden gegen kleine Tagelöhne übernommen hätte.

Sein größtes Glück, so schien es, war die Schönheit seiner Tochter. Es hatte sich bald herumgesprochen, doch die Söhne der Bauern wollten sie nicht heiraten wegen der fehlenden Mitgift.

Eines Tages kam ein feiner Herr des Weges, er hatte von der Schönheit des Mädchens gehört, und besuchte den Müller. Er war von dem liebreizenden Kind sofort angetan. So fragte er den Müller, welche Fähigkeiten sie denn besaß.

Der Müller antwortete ihm, sie wäre eine hervorragende Spinnerin, aber leider konnte er für die Familie keinen Flachs anbauen.

Dem feinen Herrn, der nicht weit von der Mühle weg, gefiel das sehr, er bat, die Tochter in einer Woche auf das Schloß zu schicken.

Die Woche war vorbei, da übergab der Müller seine Tochter am Tor der Wache und die brachte sie zu dem Edelmann.

Er setzte sie in eine Kammer, die voll war mit gehecheltem Flachs. Er sagte ihr, sie solle bis zum anderen Morgen den gesamten Vorrat versponnen haben.

Das Mädchen saß nun alleine in der Kammer und schon nach kurzer Zeit fing es fürchterlich an zu weinen.

Um Mitternacht weinte sie immer noch, da kam eine häßliche Frau in ihre Kammer. Ihr hing die Unterlippe weit und breit herunter. Sie fragte das Mädchen, warum es weinen würde. Da sagte das Mädchen, es müsse bis morgen früh den Flachs verspinnen, aber es könnte überhaupt nicht spinnen.

Da sagte die fremde Frau: ›Wenn Du mich auf Deine Hochzeit einlädst, spinne ich Dir den gesamten Flachs bis morgen früh weg.‹

Das Mädchen lud sie zu ihrer Hochzeit ein, und so ging die fremde Frau an ihr Werk. Sie nahm ihr Spinnrad und ihre Spulen und sang dabei: (Anm.: der Spruch wurde wörtlich so wiedergegeben.)

Spinn, spinn, Rädchen.
lange Fäden für das Mädchen,
bald wird ihre Hochzeit sein,
und sie lääd mich dazu ein.

Schon lange vor dem Anbruch des Tages war der gesamte Flachsvorrat versponnen. Am Morgen kam der Edelmann in die Kammer und sah, daß alles so war, wie er es gewünscht hatte. Da beköstigte er sie reichlich und ließ sie am Nachmittag in eine andere Kammer einschließen. Doch diese Kammer war noch größer als die erste und der Vorrat war noch viel größer.

Das Mädchen fing an, bitterlich zu weinen. Gegen Mitternacht stand plötzlich eine fremde Frau in ihrer Kammer. Sie besaß einen ganz breiten Daumen, und fragte das Mädchen, warum es weinen würde. Da sagte das Mädchen, es müsse bis morgen früh den Flachs verspinnen, aber es könnte überhaupt nicht spinnen.
Da sagte die fremde Frau: ›Wenn Du mich auf Deine Hochzeit einlädst, spinne ich Dir den gesamten Flachs bis morgen früh weg.‹
Das Mädchen lud sie zu ihrer Hochzeit ein, und so ging die fremde Frau an ihr Werk. Sie nahm ihr Spinnrad und ihre Spulen und sang dabei:

Spinn, spinn, Rädchen.
lange Fäden für das Mädchen,
bald wird ihre Hochzeit sein,
und sie lääd mich dazu ein.

Noch vor Anbruch des Tages war die Fremde wieder verschwunden. Am Morgen kam der Edelmann in die Kammer und sah, daß alles so war, wie er es gewünscht hatte. Da beköstigte er sie wieder reichlich und ließ sie am Nachmittag in eine weitere Kammer einschließen. Doch diese Kammer war noch größer als die zweite und der Vorrat war auch viel größer.
Das Mädchen fing wieder an, bitterlich zu weinen. Gegen Mitternacht stand plötzlich zum dritten Male eine fremde Frau in ihrer Kammer. Sie hatte einen breiten Flatschfuß, der bei jedem Auftritt ein furchtbares Geräusch von sich gab. Sie fragte das Mädchen, warum es weinen würde. Da sagte das Mädchen, es müsse bis morgen früh den viel zu großen Flachsvorrat versponnen haben, doch es könnte überhaupt nicht spinnen.
Da sagte die fremde Frau: ›Wenn Du mich auf Deine Hochzeit einlädst, spinne ich Dir den gesamten Flachs bis morgen früh weg.‹
Das Mädchen lud sie zu ihrer Hochzeit ein, und so ging die fremde Frau an ihr Werk. Sie nahm ihr Spinnrad und ihre Spulen und sang dabei:

Spinn, spinn, Rädchen.
lange Fäden für das Mädchen,
bald wird ihre Hochzeit sein,
und sie lääd mich dazu ein.

Und auch diese Fremde schaffte es, noch vor Anbruch des Tages den gesamten Vorrat wegzuspinnen. Kaum war die letzte Spule voll, war die Fremde auch schon so schnell verschwunden, wie sie um Mitternacht erschienen war. Am dritten Morgen kam der Edelmann in die Kammer und sah, daß auch dieses Mal der gesamte Flachsvorrat in so kurzer Zeit versponnen war. Er setzte sich mit ihr an eine feine Tafel und beköstigte sie wieder reichlich. Dann nahm er ihre Hände und fragte sie, ob sie seine Frau werden wollte.
Die Müllerstochter war überglücklich, doch sie zeigte es nicht. Sie sagte, sie habe eine Bedingung. Der Edelmann fragte nach ihre Bedingung. Sie antwortete darauf, daß sie drei sehr fleißige Spin-

nerinnen, mit denen sie zusammen gearbeitet hätte, gerne zu dieser Hochzeit einladen wollte.
Der Edelmann gestattete dieses und so lud sie die drei Flachsspinnerinnen zur Hochzeit ein, so, wie sie es versprochen hatte.
Als die drei Frauen am Tag der Hochzeit kamen, bat man sie zu Tisch, obgleich sie auffallend häßlich aussahen.
Am Abend fragte der Edelmann die drei, warum sie so merkwürdig aussehen.
Da sagte die Erste: ›Meine Lippe hängt so tief vom vielen Lecken der Fäden beim Flachsspinnen.‹
Die Zweite sagte: ›Mein großer flacher Daumen kommt vom vielen Zwirbeln der angesponnenen Flachsfäden.‹
Und die Dritte sagte: ›Mein großer Flatschfuß kommt vom vielen Treten des Spinnrades.‹
Da ging der Edelmann zu seiner Braut und forderte sie auf, ihm zu schwören, daß sie nie mehr im Leben Flachs spinnen würde.
Sie unterdrückte ihre Freude und schwor ihrem Mann das Gewünschte.«[25]

Das Märchen von den drei Spinnerinnen ist ein solches, das in der Märchenliteratur mehrfach unter verschiedenen Überschriften niedergeschrieben wurde.

Nikolaus Fox betitelte es als »Die Müllerstochter«[26], Friedrich von der Leyen betitelte sein altes Märchen als »Die drei Spinnerinnen«.[27] Fragmente tauchen in verschiedenen weiteren Erzählniederschriften auf.

Die Ernte und das Herrichten von Flachs und Leinen spielte in den Märchen, wie im normalen Bauernleben, immer eine wichtige Rolle.
Grimm schrieben das Märchen von den drei Flachsspinnerinnen auf. Dieses Märchen wurde bis in die letzten Jahrzehnte von Frauen in sehr unterschiedlichen Varianten immer wieder erzählt.

Rückfragen bei Zeitzeuginnen ergaben, dass das Wissen über die alte Leinenproduktion und der damit verbundenen hohen Verehrung kaum noch bekannt ist:

Die drei Spinnerinnen (II)

» Es war einmal vor ganz langer Zeit ein König, der wollte, daß seine Töchter alle spinnen. Er zwang sie richtig zum Spinnen. Eines Tages mußte der König in ein fremdes Königreich reisen und befahl der Königin, viel Flachs einzukaufen, damit die Töchter ordentlich spinnen würden. Die Königin tat, wie ihr geheißen war und kaufte den Flachs ein. Der König sagte, daß er an dem Tag wieder zurückkommen würde, wenn der Mond dreimal das volle Licht gezeigt hätte

[25] Prot 11.6.1952, Beckingen
[26] M 585, S. 66 ff
[27] M 578, S. 38 ff

(Vollmond). Dann ritt er weg. Die Töchter begannen zu spinnen, aber es war so viel Flachs, daß sie die Lust daran bald verloren hatten.
Als der Mond zum zweiten Mal sein volles Licht zeigte, schickte die Königin einen Diener los, der sollte drei fleißige Spinnerinnen im Königreich ausmachen, die sich durch ihre Arbeit verunstaltet hatten. Der Diener zog los und kam rechtzeitig zum dritten Mondlicht zurück. Als der König nach Hause kam, war sein erster Weg zu den drei Töchtern und er sah bei denen die drei Spinnerinnen sitzen. Die erste hatte einen Daumen, flach wie einen Thaler und er fragte sie warum sie so einen Daumen hätte und die antwortete, sie hätte das vom Lecken, wenn sie den Faden in die Öse stecken müßte. Da sah er die andere und die hatte eine ganz breite Unterlippe, die hing bis unter das Kinn. Er fragte sie, warum sie denn so eine häßliche Unterlippe hätte und sie sagte, daß das vom Naßmachen käm, damit der Faden besser eingefädelt werden könnte. Da sah er, daß die dritte einen ganz breiten Fuß, so breit wie ein Flammes (Flammkuchen). Er fragte sie, warum sie denn so einen breiten Fuß hätte und da sagte sie, daß das vom vielen Treten auf das Brett des Spinnrades komme.

Da befahl der König seinen Töchtern, nie wieder zu spinnen«. [28]

Manche Märchen sind Rätsel, die die Hörer während des Vorlesens lösen sollten. Zum Schluss wurde die Lösung als Teil des Märchens präsentiert.

Ein derartiges, ebenfalls weit verbreitetes Märchen handelt vom Bäuerlein, das auf einem Markt mehrere Dinge verkaufen wollte, zuvor aber mit einem Boot ein Wasser überqueren musste:

Das Märchen vom Wolf, der Geiß und dem Kohlkopf

» Es war mal ein armes Bäuerlein. Das hatte kein Geld mehr und da wollte es etwas von dem seinen auf den Markt in der Stadt bringen und dort verkaufen. Es richtete seine Geiß, seinen jungen Wolf und seinen dicksten Kohlkopf.
Eines Morgens in der Frühe machte sich der Bauer mit diesen Sachen auf den Weg zum Markt in der Stadt. Auf seinem Weg mußte er die Saar überqueren. Da war ein Fährmann. Der sagte zu ihm, daß er nicht alles mit einer Tour rüberbringen könnte, der Kahn könnte sonst Wasser kriegen und untergehen. Er setze nur immer einen über. Da sagte der Bauer, daß er alles rüber fahren soll und anschließend ihn holen könne.
Der Fährmann aber sagte ihm, daß das grundsätzlich gehen würde, daß dann aber zuerst die Geiß den Kohlkopf fressen würde und anschließend der Wolf die Geiß. Außerdem würde er als Fährmann keine Tiere transportieren ohne einen, der die Tiere begleitet. Da erschrak das Bäuerlein.

[28] Prot 4.4.1995, S. 3 f, Saarbrücken

Schließlich wurde man sich einig: Der Fährmann setzte zuerst die Geiß über. Der Wolf blieb mit dem Kohlkopf zurück. Nach der zweiten Überfahrt, diesmal war es der Wolf, mußte das Bäuerlein die Geiß wieder mit zurück nehmen, denn sonst hätte der Wolf sie gefressen. Nun kam die dritte Überfahrt mit dem Kohlkopf. Die Geiß blieb am anderen Ufer wieder zurück. Endlich mit der vierten Überfahrt konnte auch die Geiß wieder an das andere Ufer gelangen.
So gelang dem Bäuerlein die Überfahrt, doch er hatte Zeit und Geld verloren.«[29]

Das tägliche Essen und Trinken, das Wohlergehen der nur selten wohlhabenden Menschen, waren stets wichtige Märchenmotive.
Nachfolgend soll ein Märchen, das sich mit dem Essen beschäftigt, wiedergegeben werden:

Das Märchen vom dicken fetten Pfannkuchen

» Es lebte einmal eine Frau, die hatte vier fleißige Kinder. Da wollte sie ihren Kindern eine große Freude machen und sie mit einem dicken fetten Pfannkuchen belohnen. Sie schickte den Ältesten ins Dorf, die größte Pfanne zu lehnen. Zwischenzeitlich begann sie damit, den Teig anzurühren.
Sie hatte ein Stück Butter besorgt, drei Pfund feines weißes Mehl, sieben Löffel Zucker und ein Dutzend Eier. Dazu etwas Salz und Milch.
Mit diesen Zutaten bereitete sie den Teig und als dieser fertig und die Pfanne schon heiß war, schüttete sie den Teig in die große Pfanne. Langsam bildete sich aus dem zähflüssigen Teig ein schöner runder und dicker Pfannkuchen, und bald konnte sie damit beginnen, ihn aus der Pfanne hoch in die Luft zu werfen und dabei zu wenden und wieder aufzufangen.
Dem Pfannkuchen schien dies zu gefallen. Als er wieder hoch in die Luft flog, krümmte er sich und fiel auf den Boden, wo er flugs durch die Küchentüre und dann durch die Haustüre rollte. Die Frau und ihre Kinder liefen schreiend hinterher und riefen: ›Dicker fetter Pfannkuchen, mach halt, wir wollen Dich essen‹. Der Pfannkuchen lief und rollte wie der Wind dreimal um das Haus und schon hatte ihn die Familie aus den Augen verloren.
Da rollte er vergnügt durch den Hof, kam bei dem Hofhund vorbei. Der lag gelangweilt an der Kette, doch als er den Pfannkuchen sah und roch, rief er laut: ›Dicker fetter Pfannkuchen, komm her, ich will Dich fressen‹. Der Pfannkuchen lachte und rief zurück: ›Dann fang mich doch, dann fang mich doch‹. Und schon ging es zum Hoftor hinaus in die weite Landschaft.
Draußen nahe des Waldes begegnete er dem Rotfuchs. Als der den Pfannkuchen sah, rief er laut: ›Dicker fetter Pfannkuchen, komm zu mir, ich will Dich fressen.‹ Als dieser jedoch nicht anhielt, sprang der Fuchs auf ihn zu. doch der Pfannkuchen machte eine große Flatter und saß mit einem Schlag auf einem Ast eines hohen Baumes. Von dort sah er dem Fuchs zu, wie er gierig hinterher-

[29] Prot 21.9.1951, Beckingen

schaute. Der verdrehte den Kopf, zuerst nach links, dann nach rechts und wieder nach links. Nun schätzte er die Höhe ab, die für ihn unerreichbar schien und trollte sich schließlich davon, ohne es zu versäumen, noch einmal hungrig zurückzuschauen.
Als der Fuchs weit genug weg war, sprang der dicke fette Pfannkuchen von seinem Ast und rollte weiter in den Wald. Da kam auf einmal der große zottige Bär daher. Als der den Pfannkuchen sah, brummte er laut und hungrig: ›Dicker fetter Pfannkuchen halt an, ich will Dich fressen.‹ Doch der Pfannkuchen rief zurück: ›Dann fang mich doch, dann fang mich doch!‹ Das ließ sich der Bär nicht zweimal sagen. Er stürmte mit seinem zottigen Fell auf den Pfannkuchen los, doch dieser flitzte um einen Baum und dann den nächsten und den übernächsten und so ging es weiter, bis der ungeschickte Bär völlig außer Atem aufgab.
Unser Pfannkuchen rollte nun ruhig weiter durch den Wald dahin. Auf einmal sah er vier Kinder, die fleißig nach Holz suchten. Er rollte zu ihnen hin und sie waren sehr überrascht, daß ein so dicker fetter Pfannkuchen alleine durch den Wald wanderte. Und er fragte sie, was sie alleine im Wald machen würden. Da sagte das älteste Mädchen, daß sie nur noch eine Mutter hätten und diese bei einem Bauern arbeiten müsse, damit sie etwas zu essen bekämen. Sie, die Kinder, würden derweil im Wald trockene Äste sammeln, damit die Mutter nach getaner Arbeit ihnen auf dem Küchenofen ein karges Essen zubereiten konnte.
Das betrübte nun den dicken fetten Pfannkuchen und er bot sich den Kindern an. Sie sollten ihn mit nach Hause nehmen und gemeinsam mit der Mutter verspeisen. Die Kinder waren ganz dankbar, nahmen ihn auf den Arm und verschwanden aus dem Wald.«

Der Erzählung folgte ein Märchenschluss in der Art eines Rätsels:

»Und nun ratet mal, was die Kinder und die Mutter mit dem dicken fetten Pfannkuchen gemacht haben? Sie haben ihn geteilt und gemeinsam gegessen und dem lieben Gott gedankt für eine solche glückliche Begegnung an einem arbeitsreichen Tag.«

Das Märchen vom dicken fetten Pfannkuchen ist ein bis heute weit verbreitetes und in verschiedenen Varianten niedergeschriebenes. Nach dem ursprünglichen Märchen waren es drei, wohl etwas merkwürdige Weiber, die den Pfannkuchen backten. Er flüchtete und kam in den Wald, wo er nach und nach etwa sieben verschiedenen Tieren begegnete, die ihn alle fressen wollten. Schließlich sprang er drei hungrigen Waisenkindern in den Korb.
Die oben wiedergebende Erzählung zählt zu den typischen langatmigen Märchenwiedergaben, wie sie die Frauen an den Erzählabenden so sehr liebten.

Ein weiteres beliebtes Märchenthema war die Neugierde. Das folgende Märchen ist dazu ein Beispiel:

Die neugierige Magd

» Es war einmal eine neugierige Magd. Die wollte einmal wissen, wie es abends, wenn alle zu Bett gegangen waren, in der Küche der Bauern zuging und schlich sich an die Türe, wo sie durch ein kleines Astloch in den Küchenraum sehen konnte. Im Schein des offenen Herdes[30] bemerkte sie auf einmal, wie eine dicke fette Blutwurst aus dem Kamin fiel und tanzend in der Küche herumlief. Auf einmal sah sie, daß auf dem großen Tisch noch ein paar Speckwürfel vom Abendessen lagen. Sie kletterte den Tisch hinauf und verspeist die Speckwürfel.
Kaum war sie fertig, da sah die Magd, wie eine dicke fette Maus aus dem Boden kroch, geradezu auf den Stuhl. Vom oberen Rand der Stuhllehne sprang sie mit einem Satz auf den Tisch, überfiel die Blutwurst und fraß sie auf.
Fassungslos schaute die Magd dem seltsamen Spiel zu, doch kaum hatte die Maus das letzte Zipfelchen der Blutwurst verspeist, da kam aus einer dunklen Ecke die schwarze Hauskatze. Sie hatte wohl dem Mahl der Maus zugesehen, denn sie schlich nun geradewegs auf den großen Tisch zu. Unten setzte sie zum Sprung an und schwupp war sie auf dem Tisch. Die Maus war so sehr überrascht, daß sie noch nicht einmal Anstalten machte, davonzulaufen. Die Katze packte die Maus und sprang mit ihr vom Tisch, trug sie zum offenen Herd, wo sie mit ihr spielte, bis sie des Spielens satt war und die todmüde Maus auffraß. Anschließend legte sich die Katze in die Nähe der letzten Glut und schlief ein.
Danach kehrte Ruhe in der Küche ein.
Die Magd war von dem Leben in der nächtlichen Küche überrascht und stand nun gebannt mit dem Rücken zur Küchentüre. Wahrscheinlich hatte sie geträumt, doch wurde sie durch lautes Rufen des Stallknechtes aus ihrer Träumerei herausgerissen. Ein Rudel Wildschweine soll ins Dorf eingebrochen sein. Mit Mistgabeln und Flegeln bewaffnet ging es nun hinaus in die Nacht, die Wildschweine zu vertreiben, damit sie in den Gärten keinen Schaden anrichten könnten.
Die Magd war auch draußen im Garten, da sah sie auf einmal einen riesengroßen schwarzen Keiler, der den Gartenzaun schon eingerissen hatte. Doch viel entsetzlicher war das, was sie nun mit ansehen mußte. Der schwarze Keiler hatte die Hauskatze gepackt und schon halb aufgefressen. Als der Keiler die Magd bemerkte, nahm der den Rest der Katze und verschwand im Dunkel der Nacht.
Die entsetzte Magd lief zum Bauern und erzählte das, was sie zuletzt gesehen hatte. Gemeinsam gingen sie in die Küche und wirklich, die Katze war nicht mehr im Haus.
Am anderen Abend gingen der Bauer, der Stallknecht und einige Nachbarn mit Gewehren hinaus in die Flur, um den schwarzen Keiler zu schießen.
Es war schon spät in der Nacht, als die Magd Lärm auf dem Hof vernahm. Sie schlich sich an die Stalltüre und sah, wie der Stallknecht und ein anderer Mann aus der Nachbarschaft einen schweren Keiler vom Pflugwagen abluden. Offensichtlich war die Jagd erfolgreich.

---

30 Normalerweise waren die Harschfeuer abgedeckt, wenn die Bauern zu Bett gegangen waren.

Es waren nun schon viele Wochen her. Das große Wildschwein war versorgt, es waren Braten, Schinken und Speck gerichtet. Die Würste hingen im offenen Herd zum Räuchern.
Eines Abends schlich die Magd wieder an die Küchentüre. Sie war neugierig und wollte sehen, was es Neues abends in der Küche gibt. Sie schlich sich an das Astloch und schaute durch dieses in den Küchenraum. Da sah sie im Schein des offenen Herdes auf einmal, wie eine dicke fette Blutwurst aus dem Kamin fiel und tanzend in der Küche herumlief. Auf einmal sah sie, daß auf dem großen Tisch noch ein paar Speckwürfel vom Abendessen lagen. Sie kletterte den Tisch hinauf und verspeiste die Speckwürfel. Kaum war sie fertig, da sah die Magd, wie eine dicke fette Maus daherkam ...

Dieses Märchen geht nie aus,
denn immer wieder frißt die Maus
die dicke Blutwurst auf.
Dann kommt die Katz
und dann das Schwein
und nun geh heim.«[31]

Besonders in der bäuerlichen Gesellschaft war es lange üblich, Missstände und Unrecht offen anzuprangern und sie auf diese Weise zu beseitigen. Erzählte Märchen wurden zu beliebten Rüge-Mitteln, wie das nachfolgende Beispiel zeigt.
Die Erzählerin hatte zuvor aus dem Alltagsleben ihrer Großmutter berichtet:

» ... will ich noch was ergänzen: Das ist einmal ein kleines Spielzeugbrot aus dem Kaufladen. Aber es ist etwas größer gewesen ein Brot, das die Oma im Brotkasten liegen hatte. Das ist nämlich das andere. Der Stein hier[32] stammt aus der Prims, wie auch der andere größere von der Oma. Der hier hat mir aber besser gefallen. Er hat einen Boden aus einem anderen Stein.
Das ›Brot‹ von der Oma sollte alle, die an den Brotkasten gingen, an das Brot der geizigen Bauersfrau erinnern. Ja das war ein Märchen, das die Oma uns erzählt hatte und das ging so ...«:

Die geizige Bäuerin

» Es war einmal eine Bauersfrau. Sie und ihr Mann, der Bauer, die hatten viel Land, den Stall voll Vieh und die Äcker waren die besten in (dem Dorf) Schmelz. Eines Tages kam ein kleines altes Weiblein aus dem Hochwald und fragte nach einem Stück Brot. Es hätte so großen Hunger und hätte in den letzten Tagen nur Gras gegessen, weil es den Bauern nichts von den Äckern holen wollte.

---

31 Ein Märchenschluss, der noch erzählt wurde. Prot 11.2.1966, Beckingen
32 Kat 901-661-01

Da wurde die Bäuerin fuchsteufelswild und sagte, sie habe kein Brot im Haus, und wenn sie welches hätte, dann solle es zu Stein sein.

Sie schickte die Alte ohne einen Bissen Brot wieder weg. Die aber bat um Verzeihung, weil sie gefragt hatte. Dann ging sie weg und gab der Bäuerin noch einen Segen.
Am Abend war die alte Bettlerin schon wieder vergessen und nach getaner Arbeit setzte sich die ganze Familie und das Gesinde an den Tisch. Da nahm die Bauersfrau das Brot, wie gewohnt an die Brust und setzte das Messer an, aber wie schrie das Messer so plötzlich. Das Brot war zu Stein geworden. Und fortan lag ein Fluch auf dem ganzen Haus.«[33]

Märchen waren in der alten Kultur allgegenwärtig. Es gab praktisch kein Thema, das ausgeklammert worden war.
Das nachfolgende Märchen befasste sich mit den Ärmsten in der Tierwelt. In der Sagen- und Märchenliteratur wurde es mehrfach und in unterschiedlicher Erzählweise veröffentlicht:

Abb. 3: *Puppenstuben-Küchenschrank mit einem »Brot« aus einem Stein*[34]

[33] Prot 3.9.1968, Schmelz
[34] Kat 904-406 (Schrank), Kat 901-661-1 (Brot)

Die blinde Wildsau

» Es war einmal ein Jäger, der streifte in der kalten Novemberzeit jeden Abend durch den Wald und saß hin und wieder zur Jagd an.[35]
Eines Abends sah er eine große Wildsau aus den Büschen brechen. Ihr nach folgte eine weitere schwarze Gestalt. Die beiden Tiere gingen so dicht hintereinander, daß man meinen konnte, sie wären zusammengewachsen. Da sah der Jäger, daß das zweite Tier in das Schwänzchen des ersten gebissen hatte.

Der Jäger ging an diesem Abend nach Hause. Er war in der Nacht unruhig und am anderen Nachmittag konnte er kaum die Dämmerung erwarten. Schon wieder war er im Wald und wieder an der gleichen Stelle.
Da passierte das Gleiche, wie am Vortag. Wieder brach die prächtige Sau aus dem Unterholz und wieder führte sie mit dem Schwanz ein weiteres Wildschwein.
So ging das über Tage. Der Jäger faßte sich nach neun Tagen ein Herz und erlegte mit einem einzigen gezielten Schuß das vordere Schwein. Schnell eilte er und schnitt dem erlegten Tier das Schwänzchen ab. Er steckte es der seltsamen anderen Sau in das Maul und führte diese auf diese Weise nach Hause.
Zu Hause angekommen führte er es in einen ausgedienten Schweinestall, legte ihm Futter in den Trog und legte sich zur Ruhe. Die ganze Nacht konnte er keine Ruhe finden, schließlich wollte er genau wissen, was es mit dem merkwürdigen Wildschwein auf sich hatte.
Sobald es hell war, kroch er aus seinem Bett, kleidete sich an und ging in den Stall. Dort stand hinten in der dunklen Stallecke die Wildwutz und starrte den Jäger mit weißen Augen an. Da erkannte er, daß das Tier blind war.«[36]

Wie bereits oben erwähnt, wurde dieses Märchen sehr häufig und in unterschiedlichen Weisen erzählt. Bis in die 1970er Jahre wurden mehrere Varianten aufgezeichnet.[37]

Ein völlig anderes Motiv ist das vom magischen Geschirr als Lohn für eine besondere Hilfe. Es ist selten zu finden. Unter den modernen Märchen taucht es im Märchen von der lieben guten Hexe noch einmal auf.
Bei dem magischen Geschirr handelt es sich um Kessel, Töpfe oder Pfannen, in denen ihre Besitzer einfache Speisen zubereiten dürfen und ständig, so oft sie es wollten, mit einer frisch gekochten Mahlzeit belohnt wurden.

---

[35] in der Sprache der Jäger: Er saß auf seinem Hochsitz oder an einem geschützten Ort im Gelände, von dem er die Situation überblicken konnte.

[36] Prot 12.2.1969, Merzig

[37] Prot 17.5.1975, S. 4 f, Saarbrücken

Da in der alten Bauernkultur die im Kessel zubereitete und gewärmte Grütze eine tägliche Mahlzeit war, erdachte sich das Volk Märchen von nie enden wollenden Grütze- bzw. Breivorräten, an denen sich die hungrigen Menschen immer wieder laben konnten.
Das nachfolgende Märchen erzählt, wie man an ein derartiges Gefäß herankam und auf welch wunderbare Weise es funktionierte:

Der ewige Hirsebrei

» Es waren im Dorf sehr arme Leute. Die hatten wenig zu essen und wenig zum Feuern. Eines Tages gingen die Frau und der Mann mit ihren beiden Kindern in den Wald, um ein Bündel Holz zu suchen.
Es war an diesem Tag sehr mühsam, Holz zu finden, denn seit Tagen hatte es keinen starken Wind mehr gegeben. So mußten sie weit gehen, um etwas zu finden. Schließlich hatten sie ein paar dürre Stangen zusammen. Sie legten sie zu einem kleinen Bündel ab.
Da hörten sie plötzlich ein leises Stöhnen. Sie schauten sich um, konnten aber kein Tier und keinen Menschen in der Nähe entdecken, von dem das Stöhnen hätte kommen können.
Der Mann sagte: ›Komm, wir müssen weitermachen, wir haben noch lange nicht alles, was wir brauchen und bald schon verläßt uns die Sonne.‹
Also machten sie sich wieder auf, in die anderen Richtungen zu gehen, um Holz zu finden. Nach einer Stunde trafen sie sich wieder an ihrem kleinen Lagerplätzchen und hatten nun genügend Holz zusammengetragen, damit sie in den nächsten Wochen wieder kochen können. Sie banden das Bündel zusammen und wollten gerade aufbrechen, um den Rückweg anzutreten. Da hörten sie alle vier wieder das seltsame Stöhnen. Nun schauten sie sich etwas mehr um und bald fanden sie in einem dunklen Gebüsch einen kleinen Zwerg, der mit dem Kopf auf einem Storzen lag. Sie gingen zu ihm und er bat sie um Befreiung von diesem Storzen. Er habe am frühen Morgen schnell noch ein paar Holzspäne schlagen wollen und sei mit der Axt in den Storzen geraten. Dabei habe er sich seinen Bart eingeklemmt.
Der Mann fand die kleine Axt und wollt den Bart abschlagen, damit der kleine Mann befreit ist. Doch der bat ihn ganz dringend, den Bart zu verschonen, denn ein Zwerg, dem der Bart abgeschnitten worden ist, der muß in der Runde des Zwergenvölkchens viel Spott und Strafe erdulden. Also nahm der Mann die Axt und setzte sie in dem Spalt im Storzen an, fand einen dicken Stein und mit dem schlug er auf die Bahn der Axt. In dem Moment öffnete sich der Spalt und der kleine Zwerg konnte seinen Bart aus dem Spalt ziehen, in den er durch sein eigenes Mißgeschick geraten war. Er fühlte sich befreit und bot dem Mann, seiner Frau und den Kindern ein Dankesgeschenk an:
Wenn Ihr aus dem Wald kommt, an dem kleinen Pfad auf der rechten Seite in dem Busch, da werdet ihr ein altes Töpfchen finden. Das nehmt mit und Ihr könnt Euch darin, wann immer Ihr wollt und so viel Ihr braucht, Hirse kochen. Ihr müßt nur den Spruch für das Töpfchen sagen:

Töpfchen rühr Dich
Töpfchen koch für mich!

Alle bedankten sich nun bei dem Zwerg und machten sich auf den Heimweg. Tatsächlich fanden sie rechts an dem Pfad, kurz vor dem Verlassen des Waldes den Busch und dort brauchten sie auch nicht lange zu suchen, da fanden sie auch schon einen irdenen Topf. In ihm war noch ein wenig angetrocknete Hirse zu sehen.
Sie nahmen den Topf auf und gingen nach Hause. Zu Hause angekommen, stellten sie den Topf auf den Ofen und machten darunter Feuer. Als das Feuer prasselte, sagte die Frau zu dem Topf:

Töpfchen rühr Dich
Töpfchen koch für mich!

Schon wenige Minuten später befand sich in dem Töpfchen ein Hirsebrei, der langsam zu kochen anfing. Als er gar war, setzten sich alle an den Tisch und begannen gemeinsam aus dem Töpfchen zu essen. Am anderen Tag versuchten sie es erneut und das Töpfchen bereitete erneut einen schönen Hirsebrei. Und an den folgenden Tagen war alles genau so, wie der Zwerg es gesagt hatte.
Nun gab es für die Familie keinen Hunger mehr, sie hatten genügend zu essen und waren dem Zwerg ein Leben lang dankbar. Aber so oft sie auch in den Wald gingen, um Holz zu sammeln, sie sahen den kleinen Mann nie wieder.«[38]

Manche Märchenthemen scheinen einfach belanglos zu sein. Den Erzählerinnen aber waren sie spannende Geschichten, die die Zuhörer und Zuhörerinnen immer wieder gerne gehört haben. Und so gesehen, konnte auch eine einfache Futterrübe zum Hauptthema eines Märchens werden:

Die dicke Rübe

» Ämol woor e Rieb emm Borre unn die hodd sich gefreit, daß es so gurres Werrer woor: 's woor feichd unn waam. Se isch gewachsd unn isch groß unn greeßa genn unn ämol wor se so groß, daß die Leit vunn iwwaall herkumm senn unn honn noo de Rieb geguggd. Ball wooredd nimme scheen. De Leit woore so vill, daß edd nimmee gereichd hodd fier omm Daa se gugge. Dòò senn die Leit aa naachds kumm unn horre nòò de Rieb geguggd. Imma meh senn vunn weit häär kumm, um ze gugge. Ämol isch änner vun ganz weit häär kumm, e derra, wo long nix geß hodd. Wo der die Rieb gesien hodd, horrer se abgeschnied, medd hemm geholl unn hodd se uffgefreßd. Dòò woor die scheen groß Rieb furrd.«[39]

---

[38] Prot 10.3.1952, Haustadt
[39] Prot 2.6.1979, St. Ingbert

Die maienden[40] Frauen gingen mit ihrem Bauer, den Knechten und den anderen männlichen Mitarbeitern auf dem Hof nicht immer duckmäuserisch um, wie das folgende Märchen zeigt. Kritik an der Männerwelt war in der Bauerngesellschaft weiter verbreitet, als bisher angenommen:

Der dumme Bauer

» Es war einmal ein kleiner Bauer, der hatte eine fleißige Tochter, die spinnte Tag und Nacht ellenlange Fäden.

Er hatte noch eine zweite Tochter, die haspelte Tag und Nacht die ellenlangen Fäden, die die erste Tochter gesponnen hatte.

Schließlich hatte er noch eine dritte Tochter, die verwebte die ellenlangen Fäden, die die erste Tochter gesponnen und die zweite Tochter gehaspelt hatte.

Der Bauer hatte ein Weib, das nahm das ellenlange Leinentuch und trug es auf die Bleiche vor dem Dorf. Damit es nicht gestohlen wurde, nahm sie den schwarzen Hahn mit dem roten Kamm mit, damit er auf das Leinen aufpasse.

In der Nacht kam ein Dieb mit einer langen Elle und maß das Tuch, rollte es auf und wollte es mitnehmen. Da krähte der Hahn, daß der Bauer aus dem Bett sprang.

Der Dieb ging zu dem Hahn, packte ihn und fragte ihn, warum er denn krähe. Der Hahn sagte, er krähe, weil er am Morgen mit dem Fuß in einen Weißdorn getreten sei und dieser nun schmerze. Da nahm der Dieb den Fuß des Hahnes, schlug drauf und fragte: ›War es der?‹ Der Hahn sagte ›Ja‹ und das nur, weil er Angst hatte, der Dieb würde ihn nochmals schlagen. Der Dieb ließ den Hahn los, ergriff einen Leinenballen und flüchtete in die Nacht.

Da kam der Bauer und fragte den Hahn, warum er so laut krähe. Der Hahn sagte zum Bauern: ›Sieh, es fehlt ein ellenlanges Leinen.‹ Da schlug ihm der Bauer auf den anderen Fuß, weil er ihn nicht früh genug geweckt hätte.

Am anderen Abend mußte der Hahn erneut das Leinen bewachen. Wieder kam der Dieb, maß das Leinen, rollte es, der Hahn krähte, der Dieb fragte, der Hahn sagte, der Dieb schlug den Hahn, nahm das Leinen und verschwand. Der Bauer wachte auf, kam zur Bleiche, fragte den Hahn, der Hahn antwortete, der Bauer schlug den Hahn.

In der dritten Nacht wiederholte sich das Unglück zum dritten Mal. Wieder kam der Dieb, maß das Leinen, rollte es, der Hahn krähte, der Dieb fragte, der Hahn sagte, der Dieb schlug den Hahn, nahm das Leinen und verschwand.

Der Bauer wachte auf, kam zur Bleiche, fragte den Hahn, der Hahn antwortete. Da wurde der Bauer wütend und erschlug den Hahn.

Er sagte seiner Tochter, sie solle den Hahn rupfen, die zweite solle ihn ausnehmen und die dritte solle ihn in Teig rollen und in den Backofen stecken.

---

40 sich in der Gemeinschaft unterhaltenden ...

Sein Weib sollte den Hahn zerteilen und auftragen.
Da sagte die erste: ›Wer spinnt neuen Faden, während ich rupfe?‹
Die zweite sagte: ›Wer haspelt den Faden, während ich ausnehme?‹
Die dritte sagte: ›Wer webt das Leinen, während ich backe?‹.
Da sagte die Frau: ›Und wer wacht über das Leinen, wenn wir wieder gesponnen, gehaspelt, gewebt und gebleicht haben?‹
Da sagten alle: ›Der dumme Bauer«.[41]

So manches Mal erscheint in Märchen der Teufel. Sein Name darf aus Furcht vor dem Bösen selbst nie genannt werden.
Ein solches Märchen, dessen Inhalt häufig auf andere Art und Weise in Sagenbüchern zu finden ist, ist das von dem großen schwarzen Hund im einst unbesiedelten Tal, Rabloch genannt, zwischen Heckendalheim und Ommersheim:

Der schwarze Hund im Rabloch

» Der Aarem hatte bei einem Bauern in Heckendalheim geschafft und ist nur zum Sonntag heimgekommen. Einmal kam er wieder heim, da war es schon fast dunkel. Im Rabloch kam ihm ein Hund entgegen. Der war unheimlich groß und ganz schwarz. Da hat er geglaubt, daß das der Hund vom Metzger ist, aber er kam ihm trotzdem noch zu groß vor. Der Hund hat nicht gebellt und ist dreimal um ihn rumgegangen. Der Aarem hat still gehalten und gewartet, was der Hund macht. Er hat gedacht, wenn so ein Hund hier ist, kommt auch bald sein Herr, doch da kam niemand. Dann ist er weitergegangen, ganz vorsichtig. Da kam er zu der Brücke. Da war früher eine kleine Brücke unten über den Bach. Auf der Brücke hat der Hund ihn noch mal umkreist, wieder dreimal. Dann ist der Aarem schneller zum Rabloch gegangen und der schwarze Hund wieder bei ihm und hat ihn wieder dreimal umkreist. Auf einmal ist der Hund auf die Hinterbeine und hat sich vor den Aarem gestellt, ich glaub, der hat sogar die Pfoten dem Aarem auf die Schulter gelegt. Er hatte ›glierische‹ Augen, so hat er ihn angeguckt. Da ist es dem Aarem unheimlich geworden. Und auf einmal ist er ab und je in einen Weg und war weg. Da ist der Aarem schnell heimgelaufen und in eine Wirtschaft, wo die anderen schon auf ihn gewartet haben. Da hat er das denen gesagt, wie es war und er war in den Beinen noch ganz ›schloggrich‹. Und das haben dann Leute dem Herrn Pfarrer gesagt. Da hat der den Aarem gerufen, er soll es ihm selbst noch mal sagen, was da war. Dann hat der Pfarrer gesagt, daß ihm das auch schon mal passiert ist. Gar nicht so lange her. Er hat dem Aarem gesagt, daß er nicht wüßte, was das wär, aber er hat dem Aarem gesagt, daß er sich einen Spruch merken soll und das ist der Spruch. (Anm.: siehe oben).

[41] Prot 4.6.1979, St. Ingbert

Der nächste Pfarrer hat dann den Frauen gesagt, daß sie den Spruch auf einen Zettel schreiben sollen und immer bei sich haben sollen. Das da ist jetzt der Spruch von unserer Oma. Sie hat sogar am Abend das Gebetbuch mitgeholt, wenn sie durchs Rabloch ist. Da war (Anm.: lag) auch der Spruch drin. Der Pfarrer hat der auch gesagt, daß man den Spruch auswendig können muß, weil es besser ist. Wenn man den sagt, egal ob es der schwarze Hund oder sonst was ist, das hat dann immer geholfen.«[42]

Zwerge stellten in den Märchen einen großen magischen Personenkreis dar. Sie tauchen in vielen der hier festgehaltenen Erzählungen auf, ohne, dass ein eigener Motivkreis gebildet werden sollte.

Das Hauptmotiv des nachfolgenden Märchens wurde weder bei Grimm noch bei Fox entdeckt. Dennoch sind kleine Motive zu entdecken, die auch in anderen Märchensammlungen auftauchen. Vor allem ist es der ewige Wunsch armer Leute nach einem unermesslichen Reichtum. Beliebt waren Gold- und Silberschätze.
Es waren arme Menschen, die durch derartige Märchen gerne einmal für kurze Zeiten aus ihrer realen Welt austreten wollten:

Der Lohn des kleinen Mannes

»Da war mal ein kleines und sehr armes Frauchen. Im Sommer und Herbst sammelte sie Beeren und Pilze und trug diese auf den Markt, um etwas Geld zu verdienen, von dem sie nach und nach im Winter zum täglichen Leben holte. Auch das Holz für ihren kleinen Ofen in ihrem Häuschen sammelte sie eifrig im Wald.
Eines Tages war sie wieder in den Wald gegangen, um Beeren und ein kleines Birdchen[43] Holz zu sammeln. Die Beeren wollte sie am anderen Tag auf dem Markt verkaufen und das Holz benötigte sie für ein kleines Feuerchen in ihrem Ofen, denn es war schon herbstlich geworden und die Nächte ließen schon die kalte Jahreszeit erahnen.
Als sie ihr Körbchen mit Beeren gefüllt hatte, machte sie sich an das Holzsammeln. Sie fand kaum etwas am Boden, deshalb begann sie dürres Geäst von den Bäumen zu brechen. Auf einmal stand ein kleines graues Männlein vor ihr und beschimpfte sie, weil sie seinen Bäumen einige dürre Äste abgebrochen hatte. Die arme Frau bat um Verzeihung, sie wollte nicht gewußt haben, daß das dürre Holz dem kleinen Männlein gehören sollte. Aber, anstatt daß er dieses annahm, erzürnte er sich noch mehr über diesen Holzfrevel und verlangte nun, daß sie zu ihm in die Höhle komme, um ihm eine Arbeit zu verrichten.

[42] Kat 1007-1012-01-G, Prot 3.7.1976, S. 2 f, Ommersheim
[43] kleines Bündel

Sie ging mit ihm mit, kam schließlich in einer sehr kleinen und schlichten Behausung unter einem Fels an. In der Ecke brannte ein spärliches einfaches Lichtchen, ansonsten war es sehr dunkel dort. Der Kleine zeigte ihm nun einen Haufen Flachs, der in der Ecke lag. Sie solle ihm dieses Gehäär (Flachs) spinnen und sollte sie damit fertig sein, könne sie wieder gehen und dürfe sogar das fertige Birdchen Holz mit nach Hause tragen.
Sie war zunächst erschrocken über den großen Flachsvorrat, rechnete sich aber aus, dass sie ihn in drei Tagen abgearbeitet haben könnte. Also setzte sie sich gleich an das Spinnrad und begann die aufgezwungene Arbeit. Sie spinnte fleißig, doch am Abend mußte sie erkennen, daß der Haufen nicht abgenommen, obwohl sie bereits eine Reihe von Spulen vorgesponnen hatte.
Spät am Tag gab ihr der Kleine etwas zu essen und sie legte sich vor den Flachsvorrat und schlief einige Stunden. Am folgenden Morgen begann sie erneut von dem Flachsvorrat eine Menge wegzuspinnen. Aber so viele sie auch spinnte, der Haufen schien sich nicht zu verkleinern. Als der dritte Tag auch keinen Erfolg erkennen ließ, mußte sie feststellen, daß sie einem ewigen Zauber des kleinen Mannes aufgesessen war. Das machte sie sehr traurig und als sich am dritten Abend der Tag neigte, bat sie den kleinen Mann um eine Erklärung. Der gestand ihr gegenüber ganz offen, daß der Flachsvorrat nie zu Ende sein würde. Er bat sie aber noch zweimal drei Tage zu bleiben und zu spinnen, dann würde er ihr den Weg nach Hause zeigen, damit sie wieder zu Hause sein konnte, und er würde sie auch für ihre Arbeit belohnen.
So spinnte sie fleißig Spule um Spule voll und eines Abends sagte der kleine Mann, daß der neunte Tag nun um sei und sie am folgenden Tag nach Haus gehen dürfe. Am anderen Morgen gab er ihr das Birdchen Holz, ihre gebrochenen Beeren und einige Birdchen des Flachses, für das sie sich bei ihm bedankte, obwohl es ihr als Lohn für das Dutzend Arbeitstage sehr wenig erschien.
Nun begleitete er sie aus dem Wald. Sie kam bald zu Hause an, wo alles so war wie vor Tagen, als sie ihre armselige Hütte verlassen hatte. Sie legte das Holzbirdchen neben den Ofen, die Beeren wollte sie am anderen Tag zum Markt tragen und den Flachs legte sie zunächst einmal in eine Ecke, denn sie hatte im Moment kein Verlangen mehr nach dem tagelangen Spinnen des Flachses in der Zwergenhöhle.
Am anderen Tag ging sie zu dem Markt, um ihre Beeren feilzubieten. Viele der Frauen betrachteten ihre Beeren und lobten die Frische und Reinheit. Sie konnte ihre Beeren gut verkaufen. Doch was war das? Obwohl sie immer wieder Beeren aus ihrem Körbchen verkaufte, sie wurden nicht weniger und nicht mehr, sie blieben immer die gleiche Menge. Da merkte sie, daß der kleine Mann im Wald ihr etwas Gutes getan und sie wohlwollend entlohnt hatte.
Gegen Mittag, als der Markt geschlossen wurde, besaß sie noch immer das volle Körbchen Beeren, trug es mit nach Hause und konnte sich davon selbst noch genügend laben.
Am gleichen Abend setzte sie sich vor ihr Spinnrad, um zu sehen, ob der Zauber in der Wohnhöhle des Kleinen auch hier noch anhielt. Sie spinnte den ganzen Abend und merkte bald, daß der Flachsvorrat nicht abnahm.
Als sie sich nun ein Feuerchen machte, bemerkte sie, daß auch der Holzvorrat nicht abnahm. Das kleine Birdchen dürrer Knüppel lag nach dem Feuern am anderen Tag in voller Größe da, wie am Vortag.

Nun wußte sie, daß der kleine Mann sie für ihre Arbeit wirklich sehr gut belohnt hatte und sie war ihm ewig dankbar, denn nun konnte sie ständig Beeren essen oder verkaufen, selbst gesponnene Leinenstränge auf den Markt tragen und brauchte sich auch keine Sorgen mehr um den Holzvorrat zu machen. Sie konnte in ihrem Alter ein sorgenfreies Leben führen.« [44]

Recht selten sind Märchen, in denen die soziale Ungerechtigkeit angeprangert wird. Es ist zunächst erstaunlich, dass es überhaupt solche Erzählungen in den Dorfgesellschaften gab.
Die nachfolgende Erzählung ist eine solche, in der die unteren Gesellschaftsschichten in ihren Erzählungen die oberen Schichten anklagten:

Der korrupte Dorfrat

» Da war mal ein Hirt. Es war ein heißer Sommer und da hat der das Vieh in den riesengroßen Wald am Rande des Dorfes getrieben. Da haben die Tiere keine Sonne gehabt und sie haben da das gefressen, was sie gerade finden konnten. Dann sind da zwei Kinder gekommen. Die waren von ihren Eltern in den Wald geschickt worden, für Holz zu sammeln. Es war aber kein Holz da und sie fragten den Hirt, ob er bessere Stellen wüßte, und wo was wär. Aber der wußte nichts. Da sind sie tiefer in den Wald gegangen. Am Abend sind sie ihm wieder begegnet und sie hatten nur ein paar dürre Knüppelchen gefunden.
Am anderen Tag war es genauso. Da kamen wieder Kinder in den Wald, die von ihren Eltern geschickt worden waren, und auch die fanden so gut wie kein Holz. Es kam auch eine alte wacklige Frau mit zwei Kindern, die wollten Wählen[45] sammeln. Sie hatten nur mit sehr viel Mühe ihre Töpfchen vollgekriegt.
So verging ein Tag nach dem andern, immer wieder kamen Leute in den Wald und fanden nichts, was eigentlich ein großer Wald hergeben sollte und immer wieder haben sie den Hirt gefragt, aber der hat nicht gewußt, wo sie was finden könnten.
Mittlerweise war es Herbst geworden und die armen Leute hatten noch immer keinen ausreichenden Winterbrand. Da war an einem Abend oben im Dorfsaal eine Sitzung des Dorfrates mit dem Bürgermeister.
Ein paar Leute haben darum gebeten, ihre Klagen vorbringen zu dürfen. Und nun beklagten sie sich über den Mangel an Holz in dem riesigen großen Wald.
Die Dorfältesten und der Bürgermeister sagten, daß sie sich den Mangel an Holz nicht vorstellen könnten, jeden Herbst und Winter hätten die Stürme genügend Holz von den Bäumen gerissen und die Leute hätten sich immer gut bedienen können, was von allen Dorfräten nickend bestätigt wurde. Es wurde lange gestritten, hin und her und schließlich sagte der Bürgermeister, daß alle der Schlag treffen sollte, wenn der Dorfrat nicht die Wahrheit sagen würde.

[44] Prot 9.8.1967, Saarbrücken, Homburg
[45] mundartliche Bezeichnung dieses Raumes für Heidelbeeren

Da sind die klagenden Dorfbewohner wieder heimgegangen. Kaum waren sie im Dorf unterwegs, zog sich der Himmel zu, er wurde schwarz vor einem nahenden Gewitter. Das brach dann auch los und kurze Zeit später schlug ein mächtiger Donner in den Dorfsaal ein, so daß das kleine Haus den ganzen Dorfrat unter sich begraben hatte. Da lagen sie nun, die Dorfräte und hatten ihr Leben ausgehaucht. Ihre Seelen machten sich auf, in den Himmel zu kommen. Als der Petrus den Ansturm sah, öffnete er das große Himmelstor, aber die Dorfräte ließen sich nicht nach ihrem Lebenswandel auf der Erde aussortieren, so schnell waren sie in den Himmel gefahren.
Eine Stunde später kam auch die Seele des Bürgermeisters. Sie klopfte an die Himmelspforte, Petrus öffnete und fragte nach seinem Begehr. Der Bürgermeister erzählte von dem Ereignis in ihrem Dorf. Da sagte der Petrus, daß er unten in die Hölle gehen sollte.
Der Bürgermeister kam unten in der Hölle an. Der Teufel öffnete sofort die Höllenpforte und ließ den Ankömmling herein. Er fragte ihn aus, was passiert wäre und nachdem der Bürgermeister ihm geklagt hatte, daß der Petrus ihm keinen Platz im Himmel geben wollte, daß ihm der doch kraft seines Amtes zustehen würde, kam der Teufel auf eine listige Idee. Er machte mit dem Bürgermeister einen Vertrag: Er, der Böse, verhandelt mit Petrus über den Verbleib des Bürgermeisters im Himmel, dafür muß der Bürgermeister dafür sorgen, daß der gesamte Dorfrat in die Hölle kommt.
Der Vertrag war abgeschlossen und besiegelt. Da machte sich der Bürgermeister auf den Weg zum Himmel. Als er an das Himmelstor angeklopft hatte, wußte Petrus schon Bescheid. Er fragte den Bürgermeister, wie er das anstellen wollte, schließlich war der gesamte Dorfrat froh, daß er im Himmel gelandet war.
Da sagte der Bürgermeister, daß er das nur einmal ihm überlassen sollte. Petrus ließ den Dorfoberen nun ein und führte ihn zu dem Dorfrat. Alle waren froh, den Bürgermeister auch da zu haben. und der sagte zu dem Rat: ›Eich kumm grad aus de Hell, da gibt‘s de Winkuff‹. Sofort stürzten alle Dorfratgenossen zur Himmelspforte, verließen den Himmel und der Bürgermeister blieb jetzt als Einziger zurück.«[46]

Zu diesem Märchen gibt es eine Kurzform in der Märchensammlung von Paul Zaunert, aus dem Jahr 1922. Sie trägt den Titel »Der Büttel im Himmel«.[47]

Das grundsätzliche Motiv dieses Märchens ist in vielen anderen Erzählungen und Zeitzeugenprotokollen immer wieder aufgetaucht. Und dieser Grundgedanke war: »Der arme Mann wird von den der Obrigkeit nahestehenden Personen ausgenutzt.« Möglicherweise ist das Märchen, wie es Zaunert aufschrieb, nicht gerne von den Literaten verarbeitet worden, schließlich ist es ja eine harsche Kritik an den Vertretern derjenigen, die in der Gesellschaft für Gerechtigkeit sorgen sollten.

Ein weiteres Märchen ist in mancher Hinsicht merkwürdig. Die Erzählerin berichtete, dass dieser Text nicht in Kinderohren kommen sollte, da er für diese zu grausam wäre. Sie selbst hatte das Glück, als

[46] Prot 9.11.1967, Neunkirchen, Hochwald
[47] M 564, S. 297

Einzelkind mehrmals der Erzählung lauschen zu dürfen. Die erzählenden und zuhörenden Personen sollten stets ältere Frauen gewesen sein:

Die drei traurigen Brüder

» ... Da waren mal drei Brüder. Die waren alle drei ein bißchen mürrisch und griesgrämig. Sie lebten zusammen in ihrer Küche und hatten keine Freunde sonst.

An einem Abend saßen sie wieder zusammen und klagten über die schlechte Welt und über ihre Einsamkeit. Auf einmal sagte eine helle Stimme im Raum: ›Warum seid ihr eigentlich niemals ein bißchen fröhlich?‹

Die drei sind schwer erschrocken und waren ganz still. Dann hat eine mit dem Fidibus etwas Licht aus dem Herd geholt und das Licht in dem kleinen Dippchin angesteckt. Da sahen sie einen Zwerg, kaum, daß der ihnen bis an die Knie ging. Sie waren aber so sehr erschrocken, daß sie ihm nicht antworten konnten. Da meinte der Kleine, sie sollten vielleicht etwas Musik machen, das würde ihnen fröhliche Gedanken machen. Nun wollten sie aber wissen, mit was und sie sagten, daß sie kein Instrument hätten und spielen könnten sie sowieso nicht. Der Kleine meinte, daß das nichts machen würde, er würde mit ihnen drei Instrumente bauen.

Bald hatte er eine runde Dose aus Brettchesholz gefertigt. An die steckte er gegenüber zwei hölzerne Stifte rein und dann riß er jedem drei ihrer längsten Haare aus. Er hat dann daraus drei Saiten geflochten und über die Hölzchen gespannt. Dann zupfte er an den Saiten und schon erklang das Instrument.

Dann zog er einen Knochen hervor. Das war ein richtiger Knochen von einem Arm. Er bohrte Löcher rein, schlitzte ihn oben und schon hatte er eine Flöte, auf der er wunderbare Töne herausgebracht hat.

Endlich ging er zu dem Dritten. Er hatte für den auch aus Brettchesholz eine Dose gemacht, doch die war oben offen. Da zog er ein Stück Haut einer Katze hervor und spannte das über die offene Dose. Mit den Fingern begann er, darauf einen Takt zu spielen.

Die drei Brüder hatten nun jeder ein eigenes Musikinstrument und lernten nach und nach das gemeinsame Spielen.

Bald spielten sie zu dritt zum Kirmestanz auf oder zu einer Hochzeit.

Viele Jahre taten sie das und sie waren dabei glücklich und machten andere auch glücklich und zufrieden.

Nach vielen Jahren starb der Saitenspieler und die beiden anderen Brüder waren nun alleine.

Bald danach traten sie nun zu zweit auf und spielten wieder ihre Musik.

Wieder nach einigen Jahren starb der Flötenspieler. Nun war der Jüngste von ihnen alleine und er verfiel wieder in Traurigkeit. So ging er zu seinen Brüdern auf den Kirchhof und spielte mit seiner Trommel traurige einfache Liedchen, die sie früher gemeinsam gespielt hatten. Die Leute aus dem Dorf hörten das und baten ihn, auch bei ihnen solche Liedchen zu spielen, was er gerne machte.

Nach weiteren Jahren verstarb auch der jüngste der drei Brüder und danach schwiegen alle Instrumente, die ihnen vor langer Zeit der kleine Zwerg gebastelt hat, damit sie ihre Traurigkeit vergessen konnten.«[48]

Das Foppen der Bewohner in den Nachbardörfern war ein beliebtes Erzählthema. Jedes Dorf und seine Bewohner besaßen einst ihre Necknamen. Die einen waren die »Päär«, die anderen die »Esele« und wiederum andere waren die »Sackschisser«. Diese Necknamen sind größtenteils bis heute in den Dörfern erhalten geblieben.
Zu jedem Dorf gab es die dazugehörige, den Namen erklärende Geschichte.

Darüber hinaus gab es Geschichten, die Nachbardörfer und ihre Einwohner ein wenig verunglimpfen sollten. Eine dieser Geschichten war so weit verbreitet, dass sie auch in der Märchenliteratur Eingang fand. Nachfolgend eine Erzählung aus Ormesheim über die Fechinger:

Wie die Fechinger den Sonntag erkannt haben

» Vor langer, langer Zeit haben in Fechingen nur Bauern gelebt. Die gingen täglich ihrer Feldarbeit nach und nur wenige Handwerker konnten sich kein Einkommen verdienen, ohne auch etwas Landwirtschaft zu machen.
Die Eintönigkeit der täglichen Arbeit brachte es mit sich, daß die Fechinger zwar den Sonntag heiligten, aber meistens fiel ihnen das erst am Montagmorgen ein. So feierten sie am Montagmorgen den Sonntag, und das brachte ihnen in den Nachbardörfern großen Spott ein.
Als sie eines Montagsmorgens nach der ›Sonntagsmesse‹ vor ihrer Kapelle standen, die alte Woche begruben und die neue Wochen planten, da kam aus Eschringen ein armes Bäuerlein des Weges daher. Das Bäuerlein war sehr erstaunt, als es die Fechinger am Montagmorgen in Sonntagskleidern herumlaufen sah. Es lachte laut und hielt sich dabei den Bauch, dann spottete es über die verschlafenen Nachbarn und zog peitschenknallend, laut spottend durch das Dorf.
Das war den Fechingern zu viel. Tagelang berieten sie nun, wie man zukünftig einem solchen Spott entkommen könnte. Es gab viele Vorschläge aus der Dorfbevölkerung, gute und schlechte und schließlich glaubte man, den besten Vorschlag bekommen zu haben:
Der Meier sollte zukünftig den Sonntag öffentlich anzeigen und zwar so:
Jeden Morgen mußte nun der Meier zur Kapelle gehen, so, wie er es an den Sonntagen gewohnt war. Bevor er morgens losging, sollte er täglich seine weißen wollnen Socken wechseln – anders als er es bisher gewohnt war. Am siebten Morgen sollte das Paar Socken, das er anzog, von rotem Garn gestrickt sein. Auf diese Weise wüßten dann die Dorfbewohner, daß Sonntag ist.
Leider wurde nie mitgeteilt, ob diese Sonntagskontrolle wirklich funktionierte.«[49]

---

[48] Prot 22.9.1961, S. 5 ff, Nalbach
[49] Prot 12.12.1976, Ormesheim

Von der neugierigen Schneidersfrau

Eine Reihe von Märchen wurde erzählt, als handele es sich um einheimische. Doch in Wirklichkeit waren es solche, die die Brüder Grimm niederschrieben. Es ist durchaus möglich, dass sich alte Märchen erhielten und dass sie Grimms Märchen so sehr glichen, dass sie heute als solche identifiziert werden. Dazu nachfolgend das Beispiel des Grimm-Märchens »Von den Wichtelmännern«[50]

» Da war mal ein armer Schneider. Der schaffte und schaffte und konnte seine Familie kaum ernähren.

Eines Abends war er von der vielen Arbeit so müde, daß er die Arbeit einfach auf seinem Schneidertisch liegen ließ, weil er sie dann am anderen Morgen besser zu Ende kriegen kann.

Am anderen Morgen stand er schon früh auf, um weiter zu schaffen. Als er an seinen Schneidertisch kam, stellte er fest, daß alle Arbeit gemacht war. Er war verwundert, freute sich aber und begann eine neue Arbeit.

Am Abend machte er es wieder wie am Vortag, ließ die Arbeit liegen und ging spät zu Bett. Wieder war am anderen Morgen die Arbeit geschafft.

Bald erzählten die Leute im Dorf, daß der Schneider nun sehr gut und schnell arbeiten würde. Warum er aber so schnell fertig wurde, konnte sich kaum jemand erklären.

Bald kamen immer mehr Leute und brachten ihm Arbeit, auch aus den Nachbardörfern kamen sie. Und auch diese Leute waren froh und glücklich über die schnelle und saubere Arbeit.

Die Schneidersfrau aber war neugierig und redete mit der Nachbarschaft über den Erfolg ihres Mannes.

Eines Tages sagte eine Frau, daß es wohl Hexen wären, vielleicht sogar der Teufel oder die guten Zwerge aus der Welt unter den Hügeln.

Die Frau wurde immer neugieriger und nun wollte sie es genauer wissen. Sie ersann sich einen Plan und streute von der Haustüre an die wenigen Stufen zur Schneiderwerkstatt hinauf Erbsen. Dann ging sie nicht zu Bett, sondern legte (wohl ›stellte‹) sich hinter einem Vorhang auf die Lauer. Punkt zwölf Uhr, in der Mitternacht, ging die Haustüre auf und lauter kleine Männlein schlichen leise ins Haus. Sie waren kaum auf den ersten Treppenstufen, da rutschten sie durch die Erbsen aus und dabei polterten sie, so daß die Schneidersfrau mit einem Licht erschien und die kleinen Männlein sah. Die erschraken so sehr, daß sie kopfüber das Haus wieder verließen.

Am anderen Morgen ging der Schneider zu seinem Schneidertisch und war enttäuscht, daß in dieser Nacht die unbekannten Geister keine Arbeit erledigt hatten.

Und so war es auch in der Folgenacht und in der dritten Nacht. Nie mehr kamen die guten Geister zurück, um ihm bei der Arbeit zu helfen.

Nach Tagen des ungeduldigen Wartens gestand seine Frau, daß sie lauter kleine Zwerge mit Erbsen auf der Treppe überrascht hatte. Der Schneider war wegen dieser Neugierde seiner Frau außer sich und schimpfte mit ihr, aber die guten Geister kamen nie mehr zurück.

---

[50] M 538, S. 180 = I, Nr. 39

Der Schneider mußte fortan seine Arbeit wieder selber machen und da die Zeiten nun wieder sehr lang wurden, und die Arbeit nicht mehr so vollkommen war wie noch in den Tagen und Wochen zuvor, blieben viele Kunden aus und gaben ihre Arbeiten lieber anderen Schneidern.
So kehrte die Armut wieder in des Schneiders Haus ein und blieb es bis heute, wenn der Schneider und seine Frau noch leben …«[51]

[51] Prot 19.10.1954, Beckingen

Von Königen, Fürsten und Rittern – und von ihren Kindern

Die Vorstellungen der einfachen Menschen von ihren Königen und Fürsten hat sich tief im Volk eingelagert. Der Adel war eine Sozialschicht, zu der das Volk keine Berührung hatte. Menschen, die den Angehörigen der Königsfamilie jemals im Leben in Sichtweite gelangten, waren absolute Ausnahmen und auf den Dörfern wohl nicht vorhanden. So blieben die Angehörigen des Adels fremde Wesen, die allerdings in den Märchen die Mundart des Volkes zu sprechen hatten, denn so geht es aus den Erzählungen hervor.

Der das Volk beherrschende Adel kam im Erzählgut der einfachen Menschen nicht immer gut weg. Häufig tritt aus den Märchen Kritik an die Oberfläche, wenn auch nicht immer so heftig wie in dem nachfolgenden Märchen:

Der dicke König und sein Ende

» Da war mal ein dicker König. Der hat immer viel gegessen und getrunken und wurde dadurch immer dicker. Er war dann kugelrund und konnte sich nicht mehr bewegen. Da haben ihn die Diener auf eine große lange Schubkarre legen müssen und sie haben ihn in die Stadt gefahren, damit er die Leute noch mal sieht. Der König war so schwer geworden, daß immer vier Diener dazu gebraucht wurden. Und der König hat immer mehr gegessen.
Einmal, da war er schon so dick, wie niemand einen dicken Menschen je in seinem Königreich gesehen gehabt hat, da ist er wieder von den vier Dienern in die Stadt gefahren worden und die Sonne hat auf ihn geschienen und ein fünfter Diener ist neben dem Karren hergegangen mit einem großen Sonnenschirm. Auf einmal hat es ganz laut geknallt und da war der König geplatzt, mitten in seiner Stadt. Und die Leute in der Stadt haben nicht richtig traurig sein können.

Da hat man den König beerdigt und das Leichenimbs war viel fröhlicher als sonstens.«[52]

Kritik durfte nicht aus dem Mund des Volkes kommen. So redeten die einfachen Menschen aus dem Mund eines Angehörigen des Adels selbst. Im nächsten Märchen sprach und mahnte das Volk mit der Zunge der Königstochter:

---

[52] Prot 15.10.1972, S. 2, Weiten

Die Prinzessin mit den drei Fragen

» Es war einmal ein König, der hatte nur eine Tochter gehabt und die war sehr schlau und hat alles gewußt.

Jetzt war der König alt geworden und er wollte sein Reich in Ordnung bringen. Da hat er einen Prinzen für eine Tochter gesucht. Der Tochter hat er das gesagt. Sie hat zu ihrem Vater gesagt, daß sie nur einen heiraten wollte, der ihre Fragen beantworten konnte, die sie ihm stellen würde. Kann er ihre Fragen aber nicht beantworten, wolle sie diesen auch nicht heiraten.

Der Vater war damit einverstanden und schickte Boten durch sein Königreich und die Nachbarkönigreiche. Sie sollten ausrufen, was die Tochter wollte.

Nun kamen viele Bewerber. Sie wollten alle die Prinzessin freien. Die Prinzessin stellte ihnen stets drei Fragen, aber es gab keinen, der ihr die Fragen beantworten konnte. Der Vater wurde von Woche zu Woche ungeduldiger und versuchte, die Tochter umzustimmen. Die beharrte auf ihrem Standpunkt.

Nach einem Jahr kam ein junger Mann an das Schloßtor und wollte bei der Prinzessin vorsprechen. Da wiesen ihn die Wachen ab, weil er nur einfach gekleidet war, wie ein armer Bauer.

Der junge Mann kam aber einen Tag später erneut und bat darum, zur Prinzessin vorgelassen zu werden. Da wurde er erneut von den Wachen abgewiesen. Die Prinzessin hatte mittlerweile von diesem Besuch gehört und befahl den Wachen, den jungen Mann einzulassen, wenn er noch einmal kommen sollte.

Am anderen Tag kam der junge Mann erneut. Da ließen ihn die Wachen ein und führten ihn zur Prinzessin.

Die Prinzessin stellte ihm nun eine Frage und hoffte, daß der einfache Mann die nicht beantworten konnte. Sie sagte zu ihm: ›Wie kann man sein Volk, das man regieren soll, auf Dauer glücklich machen?‹

Da sagte der Jüngling: ›Man schult seine Soldaten gegen einen Feind von außen, führt aber selbst nie freiwillig einen Krieg gegen andere.‹

Als das die Prinzessin hörte, war sie erstaunt und sagte dem jungen Mann, daß er die erste Frage richtig beantwortet hätte. Sie sagte ihm danach, daß sie ihm eine weitere Frage stellen würde. Ihr Versprechen aber könnte sie nicht einlösen, wenn er diese Frage nicht beantworten könnte. Dann sagte sie zu ihm: ›Wenn man keinen Krieg führt, wie kann man das Glück seines Volkes erhalten?‹

Da antwortete der junge Mann: ›Man unterweise sein Volk in der Arbeit, damit es durch diese sein Leben meistern kann.‹

Die Prinzessin war erneut erstaunt über die Weisheit des einfachen Mannes. Darauf stellte sie ihm die dritte Frage: ›Sind Essen und Trinken und eine Behausung ausreichend, um das eigene Volk auf Dauer glücklich zu halten?‹

›Nein‹, sagte da der junge Mann, ›man muß sein Volk unterweisen in der Verehrung seines Gottes, denn nur er kann immer alles zum Guten wenden.‹

Darauf war die Prinzessin wieder erstaunt und sagte zu ihm: ›Du bist ein einfacher Mann mit einem Kopf voll Weisheiten, die alle Deine vorangehenden Bewerber nicht gehabt hatten. Ich werde meinen Vater rufen.‹

Daraufhin schickte sie einen Diener zu ihrem Vater. Als dieser kam, sagte sie zu ihrem Vater: ›Vater, dieser junge Mann hat meine drei Fragen an ihn alle richtig beantworten können. Er ist ein weiser Mensch, auch wenn mir seine Herkunft von niederer Art erscheint.
Darauf sagte der Vater zu ihr: ›Dann sollst Du den nehmen, der dem Reich Zukunft und Glück geben kann.‹
Nun wurde eine prunkvolle Hochzeit vorbereitet, der junge Mann wurde wie ein Prinz eingekleidet und bald nach der Hochzeit war er der König des Volkes. Er führte das Volk so, wie er es der Prinzessin vorhergesagt hat, durch alle tiefen Täler und ließ die Menschen auch nicht auf den Höhen im Stich. Es herrschte Wohlstand und Glück in dem kleinen Königreich, wie man es sich nicht besser hat vorstellen können.«[53]

Viele Märchen aus dem Lebensbereich der Fürsten waren geprägt von bäuerlichem Denken, zum Beispiel wenn es darum ging, einen Acker oder im Fall der Fürsten ein ganzes Königreich zu vererben.
Das nachfolgende Märchen behandelt einen solchen Fall.
Eine Parallele bei Grimm oder Fox ist nicht bekannt.

Zwei Königreiche

» Es war einmal ein König, der hatte zwei Buben. Die waren ihm gleich lieb und treu und er wußte deshalb nicht, wem er sein Reich vererben sollte.
Der rief seinen Rat zusammen und befragte diesen. Aber die klugen Männer wußten auch keine Lösung, die dem König gefiel.
Eines Tages bat eine alte Wääs[54] um Einlaß, sie wolle mit dem König reden. Am Abend ging sie wieder. Die Posten fragten sie neugierig, was sie mit dem König so lange geredet hätte. Aber sie sagte kein Wort und ging hinaus in die Dunkelheit.
Wenige Tage später ließ der König beide Buben zu sich kommen und sagte ihnen, er habe beschlossen sein Reich zu teilen, weil er zu beiden ein sehr großes Vertrauen habe.
Er verlangte jedoch von beiden, daß sie in den beiden Reichen ewigen Frieden hielten und vor allem nie einen Streit mit dem jeweils anderen Bruder beginnen dürften. Würde jedoch einer der Brüder angegriffen oder stände ihm ein schweres Leid ins Haus, so habe der andere zu versuchen, ihn zu retten.
Den Brüdern war ein solcher Friede recht und so wurde das alte Königreich in das Obere und das Untere Land geteilt. Nun gab es zwei Königreiche, beide feierten gemeinsam und es entstand Ruhe und Frieden, Wohlstand und Besonnenheit in den beiden Königreichen.

---

[53] Prot 21.9.1952, Beckingen
[54] eine alte weise Frau

Der alte Vater erlebte das noch ein paar Jahre mit und legte sich eines Tages nieder, um zu sterben. Der Friede in den beiden Reichen hielt lange an, beide Könige wurden selbst alt und eines Tages erfuhr der vom Oberreich, daß sein Bruder im Unterreich von einem zaubernden Drachen überfallen worden war. Er schickte einen Boten zu seinem Bruder, doch der kehrte nicht mehr zurück. Auch ein zweiter und ein dritter Bote blieben aus.

Da bat er seinen jüngsten der drei Söhne zu sich. Dieser Sohn pflegte eine besondere Kunst: Er konnte eine Keule schwingen, die mehrere Zentner wog und seine Schlagkunst hatte er in so manchem Krieg schon bewiesen.

Der König bat den Jüngsten, in seines Bruders Reich nachzusehen, und ihm zu berichten, wenn es ihm schlecht gehen würde. Also machte sich der junge Prinz auf den Weg und erreichte bald das Reich seines Onkels. In den Dörfern, die er durchquerte, sah er, daß die Leute traurig und bedrückt waren. Da frage er nach dem Weg und ein alter Mann erklärte ihm diesen auch, warnte ihn aber davor, weiterzugehen.

Doch der Prinz ahnte, daß hier etwas nicht stimmen konnte, also wollte er auf jeden Fall weiter. Nach vielen langen Tagen kam er an einen Wald, der sehr seltsam war. Es waren nur kleine Bäumchen, aber viele Dornen. Mit seiner Keule schlug er immer wieder Schneisen in das Buschwerk, bis er nach drei Tagen die Silhouette eines Schlosses erkennen konnte. Auf einmal stand ein gräulicher Bastuk mit großem Maul vor ihm und wollte ihn angreifen. Da schlug er mit seiner Keule zu, so daß der Bastuk ein paar Klafter tief in die Erde gedrückt wurde und dort verendete.

Der Prinz schlug sich weiter durch das Dickicht. Auf einmal kam ein großer Adler, wie er in seinem Leben noch keinen gesehen hatte. Er legte dem Prinzen ein großes Ei hin und als der Prinz dieses aufhob, merkte er, daß in dem Ei ein schwerer Gegenstand war. Er schlug das Ei auf und barg einen goldenen Schlüssel. Den steckte er ein, wer weiß, wozu er ihn noch brauchen konnte.

Plötzlich war der Buschwald zu Ende und er stand vor dem mächtigen Schloß des Königs. Als er den Bau noch bestaunte, kam ein Zwerg herbei und fragte ihn, was er hier vorhätte. Der Prinz antwortete, daß er den König befreien wollte. Doch der Zwerg sagte ihm, daß in kurzer Zeit der große feurige Drache kommen würde und der würde ihn fressen.

Der Prinz sagte, daß er vor einem Drachen keine Angst habe, und sei er noch so groß. Doch der Zwerg wollte weiter, daß er den Schloßgarten verläßt. Er zeigte ihm das große eiserne Tor und sagte, daß man da nicht durchkönne. Da fiel dem Prinzen der Schlüssel ein, steckte ihn in das Schloß und schon ließ sich dieses öffnen, doch das Tor war so schwer, daß einer es alleine nicht öffnen konnte. Da nahm er seine schwere Keule und schlug fest dagegen, so daß es weit aufsprang. Im Schloßhof kam eine Katze auf ihn zu, schmiegte sich an sein Bein und verschwand wieder genauso schnell.

Nun fand der Prinz auch den Eingang zum inneren Schloß, klopfte an jede Türe, bis er auf einmal hinter einer der letzten ein leises ›Herein‹ hörte. Er wollte diese Türe öffnen, doch sie war verschlossen und sie ließ sich auch nicht mit dem goldenen Schlüssel öffnen. Da nahm er seine Keule und schlug die Türe aus dem Rahmen. In der Kammer saß in einem Stuhl ein erbärmlicher alter Mann. Es sah aus, als käme er zum Sterben gerade zur rechten Zeit. Er ging zu dem Mann, der stand auf und umarmte den Prinzen wortlos. In diesem Moment hörten beide den furchtbaren Drachen schnauben. Der alte Mann glaubte schon, daß es jetzt die letzte Minute für beide war.

Der Prinz nahm seine Keule, trat aus dem Zimmer und sah den Drachen auf sich zukommen. Der kam näher, spuckte Feuer, doch der Prinz wich in eine Türnische aus. Als der Drache ziemlich nahe war, schlug der Prinz mit seiner Keule so kräftig zu, daß der Drache mit einem Schlag tot hinfiel.
Mit einem Mal konnte man feststellen, daß der böse Zauber von dem Schloß genommen war. Es schien das Leben zurückzukommen. Ein Jüngling kam in das Schloß und rief geängstigt: ›Was ist mit meinem Vater?‹. Der Prinz zeigte ihm das Zimmer mit der eingeschlagenen Türe. Als der Jüngling den Vater lebend und erleichtet sah, umarmte er ihn und kam wieder aus dem Zimmer und sagte, daß er eben noch der verzauberte kleine Zwerg gewesen wär. Schließlich rief der Alte aus seinem Zimmer: ›Und wo ist meine Tochter?‹ Da kam auch ein hübsches junges Mädchen und sagte dem Prinzen, daß sie noch vor kurzem ihn als Katze im Hof begrüßt hätte, ging auch zu ihrem Vater und umarmte ihn.
Nun saßen alle vier zusammen und erzählten von dem bösen Zauber. Am anderen Morgen fragte der Alte nach seinem Bruder, dem Vater des Prinzen. Dieser erzählte ihm alles und als er fertig war, sagte der Alte zu dem Prinzen: ›Du hast uns alle erlöst, es wird das Beste sein, wenn ein so guter Beschützer die Tochter heiratet und das Königreich erhält.
Der Prinz erbat sich zuerst eine Heimreise zu seinem Vater. Diesem erzählte er, daß sein Bruder wieder befreit ist. Da sagte der Vater zu ihm, daß er ihm gerne sein Königreich anvertrauen möchte, doch er solle für seine beiden Brüder sorgen.
Nun wurde eine große Hochzeit vorbereitet, und da er nun beide Königreiche besaß, führte er sie wieder zusammen, wie zu seines Großvaters Zeiten, und alle lebten bis an ein glückliches Ende.«[55]

Die Nachfolge in einem Königreich wird in Märchen häufig behandelt. Für das Volk war eine Nachfolge immer ein Thema, bei dem es nicht mitreden durfte, es musste nur die Folgen tragen. Das war sicherlich ein wichtiger Grund, sich nachfolgende Geschichten zu erzählen:

Die Prinzessin und der Bär

» Es war einmal ein König, der hatte nur eine Tochter. Als sie herangewachsen war, war sie ein wunderschönes Mädchen, das schönste im ganzen Königreich. Aus dem ganzen Reich und aus den Nachbarreichen kamen die jungen Prinzen und Fürstensöhne und hielten bei ihrem Vater um die Hand der Tochter an. Doch der Vater wollte sie noch nicht verheiraten, also schickte er die jungen Männer wieder heim.
Eines Tages mußte der König in einen Krieg ziehen. Der dauerte über ein Jahr und als er wieder heim in sein Schloß kam, war er ein sehr armer Mann geworden. Die Freier blieben aus. Niemand wollte die Tochter eines bettelarmen Königs heiraten.

[55] Prot 31.5.1953, Beckingen

Da kam eines Tages ein großer schwarzer Bär und bot dem König für die Tochter ein Säcklein Gold. Der König erbat sich drei Tage Zeit und entschloß sich schließlich, die Tochter dem Bär zur Frau zu geben.
Diese war nun sehr traurig, weinte einen ganzen Tag und eine ganze Nacht, doch es nutzte nichts, der Bär kam am anderen Morgen und holte sie ab, ohne zu vergessen, das Säcklein Gold dem König zu überlassen.
Der Bär führte die Braut in einen tiefen dunklen Wald. Am Abend kamen sie bei einer Höhle an. Der Bär sagte zu ihr, daß das sein und nun auch ihr Zuhause sei. Die Prinzessin war erschrocken und lebte nun traurig in einer dunklen Bärenhöhle und wenn der Bär morgens aus der Höhle ging, sang sie traurig ein Lied:

›Ach wär ich doch im eigenen Haus,
ganz klein und ganz bescheiden,
mich störte nichts, auch keine Maus,
doch hier muß ich nur leiden.‹

So vergingen Tage, Wochen und Jahre. Im dritten Jahr, als der Bär morgens in der Frühe die Höhle wieder verlassen hatte, stand auf einmal ein kleines graues Männlein am Eingang der Höhle. Die Prinzessin trat aus der Höhle und fragte nach seinem Begehr. Das kleine Männlein sagte, daß es öfter ein Lied gehört habe und daß das Lied so traurig wär, daß er gekommen wär, um nachzusehen, wer in der Höhle des Bären so traurig singt. Nun fragte er sie, ob sie überhaupt die Wahrheit über den Bär schon erfahren hätte.
Die Prinzessin verneinte, war nun aber ganz Ohr und hörte genau zu. Der kleine graue Mann erzählte, daß der Bär in Wirklichkeit kein Tier wäre. Er wurde vor sieben Jahren von einer bösen Hexe verflucht und verwünscht. Nun aber seien die sieben Jahre um und sie, die Prinzessin könnte nun den bösen Zauber beseitigen. Sie müsse nur den Mut aufbringen, den Bär in der Nacht mit einem Messer zu erstechen.
Die Prinzessin erschrak zu Tode. Die Angst überfiel sie und sie bekam Tränen in die Augen.
Der kleine Graue aber sagte ihr, daß nur diese einzige Chance bestehe, erst in sieben Jahren bekäm' sie noch einmal eine solche Chance, dann aber müßte sie das Gleiche tun.
Er verschwand, so schnell, wie er gekommen war. Die Prinzessin war den ganzen Tag über traurig und weinte immerzu. Dann hörte sie den Bär kommen. Sie unterdrückte ihre Traurigkeit und erzählte nichts von dem Erlebten.
Am Abend spät legten sich beide auf ihr Lager aus Stroh. Der Bär war bald eingeschlafen und schnarchte. Sie schlich nach draußen und holte das große Messer, stellte sich von hinten an den Bär, hielt das Messer hoch und wollte zustechen, aber sie fand den Mut nicht.

Da wachte der Bär auf und fragte, warum sie stehen und nicht neben ihm liegen würde. Sie erschrak und sang nur ganz leise:

Ach, mein lieber Bär,
mir ist das Herz so schwer.
Was ich mir wünsche, ist die Sonne
und nur ein kleines bißchen Wonne,
statt dessen steht der dunkle Mond
am Himmelzelt.

Der Bär beruhigte sie, sie solle sich schlafen legen, und das tat sie dann auch. Doch sie konnte kein Auge zumachen, also stand sie wieder auf, stellte sich wieder hinter ihn und hob das Messer, doch sie konnte nicht das Erforderliche umsetzen. Da wachte der Bär erneut auf und fragte sie, warum sie nicht neben ihm liegen würde. Sie sang erneut ganz leise:

Ach, mein lieber Bär,
mir ist das Herz so schwer.
Was ich mir wünsche, ist die Sonne
und nur ein kleines bißchen Wonne,
statt dessen steht der dunkle Mond
am Himmelzelt.

Da sagte der Bär, sie solle sich wieder niederlegen und versuchen einzuschlafen. Erneut versuchte sie es, legte sich auf das Lager und grübelte über das nach, was ihr das kleine graue Männlein gesagt hatte. Sie war ganz hibberisch[56]. Plötzlich stand sie zum dritten Mal auf, sie packte der Mut, oder war es Verzweiflung. Sie stach mit Wucht auf den Bär ein.
In dem Moment wurde es mit einem Schlag ganz hell in der Höhle und diese sah nicht mehr wie eine Höhle aus, sondern wie ein schönes Schloß. Sie stand in einem prunkvollen Saal, vor ihr ein goldenes Bett, in dem ein schöner junger Prinz lag und gerade aufwachte. Er stand auf und umarmte sie. Dann sagte er, daß sie einen alten Zauber beseitigt habe.
Von außen drangen Stimmen an die Tür. Sie wurde unruhig, doch er beruhigte sie und sagte, daß es nur die Dienerschaft wäre, die aufgestanden war, um sich im Schloß nützlich zu machen.
Noch am selben Tag fuhren beide in des Vaters Schloß, fanden den elenden Vater und baten ihn, mitzukommen.
Und so lebten sie noch lange in Eintracht.«[57]

Im folgenden Märchen ging es ebenfalls um die Vererbung eines Königreiches, und auch in diesem Fall wurde keine Ähnlichkeit mit einem Märchen aus denen der Brüder Grimm und Nikolaus Fox gefunden. In der Erzählung siegt zum Schluss die Bescheidenheit. Es ist zugleich eine Ermahnung aller, diesem Beispiel zu folgen:

---

56 zitternd, sichtlich nervös

57 Prot 15.9.1956, S. 2 ff, Beckingen. Am Schluss der Aufzeichnungen der Erzählerin fand der Autor nach Jahren folgende Notiz: »Und was ist aus dem alten Schloß geworden? Daraus ließ der Vater eine Schule bauen, in der die Kinder viel lernen sollten.« Unklar ist, ob die Frage auch von der Erzählerin stammte, Auf jeden Fall stammte die Antwort aus dem Mund dieser.

Vom König, der sein Reich vererbte

» Es war mal ein König, der hatte drei Söhne. Eines Tages rief er alle drei zu sich und sagte, daß er nicht weiß, wem er das Königreich übertragen sollte. Er sprach: ›Ich will, daß der Tüchtigste das Reich übernehmen soll und dazu will ich Euch raus in die Welt schicken, damit Ihr viel lernt und nach Jahren wieder zu mir zurückkommt. Bis morgen gebe ich Euch Zeit, mir zu sagen, was Ihr alles braucht. Es soll Euch gewährt werden.‹
Am anderen Morgen rief er sie erneut zu sich und fragte sie nach ihrem Begehr.
Da sagte der erste:
›Ich brauche ein schnelles Pferd, einen Harnisch und ein scharfes Schwert.‹ Also bekam er ein schnelles Pferd, einen Harnisch und ein scharfes Schwert, nahm's und zog von dannen.
Nun kam der zweite Sohn.
Er sagte: ›Ich brauche auch ein Pferd, einen Mantel, mit der ich mich unsichtbar machen kann und drei Würfel aus Gold.‹
Da gab ihm der Vater auch ein Pferd, einen Mantel, mit der er sich unsichtbar machen kann und drei Würfel aus Gold. Er nahm's und ritt in die Welt hinaus, um sein Glück zu machen.
Zum Schluss war der dritte Sohn an der Reihe. Er trat vor den Vater und sagte: ›Vater, ich brauche einen Zirkel, eine Schmiege und ein Streichmaß, und wenn Ihr mir noch eine Axt, ein Breitbeil, einen Beitel und eine Dechsel mitgeben könnt, wäre ich vollkommen zufrieden.‹
Der Vater wunderte sich über die Bescheidenheit des dritten Sohnes, gewährte ihm aber alle sieben Wünsche, obwohl er nur drei versprochen hatte. Nun machte er sich zu Fuß auf, um in die Welt zu gehen und etwas zu lernen.

Der erste Sohn kam kurze Zeit später in das Nachbar-Königreich. Dort herrschte Krieg. Er meldete sich bei dem König und erhielt eine Truppe, mit der er in den Krieg zog. Der Krieg dauerte drei Jahre. Der erste Sohn vertat seine Zeit als Kriegsherr. Am Ende mußten er und seine Truppe geschlagen von den Schlachtfeldern weichen. Er kam schließlich zerlumpt und geschlagen zurück zu seinem Vater, der ihn trotz alledem mit offenen Armen wieder aufnahm.

Dem zweiten Sohn erging es ganz anders. Er kam in eine fremde Stadt. In der waren viele Leute, vor allem viele Händler, die viele fremde Waren anboten und auch kauften. In solch einer Stadt trieben sich auch viele Gaukler, Spieler und Betrüger um. Der zweite Sohn fand eine Kaschemme, in der er täglich vom Mittag bis in den Abend spielte. Er brachte seine drei goldenen Würfel zum Einsatz und er gewann große Summen, aber er verlor sie auch wieder. Schließlich erinnerte er sich wieder und bediente sich in betrügerischer Weise seines Mantels und zog ihn just in dem Moment über, wenn er verloren hatte. Er nahm seine Würfel mit und verschwand in eine andere Stadt, wo er es genau so trieb. So beschaffte er sich in vielen Jahren ein ansehnliches Vermögen.
Einmal, er war gerade in eine neue fremde Stadt gekommen, da kamen drei fremde Spieler in eine Kaschemme unten am Fluß. Der eine hatte nur einen Arm, der zweite nur ein Bein und der dritte nur ein Auge. Er glaubte, mit diesen dreien ein leichtes Spiel zu haben. Seine Spielereien gingen

viele Wochen. Schließlich hatte ihm einer der dreien seinen zaubernden Mantel entwendet, worüber er sehr unglücklich war. Doch er war so sehr und voller Gier in das Spielen mit diesen dreien versessen, daß er nicht merkte, daß er eines Abends seinen letzten Taler verspielt hatte.
Die drei Spieler aber waren verschwunden. So besaß er nichts mehr als eine klapprige Mähre, die er schon vor Wochen in einem Spiel gegen sein Pferd eingetauscht hatte. Mit der machte er sich auf den Weg nach Hause. Nach genau fünf Jahren kam er nun zu Hause an und mußte seinem Vater gestehen, daß er auf seiner Reise in die fremde Welt nur das Spielen gelernt, und daß ihm das kein Glück gebrachte hatte.
Der Vater nahm auch seinen zweiten Sohn mit offenen Armen wieder auf und war froh, ihn wieder zu sehen. Er wußte, daß dieser viel gelernt hatte, nämlich, daß man ein Königreich nicht mit Spielglück führen konnte.

Der dritte Sohn war nun schon fünf Jahre in der Welt herumgekommen. Als Erstes kam er in eine große Stadt, in der die Bürger eine große Kirche bauten. Er ging zu den Zimmerleuten und Steinmetzen und war bald ein beliebter Handwerker an diesem Bau. Nach zwei Jahren aber wollte er noch mehr Wissen erlangen, also verabschiedete er sich von Meistern und Gesellen und gelangte in eine noch größere Stadt. Dort sollte gerade neben der halb fertigen Kirche auch eine große Brücke gebaut werden. Auch da wurde er zu einem guten Bauherrn. Eines Tages machten die Meister ihn sogar zum obersten Meister der Zunft.
So verlebte er eine lange Zeit von sieben Jahren. Langsam wollte er nach Hause zurück zu seinem Vater, also beschloß er eines Tages, in die Heimat zurückzuwandern.
Als er in seines Vaters Stadt ankam, fand er die Leute alle traurig. Er fragte sie, warum sie so traurig wären. Keiner hatte ihn erkannt und alle erzählten ihm, daß ihr König sehr krank darniederlag und noch keinen Nachfolger bestimmt hätte.
Da eilte er zum Schloß. Sein Vater lag wirklich sehr krank darnieder, war aber überglücklich über die Rückkehr des jüngsten Sohnes. Viele Tage lang ließ er sich von ihm erzählen, was er gelernt hatte und wo er überall war.
Da entschloß sich der Vater, den Jüngsten zum König zu machen, rief die Beamten seines Reiches zu sich und erließ entsprechende Verordnungen.

So wurde das Königreich von dem jüngsten Sohn regiert. Unter seiner Regierung wuchsen Wohlstand und Frieden im Reich, und alle waren ihm dankbar.«

Die beiden letzten Sätze dürfen als Märchenschluss gewertet werden.[58]

Im nächsten Märchen geht es um Treue und Untreue. Das Märchen sollte belehren, denn am Ende siegt immer die Treue:

---

58 Prot 15.7.1953, S. 4 ff, nnb

Die zwei Ritter und ihre Kinder

» Es waren mal früher zwei Ritter. Die waren sich böse. Der eine hatte eine Tochter, der andere hat einen Sohn gehabt. Da sind die zwei (Ritter) in den Krieg. Da haben sich die beiden Kinder verliebt und weil der Krieg so lange gedauert hat, da haben die auch geheiratet.
Der eine Ritter mit der Tochter ist aus dem Krieg zurückgekommen. Der andere war im Krieg gefallen. Da hat der gesehen, daß seine Tochter den Sohn von seinem Feind geheiratet hat. Da hat er den geholt und in ein Gefängnis am Ende seines Reiches geschmissen. Der lag da in einem dunklen Verlies bei Wasser und Brot.
Als der Vater von der Tochter noch mal in einen anderen Krieg gemusst hat, hat sich die Tochter als Marketenderin verkleidet und ist ihren Mann suchen gegangen. Sie mußte viele Wochen gehen. Aber eines Tages hat sie eine Burg gefunden, wo der im Keller gesessen hat. Da ist sie aber nicht reingekommen, weil ein Wächter mit einem Schwert davorgesessen hat. Dem gab sie aber ihren Ring und da ließ der Wächter sie rein. Sie hat gesagt, daß sie vor Untergang der Sonne wieder rauskommen würde.

Der Mann war überrascht und hat sich gefreut. Da haben sie die Kleider getauscht und der Mann ist heim und hat sich im Kampf dem Vater von seiner Frau gestellt. Da war er frei und hat aber seine Frau vergessen.
Nach drei Jahren kam seine Frau aus dem Gefängnis frei und ging zur Burg. Da hörte sie schon unterwegs in den Dörfern, daß ihr Mann noch einmal geheiratet hat. Sie ging in den Wald und wartete, bis der Vollmond am Himmel stand und es Mitternacht war. Dann ging sie an die Burg unter das Fenster und da sang sie ein trauriges Lied:

›Der Vogel hatte ihn befreit,
doch er nahm eine andre Maid.‹

Da öffnete sich oben das Fenster und er schaute heraus, konnte aber nichts sehen. Da ging sie wieder in den Wald und wartete wieder, bis es Nacht geworden war. Da ging sie wieder unter das Fenster und sang das gleiche traurige Lied:

›Der Vogel hatte ihn befreit,
doch er nahm eine andre Maid.‹

Da öffnete sich wieder das Fenster und er schaute herunter, aber er konnte wieder nichts sehen. Sie ging wieder in den Wald und wartete wieder bis zur Nacht. Dann ging sie wieder unter das Fenster und sang das gleiche traurige Lied:

›Der Vogel hatte ihn befreit,
doch er nahm eine andre Maid‹.

Doch diesmal ging das Fenster nicht auf. Auf einmal sang es aus dem Garten:

›Er scheuchte weg die lose Maid
und sucht den Vogel, der ihn befreit.‹

Da fielen sie sich in die Arme und schworen, einander immer treu zu sein.«[59]

Für dieses Märchen, von einfachen Frauen erzählt, findet sich in den Märchensammlungen Grimm und Fox ebenfalls kein vergleichbares Motiv.

Beispiellos bleibt auch das folgende Märchen. Es wurde in der Nachbarregion Forbach und Sarreguemines erzählt und gelangte durch die Wanderung von Arbeitern in den Bliesgau, wo es allerdings stets als »Lothringer Märchen« bezeichnet wurde. Die Geschichte besitzt eine sehr große Fülle von zauberhaften Merkwürdigkeiten, wie sie nicht alltäglich in Märchen zu finden ist:

Vom König, der sein Patenkind beseitigen wollte

» Es war einmal ein König, der übernahm nach dem Tod des Bruders dessen Sohn an seine Seite. Und da er selbst Kinder hatte, fürchtete er, daß dieser junge Prinz ihm eines Tages, wenn er einmal groß genug ist, seinen Thron verlangen könnte. Also beschloß er, den Prinzen zu beseitigen. Er wollte ihn aber nicht töten. Da beriet er sich mit einem seiner besten Minister und sie kamen zu folgendem Ergebnis:

Der junge Prinz, der gut und stark aussah, sollte auf dem Markt verkauft werden.

Es sollte zudem ein guter Preis erzielt werden, denn der König war auch noch gierig nach Geld.

Auf dem Markt wollten viele den jungen Prinzen kaufen, doch als sie den Preis hörten, versuchten sie erst gar nicht zu handeln.

Da kam der Teufel daher, er trug eine schöne Kleidung und er wollte den Prinzen haben. Er bezahlte den verlangten Preis und gab noch einen Franken drauf.

Als der Prinz sah, daß er an den Teufel verkauft worden war, besann er sich seiner geheimen Kunst und verwandelte sich in ein schnelles schönes weißes Pferd. Er sprang über den Markt und flüchtete. Der Teufel aber verwandelte sich sofort in drei schnelle Windhunde und verfolgte den Schimmel. Er kam diesem immer näher. Da sprang der Schimmel in ein tiefes dunkles Wasser und verwandelte sich in einen Lachs. Die drei Hunde aber sprangen dem Schimmel hinterher und verwandelten sich in drei Hechte. Sie verfolgten den Lachs und wollten ihn fressen. Als der Lachs bemerkte, daß er verfolgt wurde und seine Aussicht zu entkommen geringer wurde, machte er einen großen Sprung aus dem Wasser und flog als schnelle Schwalbe davon. Doch die drei

---

[59] Prot 1.12.1955, S. 4 ff, Beckingen

Hechte bemerkten schnell die List des Lachses, sprangen ebenfalls aus dem Wasser und verfolgten die kleine Schwalbe als drei Adler. Die Schwalbe mußte bald feststellen, daß sie doch nicht mehr entweichen konnte und ließ sich als Stein vom Himmel fallen. So sauste sie an den drei Adlern vorbei, ohne daß einer dieser den Stein fassen konnte.
Da fuhr der Stein sieben Klafter tief in die Erde. Doch die drei Adler hatten sich auch als Steine fallen lassen und sausten ebenfalls in die Erde und wollten den ersten Stein zerschlagen. Als das der Stein bemerkte, verwandelte er sich in einen kleinen Wurm. So konnte er abermals dem Teufel entkommen.
Die drei Steine merkten die erneute Verwandlung schnell und verwandelten sich in drei Mäuse und versuchten den Wurm zu fangen. Der aber war auf das Dach des Hauses gekrochen und ließ sich durch die Dielen als rotes Weizenkorn in die Fruchttruhe fallen. Von dort bohrte es sich tief in die Frucht ein. Die drei Mäuse krochen durch ein kleines Loch in den Fruchtspeicher, verschlossen die Türe und verwandelten sich in drei Hähne. Sie begannen damit, die Frucht aufzufressen. Als die Kröpfe so voll waren, daß sie diese kaum noch heben konnten, verwandelte sich das rote Weizenkorn plötzlich in einen Fuchs, kroch aus der Frucht und schlug alle drei Hähne. Er begann diese zu verspeisen. Als er satt war, verwandelte er sich in eine Maus, verließ den Fruchtspeicher, verwandelte sich in einen Adler und flog zurück zu dem Schloß. Dort verwandelte er sich in einen wilden Windhund und wartete, bis der König vor dem Schloß erschien. Als dieser den schönen Hund sah, lockte er ihn. Der sprang auf und zerriß den bösen König.

Alsbald wurde er wieder der schöne junge Prinz, der das Königreich übernahm und dem Volk viel Ehre und Glück bescherte«.[60]

Grimms Märchen und auch die französischen Märchen sind voll von Erzählungen aus der höfischen mittelalterlichen Welt. Grimms Märchen spielten auch in den Spinnstuben-Erzählungen eine bedeutende Rolle. Dabei mussten die Erzählerinnen nicht unbedingt die Kindermärchen aus Grimms Märchenbüchern gelesen haben. Bis in die 1970er Jahre konnten noch viele dieser Märchen aufgezeichnet werden, sie wurden von den Erzählerinnen wiedergegeben und wahrscheinlich aus alter Erzähltradition, die in eine Zeit vor Grimm zu reichen schien.
Eines dieser oralen Überlieferungen soll unter dieser Rubrik wiedergegeben werden. Es wurde 1977 im Bliesgau von einer Lothringer Erzählerin wiedergegeben und aufgezeichnet. Es ist ein Beispiel, wie exakt alte Märchen als ein Teil des kollektiven Gedächtnisses bis in das ausgehende 20. Jahrhundert wiedergegeben werden konnten. Es ist das Märchen vom:

[60] Prot 19.11.1967, Forbach, Sarreguemines

Dornröschen

» Es waren eine Königin und ein König. Die hatten ein großes Königreich und waren glücklich. Sie wünschten sich aber Kinder, doch sie bekamen keine, das minderte ihr Glück.
Eines Tages saß die Königin im Bad und da kam eine Kröte aus dem Wasser gekrochen und die sagte zu ihr: ›Dein Wunsch wird in Erfüllung gehen.‹ Neun Monate später brachte sie eine Tochter zur Welt. Die Königin, der König und das ganze Volk freuten sich.
Da ordnete der König an, daß es ein großes Fest im Land geben soll.
Er sagte, daß auch die Feen eingeladen werden sollten. Und er sagte zu seiner Königin, daß die neuen goldenen Teller für die Feen aufgedeckt werden sollten.
Da sagte die Königin: ›Aber davon haben wir nur zwölf, wir haben dreizehn Feen, wir müssen sie alle einladen, ach laß uns doch die alten Teller nehmen, die silbernen, denn davon haben wir ja dreizehn‹.
Der König war etwas erzürnt und er erwiderte: ›Laß die alten Teller, wir müssen mit der Zeit gehen, lade die Feen ein, zu Tisch können wir nur zwölf bitten.‹
Das Fest begann mit den Glückwünschen und der Abgabe der Geschenke. Auch die Feen kamen, alle dreizehn. Nacheinander gratulierten sie dem Königspaar und brachten dem Kind Geschenke mit. Die erste eine schöne Tugend, die zweite ein hübsches Aussehen, die nächste Klugheit, die nächste Bescheidenheit und so weiter. Da kam die zwölfte Fee an die Reihe, sie trat aber zurück und ließ der dreizehnten den Vortritt und die sagte zu dem König und der Königin: ›Ihr habt mich nicht zu Tisch gebeten, so hört meinen Wunsch für Euer Kind: es soll eine schöne Jugend haben, aber am Tag der Vollendung des vierzehnten Jahres wird es sich an einer Spindel stechen und tot umfallen.‹
Sie sagte es und verließ eiligst das Schloß. Es war große Aufregung unter den Anwesenden und alle empörten sich, keiner nahm die zwölfte Fee mehr wahr. Als sich der erste Ärger gelegt hatte, da trat diese vor und sprach: ›Ja, so wird es sein, doch es wird nicht der Tod sein, vielmehr wird die Prinzessin dann in einen Schlaf fallen, der hundert Jahre anhält, bis ein junger Edelmann kommen wird und sie aus diesem Schlaf befreien wird.

Im Lande des Königs war große Betroffenheit, denn die Prinzessin wuchs zu einem schönen, klugen und dennoch bescheidenen Kind heran, alles schien so, wie es die Feen wünschten. Der König aber fürchtete sich besonders vor dem Beginn des 15. Jahres und so begann er, alle Spindeln des Landes einzusammeln und zu vernichten.
Als die Prinzessin nun das zugesprochene Alter erreicht hatte, ging sie eines Tages durch das ganze Schloß. Sie ging in alle Zimmer und da entdeckte sie auf dem Speicher eine Kammer mit einer kleinen Türe. Darin steckte ein goldenes Schlüsselchen. Sie öffnete die Türe und sah darin eine alte graue Frau. Die spinnte Flachs. Niemand im Schloß hatte an diese Alte gedacht und so war sie die Einzige, die im Königreich noch Spindeln besaß. Die Prinzessin kam näher und fragte die Alte, was sie denn mache. Die sagte freundlich: ›Ich spinne feinen Flachs zu feinem Lein‹. Dann fragte sie die Prinzessin: ›Willst Du es nicht auch einmal versuchen?‹ Die Prinzessin setzte sich

vor das Spinnrad und noch ehe sie mit dem Spinnen beginnen konnte, hatte sie sich auch schon an der Spindel gestochen. In diesem Moment fielen alle Menschen und Tiere im Schloß in einen tiefen Schlaf.

Im Laufe der Jahre wuchsen um das ganze Schloß große Hecken mit Dornen. Es waren Wildrosen, die im Laufe der Zeit armdicke Äste bekamen.

Es dauerte hundert Jahre, da kam eines Tages ein Prinz, der in das Dornrosenschloß eindringen wollte.

Als er an das Schloß kam, blühten die Rosen des Dornengestrüppes auf und bogen sich an die Seite, so daß der Prinz in das Schloß gehen konnte, ohne einen Schaden zu erleiden. So fand er die schlafende Prinzessin. In dem Moment, in dem er die Kammer auf dem Speicher betrat, wurde sie wach, so als wäre sie nur gerade wenige Stunden schlafend gewesen.

Alle im Schloß wurden nach hundert Jahren wieder lebendig, so als wäre nichts inzwischen geschehen. Der Prinz aber erhielt von König und Königin die Prinzessin als Braut und bald war auch Hochzeit.

Ob die dreizehn Feen zu dieser Hochzeit eingeladen wurden, das weiß heute niemand mehr.«[61]

Auch unter den Königsmüttern konnten grausame Frauen leben. Es bereitete so manchem Mai- und Spinnkreis ein Vergnügen, von derart grausamen Begebenheiten zu berichten. Das nachfolgende Märchen ist ein solches, dessen Widerlichkeiten kaum zu überbieten waren:

Die böse Königsmutter

» Da war mal ein junger König, der hatte eine junge Königin und die war in froher Hoffnung.[62] Eines Tages erhielt der König die Nachricht, daß ein anderer König ihn in einen Krieg gezogen hatte. Er rüstete sein Heer und schon wenige Tage später zog er los, nicht ohne seine Mutter zu beauftragen, der zukünftigen jungen Mutter mit allen Hilfen beizustehen.

Die Königsmutter war aber eine böse Frau, gerade so wie eine Hexe. Als die junge Königin Wochen später einen kleinen Prinzen zur Welt brachte, nahm ihn die Königinmutter heimlich in der gleichen Nacht weg und rief einen ihr treuen Diener zu sich. Sie befahl diesem, eine Holzkiste, die mit einem dicken Wacken beschwert war, in den See unterhalb des Schlosses zu versenken.

Der Diener versprach ihr, so zu handeln, wie sie es befohlen, sattelte ein Pferd, lud die Kiste auf und ritt davon.

Als er am Ufer des Sees angekommen war, lud er die Kiste ab, um sie dem tiefen Wasser anzuvertrauen.

---

61 Prot 17.2.1977, aus einem Dorf nahe Saargemünd. Auf eine Wiedergabe des bekannten Grimm-Märchens wurde an dieser Stelle verzichtet.

62 »schwanger«

Plötzlich hörte er ein erbärmliches Kindergeschrei. Er war sehr tief erschrocken, und da er dieses Gejammer aus der Kiste vernahm, zerschlug er sie. Zum Vorschein kam ein Kind, eingewickelt in einfaches Leingetüch. Kurz überlegte er, was zu tun sei. Zunächst versenkte er die zerstörte Kiste mit dem Wacken im See, wie ihm befohlen war. Dann nahm er den Kleinen in den Arm und ritt zu einer alten Frau, die in einer erbärmlichen Hütte nahe des Waldes hauste. Zu dieser hatte er großes Vertrauen und er befahl ihr, für das Kind zu sorgen, bis er es wieder abholen würde. Die Alte nahm das Kind mit in ihre Behausung. Er ritt zurück zum Schloß. Als er dort ankam, rief die Königinmutter nach ihm und fragte, ob er alles richtig erledigt habe, was er bejahte.

Am Morgen war die junge Königin erwacht und fragte sofort nach ihrem Kind. Die Königinmutter tat freundlich und besorgt zugleich. Sie erzählte von dem großen Unglück, daß die junge Frau kein Kind, sondern drei junge Hunde mit roten Köpfen zur Welt gebracht habe. Sie hätte noch in der Nacht die drei verhexten Tierchen dem Wasser übergeben, um weiteres Unglück zu verhüten. Als das die junge Königin vernahm, schrie sie vor Schmerz laut auf und als sie wieder alleine war, rief sie die Kammerzofe zu sich, zu der sie ein großes Vertrauen hatte. Sie kleidete sich am späten Abend an und verschwand mit dieser Frau heimlich aus dem Schloß. Beide Frauen erreichten am Morgen ein Haus am Rande der Stadt, wo sie Aufnahme finden konnten, und das war der Blumenhändler, der regelmäßig auf dem Wochenmarkt sein Geld verdiente und hin und wieder einen Auftrag vom Schloß erhielt und dorthin Blumen lieferte.

Die junge Königin und ihre Kammerzofe lebten nun dort, arbeiteten bei dem Blumenhändler und hatten auf diese Weise eine Bleibe gefunden.
Nun kam die Zeit, wo der König siegreich aus dem Krieg zurückkehrte. Viele Leute jubelten ihm am Weg zum Schloß zu und warfen Blumen auf die vorbeireitende Truppe.
Im Schloß angekommen, verlangte der König zuerst, seine Frau und das neugeborene Kind zu sehen.
Die Königsmutter sagte ihm, sie sei bestürzt gewesen, als sich seine Frau als Hexe entpuppt hatte. Sie habe anstatt eines Kindes drei kleine Hunde mit roten Köpfen zur Welt gebracht und seitdem sei sie spurlos verschwunden.
Den König überfiel sofort eine tiefe Traurigkeit. Von da an zog er sich zurück und nur noch ganz wenige Bedienstete auf dem Schloß bekamen ihn zu sehen.
Eines Tages hatte die Königsmutter einen Strauß Rosen bestellt, um den jungen König wieder zu Lebensmut zu verhelfen.
Eine junge Magd des Blumenhändlers erschien am Tor und bat darum, dem König die Rosen zu überreichen, und zwar mit folgendem Spruch:

Die Rose blühte so schön,
plötzlich verdorrte sie –
und niemand weiß, wohien!

Der Wachmann wollte die Rosen dem König übergeben, doch die Königsmutter übernahm sie und überreichte sie selbst dem König, der sich über die schönen Blumen sehr freute.
Es vergingen wieder viele Tage, da bat die Königsmutter erneut um einen Strauß Rosen, die auch prompt geliefert wurden.
Wieder war es die gleiche Magd, die den Rosenstrauß an das Schloßtor brachte und wieder bat sie darum, dem König die Rosen persönlich zu überreichen mit dem Spruch:

Die Rose blühte so schön,
plötzlich verdorrte sie –
und niemand weiß, wohien!

Wieder nahm die Königsmutter dem Wachmann die Rosen ab und überreichte sie ihrem Sohn, und wieder vergingen Wochen, bis die Königsmutter erneut einen Strauß Rosen bestellte.
Und wieder war es die gleiche Magd, die die Rosen brachte und wieder war es der Wachmann, dem sie den alten Spruch als Gruß an den König sagte:

Die Rose blühte so schön,
plötzlich verdorrte sie –
und niemand weiß, wohien!

Und zum dritten Mal übernahm die Königsmutter die Rosen und reichte sie ihrem Sohn zu seiner Freude weiter.
Eines Tages ging die Königsmutter auf eine dreitägige Reise. Als das die Magd des Blumenhändlers vernahm, erbat sie sich bei diesem einen Strauß Rosen. Sie bekam sie auch und nun ging sie ohne Bestellung zum Schloß, übergab die Rosen dem Wachmann mit der Bitte, er solle sie nur dem König überreichen und wieder den gleichen Spruch sagen:

Die Rose blühte so schön,
plötzlich verdorrte sie –
und niemand weiß, wohien!

Der Wachmann wurde nun zum König vorgelassen und überbrachte Rosen und den besagten Gruß.
Der König bedankte sich und ließ sich von ihm berichten, wie die vorangegangenen Blumen ins Schloß geliefert wurden und wer die Magd des Blumenhändlers sei. Er gab dem Blumenhändler noch am gleichen Tag den Auftrag, am anderen Morgen einen Strauß Rosen ins Schloß zu liefern. Am anderen Morgen ließ er sich die Uniform eines Wachsoldaten bringen. Er kleidete sich entsprechend und wartete nun selbst am Schloßtor.
Die Magd kam mit den Rosen, überreichte sie ihm und sagte zu ihm, daß er die Blumen alleine dem König überreichen sollte und dabei den alten Spruch sagen:

Die Rose blühte so schön,
plötzlich verdorrte sie –
und niemand weiß, wohien!

Der ›Wachsoldat‹ antwortete darauf, der König ließe sie mit einem eigenen Spruch grüßen:

Die Rose blüht noch immer so schön,
sie verdorrte nie –
doch niemand weiß, wohien!

In diesem Augenblick erkannten sich die beiden wieder. Sie fielen sich um den Hals und küßten sich. Der König nahm seine Gattin mit auf das Schloß. Sie mußte ihm nun alles erzählen, was vorgefallen war, und sie erzählte, daß das Kind verschwunden war, daß die Königsmutter erzählte, sie habe drei junge Hunde mit roten Köpfen zur Welt gebracht, die sie im tiefen See unterhalb des Schlosses ertränken ließ, und sie erzählte von ihrer Flucht zum Blumenhändler und von ihrer Arbeit dort.

Was beide nun in ihrem wiedergefundenen Glück noch nicht wußten, war der Verbleib ihres gemeinsamen Kindes.

Wenn die Königsmutter sagte, daß sie die jungen Hunde in dem See ertränken ließ, so lag doch nahe, daß es das Kind war, das dort den nassen Tod fand.

Der König ließ die Diener seiner Mutter, einen nach dem anderen, kommen und fragte sie aus. Erst der letzte Diener sagte, daß er den Auftrag gehabt hätte, eine Holzkiste, mit einem Stein beschwert, im See zu versenken. Er habe kurz vorher ein Kindergeschrei gehört. Deshalb zerschlug er die Holzkiste. Darin fand er ein Kind. Das habe er einer armen Frau in einer Hütte am Waldrand zur treuen Versorgung gegeben.

König und Königin waren nun wieder voll guter Hoffnung. Die schickten den Diener los und schon bald kam dieser mit der alten Frau und einem Knaben im Arm zurück. Nun herrschte große Freude am ganzen Hof.

Es war nur noch ein Tag Zeit, bis die böse Königsmutter wieder im Schloß ankommen sollte.

Als sie am anderen Abend von ihrer Reise zurückkam, waren die junge Königin und ihr Söhnchen nicht zugegen, als der König sie bat, ihm eine Frage zu beantworten:

›Was soll der König tun, wenn einer die Unwahrheit sagt und wenn danach durch diese Unwahrheit ein Menschenleben zu beklagen sei.‹

Die Königinmutter antwortete daraufhin: ›Für die Unwahrheit soll die Person mit einem Monat Kerker bestraft werden. Wenn aber durch diese Unwahrheit ein Mensch zu Tode komme, so soll die Person von wilden Hunden zerfleischt werden. Vorher soll kein Priester ihr den letzten Segen geben dürfen.‹

Der König rief danach die Wache und sagte seiner Mutter, sie habe soeben ihr eigenes Urteil gesprochen. Danach rief er nach der jungen Königin und dem kleinen Prinzen.

Das Urteil wurde vollstreckt. Zuerst mußte die Königsmutter einen Monat bei Wasser und trockenem Brot im Kerker über ihre Sünden nachdenken. Danach übergab der König seine Mutter dem Henker, der so verfahren sollte, wie es die Königsmutter selbst beschlossen hatte.
Der Prinz wuchs heran und übernahm, nachdem sein Vater alt geworden war, das Königreich und führte es friedlich und weise, sehr zur Freude der Untertanen.
Die alte Frau aus dem Wald aber ließ der König als Magd auf das Schloß kommen, so daß sie nun ihr Leben lang versorgt war.«[63]

Weder das Märchen noch die Motive konnten in den Märchensammlungen der Brüder Grimm und Nikolaus Fox gefunden werden. Einige Fragmente sind jedoch aus den Grimms-Märchen her bekannt. Und das Hauptmotiv der bösen Schwiegermutter, die aus niederen Gründen die Enkel tötet, findet sich auch in dem Schweizer Märchen »Die drei Raben« wieder.[64]

Auch das folgende Märchen ist keine Nacherzählung eines bekannten Märchens, es war möglicherweise ein Gewebe der weiblichen Erzählkunst aus vergangenen Zeiten. Zugleich ist es an zauberischen Wünschen kaum zu überbieten:

Der verfluchte Prinz und der dankbare Zwerg

» Da war mal ein armer Bauer, der hatte eine Tochter. Die hatte er in den Wald geschickt, für Pilze zu sammeln. Die Tochter war sehr schön, aber keiner wollte sie heiraten, weil sie so arm waren. Nun ist die in den Wald und hat überall Pilze gesucht und in einen Korb gelegt. Auf einmal hörte sie ein Wimmern und Jammern. Sie suchte überall. Dann sah sie einen Baumstamm liegen und darunter einen Zwerg. Sie wollte dem sofort helfen, konnte aber den Baum, obwohl der nicht zu dick war, anheben. Da keuchte der Zwerg, sie solle den Wipfel anheben, was sie auch tat. Da bekam der kleine Mann so viel Platz, daß er sich unter dem Holz hervorbewegen konnte. Er dankte dem Mädchen: ›Es wird Dir stets gedankt, und wenn Du selber eine Hilfe brauchst, so rufe nur nach uns, wir werden Dir helfen!‹
Das Mädchen ging nach Hause, erzählte von ihrem Erlebnis aber nichts.
Die Tage zogen ins Land und sie ging ihrem Vater wie immer bei der Arbeit zur Hand.
Eines Tages hielt ein vornehmer Reiter vor der ärmlichen Hütte und fragte nach der Tochter. Er sagte, daß sie sehr schön sei und er sie sehr gerne als Frau nehmen wolle, doch sei er an einen Fluch gebunden. Danach dürfte seine zukünftige Braut nur ein weißes Leinenkleid tragen, das nicht genäht ist, also ohne Naht sei. Ein solches Kleid aber konnte bisher kein Schneider machen. Er wolle in sieben Tagen noch einmal vorbeikommen und nachfragen.

---

63 Prot 5.10.1954, Düppenweiler
64 M 566, S. 7 ff

Das Mädchen war froh und betrübt zugleich, denn es hatte noch nie ein solches Kleid gesehen und konnte sich nicht vorstellen, wer solch eins machen könnte. Außerdem wußte sie, daß ihre Eltern ein solches Kleid nicht bezahlen können.

Da erinnerte sie sich an den Zwerg, ging in den Wald und rief nach ihm. Er erschien auch sofort und sie erzählte ihm die ganze Geschichte mit dem Reitermann und von dem seltsamen Kleid.

Der Zwerg sagte, daß er ein solches Kleid an einem Stück kunstvoll weben wolle. Sie soll in drei Tagen wieder vorbeikommen.

Nach drei Tagen ging es wieder in den Wald, rief nach dem Zwerg und siehe, er brachte ihr ein Kleid, das an einem Stück gewebt und wunderschön weiß gebleicht war. Nun war sie überglücklich, lief nach Hause und zeigte das Kleid den Eltern.

Am siebten Tag kam der stolze Reitermann erneut und fragte nach dem Mädchen. Das Mädchen zeigte ihm das nahtlose Kleid, was den Reitermann hoch erfreute. Er sagte, daß nun noch ein zweiter Fluch auf ihm lasten würde. Seine zukünftige Braut sollte lederne Schuhe tragen, die nicht genäht sein dürfen.

Das Mädchen war nun wieder etwas betrübt, doch sie hoffte, daß ihr der Zwerg wieder helfen kann.

Sie machte sich auf in den Wald, rief den Zwerg und der versprach ihr, in drei Tagen die Schuhe gemacht zu haben. Untertage setzte er sich in seiner Werkstatt und fertigte die Schuhe aus kunstvoll zugeschnittenem und nur mit wenigen Pinnen gerichteten Schuhen.

Nach drei Tagen ging das Mädchen erneut in den Wald, bekam die Schuhe, bedankte sich bei dem Zwerg und wartete zu Hause auf den Reitermann. Und der kam, wie versprochen, am siebten Tag vorbei, freute sich über die wundersamen Brautschuhe, die kein irdischer Schuster bisher herstellen konnte.

Nun sagte er, daß der Fluch auch noch eine dritte und letzte Forderung barg. Die zukünftige Braut sollte ein goldenes Krönchen tragen, das aus einem einzigen Draht gefertigt war, an dem kein Anfang und kein Ende zu sehen sei.

Wieder begab sich das Mädchen in den Wald und wieder erschien der Zwerg. Er versprach ihr, das Krönchen in drei Tagen zu fertigen.

Nach drei Tagen ging das Mädchen wieder in den Wald und bekam von dem Zwerg ein wunderschönes Krönchen geschenkt. Es war wirklich aus einem Stück Draht gefertigt. Niemand konnte einen Anfang oder ein Ende erkennen.

Sie dankte erneut dem Zwerg und machte sich auf den Heimweg.

Das Warten bis zum siebten Tag wurde zur Ungeduld, doch der Tag kam und der Reitermann auch. Als er das Krönchen sah, war er begeistert und plötzlich stand ein Prinz vor dem Mädchen. Er nahm sie mit auf sein Schloß, wo bald die Hochzeit gefeiert wurde.

Und sie lebten in Glück und Zufriedenheit bis zum Ende ihrer Tage.«[65]

---

65 Prot 10.7.1969, S. 2 ff, Merchweiler

Eine Reihe von Märchen sind nur in wenigen Fragmenten erhalten geblieben, so auch das nachfolgende Märchen. Mitten in der Erzählung ließ die Zeitzeugin wissen, dass sie den Rest des Märchens vergessen hatte.
Trotzdem soll in dieser Arbeit das durch die Vergesslichkeit gekürzte Märchen wiedergegeben werden:

Der kleine König

» Es war einmal ein König. Der war gerade so groß wie ein Zwerg. Er ritt gerne auf einem Pferd, das war in Wirklichkeit ein großer Hund, jedoch mit richtigem Geschirr und einem ledernen Sattel. Und als Hund führte der König an einer Leine eine ausgewachsene Ratte, die sehr auf ihn aufpaßte und auch einmal jemanden beißen konnten, wenn man dem König zu nahe kam.
Er hatte in seinem Schloß große Räume, wie schon sein Vater. Für seinen Bedarf ließ er sich Sitzgelegenheiten bauen, in denen er selbst bequem sitzen konnte.
Seine Frau, die Frau Königin, mußte auch in solchen Sitzgelegenheiten sitzen und am Tisch mußte sie mit der geringen Höhe ebenfalls zufrieden sein.
In der Kabinettsrunde saßen auch die Minister auf den sehr niedrigen Stühlen an den niedrigen Tischen.

Eines Tages kam ein Kundschafter gerannt und bat die Wache vor dem Schloß um dringenden Einlaß. Die Wache ließ ihn vor den König und da brachte er schlimme Nachrichten.
Der König mußte nun in den Krieg ziehen, und da er nicht auf seinem gewohnten kleinen Pferdchen mitreiten wollte, bekam er einen Offizier, der mit ihm auf einem ganz normalen und prächtigen Pferd ritt. Der saß hinter ihm, und so zog nun das Heer mit dem kleinen König in den Krieg.«

So weit der Text der Zeitzeugin. Sie sagte daraufhin:

»So und nun muß ich passen, den Rest habe ich einfach vergessen und ich habe lange darüber nachgedacht, das krieg ich nicht mehr zusammen. Ich weiß nur noch, daß alles dramatisch im Krieg war und daß er den Krieg gewonnen hat und wieder heile zurückgekommen ist, aber mehr weiß ich nicht mehr.«[66]

[66] Prot 26.10.1976, S. 3 f, Mainzweiler

Hexenmärchen

Ein weiteres weit verbreitetes Märchenmotiv ist das der Hexe. Hexen kommen in vielen Märchen vor, auch in hier aufgezeichneten. Einige sind in anderen Rubriken zu finden.

Nikolaus Fox sieht einen Unterschied zwischen der Märchenhexe und der Hexe in den traditionellen Hexen- und Teufelssagen. Solche Frauen lebten bzw. leben real auf den Dörfern, oft in der gleichen Straße, sogar in der unmittelbaren Nachbarschaft.[67]
Es waren alte oder ältere Frauen, häufig Witwen, die auffallende Attribute der Märchenhexen besaßen und dadurch häufig in ein soziales Abseits gedrängt wurden. Sie besaßen altmodische dunkle Kleidung (Witwenkleidung), ihre Körperhaltung war durch die anstrengende dauerhaft

Abb. 4: *Eine alte Frau mit körperlichen Mängeln – und ohne Kopftuch – konnte schnell zu einer dörflichen Ruf-Hexe werden. Häufig waren solche vom Leben gezeichnete Frauen liebenswerte Dorfgenossinnen.*[68]

[67] M 654, S. 8
[68] Fol 783

körperliche Arbeit krumm, ihre Haut von Sonne und Wind gegerbt, besonders im Gesicht besaßen sie auffallende Warzen, vielleicht besaßen sie, für jeden leicht erkennbar, ein Muttermal oder einen anderen Schönheitsmangel. Vielfach wurden alte Frauen, die gelegentlich ihren Zopf aus dem Knoten gelöst hatten, ebenfalls als Hexen angesehen.
Solche Hexenvorstellungen wurden nicht aus Märchen entnommen, es war eher umgekehrt, sie wurden seit den letzten Jahrhunderten gerne in die erzählten Märchen hineininterpretiert, da sie ja eine tägliche Erscheinung im Dorf waren.
Ein weiteres Merkmal war die Fähigkeit einzelner Frauen, Elemente der magischen Heilkunde zu beherrschen und auf diese Weise vielen Menschen auf dem Land zu helfen – etwas, was besonders junge Frauen nach der 1968er Zeit neu zu interpretieren versuchten.

Das Verhältnis der Menschen zu den vermeintlichen Dorfhexen sowie zu den Märchenhexen war zwiespältig. Einerseits erzeugten Märchenhexen immer wieder Ängste, andererseits wurden viele Dorfhexen im Dorf anerkannt und nur selten erzeugten diese Ängste.

Hexen aus den Sagen und Märchen spielten im dörflichen Alltag eine große Rolle. Sie waren allgegenwärtig und es gab Regeln im Umgang mit ihnen. Wer sie nicht in Haus oder Stall haben wollte, stellte z. B. einen Besen mit dem Stielende nach unten schräg in die Außentüren. Vor der mündlichen Erwähnung einer Hexe wurden magische Sprüche genannt, und es galt als sehr wichtig, vor Beginn eines Hexenmärchens magische Sprüche zu murmeln, um sich selbst vor einer Verhexung zu schützen, wohl zusätzlich eine Form, das Märchen spannender wiederzugeben.

Weit verbreitet war das Sich-Bekreuzigen vor der Erwähnung von Namen wie Hexe, Teufel oder Tod. Besonders abergläubische Menschen segneten sich mit Weihwasser vor solchen Situationen. Es sollte sehr hilfreich sein, denn auf der anderen Seite galt der alte Spruch:

»Wer Hex unn Deiwel nennt,
demm kumme se gerennt!«[69]

Aus diesem Grund ist einleuchtend, dass es bis in die 1970er Jahre keine Märchen von lieben und guten oder niedlichen kleinen Hexen gab. Solche Märchen entstehen erst nach der Emanzipationsbewegung in der 1968er Zeit.
Über das Hexenwesen in der Volkskunde berichten in dieser Reihe ausführlich die Bände V und VII der Saarländischen Volkskunde.[70]

Es sollen nun einige Märchen folgen, die in den Dörfern des Saarraumes erzählt wurden. Den Reigen eröffnet ein Märchen, in dem die Kinder einer Hexe die Hauptrolle spielen:

---

69 M 027, S. 16, Prot 26.7.1952, S. 2, Beckingen, 4.4.1955, S. 4, Beckingen, 9.9.1967, S. 7, Wadern
70 V 733, V, S. 62 ff, V 733, VII, S. 163 ff

Die Hexe und ihre Kinder

» Dòò woore mòl e Hex, die hodd zwei Kinner, e Biebche unn e Mäddchin.
Änes Daas hodd se sich widda geschmeert[71] unn iß eß Finschda nußgefloo. We:i se fott war, honn die Kinner denne Hafe medd de Schmeer gefunn unn hann sich selwert geschmeert. Dòò senn sie aa fottgefloo. Wie die Hex naas hemmgeflo kumm iß, hat se die Kinner nedd gefunn. Se hodd sie iwwerall gesucht.
Dòò isse in de Wald. Dòò ware drei Jäjer, hodd zu denne gesat: ›Honner e Biebche unn e Mäddchin gesiehn‹?
Dòò hodd de Eeschd gesat: ›Ich honn demm Hersch e scheener Blattschuß genn, der war sofott dood.‹ Da hat die Hex gesat: ›Dau Topert‹[72]. Da hat der Zwett gesagt: ›Der Has, wo ich getroff hann, war so schnell gelaaf, daß der sich neinmol iwwerschlaa hodd, wo ichen getroff honn.‹ Da hat die Hex gesat: ›Dau Topert‹. Da hat der Dritt gesat: ›Ich hann demm Fox[73] die Deck abgezoo, dòò geht mr kää bees Weib ninn.‹ Da hat die Hex gekrisch unn geruf: ›Dau Topert‹ unn iß weidergelaaf. Da isse weida in de Wald gellaf unn da ware Holzhacker. Da hat sie zu denne gesat: ›Honner e Biebche unn e Mäddchin gesiehn‹? Da hat der Eeschd gesat: ›Wie ich de Baam gekeilt hott, hodder sich gedrääat unn iß in die onner Richtung gefall.‹ Da hat die Hex gesat: ›Dau Topert‹. Da hat der Zwett gesat: ›Im Baam war e groß Loch vum Blitz vor Jahre.‹ Da hat die Hex gesat: ›Dau Topert‹. Da hat der Dritt gesat: ›In de Storze hann ich es Kreiz geschlaa.[74] Dòò kummt kää bees Weib dehäär.‹ ›Da hat die Hex gekrisch unn hat gerufd: ›Dau Topert‹.
Da iß se weidergang. Wie se ussem Wald kumm iß, dòò ware Fraue, wo Rummele gemach hann. Da iß sie Hex hien unn hat gesat: ›Honner e Biebche unn e Mäddchin gesiehn‹?
Da hat die Eescht gesat: ›Mir mache ze eeschd all uff äaner Huffe.‹ Da hat die Hex gesat: ›Dau Tòòp‹.[75] Da hat die Zwett gesat: ›Se sinn diss Jahr gudd saffdich.‹ Da hat die Hex gesat: ›Dau Tòòp.‹ Unn da hat die Dritt gesat: ›Mir drään die Blädder no links ab, das iß besser geje die beese Fraue.‹ ›Da hat die Hex gekrisch unn hat gerufd: ›Dau Tòòp.‹
Dòò isse hemm. Wie se hemm humm iß, hat se uff ämol e scheener Rosestock vorem Haus gesien, wo scheen rot geblieht hat. Das ware eß Biebe unn es Mäddchin. Do isse hien unn wolld denne abbreche. Wo se zugegriff hat, woorer mit äänem Schlach wech. Da hat se gesiehn, daß hinnerm Haus e großes Wasser war unn do sinn zwei klään Entcher geschwumm. Das ware eß Biebche unn es Mäddchin. Dòò isse ins Wasser unn wollt die Entcher hann für ze broode. Da sinn die Entcher immer weider ins diefe Wasser unn die Hex hinnerher. Uff ämol iß die Hex vasuff. Da sinn es Biebche unn es Mäddchin ussem Wasser unn hann es sich im Haus gudd gehn geloßt, bis se alt unn gesturf ware.«[76]

Ebenso dramatisch und zugleich grausam verläuft ein weiteres Märchen:

---

71 bedeutet: mit Flugsalbe eingerieben
72 dummer Kerl
73 Fuchs
74 Ein alter Holzhauerbrauch, es soll sich keine Hexe oder ein böser Geist auf die Wurzel setzen können.
75 dummes Weib
76 Prot 15.1.1962, Beckingen. Eine ähnlich lautende Aufzeichnung von Nikolaus Fox ist unter M 585, S. 58 zu finden.

Von dem Kind mit den Blumen

» Ein Kind ging mit seinen Eltern ins Holz.[77] Es war das einzige Kind, welches die (Eltern) gehabt haben. Der Vater war sehr arm. Als sie im Wald waren, suchten die Eltern trockene Knüppel zusammen und legten sie auf einen Haufen. Die sollten zu einer ›Bürd‹ zusammengemacht werden, so ließen sie sich gut nach Hause tragen. Das Mädchen sah eine schöne Blume, dann weiter weg noch eine und noch weiter weg wieder eine. Da wollte es für die Mutter einen schönen dicken Strauß pflücken. Als es alle Blumen gepflückt gehabt hat, drehte es sich um und die Eltern waren nicht mehr da. So laut es auch rief, die Eltern gaben keine Antwort.

Die Eltern haben ihr Kind auch vermißt und gerufen, doch auch die bekamen keine Antwort mehr.

Das Mädchen ging durch den Wald. Es hoffte, den richtigen Weg zurück wieder zu finden. Bis zum Abend war es schon gegangen. Da sah es auf einmal weiter weg eine alte Frau, krumm an einem Stock gehen. Sie ging zu der und fragte nach dem Weg. Die sagte, daß das Mädchen den Weg am Abend nicht mehr finden könnte. Am anderen Morgen wollte sie dem Kind den richtigen Weg zeigen. Die Frau sagte, die Kleine sollte mit ihr kommen: ›Da hinten habe ich ein kleines Häuschen, da kannst Du heute Nacht schlafen.‹ Das Mädchen ging mit ihr. Da kamen sie an das kleine Häuschen. Die Türe stand einen Spalt auf und schon huschte eine schwarze Katze hinein. Drinnen war es so arm, wie zu Hause: Ein leerer einfacher Holztisch, ein einziger Stuhl und eine kleine einfache Holzbank. Da setzte sie sich drauf und die alte Frau holte einen Holzbecher mit süßer Milch und ein paar Zuckerstückchen und sagte: ›Nun iß mal etwas und trink etwas, mehr habe ich nicht hier.‹ Sie setzte sich in den Stuhl und fragte das Mädchen aus. Dann sagte sie: ›Hast Du schon mal einen großen Haufen voll Gold und Silber gesehen?‹ Das Mädchen sagte, daß es überhaupt kein Gold und Silber kennen würde, nur aus dem Märchen. Da ging die alte Frau mit ihr in den dunklen Keller. Da stand auf vier Steinen eine schwere Eichentruhe. Sie machte den Deckel auf und sagte zu dem Mädchen: ›Du darfst Dich einmal daran sattsehen.‹ Das Mädchen beugte sich über den Rand der Truhe und steckte seinen Kopf tief hinein. Es staunte über so viel Gold und Silber. Da schlug die alte Frau mit einem Ruck den Deckel zu. Der Kopf des Mädchens fiel in die Truhe, das Mädchen vorne dran.

Die alte Frau war nichts anderes als eine böse Hexe, die gerne Menschenfleisch aß.«

Der Erzähler beendete seine Erzählung mit einem kurzen Dreizeiler, der als Märchenschluss zu werten ist:

»Auf Deinem Kopf, da sitzt ne Laus.
Durch die Küche flitzt ne Maus.
Und das Märchen ist jetzt aus.«[78]

---

77 Eine typische Redewendung mit dem Sinn »in den Wald, um Holz zu sammeln.

78 Prot 14.5.1950, Beckingen

Mit Hexenmärchen berichteten die erzählenden Personen nie etwas Gutes. Sie sind teilweise so grausam, dass man sich die Frage stellen muss, warum solche Märchen auch Kindern erzählt wurden. Das folgende Märchen belegt diese Frage erneut:

Die böse Hexe

» Es war einmal eine Frau, die ging eines morgens in die Frühmesse und sagte danach zu einer anderen Frau: ›Du weißt doch, wo ich im Wald wohne. Ich lade Dich heute Mittag ein, weil ich genug Wurschdsopp hab, denn ich habe vor ein paar Tagen eine Wutz geschlachtet.‹
Da sagte die Frau: ›Ich weiß aber den Weg nicht dahin, da kann ich nicht kommen‹.
Da sagte die Erste: ›Ich streue Dir Sägemehl, dann findest Du den Weg leichter. Es ist nur eine halbe Stunde Weg.‹
Da bedankte sich die Frau und sagte, daß sie pünktlich zum Mittag kommen würde.
Kurz nach dem Elf-Uhr-Geläut ging sie los und kam bald an den Waldrand. Sie fand schon gleich die Sägemehlspur und ging dieser nach. Auf einmal sah sie am Wegrand ein Kinderfüßchen und mußte sich schwer grusselle. Zuerst wollte sie jetzt umdrehen, ging aber weiter. Da sah sie kurze Zeit später ein Kinderhändchen am Weg liegen und sie mußte sich noch viel mehr grusselle. Sie blieb steh'n und wollte zurück, aber dann sagte sie zu sich selbst: ›Ich habe mein Wort gegeben, bei Gott, ein gegebenes Wort ist heilig.‹ Da ging sie weiter, blieb manchmal stehen und bedachte sich. Schließlich sah sie das kleine Haus und wollte schnell hineingehen. Da sah sie vor der Haustüre eine Blutpfütze. Jetzt bekam sie es mit der Angst zu tun, traute sich aber nicht, umzudrehen und ging durch die Haustüre ins Haus. Da war es unheimlich still und ziemlich duschder.
Langsam und ängstlich ging sie durch den Hausgang. Da stand die Türe zur Scheune auf und sie sah, wie der Besen mit der Zeedichgawwel[79] tanzten, ganz still und ohne Musik.
Die Frau bekam immer mehr Angst, aber sie ging langsam weiter, als würde sie von jemandem geführt werden. Da kam sie an der Küchentüre vorbei. Das Gardinchen war etwas verrutscht und sie konnte in die Küche gucken. Da sah sie die Frau hucken, auf dem Kopf einen Geißenkopf[80] und ihren eigenen Kopf hatte sie auf dem Schoß liegen, den lauste sie kräftig und knackte jedes Mal die Läuse mit den Fingernägeln kaputt. Jetzt bekam die Frau es noch mehr mit der Angst zu tun. Sie wollte sich am liebsten umdrehen und heimrennen, doch die böse Frau in der Küche hatte sie bereits bemerkt. Schnell setzte sie sich ihren eigenen Kopf auf und warf den Geißenkopf unter den Schrank. Sie hatte sich schnell wieder gefaßt und begrüßte die Besucherin ganz freundlich, als wäre nichts passiert. Die andere konnte auf den Gruß überhaupt nicht antworten, sie war so versteert von all dem, was sie gesehen hatte.

---

79 eine hölzerne, aus einer Astgabelung hergestellte Heugabel
80 Der Geißenkopf sollte an die beiden Geißböcke Donars erinnern!

Da sagte die Frau in der Küche und tat ganz freundlich: ›Ach komm doch herein, wir essen zusammen eine Schüssel Wurschdsopp.‹
Da ging die Besucherin in die Küche, es war ihr wieder so, als würde sie mit fremden Händen geschoben werden. Die böse Frau deckte nun den Tisch, auf dem Ofen dudderte und roch ein Süppchen. Da sagte die Besucherin: ›Vielen Dank, aber ich kann nichts essen, mir hat es auf den Magen geschlagen.‹
Da sagte die böse Frau etwas verärgert: ›Was ist denn, ist Dir nicht gut?‹
Da sagte die Frau: ›Nein, mir ist's nicht gut.‹
Da sagte die Böse: ›Was ist Dir passiert?‹
Das sagte die Erstere: ›Als ich in den Wald gekommen bin, lag da am Weg ein Kinderfüßchen.‹
›Ach bist Du doordisch,‹ sagte die Böse, ›das war ein Wutzefüßchen, geh ich nachher holen.‹
Aber die Frau wollte sich nicht setzen und konnte nichts essen. Da fragte die Böse weiter: ›Ist Dir noch etwas passiert?‹
Da sagte die Frau: ›Als ich weiterging, lag da ein Kinderhändchen.‹
Da sagte die Böse: ›Ach bist Du doordisch, das war ein Vorderfüßchen von der Wutz, geh ich nachher holen. Nun komm huck Dich endlich hin und iß, oder ist noch was?‹
Das sagte die andere: ›Als an die Haustüre gekommen bin, war da eine Blutpfütze.‹
Da sagte die Böse: ›Ach bist Du doordisch, das war von der Wutz, die ich geschlachtet und auf der Leiter aufgehängt und gespalten habe, geh ich nachher mit Sand abdecken. Nun komm huck Dich endlich hin und iß, oder ist noch was?‹
Da sagte die Frau: ›Als ich an der Türe vorbei kam, die zur Scheune geht, stand die auf und ich habe gesehen, wie der Besen mit der Zeedichgawwel getanzt hat, ganz ohne Musik.‹
Da sagte die Böse: ›Ach bist Du doordisch, das war unser Knecht und unsere Magd, die miteinander getanzt haben. Nun komm endlich und setz Dich hin, daß wir essen können.‹
Doch die Frau war immer mehr gesteert und konnte nichts essen. Da fragte die Böse: ›Und, war noch was?‹
Ganz langsam versuchte die andere ihr zu sagen, was sie durch das verschobene Gardinchen gesehen hatte, daß sie mit Geißenkopf da gesessen und den eigenen Kopf im Schoß gelaust hätte.
Als das die Böse hörte, schrie sie ganz laut und schrill auf, packte die andere bei den Haaren, riß sie zu Boden, nahm das Hackebeil und schlug ihr auf der Stelle den Kopf ab‹.

Nach diesem letzten Satz machte die Erzählerin eine kurze Pause und grinste. Danach fuhr sie fort:

›Und jetzt weißt Du, warum ich keine Wurschdsopp essen will und erst recht nicht von einer Geiß.‹« [81]

Ein weiteres Märchen ist nur noch als Fragment erhalten.
Eine Parallele zu einem Grimm- oder Fox-Märchen ist nicht belegt:

[81] Prot 14.3.1973, S. 59 ff, Orscholz

Die Hexe mit den krummen Beinen

» Da war das Märchen von der Hex mit den krummen Beinen. Die war eine alte graue Frau und wohnte draußen am Rand des Dorfes, wo der Weg hoch zum Wald gegangen ist. Ihre Wohnung war nichts anderes als eine einfache Hütte, die sich im Winter kaum wärmen ließ. Das Dach war dick mit Moos zugewachsen. Die Hütte hatte nur ein Fenster und eine kleine Türe. Wenn man durch die gehen wollte, mußte man sich tief bücken.

Fast jeden Abends kam sie kurz nach dem Untergang der Sonne aus dem Haus und ging irgendwo hin, niemand weiß, wohin. Sie war dann nie alleine. Stets war ihre schwarze Katze mit dabei. Die Katze hatte neun Schwänze, mit denen sie allerlei Zauberei verrichten konnte. Sie war so schwarz, daß sie noch nicht einmal ein kleines weißes Lätzchen auf der Brust trug, wie andere schwarzen Katzen. Nachts war die Katze nie zu sehen, auch nicht von Sonntagskindern mit den besten Augen. Zu hören war sie auch nicht, denn sie besaß große weiche Füße. Ihr Schritt konnte von niemandem gehört werden. Die Katze umschnurrte stets ihre Herrin auf deren abendlichen und nächtlichen Wegen.

Der andere Begleiter der Hexe war ein alter Rabe. Der flog um sie herum, setzte sich immer wieder seitlich ab, und wenn sie am Tag unterwegs war, stahl der Rabe für sie Obst und Gemüse von den fremden Bäumen und aus den Gärten der Bauern. Die Leute im Dorf wußten, daß er besonders gerne in der Kirschenzeit in die Bäume mit den süßen kleinen Früchten flog, einige mit dem Schnabel von den Zweigen gerissen hat und der Hexe brachte. Dazu setzte er sich auf ihrer linken Schulter ab und reichte ihr nach und nach, was er gestohlen hatte, damit sie sich daran laben konnte.

Die alte Hexe ging nicht wie eine alte Frau. Das lag wohl an ihren krummen Beinen. Das linke Bein ging nach links und das rechte Bein ging nach rechts außen.[82] Wenn sie die Wege entlang ging, schien es immer, als würde sie torkeln. Sollten abends noch Leute unterwegs gewesen sein, so gingen diese seitlich des Weges, wichen ihr aus und wenn sie sich begegnet waren, schaute man der alten Hexe nach, aber niemand ging einmal hinter ihr her. Nie wurde ein Mensch gesehen, wie er angehalten hatte, um mit ihr zu maijen[83], und niemand kann sich daran erinnern, daß man einander grüßte. Doch ebenso selten war es, daß jemand nach der Begegnung mit ihr einen Schaden davon getragen hatte.

Eines Abends ging wieder einmal leise ihre Haustüre auf, sie trat aus ihrer Hütte und ging des Weges in Richtung des Waldes. Die beiden Tiere waren natürlich wieder dabei. Der Rabe flog ihr voraus, kehrte um und flog von hinten wieder um sie herum. Er flog sehr hoch und plötzlich stieß er von oben herab auf den Boden. Schnell packte er einen Frosch, der vor der Hexe über den Weg springen wollte. Er trug ihn seiner Herrin und die nahm ihn zunächst in die Hand. Sie betrachtete ihn und begann mit ihm zu schwätzen …« [84]

---

[82] O-Beine

[83] siehe »maien«

[84] Prot 21.11.1952, Haustadt

An dieser Stelle endeten die Aufzeichnungen dieses Märchens, denn die Heftseite der Notizen war herausgerissen und nicht mehr aufzufinden. Trotz intensiver Bemühungen konnte der Rest des Märchens auch von anderen Zeitzeugen nicht mehr mitgeteilt werden. Damit ist der Ausgang dieses Märchens wohl für immer verlorengegangen.

Für ein weiteres Hexenmärchen konnte ebenfalls weder bei Grimm noch in der übrigen Märchenliteratur ein vergleichbarer Text gefunden werden. Da für diese Erzählung ein Textfragment aus einem anderen, aber nicht weit entfernten Dorf, vorliegt, darf man von einer weiteren Verbreitung ausgehen.[85]

Das Hänsel-und-Gretel-Märchen ist allgemein bekannt und zählt zu den meist erzählten Erzählungen in unserer Sprache. Das erklärt auch, warum von diesem, wie auch anderen bekannten Märchen, ähnlich lautende Erzählungen entstanden.
Das nachfolgende Märchen ist eine solche eigenwillige Nacherzählung. Textfragmente aus verschiedenen Dörfern lassen erkennen, dass solche Nacherzählungen, die zu einem eigenständigen Motiv führten – in den mündlich überlieferten Märchen keine Seltenheit waren.
Nikolaus Fox hatte dieses Märchen in seinen Ausgaben von 1942[86] und 1963[87] veröffentlicht. Es wurde dort betitelt mit »'s Purrettche un dr Adolf«. Von dem Grimm'schen Hänsel-und-Gretel-Märchen weicht stark ab. Die folgende Erzählung dagegen scheint mit der Fox'schen übereinzustimmen, auch wenn die Erzählerin viele Änderungen eingebracht hat:

Hansel und Gretel

» Die Kinder hießen bei der Oma auch nicht Hänsel und Gretel, aber sagen wir mal, daß die trotzdem so geheißen haben.
Auf jeden Fall waren Hansel und Gretel die Kinder von sehr armen Leuten. Eines Tages haben die Eltern die in den Wald geschickt, Holz zu holen. Die Mutter war krank und konnte nicht mitgehen und der Vater dann ja auch nicht. Da sind die beiden in den Wald, ganz alleine. Sie haben schon bald gemerkt, daß das Holz heute arsch[88] rar war. Also sind sie immer tiefer in den Wald, um wenigstens ein paar trockene Knüppel zu finden und zu brechen, damit jedes Kind ein kleines Bündel mit nach Hause bringen kann.
Bald aber hatten sie sich so sehr verlaufen, daß sie nicht mehr wußten, wo sie waren.
Es war dann auch schnell dunkel geworden. Da sahen sie plötzlich in nicht allzu weiter Entfernung ein schwaches Lichtchen. Sie waren sich schnell einig, daß sie von dort Hilfe bekommen könnten, und dann könnten sie den Weg am anderen Morgen nach Hause finden. Sie gingen auf

[85] Prot 22.7.1970, S. 8 f, Steinbach b. Lebach
[86] M 585, S. 53 ff
[87] M 004, S. 48 ff
[88] bedeutet: arg, sehr

das Licht zu, bald merkten sie, daß es eine kleine Hütte war. Durch das Fenster kam das spärliche Licht einer Laterne über dem Küchentisch nach außen. Sie klopften an die Türe und warteten. Auf einmal kam eine alte Frau und fragte, was sie wollten. Da sagte der Hansel, daß sie sich verlaufen hätten und den Weg nach Haus nun nicht mehr finden könnten, auch weil es dunkel geworden war. Er fragte, ob die Alte ihnen etwas zu essen geben würde und einen Platz zum Schlafen. Am anderen Morgen wollten sie wieder weiter, um ihr Zuhause zu suchen.

Die alte Frau sagte zu den beiden, daß sie doch hereinkommen sollten, sie sei zwar sehr arm, aber für einen Abend würde ein bißchen Essen noch langen und schlafen könnten die Kinder in dem Schuppen, der direkt neben der Hütte angebaut war.

Die Alte war aber eine böse und hinterhältige Hexe. Nachdem die beiden zu essen gekriegt und den Schuppen betreten hatten, stellten sie plötzlich fest, daß sie in dem Schuppen gebannt waren und sich nicht mehr heraus bewegenkonnten.

Am anderen Morgen rief die Hexe die Kinder in die Hütte, wo ein alter kleiner Mann mit ihr zusammenlebte, der aber nichts sagte, nur das tat, was die Alte ihm auftrug. An dem Morgen sagte die Hexe, sie müsse in den Wald gehen, die Kinder aber sollten in der Hütte bleiben und wenn eine fremde Person kommen würde, sollten sie dieser nicht aufmachen. Die beiden Kinder waren voller Ängste, aber sie konnten nicht fliehen. Stets hatte die Hexe sie in Hütte oder Schuppen festgebannt.

So blieben sie dort, mußten Arbeiten verrichten, die ihnen die Hexe auftrug. Der Hansel hat gelernt, jedes Handeln und Tun der Hexe genau zu beobachten. So war er bald in der Lage, auch ein paar kleine Hexereien durchzuführen, und er lernte jeden Tag etwas Neues dazu.

An einem anderen Tag waren die Hexe und der alte Mann gerade wieder in den Wald weggegangen, da sagte der Hansel zu der Gretel: ›Weißt Du was, ich habe schon so viel gelernt, daß wir abhauen könnten.‹ Das Gretel fürchtete sich ein wenig, aber der Hansel munterte sie auf, mitzukommen.

Nun sind die beiden aus der Hütte, nachdem der Hansel den Bann gelöst hatte.

Am Abend kamen die Hexe und der kleine Mann aus dem Wald zurück. Sie stellten fest, daß die beiden abgehauen waren. Die Hexe sagte darauf zu dem Alten, er solle schnell die Siebenmeilenstiefel anziehen und die beiden verfolgen und wieder zurückbringen. Er tat, wie ihm geheißen und rannte in verschiedene Richtungen, um die beiden zu finden. Auf einmal entdeckte das Gretel den Alten hinter sich, fuhr den Hansel an, daß jetzt alles verloren wäre. Doch der Hansel hexte aus sich selbst einen großen Dornenbusch und aus dem Gretel einen kleinen Vogel. Der Alte war nun nahe gekommen und wollte das Vögelchen anlocken, doch es flog tiefer in den Dornenbusch, sprang darin hin und her und der Alte gab schließlich sein Vorhaben auf, das Vögelchen zu fangen. Als er heimgekommen war, fragte die Hexe ihn, wo er die beiden Kinder gelassen hätte. Er sagte zu ihr, er habe die gesehen, wäre draufzugelaufen, aber als er an dem Ort ankam, waren die Kinder nicht mehr da. Da war nur noch ein Dornenbusch mit einem Vögelchin. Da sagte die Hexe: ›Dau Toopert,[89] warum hasche dann das Vechelchin nidd gefang und mitgebrung, de Bub wär alläan hinner Dir hergelaaf kumm. Loß, mach Deich uff de Wää:j unn breng mer die Kinner zerick!‹

---

[89] Dummkopf

Da ist er noch einmal losgelaufen, hat die Kinder auch bald wieder eingeholt. Plötzlich sah das Gretel den Alten erneut und rief ganz erschrocken zum Hansel, daß er wieder kommt. Da sagte der Hansel: ›Paß uff, ich mach mich zunem Kapellchin unn Dau bischd e Nonn, wo drin bääde duud.‹

Gesagt, getan. Der Alte kam ihnen wieder ganz nahe, sah aber plötzlich nur noch eine Kapelle. Da ging er an die Türe. Er wollte die aufmachen. Der Hansel hatte aber vorgesorgt: Er hatte einen schweren Riegel vorgeschoben, so daß die Türe von der Kapelle nicht zu öffnen war. Der Alte traute sich nicht, weiter einzugreifen. Also ging er wieder zurück zu der Hexe. Als er ohne die Kinder kam, schrie sie ihn an: ›Wo hasche dann die Kinner?‹ Er sagte, daß er sie plötzlich verloren hatte. Da wäre plötzlich nur noch eine Kapelle gewesen. Er habe versucht, in die Kapelle zu gehen, doch die war fest verriegelt, also wäre er wieder heimgegangen. Die Hexe schrie grusselisch laut: ›Dau Toopert, ma kann Deich nidd fier e klääner Dienschd gebrauche, gebb mr die Stiwwele, eich mached selwert.‹

Abb. 5: Da versuchte die Hexen den ganzen Weiher auszutrinken.[90]

Sie zog die Siebenmeilenstiefel an und rannte hinter den Kindern her. Wieder war es das Gretel, das die Hexe zuerst sah. Ihre Angst war nun viel größer. Da sagte der Hansel ganz ruhig: ›Paß uuf, dau gebbschd e Entchin unn eich mach meich zunem große diefe Weiher.‹ Gesagt, getan. Da schwamm das Entchin auf den Weiher auf die Mitte zu. Die Hexe lockte die Ente zum Ufer, doch die Ente ließ sich nicht locken. Da hat die Hexe gedacht, daß sie den Weiher aussaufen könnt. Sie legte sich an das Ufer und verschlang das Wasser in großen Zügen. Das Entchin mußte sich viel Mühe geben. Es konnte so immer weiter in die Mitte schwimmen.

90 unbekannter Meister, M 579, S. 15

Auf einmal war die Hexe so schwer, daß sie sich nicht mehr bewegen konnte. Da lag sie nun am Ufer, riesengroß, voll Wasser und auf einmal gab es einen Platsch und sie war geplatzt. Das Wasser lief in den Weiher zurück.
Jetzt verwandelte der Hansel beide wieder in Menschenkinder zurück. Die beiden Kinder hatten jetzt immer noch einen weiten Weg vor sich. Nach Tagen kamen sie an einen Spiegelberg. Es fing auch noch an zu regnen, so daß sie auf dem glatten Glas noch schlechter vorangekommen sind. Als sie nach ganz langer Zeit oben angekommen sind, war da ein Schloß. Da sind sie in das Schloß und da wohnte ein Prinz drinnen. Der Prinz hat sich gleich in das Gretel verliebt und da wurde eine Hochzeit gefeiert.
Nach ein paar Tagen ist eine große Schar von Ratten den Spiegelberg hochgekrabbelt. Alle haben sich gefürchtet, und da hat der Hansel sie alle in Schafe verwandelt und seitdem war er ein Schäfer mit einer großen eigenen Schafherde.

Und wie er das gemacht hat, war auch das Märchen ausgegangen.«[91]

Nikolaus Fox ließ ein ähnliches Märchen mit einem Schlusssatz ausklingen, den die Zeitzeugin nicht mehr zitieren konnte.

Jetz eß das Märche uß!
Dô henne laft e Muß![92]
Geh fong se, un wonn de se krischt,
machschde d'r e Belzkapp druß!

Auch das nun folgende Märchen erinnert anfänglich an das Märchen von Hänsel und Gretel aus der Sammlung der Brüder Grimm, doch sind Verlauf und Ende völlig anders gestaltet:

Gefangen im Bann einer Hexe (I)

» Ein armer Mann hatte nur ein kleines Äckerchen, auf dem er etwas pflanzen konnte. Da das Geld nicht ausreichte, ging er immer wieder in den Wald, wo er sich als Holzhacker ein Zubrot verdienen konnte, denn er hatte noch eine Frau und zwei Töchter zu versorgen.
Eines Tages sagte er zu den beiden Mädchen: ›Eure Mutter ist krank und ich muß auf unserem Äckerchen schaffen. Wir brauchen aber dringend Holz aus dem Wald. Das könnt ihr beide auch einmal alleine machen.‹
Da sind die braven Mädchen am anderen Morgen in den Wald gegangen, um Holz zu holen.

91 Prot 27.11.1978, Lebach
92 Maus

Der Wald war an dem Tag leer wie gefegt. Sie mußten immer tiefer in den Wald gehen, damit sie den Vater zu Hause nicht enttäuschten.

Wie sie so lange und glücklos gingen, sahen sie auf einmal mitten im Wald eine kleine Hütte. Nie hatte der Vater ihnen davon erzählt. Sie gingen nun zu der Hütte, um zu sehen, was es mit dieser auf sich hat. Sie wurden sehr neugierig, denn sie hatten noch nie eine so kleine Hütte gesehen, und dann auch noch mitten im Wald. Sie fragten sich, ob da jemand drin wohnen würde, und so schlichen sie um die Hütte herum, konnten aber niemanden entdecken. Plötzlich ging die niedrige Holztüre auf und heraus trat eine kleine alte Frau, auf der linken Schulter eine schwarze Katze. Als sie die Kinder sah, geschah etwas Unglaubliches: Die beiden Mädchen waren plötzlich wie am Boden angewurzelt. Zwar konnten sie sich noch bewegen, doch die Füße standen fest auf dem Boden, wo sie sich gerade befanden.

Die Alte war eine Hexe, sie hatte die Kinder gebannt: Die alte Frau fauchte sie nun an: ›Was habt Ihr auf meinem Bann zu suchen? Wer hat Euch geschickt?‹

Die beiden Mädchen entschuldigten sich unschuldig und sagten, daß sie lediglich auf der Suche nach etwas Feuerholz gewesen wären, denn ihre Mutter wäre krank und so wurden sie vom Vater alleine in den Wald geschickt. Mit dem Holz sollte das Herdfeuer erhalten bleiben, damit man ein warmes Essen für die Mutter bereiten könne. Sie beteuerten, daß sie nichts Böses vorgehabt hätten. Die Hexe aber wollte ihnen das nicht glauben. Sie sagte zu den beiden: ›Zur Strafe müßt ihr mir den Garten umgraben‹, schrie einen Spruch und schon waren die beiden Mädchen weg. Statt ihrer standen da zwei kleine Wildsäulein, und denen blieb nichts anderes übrig, als mit ihren Rüsselchen den gesamten Garten umzugraben. Die Mädchen hofften nach getaner Arbeit auf eine Erlösung. Wieder schrie die Hexe einen Spruch und schon standen die beiden Mädchen wieder vor ihr. Über der Arbeit war es Abend geworden. Die beiden Mädchen waren hungrig und müde geworden. Sie fragten, ob sie nun gehen dürften, doch die Hexe ließ sie nicht gehen. Sie gab ihnen etwas zu essen und machte einen verfallenen Verschlag, der ihr wohl hin und wieder als Stall gedient hatte, zu ihrem Nachtlager. Als die beiden Mädchen in dem Stall waren, konnten sie sich nicht mehr – wie durch einen fremden Zauber – aus dem Stall herausbewegen. Sie legten sich auf das Stroh, konnten aber nicht einschlafen. Als es gänzlich dunkel war, beratschlagten sie, wie sie sich befreien konnten. Viele Pläne spielten sie durch. Aber das Haupthemmnis war das verzauberte Bannen durch die Hexe.

Es vergingen viele Tage. Die beiden Mädchen mußten der Hexe alle Arbeiten verrichten, sie wurden sofort gebannt, wenn sie auch nur in Gedanken flüchten wollten.

Eines Nachts, es war schon zum zweiten Mal, daß sich der volle Mond wieder zeigte, da erschien den beiden ein kleiner Gnom. Er stand plötzlich in dem Verschlag, in dem die Mädchen zur Nachtruhe lagen. Die ältere hatte ihn zuerst entdeckt, war voller Angst und flüsternd weckte sie ihre Schwester. Die Angst, einem weiteren schlimmen Unheil anheim zu fallen, ließ die beiden nicht los. Sie hatten eine solche Gestalt noch nie in ihrem Leben gesehen und rechneten mit dem Allerschlimmsten.

Der Kleine hatte bemerkt, daß nun beide Mädchen wach waren und er sprach sie an: ›Ihr seid bei einer sehr bösen Frau angekommen. Ihr habt ihren Bann betreten und sie läßt Euch nicht mehr frei, denn sie hat große Macht über Euch und ohne ihren Willen oder einen anderen Zauber werdet ihr wohl den Rest Eures Lebens in der Gewalt und zu Diensten der Hexe verbringen müssen.‹

Nach diesen Worten waren die Mädchen sehr traurig geworden, denn das bedeutete, daß sie die Eltern und ihr Zuhause nie mehr wiedersehen werden. Doch der kleine Mann war noch nicht am Ende. Nach kurzer Pause sagte er. ›Ich habe eine Nuß mitgebracht. Wenn Ihr die aufmacht und den Inhalt in einem Kreis um Euch herum streut, so seid Ihr von dem Bannzauber der Hexe befreit. Aber Ihr müßt achten, daß Ihr den Bannkreis auch schließt, sonst wirkt der Zauber nicht. Danach heißt es Geduld bewahren. Vor allem müßt Ihr Euch vor der Katze in Acht nehmen, sie wird von der Hexe immer wieder als Teil ihrer Zauberei eingesetzt.‹

Er übergab ihnen die Nuß und verschwand.

Die Mädchen beratschlagten nun, was zu tun ist. Schon am anderen Morgen waren sie wieder im Bann der Hexe festgemacht, so daß sie wieder Schlimmes, verbunden mit schwerer Arbeit, erwarten mußten.

Noch bevor die Hexe selbst erschien, knackten sie die Nuß und streuten den Inhalt im Kreis um sich, wie der kleine Mann ihnen empfohlen hatte. Doch der Kreis, den sie begonnen hatten, war zu groß angesetzt, so daß er nicht zu schließen war. Der Zauber war mithin wirkungslos.

Kaum waren sie mit dem unfertigen Kreis zu Ende, erschall ein furchtbarer schriller Schrei. Die Hexe hatte den Gegenzauber bemerkt und wurde nun nur noch wütender. Sie packte die Mädchen mit Arbeit voll und drohte ihnen Schlimmes an, wenn sie die aufgetragene Arbeit nicht verrichten würden.

Es vergingen wieder einige Tage, bis in einer Mitternacht der kleine Mann noch einmal erschien. Die beiden Mädchen schilderten ihm ihr Unglück. Der kleine Mann ermahnte sie, vorsichtiger zu sein und gab ihnen erneut eine Zaubernuß, bevor er wieder schnell und leise verschwand.

Am anderen frühen Morgen taten die Mädchen, wie der kleine Mann ihnen aufgetragen hatte.

Die Hexe stand plötzlich vor dem Verschlag und schrie schrill und laut auf. Sie beklagte, daß sie die Macht über die beiden verloren hatte.

Nun ging sie in ihre Hütte und kurze Zeit später kam schmusend ihre schwarze Katze, betrat den Kreis der beiden Mädchen und ließ sich von ihnen streicheln und liebkosen. Auf einmal merkten sie, daß sie wieder fest gebannt wurden. Mit einem Mal war auch die Katze wieder verschwunden. Die Mädchen hatten also die Warnungen des kleinen Mannes erneut mißachtet. Es war wieder, wie vor Wochen schon. Sie mußten nun noch einmal die Arbeiten verrichteten, die die Hexe ihnen auftrug, und die wurde immer mehr und mühseliger.

So vergingen wieder viele Tage und Wochen, bis der Mond erneut seine große Fülle erreicht hatte. In der gleichen Nacht erschien erneut der kleine Mann. Er zeigte sich sehr besorgt und ermahnte die beiden Mädchen, vorsichtiger zu sein und genau das zu tun, was er ihnen gesagt hatte. Die Mädchen bedankten sich und versprachen, zukünftig besser aufzupassen.

Der kleine Mann erzählte ihnen, daß die schwarze Katze nichts anderes ist als eine ebenfalls verzauberte junge Frau. Danach gab er den beiden Mädchen noch einmal eine Nuß, wie beim ersten und zweiten Mal. Zusätzlich gab er ihnen ein kleines Stöckchen, mit dem sie die Katze schlagen sollten, sobald sich diese in ihren Bannkreis geschlichen hatte, um den Zauber zu lösen.

Es kam, wie beim ersten und zweiten Mal. Am anderen Morgen öffneten sie die Nuß, streuten das Pulver um sich herum, schlossen dabei aber wieder den Kreis. Als die Hexe aus ihrer Hütte kam, schrie sie noch schriller als bei dem ersten und zweiten Mal. Sie sauste durch die Lüfte und bereitete so den beiden Mädchen eine ungeheure Angst. Dann verschwand sie wieder in ihrer Hütte und kurz vor dem Mittag kam wieder die schwarze Katze, um mit den beiden zu schmusen und um sich streicheln zu lassen. Da nahm die Ältere schnell das Stöckchen und schlug kräftig auf die Katze. Mit dem letzten Schlag stand plötzlich vor den beiden eine junge Frau. Sie bedankte sich für ihre Erlösung von dem Hexenzauber und nun beratschlagten alle drei, wie sie aus dem Bann der Hexe entkommen könnten.

Die junge Frau sagte, daß der Bannzauber der Hexe vor dem geschlossenen Kreis wieder wirken würde. Also mußten sie einen anderen Weg wählen. Da sagte die junge Frau, die Hexe würde sich täglich mit dem höchsten Stand der Sonne zur Ruhe begeben, den Moment müßten sie abwarten. Kurze Zeit später hatte die Sonne ihren höchsten Stand erreicht, da schlichen sie eiligst aus dem Bann der Hexe und erreichten auch das Ende ihres Bannes, das die junge Frau sehr gut kannte, denn sie war schon länger in der Gewalt der Hexe.

Nun waren sie alle drei wieder frei. Drei Monate waren für die beiden Schwestern schon vergangen. Die junge Frau bedankte sich und nahm den Weg nach ihrem Zuhause. Die beiden Mädchen fanden ihren eigenen Weg nach Hause.

Dort angekommen fanden sie die Eltern, krank vor Trübnis über das Verschwinden ihrer beiden Kinder. Als diese die Hütte betraten, erwachten sie mit einem Schlag. Die Freude des Wiedersehens war sehr groß.

Die Mädchen mußten nun alles genau erzählen, was passiert war und wie sie freigekommen waren. Danach schwor der Vater, die Kinder nicht noch einmal alleine in den Wald zu schicken.

Eines Nachts hörten die Mädchen draußen vor der Türe ein leises Gejammer. Doch sie beachteten das nicht weiter und schliefen durch bis zum frühen Morgen. Schon kam die zweite Nacht und wieder jammerte es draußen vor der Türe und als es in der dritten Nacht erneut jammerte, berieten sich die beiden Mädels, was zu tun sei und ob das ein Zeichen für sie sein sollte.

Als auch die folgende Nacht nicht ruhig verlief, standen sie leise auf und lugten vor der Türe, konnten aber nichts erkennen. So betteten sie sich wieder. Am Morgen, als sie das Haus verlassen wollten, lag eine kleine Nuß vor der Türe. Da wußten die Mädchen, was das zu bedeuten hatte.

In der nächsten Nacht legten sie sich nicht zum Schlafen und als das leise Wimmern noch einmal zu vernehmen war, gingen sie vor die Türe. Sie sahen den kleinen Mann, der ihnen bei der Hexe geholfen hatte. Er stand da mit einem kleinen Stöckchen und bat darum, ihn zu schlagen, wie er sie bei der Katze im Hexenbann gelehrt hatte. Das taten sie bereitwillig und mit einem Mal stand ein junger Handwerksbursche vor ihnen und bedankte sich für seine Erlösung. Sie luden ihn in die Küche ein und sprachen gemeinsam über ihre Verhexungen und Erlebnisse. Der Handwerksbursche erzählte nun, daß er auf der Walz war und ganz zufällig an diesem kleinen Hexenhäuschen anlangte. Die Hexe hatte ihn damals sehr freundlich hereingebeten und ihm etwas zu essen gegeben. Er durfte auch im Stall auf einem Schaub Stroh[93] die Nacht verbringen. Als er am anderen Morgen erwachte, fühlte er sich sehr klein und eingezwängt. Sie hatte ihn in einen Zwerg verzaubert. Er war viele Wochen bei der Hexe und mußte täglich viele Arbeiten verrichten. Doch bald hatte er gelernt, welche Hexenkünste sie verwendete, um anderen Menschen und Tieren des

93 ein Bund Stroh

Waldes einen Schaden zuzuführen. So kam er auch an die Nüsse und die zaubernden Stöckchen, die er der Hexe stahl. Sie saßen noch lange und erzählten von ihrem Erleben in diesen vielen Wochen bei der Hexe.
Am anderen Tag bedankte er sich bei den beiden Mädchen und ging wieder auf die Walz, denn seine Wege sollten noch lange nicht zu Ende sein.
Nun lebten alle friedlich – wer weiß wie lange? Wahrscheinlich sind alle der Hexe nicht noch einmal begegnet, sonst hätten sie es mir doch auch erzählt.«[94]

Dem besseren Verständnis wegen soll nachfolgend der Text eines weiteren Zeitzeugenprotokolls wiedergegeben werden.

Die Zeitzeugin konnte sich an ihre eigene Kinder-Märchenwelt erinnern, doch waren seit der Jugendzeit viele Jahre ohne erneutes Auffrischen des Erzählstoffes vergangen:

Gefangen im Bann einer Hexe (II)

» ... Nein, von den Märcher weiß ich nicht mehr so viel. Da war das Frau-Holle-Märchen, das vom Hansel unn vumm Gredel. Das hat mir als Kind immer gudd gefalle. Was haben wir noch gehabt? Sterntaler, Rotkäppchen, Aschenputtel, das habe ich auch immer gerne gehört und das wurde auch viel erzählt, dann der gestiefelte Kater, ein grusselisches Märchen von der bösen Hex, wo dem jungen Mädchen die Truh gezeit hat unn de Deckel nunnergeschlaa, daß emm de Kopp abgeschlaa woor isch. Da weiß ich aber nicht mehr die Iwwaschrift vunn demm ...
Also bei uns jedenfalls wurde nicht vorgelesen, aber die Frauen haben die gut außewenzisch gekonnt.
Und dann ist so eine Art Hansel und Gredel hier von uns auch erzählt genn ...
Nein, das kann ich nicht mehr erzählen, das Rotkäppchen und den Sterntaler und die Frau Holle, das hab ich gut gekonnt. Aber das da nicht so sehr. Wenn Sie wollen, kann ich Ihnen ja mal was sagen, was ich noch weiß ...

Es ging zuerst fast so, wie das Hansel-und-Gredel-Märchen. Das waren auch arme Leute und da wollten die in den Wald für Holz zu holen, aber die Eltern konnten nicht mitgehen und da sind nur die zwei Kinder gegangen. Die sind immer tiefer in den Wald gekommen und dann kamen sie an ein Hexenhäuschen, aber da war nichts zum Knabbern dran. Die Hex' hat die verzaubert und sie haben für die immer schaffen müssen für sie. Da ist ein kleines Wichtelmännchen gekommen und hat sie erlöst. Mehr weiß ich nicht mehr, ich müßt mich sonst erst mal wieder richtig überlegen gehen.«[95]

---

[94] Prot 5.10.1952, Haustadt
[95] Prot 22.7.1970, S. 8 f, Steinbach b. Lebach

Im Saarraum und weit darüber hinaus erzählten sich die Menschen Märchen oder Sagen von Hexen, die sich in eine Katze verwandeln konnten, und natürlich verwandelte sie sich im richtigen Augenblick auch wieder zurück. Ein solches Märchen aus dem Haustadter Tal hat zwar keine Vorbilder in der mehrmals genannten Märchenliteratur unseres Raumes, aber einzelne Motive tauchen in so manchem Märchen und mancher Sage auf.

Die Hexenkatze

» Es war einmal ein reicher Bauer. Er hatte nicht nur viel Ackerland und Wiesen, er hatte auch einen großen Kuhstall mit zwölf gut versorgten Kühen, die ihm jeden Tag sehr viel Milch gaben. Seine Frau verkaufte einen Teil der Milch und verschaffte den Rahm der restlichen Milch zu Butter. Mit der Butter ging sie auf den Markt in der Stadt, und da die dortigen Frauen diese Butter hoch lobten, brauchten sich die beiden nicht über Nöte zu beklagen.

Der Bauer und seine Frau wurden älter, und so sann er nach einer Hilfe für seine Frau. Er suchte eine Melkerin für die Kühe, in der Hoffnung, daß seine Frau die restliche Arbeit auf dem Hof noch alleine schaffen könnte. Da auch er nicht mehr die Kräfte von einst besaß, wollte er für seine Erleichterung einen Knecht einstellen.

Bald war beide gefunden, ein Knecht, der dem Bauer zur Hand ging und eine Melkerin, die die zwölf Kühe morgens und abends melkte und fütterte.

Alles schien wunderbar zu passen, Knecht und Melkerin taten ihre Arbeit zur Zufriedenheit des Bauern.

Es waren aber noch keine drei Tage vergangen, da lag am späten Abend die Melkerin tot hinter der letzten Kuh. Irgendjemand hatte ihr den Hals zugedrückt, so daß sie erstickt sein mußte.

Die Bäuerin machte sofort den Knecht verantwortlich und ließ ihn von dem Gemeindediener abholen und in den Kerker werfen, wo er auf seinen Prozeß warten sollte.

Durch diesen Vorfall wurde die Arbeit auf dem Hof nicht geringer. Also suchte der Bauer einen neuen Knecht und eine neue Melkerin. Bald waren auch diese gefunden, man wurde sich einig und die beiden konnten die Arbeit schon am anderen Tag aufnehmen, und schon wieder war es am dritten Tag, da lag auch diese Melkerin am Abend tot hinter der letzten Kuh, auch sie war erwürgt worden.

Wieder kam der Gemeindediener und befragte den Knecht. Doch dieser, wie schon der erste, bestritt die grausame Tat. Trotzdem wurde auch dieser Knecht abgeholt und in den Kerker geworfen, wo auch er auf seinen Prozeß warten sollte.

Nach diesem zweiten Vorfall wurde es für den Bauern schwerer, Hilfe für die Arbeit auf dem Hof zu finden. Es dauerte viele Tage, bis der Bauer Gesinde fand, das bereit war, an seinem Hofe zu arbeiten, denn es hatte sich weit über die Dörfer herumgesprochen, daß auf dem Hof etwas nicht mit rechten Dingen zugehen kann.

Nach langer Zeit meldete sich ein Knecht, den der Bauer einstellte, weil er mit der Arbeit zufrieden schien. Er war zuverlässig und verrichtete die ihm aufgetragenen Pflichten sorgfältig.
Nach weiteren Wochen meldete sich eine neue Melkerin. Sie hatte von dem Verbrechen auf diesem Hof gehört, aber sie war zuversichtlich, daß ihr nichts geschehen würde. Und so sah es denn auch in den nächsten Tagen aus. Sie verrichtete fleißig ihre Arbeit, der Bauer war damit zufrieden. Es verging auch der dritte Tag ohne einen einzigen Vorfall, so auch die nachfolgenden Tage.
Am Abend des neunten Tages hatte sie gerade die elfte Kuh fertig gemolken, da sah sie eine große schwarze Katze im Stall herumschleichen. Das beunruhigte sie sehr, denn alle Türen waren verschlossen. Sie beobachtete die Katze ganz genau. Diese schlich um sie herum und ließ sie nicht aus den Augen. Als sie hinter ihr war, drehte sich die Melkerin um. Da holte die Katze zu einem mächtigen Sprung an. Die Melkerin hatte sich vorbereitet, sprang rechtzeitig hoch und griff zu der Heugabel, mit der sie kräftig auf die Katze zustieß.
Sie hatte das magische Vieh voll getroffen, denn nun war sie laut jaunzend schnell wieder verschwunden.
Die Melkerin konnte von der Katze keine Spur mehr entdecken, also melkte sie die letzte Kuh fertig und begab sich nach getaner Arbeit in die Küche, wo sie mit einem Abendessen rechnete. Außer dem Knecht und dem Bauer war niemand, der in der Küche das Abendbrot hätte richten sollen. Da fragte sie den Bauer nach dem Verbleib der Bäuerin und wollte der bei ihren Arbeiten helfen, damit sie auch damit fertig werden könne. Doch der Bauer fand seine Frau ebenfalls nicht. Zum Schluß ging er hoch in die gemeinsame Kammer. Da lag sie im Bett, kreidebleich und schwer stöhnend. Der Bauer fragte, was ihr fehle, doch sie schrie ihn an, er solle sie alleine lassen, es ginge ihr nicht gut.
Da wendete sich der Bauer von der Bettstatt ab und wollte die Kammer wieder verlassen. Doch da entdeckte er auf dem Fußboden in regelmäßigen Abständen einige Blutstropfen, sagte aber nichts, sondern ging der Spur nach, und die führte bis in den Stall.
Nun rief er die Melkerin und befragte sie nach dem Geschehen am gleichen Abend. Die Melkerin berichtete, daß sie, wie immer, die ersten elf Kühe fertig gemolken hätte und daß plötzlich eine große schwarze Katze im Stall erschienen war. Die Katze war so groß, daß sie glaubte, sich vor ihr fürchten zu müssen. Als die große Katze zum Sprung auf sie ansetzte, griff sie zur Heugabel und stach damit auf die Katze ein. Die Katze war danach sofort spurlos verschwunden, so die Melkerin.
Der Bauer ahnte nun Böses. Er ging erneut in die Kammer seiner Frau. Die lag weiterhin im Bett und stöhnte erbärmlich. Da riß er ihr die Decken weg und sah, daß das Bett blutig war und sie eine Wunde in der Brust hatte, aus der das Blut austrat. Er schickte den Knecht zum Richter in die Stadt. Der kam noch am gleichen Abend mit dem hohen Herrn und zwei Dienern zurück und nun packten sie die Frau und warfen sie in den Kerker.
Durch langes Befragen erfuhr der Richter, daß die Frau immer mal wieder eine Begegnung mit dem Teufel gehabt habe und daß der Teufel sie mit allerlei Zauberei ausgestattet habe. Die beiden ersten Melkerinnen hatte die Bäuerin nach eigenen Geständnis erdrosselt, die beiden Knechte waren schuldlos in den Kerker geworfen worden.
Die Bäuerin wurde bald dem Henker übergeben und der schlug ihr den Kopf ab.

Der Bauer nahm die beiden Knechte in seine Dienste, denn er brauchte nun Hilfe auf seinem Hof. Und so bewirtschaftete er seinen Hof bis an sein Lebensende, ohne jedoch noch einmal glücklich und zufrieden zu werden. Schon nach wenigen Jahren verstarb er aus Gram, aber mit dem Segen seiner Kirche. Er hatte immer darüber nachdenken müssen, was seine Frau ihm als Hexe angetan hatte und wie sie den Bund mit dem Teufel hatte eingehen können.«[96]

Viele Erzählungen mit Hexenkatzen konnten aus dem Saarraum noch im 20. Jahrhundert erfasst werden. Sie sind Teil eines wesentlich größeren geografischen Raumes, der sich bis in den baltischen Raum erstreckt.[97]

Die Anzahl der unterschiedlichen Erzählungen geht in die Hunderte, meist erscheinen sie in der Literatur als Sagen, allerdings auch als Märchen; die Erzählungen scheinen in einem Grenzbereich zu liegen. Viele der Texte blieben in sehr kurzer Form erhalten. Das Motiv ist häufig das Gleiche, wie im vorangegangenen Märchen.

Die Katze galt den Alten in ihren Erzählungen als Geistertier mit der Fähigkeit, sich in eine Hexe zu verwandeln. Hexen aber konnten sich in eine Reihe von Tieren verwandeln, die nicht oder nicht eindeutig zu den christlichen Symboltieren zählten.

Die Katze, besonders die schwarze, zählte wegen ihrer Nähe zur gallogermanischen Göttin Holda zum weitaus häufigsten Verwandlungstier, und die Hexenkatze ist sehr weit verbunden mit dem abergläubischen Milchzauber.[98]

Milchzauber galt den Alten bis ins frühe 20. Jahrhundert als ein realer. Das bedeutet, dass die Erzählungen um die schwarze Hexenkatze in diesen Fällen ebenfalls wirklichkeitsnahe als persönliche Erlebnisse erzählt wurden. In diesen Fällen hatten sie den Charakter eines Märchens verloren, wie nachfolgendes Protokoll belegt:

Die schwarze Katze im Kuhstall

» Da war bei uns ein Bauer, der hat meinem Vater erzählt, wie er einmal abends eine schwarze Katze im (Kuh-) Stall erwischt hatte.

Er wollte füttern und da hatte er vergessen, die Türe richtig zuzumachen. Da schlich sich auf einmal eine schwarze Katze durch die Tür. Die war nicht von seinen. Die hat sich auch ganz anders benommen, nicht wie eine Katze auf Mäusefang. Sie verschwand vorne bei einer Kuh. Da ist der mit der Mistgabel hin und hat sie aufgelauert. Schon vor einem Monat ist eine Kuh plötzlich trocken geworden. Da auf einmal sah die Katze ihn und wollte abhauen. Er stach mit der Mistgabel zu, traf sie aber nicht richtig. Jedenfalls ist sie durch die Tür und ab.

---

96 Prot 10.4.1952, Haustadter Tal

97 M 558, S. 24

98 Ar 570, S. 144, 280, 286 f, Z 505, 1927, S. 114, Z 536, 42, S. 168, 194

Am anderen Morgen kam seine Frau aus der Kirch und da sagte sie zu ihm: ›Es Katt isch in de Kirch kumm unn hadd es Plaschdr g'haad‹. Er hat nichts gesagt, weil er gewußt hat, wer die Hexe ist. Drei Tage später ist er ihr selber begegnet und er hat sie nur scharf angeguckt. Sie hat nichts (zu ihm) gesagt. Seither hat er Ruhe gehabt vor der Hexe ...«[99]

---

99 Prot 12.9.1975, Ballweiler

Fantastische Märchen

Eine Reihe von Märchen sind fantastische Träumereien der Erzählerinnen und Erzähler, die sie aus dem kollektiven Gedächtnis der Dorfbewohner erhielten.
Solche Märchen sind in der Regel sehr weit von der Wahrheit entfernt und erfüllen tiefe Sehnsüchte. Sie wurden sehr gerne erzählt und sehr gerne gehört. Kaum schaffte es eine Gruppe von Märchen, die Menschen so weit aus der Realität zu entführen, wie die Gruppe der fantastischen Erzählungen.

Nikolaus Fox hatte in der ersten Hälfte des 20. Jahrhunderts noch sehr viele dieser Märchen aufzeichnen können.
Eine eigene Aufzeichnung entpuppte sich als ein Märchen, das einer Fox'schen Niederschrift gleicht, allerdings mit den eigenen Worten des Erzählers leicht verändert:

Die weiße Schlange

» Es war einmal ein Mann, der hatte drei Buben. Da wollte er sein Vermögen auf die aufteilen und hat ihnen gesagt, daß sie dann in Welt hinausgehen könnten und was aus ihrem Leben machen. Da hat der Jüngste gesagt, daß er nichts davon will. Er soll ihm nur ein Bild von dem Pappen und der Mammen geben. Die Bilder hat er gekriegt.
Dann ging der Bub los und kam zu einem Einsiedler. Der hat zu ihm gesagte, daß er reich werden würde, wenn er tiefer in den Wald gehen würde. Da wär eine Lichtung mit einem dicken Stein in der Mitte. Dreimal müßte er da hingehen, dann hätt er eine verwunschene Prinzessin erlöst. Er sagte aber, daß es nicht einfach wär, und schon viele sind daran gescheitert.
Da ging der Bub tief in den Wald und da stand auf einmal ein schwarzer Mann vor ihm und hat gesagt: ›Was machst Du denn hier in meinem Wald? Du störst mein Leben? Jetzt mußt Du sterben.‹
Da sagte der Bub: ›Ei, laß mich doch gehen, ich will doch nichts machen als nur da durchgehen.‹
Da hat der schwarze Mann gesagt, daß er ihn am Leben lassen würde, wenn er die Prinzessin erlösen würde, die ist nämlich in eine Schlange verwandelt worden. Wenn er das aber nicht machen kann, müßte er doch sterben.
Da hat der Bub gesagt, daß er das machen wollte. Da durfte er gehen und er ist dann an die Lichtung mit dem dicken Stein gekommen. Da hat er sich auf den Stein gehuckt und wollte erst mal etwas essen. Da kam eine kleine weiße Schlange unter dem Stein durch. Die Schlange hat ihren Kopf auf seinen Fuß gelegt. Da hat er der Schlange nichts gemacht. Dann hat er ihr ein Stück Brot gegeben. Die hat das gefressen. Danach ist er heimgegangen, das war das erste Mal.

Am anderen Tag ist er wieder hin. Da ist die Schlange wieder gekommen und hat sich um sein Bein geschlungen und er hat da sich nicht gewehrt. Da hat er ihr von seinem neuen Brot zu fressen gegeben und auf einmal hat die Schlang angefangen zu schwätzen: ›Gudder Bub, hol mal den Stein weg.‹ Da hat er den Stein hochgehoben und da war eine Eisenplatte drunter. Da hat er die weggemacht und da kam eine große weiße Schlange mit einem Messer quer im Maul. Da sagte die erste Schlange: ›Hol ihr das Messer mit Deinen eigenen Zähnen heraus‹. Da hat er das auch gemacht, und wie er das gemacht hat, und hat das Messer in den eigenen Zähnen gehabt, da ist der Wald voller Musik gewesen und die Schlange ist gekommen und hat sich bei dem Bub bedankt, daß er sie erlöst hat.

Da sind sie aus dem Wald und da kam der schwarze Mann wieder und er hat gesagt, daß es drei Sachen waren.

Der Prinzessin ihr Vater ist auch noch zu erlösen. Der sitzt im Schloßkeller fest.

Da sind die beiden an das Schloß gegangen. Da war ein großes Eisentor und er hat das aufgebrochen. Da saß ein alter Mann und der hat sich bedankt, daß er ihn erlöst hat und da hat er ihm seine Tochter gegeben und er wurde jetzt der König und sie die Königin.

Da hat ihn der schwarze Mann nicht mehr aufgesucht.«[100]

Eine weitere fantastische Erzählung, die etwas naiv klingt:

Das Märchen von dem Jungen, der mit seinem Steckenpferd in die weite Welt hinausritt

» Es war einmal eine Familie, die hatte drei Söhne. Eines Morgens in der Frühe, noch vor dem Dämmern des Tages, wachte der jüngste auf, kleidete sich an, nahm sein Steckenpferd, verließ das Haus und wollte in die weite Welt reiten.

Bald hatte er das ihm vertraute Dorf schon verlassen. Als er in das nächste Dorf kam. Da begegnete ihm niemand, alles schien noch zu schlafen. Doch schon das übernächste Dorf war voller Leben und es war ihm, als hätte er dieses Dorf noch nie in seinem Leben gesehen. Dennoch erinnerte ihn vieles an sein Zuhause.

Bald endlich war er in weiter Flur, weit und breit war niemand zu sehen.

Da begegnet er einem flinken Hasen. Der fragte ihn, wo er denn mit seinem Steckenpferd hinreiten wolle. Er antwortete, dass er in die weite Welt wollte und fragte ihn zugleich, wo es denn in die weite Welt gehen würde. Der Hase zeigte ihm die Richtung, sprang in diese und schon war er nicht mehr gesehen. Nur noch einmal sprang er aus dem hohen Gras in die Luft, und das war das letzte Mal.

---

100 Prot 22.6.1954, S. 2 ff, Beckingen, ursprünglich Nikolaus Fox: M 585, S. 50 ff

Auf einmal begegnete er dem Fuchs. Der kam zu ihm und fragte ihn, wo er wohl mit seinem Steckenpferd hinreiten wolle. Der junge Reiter sagte zu dem Fuchs, dass er in die weite Welt hinausreite, aber er habe nun Hunger und müsse nachsehen, wo er etwas zu essen bekäm. Der Fuchs schlug ihm vor, mit in den Wald zu gehen. Dort kenne er einen Platz, wo man sich an den vielen Beeren sattessen könne. Also schlich der Fuchs vor und der Bub ritt mit seinem Steckenpferd hinterher. Im Wald waren viele Hecken mit den feinsten Beeren dran, an denen er sich sattessen konnte. Bevor der Fuchs weiter durch die Hecken schlich, riet er dem jungen Reiter, immer in den Wäldern nach Beeren zu suchen, damit wäre er in jeder Not schnell satt. Nur müsse er bis zum Winter wieder zu Hause sein, weil es dann keine Beeren mehr geben würde.
Der Bub dankte dem Fuchs und ritt nun weiter und kam am Abend in einen anderen Wald. Da begegnete ihm ein Bär. Der Bär fragte, was er zu so später Stunde noch im Wald vorhabe. Der Bub antwortete, dass er in die weite Welt hinausreiten wolle, dass er jetzt aber schon müde wär und einen Schlafplatz suche. Da antwortete der Bär, dass er in der Nacht in seiner Höhle schlafen dürfe, er würde sich in den Eingang legen. Der Bär schnarchte und die gesamte Höhle zitterte von diesem Geräusch. Der Bub blieb diese Nacht in der Höhle des Bären, schlief und schon als es dämmerte, machte er sich wieder auf den Weg, um doch noch die weite Welt zu sehen. Alles, was er nun sah, war ihm nicht mehr so vertraut, so dass er fest daran glaubte, schon in der weiten Welt zu sein. Als er sich einem Dorf näherte, begegnete ihm ein alter Mann, der in der Hand eine Schlange am Kopf gegriffen hatte. Da es noch nicht warm genug war, war die Schlange ganz strack, so dass sich der alte Mann mit jedem Schritt auf diese Schlange stützen konnte.
Er ritt mit seinem Steckenpferd weiter und kam in ein anderes Dorf, in dem krähten die Hähne alle rückwärts. Anstatt Kikeriki, Kikeriki zu rufen, riefen sie Ikirekik, Ikirekik. Auch viele Leute redeten rückwärts, so dass er niemanden verstehen konnte. Da musste er sich dann doch wieder aufmachen, um in eine andere Gegend der weiten Welt zu kommen. Bald war er in einer Gegend, da hatten die Häuser keine Haustüren. Um in das Haus zu gelangen, sprangen die Menschen durch den Schornstein in die Küche hinunter.
Natürlich waren sie dabei ganz schwarz geworden.
In einem anderen Ort hatten die Häuser keine Fenster. Die Bewohner trugen das Licht in Eimern ins Haus, so dass sie keine Fenster benötigten.
Und im nächsten Ort liefen die Menschen alle auf den Händen, und die Pferde lagen nachts im Stall auf dem Rücken und streckten alle vier Hufe hoch in die Luft.
In einem weiteren Dorf hatten alte Frauen zu kurze Stöcke, an denen sie gingen. Sie waren deshalb ganz tief gebückt und hielten sich die linke Hand auf den Rücken.
Und anderswo sah er einen Hasen, so groß wie ein Füllen. Der war vor einen Karch gespannt, auf dem ein Bauer saß und ihn mit einer Sense lenkte. Der Hase war grau und hatte seine ganz spitzen Ohren nach oben gerichtet.
Der Bub ritt mit seinem Steckenpferd viele Wochen durch die weite Welt. Er sah sehr viele Merkwürdigkeiten, die es zu Hause nicht gab, und eines Tages bekam er Heimweh.
Nun wusste er nicht mehr, wie er nach Hause kommen sollte. Da stieg er auf einen hohen Berg, weil er glaubte, er könne sein Dorf von dem Gipfel aus sehen. Dann hätte er nur noch geradeaus gehen müssen.

Plötzlich kamen einige Sturmwolken. Die eine fragte ihn, wo er herkäm und wo er hinwollte. Da sagte der Bub, dass er sein Dorf suchen würde, es aber nicht finden könne. Da griff die Sturmwolke ihn mit einem Ruck, riß ihn mit in die hohe Luft und setzte ihn schon kurze Zeit später vor seines Vaters Haus ab, ohne dass ihm dabei ein Leid zugefügt wurde.
Nun war der Reiter mit dem hölzernen Steckenpferd wieder aus der weiten Welt zurück und zu Hause. Er schlich sich in die Küche, denn niemand sollte es merken, dass er wieder zurück ist. In der Küche saßen alle beisammen und wollten gerade mit dem Frühstück beginnen. Da setzte er sich auf seinen gewohnten Platz. Die Mutter schnitt, wie gewohnt an ihrer Brust das Brot und gab auch ihm davon.
Niemand fragte ihn, wo er die letzten Wochen gewesen und wie er so schnell wieder zurückgekommen war. Alles ging seinen Weg, als wäre es nur ein Traum gewesen.«[101]

Das nachfolgende Märchen ist ebenfalls ein fantastisches und wurde von einem Erzähler in abendlichen Maistunden in der Sommerzeit mehrmals, zur Freude der zuhörenden Personen, vorgetragen.
Die Zeitzeugin, von der nachfolgender Text stammt, berichtete, dass der alte Mann in seinen Erzählungen immer wieder kleine Varianten einschob. Das ist ein Hinweis, dass es in diesem Fall keine Erzählkontrolle gab.
Schnell könnte man auf die Idee kommen, dass es sich um eine Erzählung der Bergleute handeln könnte, doch ist das Motiv der Durchquerung der Erde sehr alt. Und trotzdem konnte in der Märchenliteratur bisher keine ähnliche Erzählung gefunden werden:

Eine Reise durch die Erde

» Da waren mal drei junge Männer, ich glaub', das waren drei Berchleit, hatt' er aber nicht gesagt, die haben beisammegehuckt und da haben sie beschlossen, sich mal durch die ganze Erde zu graben. Gleich am anderen Morgen sind sie los und haben hinter dem Dorf angefangen. Nach ein paar Tagen sind sie in Höhlen gekommen. Da sind sie rein und sie haben was gehört. Auf einmal haben sie ne ganze Menge Zwerge gesehen. Die haben da unten Erz und Edelsteine gegraben.
Als die kleinen Männchen die anderen erwischt haben, waren die zwar erschrocken, aber sie waren ganz freundlich und haben denen zu essen und zu trinken gegeben. Dann haben sie miteinander gespròcht, sie haben die ausgefragt und paar Tage später haben sie sich verabschiedet und die drei Männer haben dann weitergegrabt. Es ist immer tiefer gegangen, aber es war eine sehr mühselige Arbeit, denn es ist immer wärmer geworden, je weiter sie in die Erde gekommen sind.
Nach ein, zwei Jahren waren sie in der heißesten Zone, fast schon wie in der Hell.[102] Da haben sie an einem anderen Tag noch einmal viele Höhlen gesehen und da sind lauter kleine glühende

[101] Anm.: Bei diesem Märchen könnte es sich um ein Lügenmärchen handeln. Aber: sind nicht alle Märchen voll von Fantasien? Prot 8.3.1952, Beckingen
[102] Hölle

Feuermänner drin gewesen, alle gerade so groß wie die Zwerge. Auch die haben sie freundlich empfangen und ihnen zu essen und zu trinken gegeben.

Weil die Feuermänner nie Tageslicht gesehen haben, wollten sie alles über die Erde wissen und alles, was die drei Männer denen erzählt haben, war denen neu, denn sie haben noch nie einen Menschen gesehen. Auch die Zwerge waren ihnen fremd und von denen sollten die drei Männer ihnen auch genau berichten. Nach dem Erzählen waren sie auf die Zwerge richtig neidisch. Nach ein paar Tagen verabschiedeten sich die drei von den kleinen glühenden Männchen wieder, um sich weiter vorzugraben. Und die baten die drei Männer, sie sollten, falls sie noch einmal zurückkommen, wieder bei ihnen vorbeisehen.

Nach ein, zwei Jahren erreichten die drei einen ganz anderen Höhlenbereich. Nun war es auch nicht mehr so schrecklich heiß gewesen. Sie sahen sich in diesem Höhlenbereich genau um. Da begegneten ihnen wieder kleine graue Männchen, ähnlich den irdischen Zwergen. Sie grüßten die freundlich, die grüßten auch freundlich zurück, doch sie konnten sich einander nicht verstehen, niemand kannte des anderen Sprache. Die Zwerge sprachen ganz komisch, nie hatte einer der Erdenbewohner solche Laute gehört. Aber, was dann erstaunte, sie schienen die Sprache der Menschen gut zu verstehen, denn wenn die Männer sie etwas fragten, zeigten sie auf das Richtige. Auch diese Zwerge gaben den dreien zu essen und zu trinken, zeigten ihnen ihren ganzen unterirdischen Höhlenbereich und die Erze und Edelsteine, die sie in den letzten Wochen gegraben hatten.

Nach wenigen Tagen verabschiedeten sich alle und die drei gruben sich weiter durch die Erde, bis sie nach insgesamt gut drei Jahren wieder das Sonnenlicht sehen konnten.

Sie krochen aus der Erde und glaubten, sie wären ganz in der Nähe ihres Einstieges angekommen. Doch bald merkten sie, daß alles anders war. Hier liefen sehr komische Leute herum. Sie hatten teilweise dunkle Haut, andere waren am ganzen Körper dicht behaart. Wiederum andere hatten große breite Hände, und die brauchten sie wohl auch, denn sie liefen auf diesen und nicht auf ihren Füßen. Einige hatten zwei Gesichter am Kopf, eins vorne und das andere hinten. Ihre Sprache war, wie wenn sie mit vollem Mund reden würden, andere schmatzten richtig.

Die Häuser der Leute waren aus Stoffen. Einige Leute hatten Vieh. Und auch das Vieh sah anders aus. Da ging eine Katze vorbei, sie war riesengroß, so daß die drei sich vor Schreck versteckten. Pferde konnten sie überhaupt keine sehen. Vögel gab es. Einige waren so groß wie in der alten Welt die Schafe. Als die ersten über sie hinwegflogen, duckten sie sich, aus Angst, sie würden sie mit in die Luft nehmen.

Auch die Menschen auf der anderen Seite waren sehr neugierig, als sie die drei fremden Männer sahen. Sie gaben ihnen zu essen und zu trinken, betasteten sie und redeten auf sie ein.

Was den dreien bald auffiel: Die Bewohner dieses Landes schienen sich hin und wieder aus den eigenen Reihen einen zu schlachten und zu verspeisen. Vorher losten sie aus, wer als Nächster geschlachtet werden sollte.

Diese Welt machte den dreien schnell ungeheure Angst. Deshalb gingen sie an das Meer, wo sie auf ein Schiff hofften, welches sie mit in die alte Welt zurücknehmen könnte. Aber weit und breit schien es hier kein Schiff zu geben. Also machten sie sich schleunigst auf, den Ausstieg, den sie gegraben hatten, zu suchen. Als sie ihn gefunden hatten, kletterten sie hinein. Nun waren sie erst einmal vor diesen seltsamen Wesen sicher. Und nun ging es wieder zum Mittelpunkt der Erde. Da auf dem Hinweg schon alles gegraben war, erschien der Rückweg wesentlich leichter und schneller. Schon nach kurzer Zeit trafen sie wieder die kleinen grauen Männlein in ihren Höhlen. Und wieder wurden sie von diesen freundlich aufgenommen und bewirtet. Nach wenigen Tagen ging es weiter in Richtung Heimat. So gelangten sie bald wieder in die heiße Zone der Erde. Auch die kleinen glühenden Feuerleute waren wieder da und freuten sich auf die erneute Begegnung. Dort bekamen sie erneut zu essen und zu trinken.

Weiter ging es und nach weiteren Monaten gelangten sie wieder in den Bereich der heimischen Zwerge. Und die wollten nun alles genau wissen, schließlich waren Jahre vergangen. Die drei berichteten von den glühenden Feuerleuten, dem Ausstieg aus der Erde, von den seltsamen Wesen dort und schließlich von dem Rückweg.

Nach einigen Tagen verließen sie den Wohn- und Arbeitsbereich der Zwerge. Jeder schenkte den dreien einen Edelstein als Andenken und so erreichten sie endlich nach so langer Zeit wieder ihr heimatliches Dorf. Diese Reise durch die Erde hatte mehrere Jahre gedauert, war voller schwerer Arbeit, aber auch voll neuer Dinge, die vor ihnen nie ein Lebender gesehen hatte und von denen nie ein Mensch beim Maien erzählen konnte.

Auf einmal habe ich das morgendliche Sechs-Uhr-Geläut von der Kirche, wo wir immer reingehen, gehört. Da wußte ich, daß die vielen Jahre gar nicht so lang waren. Als ich vor Schreck aus dem Bett sprang, bin ich in meinen eigenen Pottschamper getreten. Da war die ganze Reise endlich ganz zu Ende.« [103]

Dieses ungewöhnliche Märchen fällt ein wenig aus der Reihe. Vielleicht lag es daran, dass es von einem Mann erzählt wurde.

Ein Bergmann berichtete zu diesem Text, dass er wohl von einem Bergmann stammen könnte. Andererseits liegen die Motive des Grabens durch die Erde tief verborgen in der Seele vieler Menschen.

Völlig anders präsentiert sich das nächste Märchen aus der für die Bauern unerreichbaren Welt des Adels:

Die doodisch Königstochter

» Da war mal ein König. Der hat eine Tochter gehabt, die war es Lääwe läädisch gewehn unn hat nie wille lache. Da hadder an einem Daa seinen großen Rat zusammengerufen unn se hann iwwalaad, wie se das ennzisch Mäde doch noch frehlich unn gesond hann mache kinne.

---

[103] Prot 4.2.1969, Limbach/SLS

Zum Schluß waren se sich aanisch:
Iß e gehierood Mensch, der wo, es schafft, daß es lacht, der sull vill Geld vonnem krien.
Isses e Läädischer, soll er die Dochter als Frau krien.
Isses a läädisch Weibsstigg, sull der e Huckzisch[104] ausgehall genn.
Aweil isses im ganze Kenigreich ausgeschellt genn unn es sinn vill komm, wo versucht hann, die Prinzessin zum Laache ze bringe.
Edd war schunn e halb Jahr remm, da ist mal ein Bauer auf den Markt komm unn hat e Hott voll Bodder uffem Recke, fier ze vakaafe. Wierer an de Metz[105] vorbei kumm isch, hat sich der groß schwarz Hond vumm Metzjer imm in de Wech gelaad unn hodd geknurrt wie ebbes.
Dòò hat de Bauer Angschd kriet unn hat zurem gesääd: ›Gell, dau wellschd nur e Stigg Bodder hann.‹ Dòò hadder demm es Stigg Bodder genn un hat gemennt, er gäng en aweil dorchlosse. Awwa de Hond hat das Stigg gefrääßt unn isch noch wiedischer woor. Dòò hat der Bauer imm noch es Stigg genn. Awwa de Hond hadden nedd dorchgeloßt. Dòò hadder imm denne ganze Bodder genn unn de Hond hadden aa all gefrääßt. Dòò hadda zu dem Hond gesääd: ›So, aweil' zahlschd mir denn Bodder aa.‹
Dòò hat de Metzjer owwe onn de Dier gestann unn hat gero:uf: ›We:i sull donn de Hund denne Bodder zahle? Geh hemm, dau krieschd neischd, häddschdem denne Bodder nedd genn sulle. Geh hemm!‹
Da ist der Bauer wiedisch woor unn hadd z'rigggero:uf: ›Wann Dau mir denne Bodder nedd bezahle duuschd, geh'n ich bei de Kenich, ich krinn schunn mei Recht!‹
Da hat der Metzger zrigggero:uf: ›Geh Dau nur, eich saanem noch es scheener Gruß.‹ Unn gelaachd hadda dòòdenòò.
Da hat der Bauer den Hond gepackt, dorch die Luft geschleidert unn uff de Boddem geschlaa. Dann hat er dennen in die Hott gestoppt unn zo:u gebonn, dassen nedd naus hann kinne. Er isch medd dem Hond dorch die Stadt bei de Kenich gelaafd. Die Leit honnen gefròòt: ›Bauer, watt wellschde donn medd demm Hond lòò?‹
De Bauer hat gesäät: ›Eich gehn bei de Kenich, vor mei Recht ze holle.‹
Dòò ischer uffs Schloß kumm. Wie de eeschd Poschd'n inne gefragt hat, was er beim Kenich will, hadda gesäät, er will meddem schwätze. ›Unn was isch in der Hott lòò fier e Hond‹? hat de Poschd'n dòòdenòò gefròòt.
›Daß ess mei Sach‹, hadda gesäät. Dòò hat der Poschd'n gedenkt, er well die Prinzessin zemm Laache brenge. Unn da hat er gesäät, er gängn:en dorchlosse, wanna emm die Hälft vunn dem gebbt, was de Kenich emm gebbt. ›Ei jòò, kannschde hann‹, hadda gesäät.
Aweil ischa in de große Schloßhof kumm, da war noch enna Poschd'n unn der hadden gefròòt: ›Wo wellsch Dau dann hien.‹ Dòò hadde gesäät, er gäng gäär bei de Kenich gehn. Da hat der Poschd'n gefròòt: ›Unn was isch in der Hott lòò fier e großer Hond?‹ Dòò hodda gesäät: ›Daß ess mei Sach‹, hadda gesäät. Da hat der Poschd'n gedenkt, er well die Prinzessin zemm Laache brenge. Unn dòò hadda gesäät, er gängn:en dorchlosse, wanna emm die Hälft vunn dem gebbt, was de

104 Hochzeit
105 Metzgerei

Kenich emm gebbt. ›Ei jòò, kannschd hann‹. Hadda gesäät.
Da ischa bei de Kenich kumm. Newwenem hat die Prinzessin gehuckt unn hat ganz bieschdersch gelo:ut, wiera kumm isch.
Dòò hadda gesäägt ›'n Daa Kenich‹. Dòò hätt de Kenich gesäät: ›'n Daa Bauer. Vor watt beschde bei mich kumm?‹
Dòò hätt de Bauer gesäät: ›Eich senn kumm, fier mei Recht zu krien. Der lòò Hond well ma nedd mei Bodder zahle, wo remm gefrääßd hat.‹
Dòò hätt de Kenich gesäät: ›We:i sull dann der Hond lòò denn Bodder bezahle, datt kann der doch nedd.‹
We:i datt die Prinzessin gehuurt hott, hott de òòngefang ze lache.
Dòò hat de Kenisch gefròòt: ›Bauer, wie vill willschde dann honn fier denn Bodder?‹
Dòò hatt de Bauer gesäät: ›Hunnert, hunnert hennedruff‹:
Dòò hat die Prinzessin noch meh laache kinne.
Dòò hatt de Kenich e paar Solldade angewiesd, de Henker ze ro:ufe, er sull in de Schloßhof e Bank stelle unn medd de Haselrute komme für ze stròòfe. Dòò isch de Henker kumm, hatt e Richtbank in de Schloßhof gestallt, e Dischelchin gebrung medd vill Haselrute druff unn hat de Bauer abfiehre wolle fier ze stròòfe.
›Nää, nedd meich‹, hat de Bauer gekrisch, ›drauße de eeschd Poschd'n, der hat wille die Hälft fier sich grien.‹
De Henker hatt de Poschd'n gefiert unn hodden gefròòt: ›Wie vill wellschd Dau vunn demm honn, was de Kenich dem Bauer genn will?‹
›Ei, die Hälft vunn demm, wo de Kenich emm gääng genn,‹ hadda gesäät. Dòò hatt dat Prinzeßchin furchtbar gelaachd. De Poschd'n hatt vumm Henker fuchzisch hennedruff gre:it unn dòò hatt er dem Bauern gesäät, er wär de Näggschd fier uff die Strafbank, er sull sich schon mol druffle:ije.
›Nää‹, hatt de Bauer gesäät, ›de zwett Poschd'n wulld die anner Hälft hann‹.
Se hann de anner Poschd'n ringefiert unn de Henker hadden gefròòht, was er vunn demm hat hann wille, wo de Kenich demm Bauer genn will. Dòò hatt de zwett Poschd'n gesäät, imm sei die Hälft vasproch genn.
De Henker hat imm medd de dinne Hasselcher die anner Hälft genn.
Da hat die Prinzessin schrecklich laut laache misse, hat sich de Bauch halle misse unn hat sich nimme kre:it.
De Kenich hat sich gefreit, wie de Bauer sein Dechderchin so zemm Laache hat bringe kinne. Dòò hadda denn gefròòt: ›Beschde gehieròòd‹. ›Ei, me jò senn eich gehieròòd,‹ hat de Bauer gesäät.
Dòò hat de Kenich edd Schwert geholl unn hat gesäät: ›Eich mach'n Deich aweil zemm Edelmann‹, unn wullden grad es Schwert uff die Schuller leje. Dòò hat der Bauer schrecklich Angschd kriet unn hat in die Bux geknurrt. Dòò hat de Kenich gesäät: ›Ei, Bauer, was machsch Dau dann fier Zeich‹?
Dòò hat de Bauer gesäät: ›Wonn de Edelmann owwe ninfahre duud, muß de Bauer unne nausfahre.‹

Dòò hann se all schrecklich laut laache misse, all vumm ganze Schloß, vor allem die Prinzessin hat sich nimmee beruhije hat kinne.
We:i alles remm war, hat der Kenich demm Bauer-Edelmann e ganzer Sack voll Geld genn, dòòdefier, dassa die Prinzessin so zem Laache gebrung hat.
Dòò isch de Bauer freelich hemm gelaaf unn korz vorem eijene Haus issa gestolpert, hiengefall, de Sack uffgeriß, unned Geld hat emm Graawe gelej.

Unn dòò bin eich de We:ij längs kumm unn hann meddem all sei Geld uffgeso:ucht unn dòòdefier hodda mir drei Pond vunn seim Bodder genn.«[106]

Der letzte Absatz ist wieder als Märchenschluss anzusehen.
Das Märchen ist wahrscheinlich eine Abwandlung eines ähnlichen Märchens, das Nikolaus Fox unter dem Titel »Der Butterhändler« niederschrieb.[107]
Ein weiteres Märchen handelt von einer sonderbaren Heilung einer todgeweihten Person. Den Erzählern dieses Märchens war wohl die Niederschrift von Nikolaus Fox in ähnlichem Wortlaut bekannt[108]:

Die todkranke Königstochter und die Feeken

» Es war einmal ein König, der hatte nur eine einzige Tochter. Eines Tages wurde die schwer krank und die Ärzte am Hof konnten sie nicht mehr heilen. Da ließ er in seinem Land ausrufen, daß er gut belohnen will, wenn es jemanden gäb, der sie heilen könnte.
Es kamen viele Leute zum Schloß, doch darunter waren viele Scharlatane, die nur den guten Lohn haben wollten.
Eines Tages, als der König schon alle Hoffnung aufgegeben hatte, kam am Morgen eine kleine alte Frau. Sie fragte nach, ob sie helfen könne. Man ließ sie zu der Königstochter und sie untersuchte sie lange. Dann trat sie aus dem Krankenzimmer und der König und seine Königin fragten sie, ob es noch Hilfe gäb. ›Ja‹, sagte die Alte. Sie ist sehr schwer krank. Es können nur noch Feeken helfen. Aber die sind nur sehr schwer zu finden.[109] Wenn sie aber in dem Zimmer der Königstochter wären, würden sie dieser die Krankheit nehmen.
Die Alte ging, ohne einen Lohn anzunehmen.
Am anderen Tag beauftragte der König alle Kundschafter, in sein Königreich auszureiten und zu verkünden, daß derjenige, der der Königstochter die Feeken bringt, sie nach einer Genesung zur Frau kriegen würde.

---

106 Prot 31.8.1967, S. 4 ff, nnb, Hochwald
107 M 585, S. 87, Prot 31.8.1967, Saarbrücken
108 M 585, S. 71 f
109 In der Erzählwelt der Menschen waren Feeken den Fledermäusen ähnliche Geistertiere, die den Menschen Krankheiten durch Saugen wegnehmen können und auf der anderen Seite durch Beißen schlimme Krankheiten anderen weitergeben könnten. Prot 17.2.1952, Beckingen

In einem kleinen armseligen Dorf hörte das ein armer Bauer. Der hatte drei Söhne, die er alle mit ›Johann‹ getauft hatte, und damit er sie auch unterscheiden konnte, waren es der Älteste, der Mittlere und der Kleine oder er nannte sie Eins, Zwei oder Drei.
Er rief seine Söhne zusammen und sagte ihnen, daß im Wald des Dorfes, tief in einer Schlucht Feeken zu finden sind und bat sie, danach zu suchen.
Am anderen Tag machten sich die drei Burschen auf, in dem Wald danach zu suchen. Drei Tage und drei Nächte waren sie von zu Hause weg. Dann kamen sie an einem Morgen nach Hause und erzählten, daß sie ein Nest mir neun Feeken gefunden hätten und sie hätten alle neun mitgebracht.
Am anderen Tag zog der erste Johann mit einem Henkelkorb los, in dem er drei Feeken hatte. Er kam auf seinem Weg an einer alten kleinen Hütte vorbei. Darin wohnte eine kleine alte Frau. Sie fragte ihn: ›Saa mal, wat haschdau dann in Deinem Kirfchin lòò?‹
Er antwortete : ›Ei, Dreck‹.
Darauf sagte sie: ›Wann Dau Dreck in Deinem Kirfchin haschd, sulled aa Dreck sinn.‹
Er zog weiter und kam an das Schloß. Dort wurde er gefragt, was sein Ansinnen sei. Er sagte, er habe drei Feeken mitgebracht für die Tochter des Königs.
Man bat ihn sofort herein, er wurde in das Zimmer der Tochter geführt und machte seinen Korb auf. Aber da war nur Dreck drin. Daraufhin wurde er mit Schimpf und Schande vom Schloß gejagt.
Zu Hause angekommen, erzählte er sein Erlebnis. Da schickte der Bauer seinen Zweiten mit drei Feeken in das Schloß. Als dieser an der alten kleinen Hütte vorbei kam, kam die kleine alte Frau zu ihm und fragte ihn: ›Saa mal, wat haschdau dann in Deinem Kirfchin lòò?‹
Er antwortete : ›Ei, Dreck‹.
Darauf sagte sie: ›Wann Dau Dreck in Deinem Kirfchin haschd, sulled aa Dreck sinn.‹
Bald kam auch er an das Schloß und bat um Vorlaß, weil er die gesuchten Feeken dabeihätte. Die Wache führte ihn in den Vorraum und ein Diener sagte ihm, er solle seinen Korb öffnen und ihm die Feeken zeigen. Er öffnete und fand nur Dreck darin. Darauf trieben sie ihn mit Schimpf und Schande aus dem Schloß.
Als er heimkam, erzählte er seinem Vater von der wunderlichen Verwandlung der Feeken und daß man ihn beinahe geprügelt hätte.
Der Bauer schickte nun seinen Kleinen ins Schloß und gab ihm die drei letzten Feeken mit. Auch er kam wieder an der kleinen Hütte mit der kleinen Alten vorbei und sie kam auch sofort zu ihm und fragte ihn: ›Saa mal, wat haschdau dann in Deinem Kirfchin lòò?‹
Er antwortete : ›Ei, Feeken‹.
Darauf sagte sie: ›Wann Dau Feeken in Deinem Kirfchin haschd, sullend aa Feeken sinn. Geh unn brenng se demm Kenich sei'm Kend.‹
Als er an dem Schloß ankam, fragte der Wachposten nach seinem Begehr. Er sagte, daß er die gewünschten Feeken dabei hätte. Aber die Wache ließ ihn nicht herein. Sie sagten dem Hofdienst Bescheid und ein Beamter fragte noch einmal nach dem Begehr des jungen Mannes. Der sagte daraufhin, daß er die gewünschten Feeken in seinem Korb hätte. Der Beamte sagte, wenn es wieder nur Dreck wäre, wie schon bei den ersten beiden Männern, dann würden sie ihn in den Kerker werfen. Da schob der dritte Johann das Tuch vom Körbchen ein wenig beiseite und der Beamte

sah, daß es Feeken waren, die gleich wegfliegen wollten. Da wurde er reingelassen und man führte ihn in das Krankenzimmer der Königstochter. Er öffnete den Korb und sofort flogen die Feeken heraus, ein Feek flog auf das Bett und die beiden anderen an den Vorhang des Zimmers. Der König wurde herbeigerufen und sah voller Hoffnung auf die Feeken. Drei Tage lang bewirtete man den jungen Mann. In der Zeit haben die Feeken die Krankheit der Königstochter weggenommen und der König versprach, sofort eine Hochzeit auszurichten.

Der Bauer wurde auch eingeladen und er bekam seit sieben Jahren zum ersten Mal wieder einen Braten vorgesetzt.«[110]

Einige Märchen waren so einfältig fantastisch, dass sie heute kaum noch erzählt werden können... wenn es nicht Märchen wären. Ein solches ist das nachfolgende, das seine Entstehung im lothringischen Dorf Obergailbach hat, allerdings auch gerne in Niedergailbach, Reinheim und Gersheim erzählt wurde.

Die Schneggehiesler

» Da war mal ein armer Bauer. Der ging so ein-, zweimal im Jahr in die Stadt. Da harra was vakaaft unn ebbes inkaaft. Äämòl ischa wirra in die Stadt...
Nein, Saargeminn woores nidde, kann aber sein. Auf jeden Fall hat er morgens alle seine drei Deschdere gefròòt, wasser ihne hat mitbringen solle aus de Stadt. Die Äldschd hat gesagt, er soll ihr ein feines Kleid mitbringen, die Zwett hodd e paar Schuh honn wille und edd Jingscht hodd gesaad, er sullemm was mitbringen, was imm uffem Heimwech begegnet oder längs vumm We:ich leit.
Da ischa loss, hat in der Stadt was vakaafd unn dòdenòò ischa ess Klääd fier das Älschd kaafe gòng unn dòdenòò die Schuh fier das Zwett. Dòò ischa hemm. Wiera schunn owwe iwwerem Dorf woor, ischem ingefall, dassa:s Jingschd vageß hodd. Dòò ischa z'rick unn uff äämòl harra bei'nem Wiessstick e Huffe medd Raffstään[111] unn dòòdebie Schneggehiesler gesien. Dòò ischa hien, hodd drei dòdevunn in de Sack gestoch unn isch hemm.
Wiera hemmkumm isch, isch das Älschd kumm unn hodd schnäkisch geluut unn gefròòt. Dòò harra dem das Klääd genn unn das hodd sich gefreit. Dem Zwett harrer die Schuh genn unn das hodd sich aa gefreit. Es Klänschd hodd garnedd eeschd gefròòt. Dòò harra in de Juppetasch g'griff, awwa die Hiesler, wora gefunn hodd, ware uff ämòl gònz schwäär. Dòò harra se rausgeholl unn die woore aus blang:ge Gold unn honn geblitzert. Dòò harra se demm Jingschd genn, fier daß, wonn sie mòl gääng hierode.

[110] Prot, 17.2.1952, Beckingen, Haustadt
[111] Steine, die aus Acker oder Wiese gelesen (gerafft) und am Grundstücksrand abgelegt wurden. Häufig wuchsen in den Folgejahren in den Steinhaufen Hecken.

Omm onnere Morje ischa z'rickgelaaf, vor noch meh vunn de Hiesler ze holle, awwa er hodd denn Huffe nimmee gefunn…
Ja, das woor so änni Geschicht, wo sich vor allem die Weibsleit gääre vazehlt honn. Dòò waare se gònz varickt dòdenòò.«[112]

Es war in der Volksschule bis in die 1950er Jahre üblich, dass das Lehrpersonal ein Märchen (aber auch andere Geschichten) vorlas und die Kinder danach einen Aufsatz zu schreiben hatten, der den Inhalt dieses Lesestoffes wiedergeben sollte. In einem Zeitzeugenbricht hieß es dazu:

Die drei Wünsche

»Wir hatten in der Schule einen Aufsatz geschrieben. Das Thema war ›Wenn ich drei Wünsche frei hätte‹. Ich habe in dem Aufsatz geschrieben, daß ich gerne eine Spardose hätte, aus der ich immer Geld nehmen könnte, ohne daß die Spardose leer wird. Mein zweiter Wunsch war der, daß unsere Mutter wieder gesund werden sollte. Und mein dritter Wunsch war, daß ich erneut drei freie Wünsche bekomme.

Das mit dem vielen Geld hatten, glaube ich, alle Kinder geschrieben. Das mit unserer kranken Mutter ging für mich auch bald in Erfüllung. Aber: Ich bekam für meinen Aufsatz eine schlechte Punktzahl. Unser Lehrer holte mich nach der Deutschstunde mit der Rückgabe der Hefte zu sich und erklärte mir, daß meine Idee nicht im Sinne des Themas war. Als ich ihm versuchte klarzumachen, daß ich ja vielleicht mehr als nur drei Wünsche hätte, bekam ich von ihm eine hinter die Ohren. Er sagte, er müßte mir nun auch noch eine schlechtere Punktzahl geben, was er allerdings nicht tat…«[113]

Drei Wünsche frei haben, ist auch in unserer heutigen Gesellschaft ein Wunschtraum vieler Menschen. Wie es mit den drei Wünschen auch gehen kann, erzählt ein Märchen aus dem Haustadter Tal:

»Es waren einmal eine arme Frau und ein armer Mann. Die waren schon etwas älter und hatten keine Kinder. Sie waren ziemlich doortich.[114] Eines Tages waren sie ihres Lebens wieder einmal sehr leidig. Da sagte der Mann: ›Ach ich wäre froh, wir zwei bekämen nur einmal im Leben die Möglichkeit, drei Wünsche zu äußern, die dann auch in Erfüllung gehen würden. Vielleicht bekämen wir dann auch noch im Alter ein Kind.‹
Da sagte die Frau: ›Ja, das wär sehr schön, nur einmal im Leben drei freie Wünsche haben!‹

---

[112] Prot 23.11.1982, S. 6 f, Reinheim
[113] Prot 6.10.1952, Beckingen
[114] einfältig

Doch sie hatten das bald wieder vergessen und lebten ihr einfaches Leben weiter, gingen ihrer mühseligen Arbeit nach und fanden sich mit ihrem Unglück ab.
Eines Sonntags waren sie wieder in der Kirche. So, wie es früher war, gingen sie getrennt hinein und kamen getrennt wieder heraus, und die Frauen gingen als Grüppchen nach Hause. An diesem Sonntag sagte eine Frau, daß sie heute Mittag ihrer Familie ein Stück Rauchspeck zu essen machen würde. Da sagte die zweite, daß ihr Mann ein Hühnchen geschlachtet hätte. Eine arme Frau sagte, daß es bei ihnen Bohnensuppe geben würde und da sagte die doortiche Frau: ›Ich wäre froh, ich hätte einen Schweinsfuß.‹ In dem Augenblick verspürte sie am Bein einen stechenden Schmerz. Sie konnte kaum noch gehen. So humpelte sie nach Hause, wo sie ihrem Mann von diesem Unglück erzählte. Da erinnerten sich die beiden an ihre drei Wünsche, die sie geäußert hatten. Da half er seiner Frau aus dem Schweinsfuß, indem er sagte: ›Ich wünsch mir, daß Du wieder einen ganz normalen Fuß hast.‹ Schon merkte sie, daß sich an dem Fuß etwas verändert hatte und als sie an ihrem Bein hinunterguckte, durfte sie feststellen, daß sie tatsächlich den Schweinsfuß nicht mehr hatte, sondern ihren ganz normalen Fuß.
Die Frau machte an diesem Sonntagmittag eine Bohnensuppe, die die beiden am Mittag aßen.
Am Nachmittag sagte der Mann zu ihr: ›Mit unserem dritten Wunsch müssen wir vorsichtiger sein. Am besten ist es, wir überlegen uns etwas Schönes.‹ Nach kurzem Schweigen sagte er noch: ›Ich wünsch mir, daß Du nicht nochmal so dumme Gedanken einfach dahersagst.‹
Die beiden lebten ihre Tage und am darauffolgenden Sonntag sagte der Mann zu seiner Frau: ›Wir sollten mit unserem dritten Wunsch nicht allzu lange warten.‹ Da sagte sie ›Nein, wie wäre es mit einem Koffer voll Gold, oder wollen wir doch noch ein Kind?‹ Da sagte der Mann, daß sie mit dem Geld für den Rest des Lebens ausgesorgt hätten. Sie waren sich einig und sagten: ›Wir wünschen uns einen Koffer voll Gold.‹
Nun saßen sie in ihrer armseligen Hütte und warteten auf den Koffer voll Gold. Als dieser am Abend noch nicht da war und auch nicht am folgenden Tag oder den darauffolgenden Tagen, überlegten sie, was sie wohl falsch gemacht hätten.
Sie dachten über alles nach und auf einmal fiel ihnen ein, was der Mann am letzten Sonntag gesagt hatte. Er hatte gesagt: ›Ich wünsch mir, daß Du nicht noch mal so dumme Gedanken einfach dahersagst.‹
Jetzt wurde ihnen klar, daß sie beide so doortich waren und ihr Lebensglück verspielt hatten.«[115]

Neben den Wünschen nach einem Berg oder einem Koffer voll Geld hatten bescheidenere Menschen sich hin und wieder etwas zu essen gewünscht, und das nicht nur in den schlechten Jahren der Weltkriege und deren Nachkriegszeiten.
In der Märchenliteratur taucht hin und wieder die Erzählung von einem unerschöpflichen Breiberg auf, der Hungernde auf lange Zeiten sättigen konnte. Das nachfolgende Märchen aus dem Nalbachtal bildet unter diesen Breibergmärchen eine Ausnahme:

[115] Prot 6.10.1952, Beckingen

Der Breiberg

» Es war einmal ein Holzhacker mit seiner Frau und die hatten sieben Kinder.
Eines Abends sagte der Holzhacker zu seinen Kindern:
›Hört zu, die Zeiten sind schlecht geworden, wir haben nichts mehr zu essen. Ihr bekommt morgen das letzte Brot, das ihr euch teilen müßt. Jeder zieht seine besten Schuhe an und jeder nimmt einen Motzen für die kalten Nächte mit. Dann müßt ihr selbst in die Welt hinausgehen und gucken, daß ihr durchkommt.‹
Die Kinder waren sehr traurig, weil sie nun das Elternhaus für immer verlassen sollten. Am anderen Morgen gingen sie los, winkten noch einmal den Eltern und gingen viele Stunden lang, bis sie am Abend in einem Wald waren, müde von der langen Wanderung und hungrig, denn sie hatten das letzte Brot schon lange vorher gegessen. Im Wald hatten sie ein paar Beeren gefunden und an den Quellen konnten sie frisches Wasser trinken.
Nun saßen sie zusammen um einen dicken Baum, hatten ihre Motzen um und fragten sich, wie es weitergehen sollte. Als sie da so traurig saßen und über ihr Schicksal redeten, stand auf einmal ein kleiner verhutzelter Zwerg vor ihnen. Er fragte sie, warum sie zu dieser Abendzeit so alleine im Wald seien und was sie vorhätten. Sie sagten ihm, daß die Eltern nichts mehr zu essen hätten und sie in die weite Welt geschickt haben, um selbst für Essen und Trinken zu sorgen. Nun sitzen sie hier und brauchen einen guten Rat.
Der kleine Mann sagte, daß es einen Berg gäbe, der ganz aus Brei bestehen würde und der täglich wachsen würde. Dort gäbe es ausreichend zu essen, aber man müsse nur den richtigen Weg dahin finden, der aber wäre voller Geheimnisse. Er würde diesen Weg kennen und er könnte den Kindern den auch gerne verraten.
Die Kinder waren nun erfreut über das, was der kleine Mann ihnen berichtet hatte. Sie fragten nach dem richtigen Weg und er sagte, daß man nur den Weg wählen dürfe, wo die Sonne nie entlang gehen würde.[116] Schon nach einem Tag werden sie an eine sehr tiefe Schlucht kommen. Durch diese müßten sie durch und da die meisten Leute das nicht schafften, würden viele wieder umkehren.
Die Kinder waren nun etwas hoffnungsvoller, legten sich zusammen hin und schliefen die ganze Nacht durch, um Kraft für den nächsten Morgen zu haben. Sie brachen mit den ersten Sonnenstrahlen auf und gingen viele Stunden lang in die Richtung, in die die Sonne nie gehen kann. Am Abend kamen sie tatsächlich an einer sehr tiefen Schlucht an. Die war so steil und so tief, daß sie am liebsten umgekehrt wären. Da beschlossen sie, erst einmal die Nacht zu schlafen und am anderen Morgen zu beratschlagen, was zu tun ist. Sie saßen nun zusammen, zogen ihre Motzen über, um nicht zu frieren.
Plötzlich stand wieder ein kleines graues Männchen vor ihnen und fragte sie, warum sie zu dieser Zeit so alleine an dieser Schlucht wären und was sie vorhätten. Sie sagten ihm, daß die Eltern nichts mehr zu essen hätten und sie in die weite Welt geschickt haben, um selbst für Essen und Trinken zu sorgen. Ein Zwerg hätte am Vortag von einem großen Breiberg berichtet, den wollten

[116] also nach Norden

sie aufsuchen. Nun sitzen sie hier und brauchen einen guten Rat, wie sie auf dem Weg dahin durch diese tiefe Schlucht gelangen können.
Da sagte der Kleine, daß es einen Weg durch eine Höhle geben würde. Er wolle den Kindern diesen Weg gerne zeigen, aber sie dürfen nicht nach Einbruch der Dunkelheit diesen Weg gehen, sondern erst nachdem die Sonne aufgegangen sei. Außerdem würden sie auf dem Weg zum Breiberg an ein tiefes Wasser kommen, das sie auch erst überwinden müßten.
Er zeigte den Kindern den Eingang zu der Höhle und war genauso plötzlich verschwunden, wie er erschienen war.
Die Kinder legten sich in Ruhe nieder und schliefen die ganze Nacht durch. Am anderen Morgen machten sie sich auf, ihren Weg fortzusetzen. Sie kamen an die Höhle und kletterten durch diese in die Tiefe und bald wieder in die Höhe. Da wurde es auf einmal wieder hell. Sie standen hinter der tiefen Schlucht. Nun fanden sie gleich den Weg weiter in die Ferne. Sie gingen, dort, wo die Sonne nie ihren Weg nehmen konnte.
Gegen Abend gelangten sie an das Ufer eines tiefen Wassers. Wieder waren sie ohne Rat und dachten erst einmal daran zu schlafen und am anderen Morgen zu versuchen, das Wasser zu überqueren. Und wieder setzten sie sich zusammen und zogen ihre Motzen über, um nicht zu frieren.
Plötzlich stand erneut ein kleines graues Männchen vor ihnen und fragte sie, warum sie zu dieser Zeit so alleine hier am Wasser seien und was sie vorhätten. Sie sagten ihm, daß die Eltern nichts mehr zu essen hätten und sie in die weite Welt geschickt haben, um selbst für Essen und Trinken zu sorgen. Ein Zwerg hätte vor Tagen von einem großen Breiberg erzählt, den wollten sie finden. Nun sitzen sie hier und brauchen einen guten Rat, wie sie auf dem Weg dahin über das tiefe Wasser kommen könnten.
Der kleine Graue sagte, daß in einem Busch ein Boot liegen würde, das er ihnen zeigen wollte. Wenn sie mit dem Boot über das Wasser wären, dürften sie nicht in die Nacht hineinfahren und sie dürften das Boot auf der anderen Seite nicht anbinden, denn nur so käm es wieder zurück in seinen Busch. Dann warnte er die Kinder, daß sie schon am anderen Tag an einen sehr steilen Berg kommen würden. Niemand hat den bisher überwinden können. Er zeigte ihnen das Boot und war so schnell, wie er gekommen, auch wieder verschwunden.
Die Kinder machten sich bereit, in der Nähe des Busches mit dem Boot die Nacht zu verbringen. Am andern Morgen brachen sie früh auf, nahmen das Boot und überquerten das tiefe Wasser. Am Ufer ließen sie das Boot zurück und sahen, daß es bald von alleine wieder zurückfuhr.
Nun gingen sie weiter, immer weiter. Gegen Mittag sahen sie vor ihrem Weg einen steilen Berg, den sie am Abend auch erreichten. Dieser Berg war nun wirklich nicht zu überwinden. Sie waren so erschöpft, daß sie ihre Motzen umlegten und sich fertig machten, um vor dem Berg zu schlafen.
Plötzlich stand schon wieder ein kleines graues Männchen vor ihnen und fragte sie, warum sie vor dem unüberwindbaren Berg so alleine liegen würden und was sie vorhätten. Sie sagten ihm, daß die Eltern nichts mehr zu essen hätten und sie in die weite Welt geschickt haben, um selbst für Essen und Trinken zu sorgen. Ein Zwerg hätte vor Tagen von einem großen Breiberg erzählt, den wollten sie finden. Nun sitzen sie hier und brauchen einen guten Rat, wie sie über diesen Berg gelangen könnten.
Der kleine Mann sagte, daß am Morgen mit der aufgehenden Sonne ein Fuchs vor dem Berg auftauchen werde. Sie sollten den Fuchs herbeirufen und mit ihm reden, er könnte ihnen einen

Weg unter den Berg hindurch zeigen. Plötzlich war auch dieser Zwerg so schnell verschwunden, wie er gekommen war.
Die Kinder schliefen die ganze Nacht und tatsächlich schlich am anderen Morgen ein Fuchs um sie herum. Die Kinder riefen ihn herbei und der Fuchs fragte sie, ob sie mitkommen wollten und nun ging es unter dem großen Berg hindurch. Nach einigen Stunden kamen sie wieder an das Licht. Der Fuchs zeigte ihnen noch den Weg zu dem Breiberg und verschwand.
Nun waren die sieben wieder alleine und machten sich auf, den Breiberg zu finden. Tagelang waren sie unterwegs, bis eines Tages vor ihnen einen großen Berg im Dunst des Morgennebels zu erkennen war. Noch drei Tage dauerte es, und sie waren an dem Berg angekommen. Sie waren dort ganz alleine. Niemand hatte den Weg bisher zu dem Berg geschafft. Hungrig von der langen Reise probierten sie von dem Brei, und der war süß und schmeckte sehr wohl. Daran konnten sie sich nun einmal richtig sattessen. Dann legten sie sich nieder und schliefen bis zum anderen Morgen. So ging es einige Tage.«[117]

An dieser Stelle brach die Zeitzeugin ab, möglicherweise war das Märchen damit auch zu Ende.

Den Fantasien der alten Erzählerinnen waren keine Grenzen gesetzt. Menschen nahmen die unmöglichsten Gestalten an, vom Riesen bis zum allerkleinsten daumengroßen Zwerg waren sie in der Erzählwelt alle vertreten.
Hinzu kamen aber auch fantastische Situationen.
Normalerweise tödliche Gefahren wurden selbstverständlich von den Hauptpersonen der Märchen mühelos überwunden, wie im nachfolgenden Märchen:

Der Däumling im Kuhmagen

» Der Deimling war grad so gruß wie e Daume, noch ebbes klänner. Ämòl wara in de Wald gang. Da hann ihn Diebe erwischt, wo da gelää hann unn sich naue Diewesgeschichten ussgedenkt hann. Da hann se de Deimling in de Buxesack gestoppt unn hann ihm gesaad, daß sie dem dicke Bauer im Dorf edd Geld stibitzen gäänge.
Die Dier vunn dem Haus war zo:u. Da hann se de Däumeling durch edd Schlisselloch gestoppt. De Deimling isch an de Schrank gang, wo dat Geld sull leie. Dòò hadda die Daler gefunn. Dòò hadder den äne vunn denne bis an die Dier gerollt, rimmgedräht unn unna de Dier dorchgestoch. Dann de nägschd unn immer widder de nägschd.

Uff äämò hat de Hund im Hof ahngeschlah unn dòdevunn isch die Magd wach genn. Die hat e Licht gemach unn isch barwess an de Alkove gang, wo de Bauer unn sei Fraa noch dief geschlooft hann.

---

[117] Prot 17.3.1957, Dillingen, Nalbachtal

Da sinn se die Klaupitcher[118] suche gang. De Däumeling hat sich awwa noch dabba verstoppele kinne. Unn die Klaupitcher ware jä, awwa se hann noch änna Daler verlor.
De Bauer unn de Magd hann gemennt sie wäre in die Fudderkich für sich zu vastoppele. Da hat die Magd die Dier uffgeriß unn dòdebie isch das Licht ussgang unn da waredd ganz dunkel. De Bauer und die Magd hann medd Heiropper unn Gawwele iwwerall in die Egge gestocherd, awwa edd war nix meh. ›Dat Geld soll denne in de Hand brenne‹ hat de Bauer geflucht. ›Es sull denne groß Unglick bringe‹ hat die Magd geflucht.
Dòòdenòò hann se sich widder hiegeleed fier ze schlòòfe.
Da isch de Deimling ussem Haus in die Scheier. Da war die groß Kleiekischd. Da isser rin unn wiera da so war, hadda gedenkt, hier isses wääch unn waam, da lee ich mich hien bis de Daa kummt. Da ischa ingeschlòòfd. Am Morje isch die Magd kumm, fier die Ko:uh ze fiedern. Se haad e Äämer geholl, in die Kleie gestoppt, rimmgedräht, unn uff in das Saufe vunn de Ko:uh gemach. Da isch de Deimling wach woor, awwa ze spät. Die Ko:uh hat Hunger gehaad unn medd äänem Schluck war de Deimling im Maare vunn die Ko:uh. Aweile wara im Maare vunn de Ko:uh. Es war arsch dunkel unn iwwaall hats gegluckst unn gespritzt. Da hat die Ko:uh geiddert.[119] Da wara widda emm Maul vunn de Ko:uh, awwa er hat springe misse, dassa nidd zwische die Zänn kumm isch, da wara pletzlich widda unne em Maare. So isches paar Mal gang.
Die Magd hat die Ko:uh wille melke. Se hat die Ko:uh gescholl ›Loß, erimm‹. Da sääd de Deimling: ›Nä, ich will nidd erimm‹. Da isch die Magd so vaschrock, daß se gemennt hat, die Ko:uh wär vahext. Se hat fier sich e Kreuz geschlaa unn all Nothelfer ahngerufd. Dann hat se zu de Ko:uh gesääd: ›Hasche was gesääd, Bleß‹?
›Nää‹ hat de Deimling gesääd.
Dat hat die Magd iwwaheerd unn hat zu de Ko:uh gesääd: ›Geh niwwa‹. Da hat de Deimling gesääd: ›Ich will awwa nidd.‹ Die Magd iß widda vaschrock, hat schnell gebääd: ›Alle guten Geister loben den Herrn, Amen.‹ Dann hat se zo:u de Ko:uh leis geschwätzt: ›Sa mal, kannschde schwätze, Bleß?‹ Da säät de Deimling: ›Eich schwätz neischds.‹ Da war die Magd still, hat es Melkstielchin geholl unn hat annegeang ze melke.
Da sääd de Deimling:

›Stripp, strapp, stroll
Isch de Äämer noch nidd voll?‹

Die Magd isch widda vaschrock, bääd es ›Ave-Maria‹ unn fròd die Ko:uh: ›Bleß, watt sääschde?‹
Da sääd de Deimling: ›Eich hann nix gesääd.‹
Da hat die Magd gekrisch unn de Bauer geruf: ›Kumm sier, de Ko:uh schwätzt dumm Zeich!‹ Da isch de Bauer kumm unn hat de Paschdor gerufd. Der isch kumm unn hat es Ohr and Mo:uhl vunn de Ko:uh gehall unn in demm Moment hat de Deimling widda gerufd:

118 Diebe
119 iddern = wiederkauen

›Stripp, strapp, stroll
Isch de Äämer noch nidd voll?‹

Da saad de Häär: ›Ich glaube, wir müssen sie aussegnen.‹
›Nur nidd, die Ko:uh muß geschlachd genn‹, hat de Bauer gekrisch unn hat de Metzja gerufd. De Metzja isch kumm unn hat die Ko:uh geschlachtd. Dòò hat de Bauer zu nemm gesääd: De Maare kritt de Kischda, demm sei Fraa ischd de Flauzen so gääre.
Unn da isch de Maare newwenaus geleed woor unn de Deimling konnt naas vaschwinne.

Dat woor die Geschicht vum Deimling.
Kääner wääß, was ausem woor isch.
Vielleicht isser gesturf,
vielleicht lääbder noch.
Mir wisses nidd.«[120]

Eine Reihe von Märchen drückt die heimlichen Sehnsüche der erzählenden Personen aus. Häufig geht es um einen Vermögensgewinn, der auf magische Weise geschenkt wurde und bei Nichtbeachtung der Regeln wieder genommen werden konnte, wie das folgende Märchen belegt:

Der Schäfer und das Hungerblümchen

» Mit den Wundern war es früher noch weit verbreitet. Da gab es die Geschichte von der blauen Blume. Das ist bei uns das Hungerbliehmchin. Das hat mal ein armer Schäfer gefunden und er hatte Spaß an dem. Da hat er es abgepflückt und da ist ihm ein kleines Männchen gekommen und hat ihm gezeigt, wo im Wald ein Felsen war und da war ein kleines Türchen. Da war das Bliehmchin ganz steif und er konnte damit die Tür aufmachen und reingehen. Da waren viele Schätze drin. Er hat das Bliehmchin auf den Boden gelegt und mit beiden Händen zugepackt, ist wieder raus und hat das Bliehmchin vergessen. Wo erst wieder holen wollt, war alles weg. Da hat er gesagt, daß er das Bliehmchin wieder finden würd. Er ist wieder zu den Stoppeln und da stand es, aber es war rot und nicht mehr blau. Und da ist er zurück, wo er seine Schätze abgelegt hat und wie er ankommt, sieht er's schon: Die Schätze waren zu Schafsknoddeln geworden...
Ja, von da an war er wieder ein armer Schäfer, sein ganzes Leben lang.«[121]

[120] Prot 21.7.1961, Silwingen
[121] Prot 21.1.1974, S. 2, Mettlach

Von Fröschen und Kröten

Der Frosch spielt in den Märchen eine besondere Rolle.
Seit dem Altertum galten Frosch und Kröte als giftige Wesen, die sich sehr ähnlich sein sollten. Sah Plinius in dem Frosch noch ein giftiges Wesen, so klärte Albert Magnus erstmals auf, doch konnte sich seine Lehre nicht sofort durchsetzen, schließlich spielte der Frosch im Pfingst- und Johannisbrauch eine wichtige abergläubische Rolle.[122]
Giftige Tiere, so auch der Frosch, galten im Volksglauben als magische Wesen. Erschlagen und in der Sommersonne getrocknet, in Leinen gebunden, sollten sie die Milchhexen im Kuhstall verjagen und wer keine Kröte zur Hand hatte, um ein Bauopfer einzumauern, dem tat es auch ein Frosch.[123]

Taucht der Frosch im Märchen auf, so steht er für eine Magie, die zunächst nicht gleich zu erkennen ist. Häufig tritt er in der Verwandlung eines Prinzen auf.

Ein Märchen aus dem Haustadter Tal berichtet von einem Frosch im Brunnen, der auf seine Erlösung wartet. Doch die sollte noch einige Zeit dauern. Das Märchen ist in vielen Märchenbüchern zu finden. Nikolaus Fox schrieb dieses Märchen bereits in einem seiner Märchenbücher nieder. Aus dem Haustadter Tal gibt es zwei Niederschriften, die unten wiedergegebene und eine weitere Protokollaufzeichnung:[124]

Der Frosch im Brunnen

» Da waren drei Mädchen von einem Bauern. Eines Tages hat der gesagt, daß er am frühen Morgen Gras mähen würde und gegen Mittag sollten seine drei Töchter kommen und das Hau zeede[125].
Die drei Mädchen haben gegen Mittag ihre Gabeln genommen, Kopftücher aufgebunden und sind in die Wiese. Dort schafften sie zwei Stunden und weil die Sonne brannte, hatten die Mädchen sich einen Krug voll Wasser mitgenommen.
Nach dem Mittag aber war das Wasser leer und die Älteste sagte, daß sie frisches Wasser an einem Brunnen in der Nähe holen will. Als sie zurückkam, hat sie nur den leeren Krug wieder mitgebracht und hat gesagt, daß in dem Brunnen ein Frosch hucken würde, der hätte zu ihm gesagt, daß sie kein Wasser holen dürfte, nur wenn sie ihm versprechen würde, daß sie ihn heiraten würde. Da habe ich gesagt, daß ich keinen Frosch als Mann haben will und bin schnell gegangen.

[122] Prot 19.8.1972, S. 14 f, Nohfelden
[123] Kat 1007-1524-1, Prot 19.8.1972, S. 14, Nohfelden, Prot 22.9.1983, Gersheim
[124] M 004, S. 33 f, Prot 31.12.1955, S. 2 ff, Beckingen
[125] Das Heu zum Trocknen ausbreiten und wenden.

Da hat die Zweite ihr den Krug aus der Hand geholt und gesagt, daß sie wohl spinnen würde, ist zu dem Brunnen und kam bald zurück. Sie hatte auch kein Wasser. Da haben die anderen beiden gefragt, warum, daß sie kein Wässer hätte.

Da hat die gesagt, daß es so war, wie die älteste Schwester schon gesagt hat. Da war ein dicker häßlicher Frosch und hat gesagt, daß ich kein Wasser könnt kriegen, bis ich verspreche, ihn als Mann zu holen.

Da ist die Jüngste hin, hat den leeren Krug geholt und hat gesagt, ›Duuschd iß schlimmer wie die Angschd vor sonem Frosch‹. Ist los und kam am Brunnen an. Da hat der Frosch gesagt, ›Dau krischd nur Wasser, wann De meisch hierode duschd.‹ ›Ei, me sicher‹ hat da das Jingschd gesagt, hat sich den Krug mit Wasser voll machen dürfen und da haben sie sich alle satt trinken können. Wie se mit der Ärwedd feerdich ware, sinn se hemm. Auf einmal kam der Frosch hinneren her. Er hat immer geruf: ›Holl'n meich medd, holl'n meich medd.‹ ›Ei me sicher‹ hat da das Jingschd gesagt, ›awwa dummel deich‹.

Da haben die anderen beiden zu ihr gesagt: ›Und wie soll das weitergehen?‹ ›Loß mòò luue‹ hat das Jingschd gesagt. Da sind sie zu Hause angekommen, sind hinne durch die Dier und in die Kich.

Wie se da gehuckt haben, hat es draußen vor der Türe gerufen: ›Holl'n meich medd ninn, holl'n meich medd ninn.‹ Die Mäddcher hann nix gesaad. Da hat die Mutter gefragt: ›Was ist das da draußen?‹

Da haben sie der Mutter alles erzählt von dem Wasser, was ausgegangen ist, dem Brunnen, wo der Frosch drin gehuckt hat und wollt ihnen kein Wasser geben, bis es Jingschd versprochen hat, daß es ihn gääng hierode. Da hat die Mutter gesagt, daß sie den Frosch reinlassen soll. Sie machte die Tür auf und der Frosch hupste in die Kich. Dann gingen die Mädchen schlafen, weil es schon Abend geworden war und sie vom Haumache müd' waren. Da ist jedes in seine Kammer gegangen und der Frosch hinter dem Jingschd her.

Wie es so im Bett gelegen hat, hat der Frosch gerufen, daß er nicht hoch ins Bett springen könnte. Da hat es den Frosch hochgehoben und er ist ihr unter's Bett. Der war aber ganz kalt und es ist immer wieder ausgewichen, der Frosch aber immer wieder hinterher. Da hat sie den Frosch geholt und hat ihn gegen die Wand geplackt. Wie der da runtergerutscht ist, kniete auf einmal ein Prinz vor ihrem Bett und sagte zu ihr: ›Danke, daß Du mich erlöst hast, ich bin ein Prinz und ich werde Dich heiraten.«

Da wurde die Hochzeit gemacht und die anderen beiden Schwestern waren ziemlich gesteerd, weil sie den Frosch abgewiesen haben.[126]

Dass Frosch und Kröte in der vergangenen Bauernkultur kaum einen großen Unterschied machten, soll das nachfolgende Märchen zeigen:

[126] Prot 16.10.1951, S. 2 ff, Beckingen

Das Märchen von dem armen Hirt

» Die Geschichte ist schon lange her, vor über tausend Jahren, da war der Bauernwald[127] noch sehr dunkel. Im tiefen Wald lebten Wölfe, Bären und Schlangen und keiner traute sich, weit ein den Wald hineinzugehen.

Im Dorf unten lebte ein Hirt, der den Bauern die Tiere hütete. Jeden Sonntag trieb er die Herde in diesen Wald. Keiner wußte, warum es ihn trieb, die Tiere dort weiden zu lassen. Stets brachte er alle Tiere wieder nach Hause und sie hatten immer volle ›Keilcher«.[128]

Abb. 6: *Getrockneter Frosch (als Ersatz für eine Kröte) an einem Balken im Kuhstall als Schutz vor der Milchhexe aufgehängt*

---

127 ein größeres Waldgebiet zwischen Beckingen, Düppenweiler und Pachten

128 Darunter verstanden sowohl die Bauern als auch die Hirten eine Möglichkeit zu prüfen, ob die Paarzeher genügend gefressen hatten. Es waren die beiden Mulden über den Hinterschenkeln. Wenn der Bauer prüfen wollte, ob die Tiere gut satt waren, tastete er diese ab. Waren sie hohl, hatten die Tiere nicht genug zu fressen bekommen.

An einem Sonntag hatte der Hirt die Tiere wieder in den Wald getrieben. Wie er so dastand, sah er auf einmal eine große dicke Krott[129] vor sich sitzen, so groß fast wie ein Has. Sie war voller Warzennarben und sah schrecklich aus. Sofort packte er sein Schäferschippchen, hob es und wollte gerade zustecken, da sagte die Krott zu ihm: ›Tu' das nicht oder willst Du Dein Glück verderben?‹ Da erschrak der Hirt noch mehr, zog aber die Schäferschippe wieder zurück. Da sagte die Krott zu ihm: ›Wenn Du willst, sei am nächsten Sonntag wieder hier. Aber Du darfst mit niemandem darüber reden. Du wirst es nicht bereuen.‹ ... hats gesagt und machte einen ganz großen Sprung ins Unterholz. Schon war sie weg.

Der Hirt war von diesem Erlebnis ganz außer sich. Er war am Abend froh, als er den Wald wieder verlassen konnte.

Am nächsten Sonntag trieb er die Herde wieder in den Bauernwald. Wieder kam die Krott und sie sagte ihm, daß der am nächsten Sonntag wieder kommen sollte. Danach verschwand sie wieder mit einem großen Sprung ins Unterholz.

Das ging drei Sonntage so. Beim dritten Mal sagte die Krott zu ihm: ›Eine böse Hexe hat vor neun langen Jahren von meinem Vater einen Schatz haben wollen, doch er wollte ihr den nicht geben. Da verfluchte sie mich und verzauberte mich in eine Krott. Mein Vater wollte mich nicht mehr auf seinem Schloß haben. Da sagte eine gute Frau zu mir, daß mich eines Tages ein junger Mann erlösen könnte. Er müßte mich nur dreimal wiedersehen und küssen. Also nimm mich auf und gib mir einen Kuß‹.

Der Hirt trat erschrocken einen Schritt zurück. Er dachte an die Hässlichkeit dieser Krott. Schließlich aber konnte er sich doch überwinden, nahm die Krott auf, schloß die Augen und gab ihr einen Kuß. Da fiel sie ihm aus den Händen und schon sah er eine schöne Prinzessin vor sich stehen. Sie bat ihn, ihren alten Vater aufzusuchen. So gingen sie drei Tage durch viele Wälder und kamen schließlich an ihres Vaters Schloß. Als der Vater sie sah, weinte er vor Freude und beschloß, eine Hochzeit mit ihrem Erlöser auszurichten. So wurde ein großes Fest gehalten, und alle wurden glücklich.«[130]

Wenn die Erzählerinnen von Frosch und Kröte berichteten, wussten sie nicht immer Positives zu berichten. Beide Tiere zählten zu den magischen Wesen im Tierreich, nichts lag näher, als ihnen auch noch Hinterlist und Unehrlichkeit anzudichten.

Für das Motiv des folgenden Märchens kennt die deutsche Sprache eine Redensart:

»Wer andern eine Grube gräbt,
fällt selbst hinein«.

Der Frosch, der mit List einer Maus einen Schaden zufügen will, muss mit dem Verlust seines eigenen Lebens rechnen:

[129] mdl. Kröte

[130] Prot 3.6.1950, Beckingen, Prot 14.5.2015, Dillingen

Das Märchen vom hinterlistigen Frosch und seiner Bestrafung

» Ein Frosch hupste einmal durch die Wiesen und suchte nach etwas Fressen. Auf einmal sah er eine Maus, die wohl aus gleichem Grund durch die Wiese schlich.
›Guten Morgen Maus‹, rief da der Frosch.
›Guten Morgen Frosch‹, antwortete die Maus, ›so früh schon unterwegs?‹
›Ja,‹ sagte der Frosch und hatte schon einen Gedanken, wie er der Maus einen Streich spielen könnte. Er schlug der Maus vor, eines ihrer Vorderbeinchen mit einem seiner Hinterfüße mit einem Seilchen zu verbinden (... um über ein Wasser zu schwimmen). Die Maus fand den Vorschlag gut und schon hatte sie ein paar Pferdehaare aus der Wiese verdrillert und an den Füßen beider angebunden, so, wie der Frosch es vorgeschlagen hatte. Der Frosch schwamm auf die Mitte des Baches los. Etwa in der Hälfte angekommen rief er der Maus noch ein kurzes ›Hab acht!‹ zu und schon tauchte er unter. Die Maus merkte bald, daß auch sie nun in die Wassertiefe gezogen würde. Das sah ein Mäusebussard, der auch zufällig auf der Jagd war. Er flog über den Bach, packte die Maus und schwang sich sofort wieder in die Lüfte. Als er sah, daß an der Maus auch noch ein Frosch angebunden war, erfreute es ihn doppelt.
In der Nähe seines Nestes angekommen, ließ er sich auf einer Wiese nieder. Er hackte zuerst dem Frosch und dann der Maus den Kopf ab. So hatte er mit einem Male ein doppeltes Jagdglück gehabt.
Dem Frosch sei noch gesagt: ›Wer andern eine Grube gräbt, fällt selbst hinein«. [131]

Dieses und vergleichbare Märchen waren in den 1950er Jahren beliebter Unterrichtsstoff in den unteren Klassen der saarländischen Volksschulen, auch wenn die Lesebücher dieses Märchen nicht aufweisen.[132]

[131] Prot 7.4.1952, Düppenweiler
[132] Prot 22.2.1952, Rubenheim

Lügenmärchen

Lügenmärchen zählen zu den beliebten Märchen in den Märchenliteratur und auch in den modernen Kunstmärchen.
Nikolaus Fox hatte drei Lügenmärchen in seiner Sammlung aufgezeichnet und 1942 veröffentlicht. Das zweite und das dritte Märchen scheinen Zusammenfassungen kleinerer Einzelmärchen zu sein.[133]

Das Phänomen der Lügenmärchen war (ist) die schnelle Wandlung der Inhalte. Lügenmärchen machten nicht nur den Kindern großen Spaß. So wurden den Erzählungen immer wieder neue oder umgestaltete Lügen hinzugefügt, von erzählenden Erwachsenen, wie auch von Kindern. Lügenmärchen unterscheiden sich deshalb, was die Worttreue betrifft, von den allgemeinen Märchen.
Dieses Phänomen taucht kaum bei anderen Märchenüberlieferungen auf.[134]

Die Zeitzeugin des nachfolgenden Märchens berichtete dazu:

»... Einmal hat sie[135] *uns das Märchen von den drei Jägern vorgelesen. Das war für uns Kinder sehr lustig, weil es ein Lügenmärchen war und wir haben es uns bei der Arbeit oder im Bett auch weitererzählt... Ich kann das heute noch, aber ich weiß heute nicht mehr, was wahr ist und was wir uns selbst dazugedichtet haben, weil das ja auch für uns so schön war. Ich weiß auch nicht, wo unsere Lehring das draus vorgelesen hat...«*[136]

Beliebt und zugleich in der Grundsubstanz aus der Märchenliteratur übernommen, ist das nachfolgende Märchen:

Von den drei Jägern

» Da waren mal drei Jäger. Der eine war blind, der andere lahm und der dritte war ganz nackisch. Die sind oben auf den Berg auf die Jagd gegangen. Auf einmal schoß ganz langsam ein totgeschoßner Hase um die Ecke. Da nahm der Blinde schnell sein Gewehr auf den Rücken, zielte und schoß den Hasen mit einem Schuß tot. Da sagte er zu dem Lahmen: ›Dau beschd dran, laaf unn hollen dabba, bevor der anna Has kummt unn denne uffrißt.‹

---

[133] M 585, S. 116 ff
[134] Prot 23.5.1969, Merchweiler, Prot 25.4.1977, S. 7, Ormesheim
[135] gemeint war die Lehrerin aus der Volksschule, Prot siehe unten
[136] »Lehring« = Lehrerin, Prot 23.5.1969, S. 2 f, Merzig

Da rannte der Lahme, was das Zeug hielt, hob blitzschnell bedacht den Hasen auf und brachte ihn zu dem Nackischen und sagt zu dem: ›Dau muschden instegge, Eich hann kään Sack debie.‹ Da hat ihn der Nackische in seinen Buxensack gesteckt.
Danach sind sie schnell auf dem Fahrrad heimgeflogen, haben den Has' auf den Nachttisch gelegt und haben ihn da mit einem großen scharfen Löffel ausgenommen. Als der Blinde den Hasen aufgemacht hat, kam ein kleiner Fuchs herausgesprungen. Der hatte den Hasen gefressen und nun sprang der auf die Lampe, die gar nicht da war. Weil die nicht da war, fiel er von der Lampe wieder herunter und brach sich das Genick. Da sagte der Nackische: ›Was haben wir doch morgen für ein Glück mit unserer Jagd und da schlug der Lahme über seinem Kopf beide Hände zusammen und hat genau in dem Moment eine Taube gefangen, die durch das verschlossene Fenster gesprungen war.
Da haben sie den Has', den Fuchs und die Taube in frischem Brunnenwasser gebraten und haben alles aufgegessen. Die Reste haben sie in den Keller gebracht. Davon haben sie noch sieben Wochen lang fröhlich leben können.«[137]

Ein weiteres Lügenmärchen zeigt deutliche Spuren aus einer Fox"schen Sammlung von 1942.[138] Zugleich wurde das Märchen so sehr von den erzählenden Personen verändert, dass es kaum mehr als das Fox'sche bezeichnet werden darf:

Am helllichten Tag, nachts im trockenen Fluss

» Wir gingen mal am hellichten Tag mitten in der Nacht durch einen ganz tiefen Fluß, der kein Wasser geführt hat. Da kam uns ein großer Dampfer entgegen, der keine Räder gehabt hat. Weil er nicht ausweichen wollte, sprangen wir auf die Seite. Wir hielten uns an einem dicken Ast fest, bis der Dampfer über uns hinweggeflogen war. Auf einmal biß mich was und wir sahen eine Biene, wie sie aus einem riesengroßen Loch in dem Ast kam. Da haben wir den ganzen Ast ausgewrungen und einer fing alle Honigtropfen auf, die aus dem Holz nach oben herausgetropft sind. Damit sie nicht von dem trockenen Fluß davongetragen werden können.
Da kam eine Biene, so groß wie ein Hund, dahergesprungen, schnappte unseren Größten und trug ihn fort. Einer warf einen riesengroßen Kieselstein hinterher, traf die große Biene, daß sie hinfiel und unseren Größten, der mittlerweile ganz klein geworden war, in die Luft wegfliegen ließ. Da sprang die Biene hoch, machte einen großen Satz in die Luft und biß mir in meinen Hintern. Sofort schoß blaues Blut daraus, das ich in einem Taschentuch auffing, um es wieder in die Adern zu schütten.« [139]

---

137 ebenda, Teilauszug aus einem Fox-Märchen M 585, S. 118
138 M 585, S. 118 f
139 Prot 9.9.1967, S. 7 f, Lebach

Selbst der der Erzählung folgende Märchenschluss entpuppt sich noch als eine Fortsetzung der Lügen: ›Als wir am Abend zu Hause ankamen, wurde es wieder hell. Die Sonne stand rot im Osten und wir schämten uns genau so, weil wir gelogen haben.«[140]

Ein weiteres Lügenmärchen wurde in der Volksschule gelesen und in einem Aufsatz nacherzählt. Solche Arbeiten machten den Kindern großen Spaß, besonders dann, wenn sie auch noch selbst die eine oder andere Lüge - ungestraft - hinzufügen durften.
Der ursprüngliche Text stammt mit großer Sicherheit aus dem Märchenbuch Nikolaus Fox. Möglicherweise wurde das Märchen im Unterricht vom Lehrer vorgelesen.[141]
Ob sich dahinter ein weiteres Märchen verbirgt, konnte nicht ermittelt werden:

» Es war die Zeit, wo mal in Berlin (Einer der Schüler schrieb ›Saarbrücken‹.) die Donau brannte. Das war auch die Zeit, wo die Spatzen noch am Sonntag Gamaschen trugen, die Bauern noch bellten und die Hunde das Stroh holten, um das Wasser zu löschen.
An einem schlimmen Regentag, an dem die Sonne ganz heiß brannte, gingen wir zur Donau, wo drei Schiffe schwammen. Das eine hatte keine Wände, das zweite hatte keinen Boden und das dritte war gar nicht da. Da stiegen wir in das dritte Schiff, machten die Leinen los und rasten damit den Sandberg hoch, wo wir auf der Insel stillstanden. Da stand auch eine gläserne Kapelle, mit einem hölzernen Pastor und las eine Papiermesse. Er rief ›sanctus, sanctus‹ und wir verstanden ›fangt an, fangt an‹. Da dachten wir, wir müßten was tun und rannten überstürzt ganz langsam fort.
Da kamen drei Jäger. Der eine war blind, der andere lahm und der dritte war ganz nackt. Als der Blinde plötzlich einen Hasen sah, rannte der Lahme hinter ihm her, packte ihn und brachte ihn zu den anderen beiden Jägern. Der Nackte stecke ihn sofort in seine Tasche.
Auf einmal kamen zwölf abgedankte Soldatenmäntel dahergeritten. Jeder hatte eine dicke Träne unter dem Arm. Da kam eine Frau auf einem dicken Klotz aus Butter dahergeritten. Als sie die sah, erschreckte sie sich und erstach sich aus Versehen mit einem geschmolzenen Eiszapfen. Wir fielen vor Schreck in eine tiefe Grube, wo wir gemeinsam die Tonleiter sangen und schnell wieder nach oben kamen. Wir gingen weiter und kamen durch ein Kleestück, wo ein Bauer mit einem Spaten den Hafer mähte. Wir kletterten auf einen Apfelbaum und pflückten uns ein paar Birnen. Der Bauer sah das und kam wütend auf der Gabel dahergeritten und schrie: ›Ihr Diebesvolk‹, was schafft ihr in meinen Kirschen, schert Euch zum Engel. Er schlug uns mit einer Feder windelweich, da rannten wir schnell nach Hause.

Und wer das glaubt,
ist ein ganz schlauer Dummkopf.
Er wird es sehr weit bringen
und die anderen bringt er mit.«[142]

Auch dieser Märchenschluss ist typisch für ein Lügenmärchen.

---

140 ebenda
141 M 585, S. 117
142 Prot 12.7.1953, Beckingen

Das Grausame in Märchen

Nicht alle, aber viele der Märchen sind so grausam, dass man sich darüber wundern muss, dass sie in den »Kinder- und Hausmärchen« (KHM) der Brüder Grimm zu finden sind.
Kritik an den Grimms-Märchen als Kindermärchen sind seit dem Erscheinen vor 200 Jahren nicht verstummt.

Bereits in der Einleitung dieser Arbeit wird darauf hingewiesen, welche wichtige Funktion die Märchen in der Erzählkultur der Alten besaßen, sie dienten primär nicht der Unterhaltung von Kindern.
Derartige Märchen hatten in der alten Kultur Funktionen, die uns heute fremd geworden sind. Die Grausamkeit stand in den Märchen nicht an erster Stelle, sondern archaische Vorstellungen von der

- Erlangung von magischen Kräften wie beim Kannibalismus, wie bei Hänsel und Gretel und im Märchen »Fundevogel«,[143]
- dem Töten, um eine Wiedergutmachung, für die Allgemeinheit zu erlangen,
- Mischungen von abartiger Sexualität und dem damit verbundenen Verbrechen, wie im Märchen von König Blaubart,[144]
- Erbringung von Menschenopfern, um die Gemeinschaft zu schützen, wie im Märchen vom Goldei,[145] und
- Das Töten der Dummheit wegen, wie das Märchen vom Schneider, der bald reich wurde.[146]

Alle diese Märcheninhalte waren den Kindern ursprünglich nicht zugängig.

In der modernen Pädagogik stufen die Wissenschaftler die Grausamkeiten in Erzählungen anders ein. Fantasie und Sprache der Kinder und Jugendlichen sollen angeregt, das sittliche Empfinden zugleich gefördert werden.
Die magische Welt der Märchen und anderer Erzählungen hilft dem Kind, seine Erlebniswelt mit den eigenen Ängsten besser zu verstehen und zu bewältigen, indem es Ängste und Wünsche auf die Märchenfiguren und das Märchengeschehen projiziert.[147]

In den Märchen von Nikolaus Fox und den eigenen gesammelten blieben die Grausamkeiten auf ein Minimum reduziert. Warum dem so ist, kann man heute kaum noch nachvollziehen. Wahrscheinlich gab es mehrere Gründe dafür. Die Gesellschaft hat sich weiterentwickelt, die beiden grausamen Kriege

---

143 M 538, 49 ff, KHM 15 und S. 229 ff, KHM 51, sowie dem Saarländischen Märchen vom Mädchen im Holz
144 M 538, S. 285 ff, KHM 62, Z 069, 6, S. 181 ff
145 M 538, S. 278 ff, KHM 60
146 M 538, S. 280 ff, KHM 61
147 Bro14, S. 200

haben den Erzählern die »Lust« an den Grausamkeiten genommen, die archaischen Elemente der alten Kulturen gingen verloren.

Es heißt immer wieder, dass sich erst die moderne Gesellschaft gegen die Grausamkeiten in den Märchen wendete.
Das stimmt nicht ganz. Legte doch Plato in seiner Politeia dem Philosophen Sokrates die Worte in den Mund:

»Werden wir nun so ohne weiteres zulassen, dass die Kinder Märchen anhören, wie sie der erste beste auf gut Glück ersinnt, und dass sie so in ihre Seele Ansichten aufnehmen, die vielfach im Widerspruch stehen mit denen, die sie in reiferen Jahren unserer Meinung nach haben sollten?«[148]

Und Kant schrieb dazu:

»Die Einbildungskraft der Kinder ist ohnedies stark genug und braucht nicht durch derartige Erzählungen noch mehr gespannt werden«.[149]

Auch Achim von Arnim kritisierte die Grausamkeiten in einigen Märchen der »Kinder- und Hausmärchen« (KHM) der Brüder Grimm, vor allem in der Ausgabe von 1813 die Nummer 22 »Wie Kinder Schlachtens miteinander gespielt haben«[150] und Nr. 47, im Märchen »vom Machandelboom«.[151] Noch grausamer ging es in dem Märchen Nummer 92 dem »König vom goldenen Berge«, einem reinen Massenschlachten, zu.[152] Und damit war noch lange kein Ende der Grausamkeiten in unseren Märchen in Sicht.

***Abb. 7:** »Alle Köpfe ab, nur meinen nicht« aus dem Grimm-Märchen Nr. 92*[153]

[148] O. Apelt, Phil. Bibl. Bd. 80, Leipzig o. J.
[149] Ges. Werk Kants, kgl. preuß. Akademie des Wissens, Bd. II, S. 215
[150] M 538, S. 101 ff
[151] ebenda S. 265 ff
[152] M 538, II, S. 44 ff
[153] Illustration von Otto Ubbelohde, Z 069, 6, S. 178

Uns sind die Märchen von Aschenputtel, dem Schneewittchen, Hänsel und Gretel, Frau Holle und weiterer gut bekannt. Die Kinder in solchen Märchen sind Halbwaise oder Waise, werden durch Armut lästig oder werden von den angeheirateten Partnern in grausamer Weise als minderwertige Wesen behandelt, die die eingeheirateten Partner am liebsten loswerden wollten.

Warum das Märchen vom Aschenputtel den Alten so grausam erschien

Das Grimm-Märchen vom Aschenputtel wird heute vielfach nicht mehr als grausam angesehen. Schließlich findet es ja ein gutes Ende.

Dazu ein Auszug aus einem Protokoll:

»... A: Frau Holle, das Aschenputtel, das von dem, der auszog, um sein Glück zu finden, ach Gott, ich kriege noch was zusammen. Und das Aschenputtel, das war für mich so schön gewesen.
F: Warum das?
A: Weil das dann doch den Königsohn gekriegt hat und nicht die andere den gekriegt hat.
F: Fanden Sie nicht grausam, daß das Mädchen die Asche im Harsch gruddeln mußte, wo bis zum Morgen die Geister durchziehen konnten?
A: Ach Gott, was ist denn da schon dabei, das ist doch nur alles Altweiber-Geschwätz", das sehe ich ganz anders als die früher. Ich gehe mal davon aus, daß Sie mit dem Harsch den großen unten offenen Schoorschde gemeint haben, wo früher in den Bauernküchen waren ...«[154]

In der Erzählwelt der Alten, besonders der alten Frauen, besaß es eine Grausamkeit, mit der wir heute nicht mehr kalkulieren.
Eine Zeitzeugin berichtete dreißig Jahre früher über das Aschenputtelmärchen ganz anders:

»Da ist das Aschenputtelmärchen. Die Kinder verstehen das ja gar nicht mehr heute. Wo gibt es denn noch ein altes Haus mit einem großen Haaschd in de Kich? Da ist morgens von der Hausfrau zuallererst die Glut aus den Äschen geputtelt worden. Das war keine Arbeit für so ein junges Ding, wie in dem Märchen ...
Ei, das ist ganz einfach, die Nacht war meistens am Morgen noch nicht ausgelaut worden (Anm.: 1984: Das Sechs-Uhr-Geläut war noch nicht zu hören gewesen.) ...
Weil mit dem Gelaut am Morgen die bösen Geister weggelaut worden sind. Auch wenn die Leute heute sagen, daß da nur dummer Aberglauben gewesen wär, aber man muß sich vorstellen, ein junges Ding (Anm.: junges Mädchen) an sone Arbeit schicken, das gääng heute keine Frau mehr machen ...

[154] Prot 13.9.1995, S. 5 f, Quierschied, Erklärung: »F« steht in allen Zeitzeugenprotokollen für eine Frage und »A« für die dazugehörige Antwort.

Die alten Frauen haben uns immer gesagt, daß die Mädchen nicht von den Geistern verdorben werden dürfen, weil die ja später noch heiraten und Kinder kriegen sollen. Und da sieht man, wie grusselisch das Märchen ist. Heut' wissen die jungen Dinger das nicht mehr und finden das Märchen scheen ...«[155]

Sogar die fehlende Dankbarkeit der Bauern gegenüber ihren einst treuen Tieren, wie in dem saarländischen Märchen vom »alten Hund Hasso« oder dem KHM 130 »Der Fuchs und das Pferd«[156] aufgezeigt wird, muss als Grausamkeit angesehen werden, auch dann, wenn das Märchen durch das Geschick der Tiere letztendlich gut endet.
Nach dem Zweiten Weltkrieg, jenem Krieg, in dem die Grausamkeiten der Deutschen nicht mehr zu überbieten waren, setzte eine Protestwelle gegen die »Grimm'schen Märchengräuel« ein. Der »Allgemeine deutsche Nachrichtendienst meldete am 7.8.1948, dass sich sogar eine Denkschrift der Britischen Militärregierung mit der Verwendung von Märchen in deutschen Schulbüchern beschäftigte. Am Ende kam man zu dem Beschluss, dass die Märchen und die Sagen aus den deutschen Schulbüchern zu tilgen wären. Selbst der Neudruck der alten Märchen wurde eine Zeitlang verboten. Den Deutschen wurde unterstellt, sie seien durch ihre Märchenwelt verroht worden, so dass nur so die Auswüchse in Auschwitz, Bergen-Belsen und anderen Konzentrationslagern entstehen konnten.[157]
Sah es denn in den Märchen unserer Nachbarn anders aus? Wohl kaum, unser »Blaubart-Märchen« wurde in Frankreich genauso gerne gelesen wie in anderen mitteleuropäischen Ländern, wo Märchenblut gleichfalls üppig floss. Die Märchenkultur machte an staatlichen Grenzen nicht halt.[158]

Anders muss man sich vor Augen halten, dass die alten Märchen primär nicht für Kinderohren bestimmt waren.
Aus heutiger Sicht betrachtet, dürften sie nicht mehr in der Grimm'schen Sammlung »Kinder- und Hausmärchen« verbleiben.
Unsere Vorstellungen haben sich in der Gesellschaft gewandelt, und so wurden diese Grausamkeiten aus einer irrealen Welt der Erwachsenen in eine als real zu begreifenden Welt der Kinder übertragen. Die Welt des dörflichen Alltags der Kinder war bis in das zwanzigste Jahrhundert eine andere. Grausamkeiten z. b. beim häuslichen Schlachten des Viehes, waren alljährlich gegenwärtig.

Dazu ein kurzer Zeitzeugenbericht:

»Der B. hatte noch ein Schwein im Stall gehabt und wollte das an diesem Tag schlachten. Ein Mann aus dem Dorf... spielte dabei den Metzger...

155 Prot 22.8.1967, S. 11 f, Tholey
156 M 538,II, S. 237 ff
157 Z 069, 6, S. 174 ff
158 M 565, S. 177 ff

Das Schwein wurde aus dem Stall geführt. Es schrie furchtbar und zerrte an dem Strick. Ein Geselle aus der Schlosserei führte es an einem Strick, der mit einer Schlaufe an einem Hinterbein festgemacht war, auf den Fußweg vor dem Stall, in dem auch die Pferde waren.
Für uns Kinder wurde es nun spannend. Dabei war es für uns alle nicht das erste Mal, wo wir eine Schlachtung erleben konnten. Normalerweise würden wir also nicht darüber reden..., doch diesmal war alles anders. Der Mann kam mit einem Hammer und schlug der Wutz recht kräftig zwischen die Ohren. Die Wutz ging mit den Hinterbeinen zu Boden, schrie aber furchtbar laut und stemmte sich mit den Vorderbeinen hoch. Für uns alle war das ein Grund mehr, beim Schlachten weiter zuzusehen. Jetzt hielt der »Metzger« das Seil der Wutz fest, der Geselle ging in die Werkstatt und holte einen Meißel... Den Meißel machte er jetzt nicht im Schmiedefeuer, sondern mit der brennenden Schweißpistole glühend. Damit ging er zum Amboss und schmiedete ihn in Schärfe und Breite etwas aus. Ich durfte das in der Werkstatt alles mit ansehen. Dabei hörten wir von draußen die Wutz weiter erbärmlich schreien und quieken. Als der Geselle mit dem Meißel fertig war, setzte der »Metzger« diesen an und schlug ihn mit dem Hammer von oben in den Kopf. Da ging wieder was schief, weil die Wutz immer noch schrie und quiekte. Da schlug er den Meißel der Wutz so fest hinein, daß die Schneide unten wieder rauskam. Die Wutz war nun fast still, schleuderte aber den Kopf hin und her. Da schlug der »Metzer« mit dem Zuschlaghammer, den der Geselle noch schnell aus der Werkstatt geholt hat, mehrmals kräftig zu. Nun lag die Wutze halb in der Gosse und halb auf dem Fußweg. Sie war endlich tot. Sie wurde nun gestochen und das Blut wurde von dem »Metzger« mit einem Kaseröllchen nach und nach aufgefangen und in einen Eimer geleert. Darin rührte und schlug er das Blut etwas schaumig. Wir Kinder wußten, daß das Blut nicht klumpen durfte...
Für uns Kinder war es ein tolles Erlebnis. Am anderen Tag gingen wir wieder zum Rodeln an den Berg ... und guckten uns die Blutlache vor der Werkstatt und dem Stall noch einmal an. [159]

Grausamkeiten waren mithin an der Tagesordnung. Erwachsene und Kinder empfanden anders als wir heute. Die grausamen Märchen, die sich die Alten erzählten, waren mithin auch ein Stück realer Alltagswelt.

Eine andere Zeitzeugin gab zur Grausamkeit der in ihrer Kindheit vernommenen Märchen wie folgt Auskunft:

»... Bei uns zu Hause wurden früher immer Märchen erzählt. Wir waren Kinder und die Oma hatte dann Zeit oder eine andere Frau aus der Nachbarschaft, das kam auch mal vor. Wir waren auch in anderen Häusern früher.
Wenn die Märchen noch so grausam waren, wir haben das als Kinder nicht so gesehen. Wir haben als Kinder auch keine Tränen vergossen, wenn die Wutz (oder ein anderes Tier auf dem Hof) geschlachtet wurde. Wenn aber eine Katze tot war, dann kamen die Tränen.
Da gab es Märchen, da wurden die Kinder geschlachtet und die Räuber waren ganz brutal, es war Krieg und die Riesen kamen und vieles war schlimm. Aber dann kam das Ende. Da hatte die Oma immer einen Abschiedsspruch und der versöhnte uns mit dem Schrecklichen.[160]

---

159 Prot 8.3.1952, S. 5 f, Beckingen
160 Prot 16.3.1969, Spiesen, der o. g. Abschiedsspruch war der Märchenschluss-Satz

Das wohl grausamste Märchen in jeder Beziehung ist das Blaubart-Märchen.
Es ist kein saarländisches Märchen und kein deutsches Märchen, es ist ein mitteleuropäisches Märchen, denn es wurde in allen Volksstämmen in ganz Mitteleuropa erzählt.[161]
Das Erschreckende daran ist, dass Einzelmotive und Motivfolge in den einzelnen Volksstämmen sehr ähnlich sind, und das ist ein Beleg dafür, dass grausame Märchen immer und immer wieder erzählt und dabei über weite Strecken vom fahrenden Volk erzählend weitergetragen wurden.
So taucht das Hauptmotiv mit der geheimen Kammer und dem Schlüssel im Blut auch in dem Grimm-Märchen »Das Mordschloß« auf.[162]
Eine saarländische Variante, von der es ebenfalls eine Reihe von Belegen und Fragmenten gibt, wurde von Nikolaus Fox in seiner Auflage »Märchen und Tiermärchen« von 1942 in moselfränkischer Mundart festgehalten.[163]
Eine Zeitzeugin aus Tholey überlieferte eine Variante, die der Fox'schen sehr ähnlich war. Eine Besonderheit dieser Erzählung ihrer Großmutter: Sie hatte etwas gegen rote Bärte, möglicherweise überhaupt etwas gegen rote Haare. Für sie war es das Märchen vom »König mit dem roten Bart«. Dabei hat sie am Fox'schen Text keine Änderungen vorgenommen.
Die Zeitzeugin darf zitiert werden, wenn sie vor Beginn der Märchenerzählung auf eine Besonderheit hinweist:

»Sie hat gesagt, die wären alle bös: Die meddem roode Bart, die sinn nidd vunn gudder Art«, war ihr Motto.«[164]

König Blaubart

» Da war mal ein sehr reicher König mit so einem (blauen) Bart[165]. Er hatte ein Schloß auf einem Berg mit einer großen Dienerschaft. Die Zimmer in diesem Schloß waren alle voll mit schönen Möbeln, Teppichen, voll von Silber, Porzellan und Gold.
Er heiratete immer wieder eine andere Frau. Die Frauen waren alle sehr schön und sie sind immer verschwunden.
Einmal kam er mit einer Kutsche zu einer Mühle gefahren. Der Müller hatte drei sehr hübsche Töchter. Da fragte der König, ob er die älteste als Frau bekommen könnte. Da sagte der Müller das der Ältesten. Weil aber der König so einen furchtbaren (blauen) Bart hatte, sagte sie zu ihrem Vater, daß sie den nicht wollte. Der Vater aber sagte, daß er ein reicher Mann wäre und daß das eine sehr gute Partie für sie wäre.

---

[161] M 538, S. 285 ff, M 565, S. 177 ff, M 567, S. 84 ff, M 584, S. 148 ff, M 585, S. 104 ff
[162] M 538, S. 340 ff
[163] M 585, S. 104 ff, Prot 4.4.1955, Beckingen
[164] Dieser Satz stammt aus einem Spottgebet zur heiligen Oranna.
[165] Es handelte sich dabei um einen blauen Bart. Die Großmutter der Erzählerin aber hatte etwas gegen Männer mit einem roten Bart, deshalb erzählte sie den Enkeln das gleiche Märchen mit einem rotbärtigen König.

Nach langem Hin und Her ließ sich die älteste Tochter überreden, den König zu heiraten. Die Hochzeit wurde noch auf der Mühle ausgerichtet. Es war ein großes Fest, zu dem viele Fremde und Nachbarn geladen waren.
Danach fuhr der König mit der neuen Königin auf sein Schloß. Dort schenkte er ihr ein goldenes Ei und einen großen Schlüsselbund. Zu dem Ei sagte er ihr, daß sie das immer im Gähren tragen sollte, damit nichts dran käm. Wenn das Ei Schaden erleiden würde, hätte sie ihr Leben verwirkt. Und zu den Schlüsseln sagte er ihr, daß sie in alle Säle, Zimmer und Kammern gehen dürfe, nur am Ende des langen Ganges wäre eine kleine Türe, die dürfe sie nie öffnen. Der Schlüssel dazu sei leicht zu erkennen, er ist aus Gold und recht klein.
Eines Tages sagte der König zu der Königin, er müsse für wenige Tage fort. Er ermahnte sie noch einmal bezüglich aller Schlüssel und der verbotenen Tür. Dann ist er fortgeritten.
Die Königin aber nahm am anderen Morgen alle Schlüssel und begab sich von Zimmer zu Zimmer. In jedem der Zimmer befand sich unendlicher Reichtum, wie sie ihn vorher nie gesehen hatte.
Als sie am Ende des Ganges angekommen war, fragte sie sich: ›Vorwatt sull eich dann nidd in datt Zimmer loo geh'n? Wo eich doch all Zemmere honn sieh'n derfe?‹
Also schloß sie das Zimmer auf und trat ein. Da hingen an den Wänden lauter Frauenleichen. Einige waren schon so alt, daß sie nur noch Gerippe waren. Auf einem Haufen lagen neben einem Hackeklotz viele Köpfe und auf dem Boden stand das Blut. Da verlor sie ihre Sinne und fiel ohnmächtig hin. Als sie wieder zu sich kam, sah sie, daß das Ei in das dicke Blut gefallen und ganz verschmiert war. Sie eilte aus dem Zimmer, verschloß es wieder und machte sich daran, das Ei ze wäsche. Doch das Blut ging nicht mehr ab. Sie verbarg es wieder in ihrem Gähren und ging auf ihr Zimmer.
Schon einen Tag später kam der König von seiner Reise zurück und fragte sie gleich, wo sie das Ei hätte. Da hat er sie gefragt, ob sie in dem verbotenen Zimmer war. Da hat sie gesagt: ›Nää, eich woor nedd drenne.‹ Da hat er gesagt: ›Unn dau woorschd doch drenn, morje krische dodefier de Kopp abgeschlaa.‹ Am anderen Morgen hat er sie geholt, hat sie in das verbotene Zimmer gebracht, auf den Hackeklotz gelegt und ihr den Kopp abgeschlagen.
Wo er rausgegangen ist, hat er eine Blutspur gezogen, bis in seine Kammer. Das hat ein Diener gesehen. Da hat der König zu dem Diener gesagt, daß er alles wegmachen soll und wenn er was davon erzählen würde, bekäm er auch den Kopf abgeschlagen. Da hat der Diener alles gemacht, wie der König ihm das befohlen hat.
Am Hof hat man gesagt, daß die junge Königin an einer schlimmen Krankheit gestorben ist. Da ist sie auf dem Schloßhof begraben worden und der König hat am Grab gestanden und hat schrecklich gekrisch. Da haben die Leute nichts mehr gesagt.
Nach einem Jahr ist er auf die Mühle und hat die zweite Tochter geheiratet. Er ist mit der nach der Hochzeit auf das Schloß gefahren und hat mit der alles so gemacht, wie mit der ersten. Die hat auch das Ei gekriegt, hat es im Gähren verwahrt, dann die Schlüssel und dabei auch wieder den kleinen Schlüssel für die hinterste Türe.
Dann ist er wieder für ein paar Tage auf Reise gegangen. Da hat er die Königin schwer verwarnt, daß sie dran denken soll, was sie darf und was ihr verboten ist.

Als er weg war, hat die Zwett genau das gemacht, was schon die Erschd gemacht hat, ist in das Zimmer mit den Leichen und Gerippen und dem Blut, hat das Ei vor lauter Schreck in das Blut fallen gelassen und ist schnell raus.

Als der König zurückgekommen ist, hat er das Ei verlangt, hat gesehen, daß es voll Blut war und hat sie gefragt: ›Worschd Dau in demm vabottene Zimmer gewehn?‹ Da hat sie gesagt: ›Nää, eich woor nedd drenne.‹ Da hat er gesagt: ›Unn dau woorschd doch drenn, morje krische dodefier de Kopp abgeschlaa.‹ Am anderen Morgen hat er sie geholt, hat sie in das verbotene Zimmer gebracht, auf den Hackeklotz gelegt und ihr den Kopp abgeschlagen.

Er hat sie begraben und geweint, wie bei der Ersten.

Dann hat er die Dritt' heiraten können.

Mit der Dritten hat er eine Zeitlang ruhig gelebt. Dann hat er eines Morgens zu ihr gesagt: ›Eich moß uff es Reis unn dau bleibschd hie, awwa denk draan, was eich Da gesaad hann medd der unnerschde Dier.‹ ›Jò‹ hadd es donn zu ihm gesaad, ›Eich wääß Bescheid‹.

Da ist er weggewesen. Sie aber hat auch die Neugierde gepackt und ist in das verbotene Zimmer gegangen. Sie hat aber vorher das Ei in ihrer Kammer ins Bett gelegt. Dann hat sie die Türe uffgespoor und ist rein. Da hat sie die beiden Köpfe von ihren Schwestern gesehen, ganz blutig, und den Hackeklotz und auf dem Boden das viele Blut und die Leichen an den Wänden.

Sie war sehr erschrocken. Sie hat sich an ihren Bruder erinnert und hat den schnell durch einen Boten rufen lassen.

Doch da kam der König schon zurück von seiner Reise. Er hat gleich gesagt: ›Wo haschde eß Ei?‹ Da hat sie es ihm gegeben. Es war aber etwas dran an dem Ei, obwohl sie es in ihrer Kammer gelassen hatte. Da hat der König sie gefragt: ›Worschd Dau in demm vabottene Zimmer gewehn?‹ Da hat sie gesagt: ›Nää, eich woor nedd drenn.‹ Da hat er gesagt: ›Unn dau worschd doch drenn, morje krische dodefier de Kopp abgeschlaa. Dau kannsch deich schunn feerdich mache.‹

Sie hatte aber schon auf ihren Bruder gewartet und war untröstlich, daß der noch nicht gekommen war. Da rief sie dem König, er solle sie noch einen Stunde leben lassen, damit sie zu dem Herrgott noch beten könnte. Der König gab ihr die letzte Stunde zum Gebet noch. Doch nach der Stunde war der Bruder noch immer nicht da. Da rief der König nach ihr, aber sie bat noch um einen halbe Stunde für ein weiteres Gebet. Da ging auch diese halbe Stunde herum, ohne daß der Bruder gekommen war. Der König rief nun: ›Zum letschdemòòl, kumm aweile!‹

Sie rief zurück: ›Eich kumm gleich, nur noch e Väärdelstunn, eich hann noch nidd es Amen gesaad.‹ Und dann war auch die Viertelstunde zu Ende. Da rief der König: ›Kummschde aweile, odda sull Eich kumme!?‹

Da ist sie schweren Herzens in die verschlossene Blutkammer gegangen. Auf einmal hörten beide ein Pferdegetrampel vor der Türe. Sie wußte gleich, daß es der Bruder war. Der kam zur Türe reingestürzt, sah seine Schwester auf dem Hackeklotz und die beiden Köpfe der anderen Schwestern auf dem Tisch daneben, riß seinen Säbel hoch und schlug den König mit einem einzigen Schlag in zwei Teile.

Da hat er seine Schwester geholt, die Türe zu dem Zimmer offen gelassen und er ist mit seiner Schwester zusammen heimgeritten.

Die Dienerschaft auf dem Schloß hat das aber gesehen und sie sind gucken gegangen, was los war. Da kamen sie in das verbotene Zimmer, sahen die Grausamkeiten und da brannten sie das ganze Schloß nieder.

Sieben Tage hat das Schloß gebrannt, wir waren gucken!«[166]

Grausame Märchen aus dem Saarraum wurden auch schon aus der Zeit vor Nikolaus Fox aufgezeichnet. Ein nachfolgendes Beispiel verdeutlicht dies. Es handelt sich um eine Erzählung, die aus dem späten 19. Jahrhundert in einer Familie von Generation zu Generation oral überliefert wurde, und für die Nikolaus Fox zwei sehr ähnliche Beispiele in seiner Märchensammlung von 1942 wiedergab, nämlich die Märchen »De zwo Gevaderschen« in moselfränkischer Mundart und »Die Hexe mit dem Geißenkopf«, in hochdeutscher Sprache niedergeschrieben.[167]

Zu den beiden o. g. Fox'schen Märchen, die im Dorf erzählt wurden, ein Beispiel aus Merchweiler. Das Märchen, wie es Fox niedergeschrieben hatte, wurde fast wortgetreu noch im Dorf erzählt, vielleicht war es die Fox'sche Niederschrift selbst, die die Frauen wiedergaben.
Eine Zeitzeugin berichtete zunächst einleitend:

»... Wir haben als Kinder von der Oma immer Märchen und Stiggelcher erzählt gekriegt.
Bei den Märcher waren welche, die waren ganz grusselich schrecklich ...
Nein, bei den Stiggelcher war es nicht so schlimm. Da war nach dem Verzehlen kein Blut in der Küche (lacht) ...
Ja, bei den Märcher war es manchmal ganz schön blutig, aber nicht so oft. Ich will mal so sagen: Die Oma hat die uns sicherlich erzählt, damit wir bei der Stange bleiben sollen. Am schlimmsten war das Märchen von der bösen Hexe, die Kinder gefressen hat. Die haben wir paarmal gehört. Ich glaube, daß wir uns später gar nicht mehr davor gefürchtet haben ...«

Von der Hexe, die die Kinder geschlachtet hat

» Da war mal eine Bäuerin im Dorf und zu der ist an einem Tag die alte Frau aus dem Dilletsch[168] im Wald gekommen und hat zu der gesagt: ›Baas Anna, kannschd Du mir e halwer Schoppen Millich genn, ich hann nur kään Kriegelchin debie.‹

Da hat die Bäuerin gesagt, daß sie noch nicht gemolken hätte, daß aber ihr Bub am Abend die Milch bringen würde. Da gab die Alte ihr zwei Kreuzer und ging.

---

166 Dieser letzte Satz wurde wieder als Märchenschluss hinzugefügt. Prot 19.10.1967, S. 3 ff, Tholey
167 M 585, S. 78 ff
168 moselfr. Dilletsch darf mit Bude, Bretterbude, also einer schlichten Vagantenhütte erklärt werden.

Am Abend nach dem Melken sagte die Bäuerin zu ihrem Bub: ›Du bringst mal die Milch zu der alten Frau in den Wald, Du weißt, gleich vorne, das klään Dilletsch, die Milch ist schon bezahlt. Bringst aber das Kriegelchin wieder mit zurück.‹

Der Bub zog sich seine Schuhe an, nahm das Kriegelchin und machte sich auf, in den Wald. Es war noch ein heller Abend, da brauchte er sich nicht zu fürchten. Er kam an den Waldrand und pfiff fröhlich seine Liedchen. Auf einmal sah er einen nackten Kinderfuß am Wegesrand liegen. Da erschrak er zu Tode, blieb eine Zeitlang stehen und überlegte, ob er noch weitergehen sollte. Doch er hatte der Mutter versprochen, die Milch der alten Frau zu bringen. Da ging er weiter. Wenig später sah er schon das Dilletsch vorne zwischen den Bäumen. Plötzlich entdeckte er am Wegrand eine Blutlache. Da erschrak er erneut, hielt an und wäre am liebsten fortgelaufen. Doch das Dilletsch war schon so nahe, da ging er schnell dort hin.

Er klopfte an die Türe, obwohl sie einen Spalt offen stand. Er bekam keine Antwort, das war ihm wieder unheimlich. Da ging er einfach hinein. Auf einmal kam aus der anderen Türe, die auch einen Spalt weit offen stand ein großes ›reidisches‹[169] Katzenvieh und krisch furchtbar schrill. Wieder erschrak er ganz grusselisch. Aber er ging weiter, weil vorne noch eine Türe war. Auch die stand einen Spalt weit auf. Er ging ganz leise auf die zu und guckte hinein. Da sah er zu seinem großen Schrecken eine Frau hucken, die hatte gar keinen Kopf, sondern einen schwarzen Geißenkopf mit zwei großen schwarzen Hörnern-[170] Im Gähren lag ein menschlicher Kopf, den lauste sie. Jedes Mal, wenn sie eine Laus gefunden hatte, steckte sie diese in das Maul des Geißenkopfes. Dabei bewegte sich dieses Maul, als wenn es mahlen würde. Der Bub war zu Stein erstarrt, so groß war der Schrecken.

Auf einmal erschrak die Alte, denn sie hatte jetzt den Bub entdeckt. Schnell nahm sie den Geißenkopf ab und warf ihn hinter ihre einfache Liege, auf der sie wohl in den Nächten schlief. Genauso schnell hatte sie sich den eigenen Kopf auf den plötzlich kopflosen Hals wieder aufgesetzt. Sie stand von ihrem Küchenhocker auf und kam ganz ruhig auf den Bub zu. Sie machte so, als wenn nichts geschehen wär. Der Bub aber stand weiter sprachlos, hielt dabei das Kriegelchin mit der Milch fest in beiden Händen.

Da sagte die Alte: ›Was stehst Du denn so stumm da rum, sicherlich willst Du mir die Milch bringen. Was hat Dich denn so stumm gemacht?‹

Da sagte der Bub zu der Alten, daß er vorne, als er in den Wald gekommen war, ein nacktes Füßchen von einem Kind gesehen hätte.

Da sagte die Alte zu ihm: ›Ach, sei doch nicht so dumm, Du hast nicht genau geguckt, da hat vor einer Stunde der Jäger eine Sau geschossen und dem Waldgeist das Füßchen da als Dank gelassen.‹

Der Bub blieb weiterhin regungslos da stehen. Da sagte die Alte zu ihm: ›Nun laß es gut sein, oder hast Du noch etwas, was Dich bedrückt?‹

---

169 verwahrlostes

170 Ein »schwarzer Geißbock« ist im Erzählen wie im Erleben der Alten ein dunkelbrauner Geißbock mit schwarzen Haaransätzen.

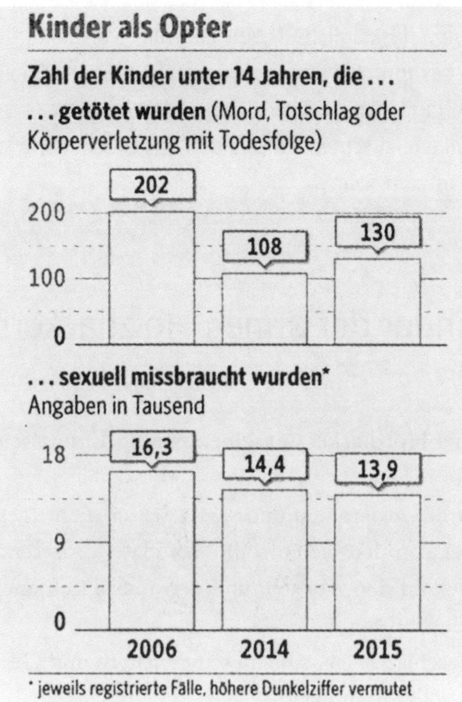

Abb. 8: Grafik, »getötete und sexuell missbrauchte Kinder zwischen 2006 bis 2015«, betrifft Gesamtdeutschland[171]

Da sagte der Bub, daß kurz vor dem Dilletsch eine Blutlache wär.

Da lachte die Alte und sagte zu ihm: ›Ach, sei doch nicht so dumm. Du mußt doch verstehen, wenn ein Jäger eine Sau schießt, blutet die Sau aus. Das ist Sauenblut, was Du gesehen hast. Nun laß es gut sein, oder hast Du noch etwas, was Dich bedrückt?‹

Nach kurzer Zeit sagte der Bub: ›Ja, als ich in die Dilletsch kam, war da eine riesengroße zottige Katze, die mich ganz grimmig angeguckt hat, daß mir die Haut gefroren ist. Die war wie eine alte Hexe, und als ich dann durch Eure Türe geguckt habe, da habt Ihr da gesessen mit einem grusselischen Geißenkopp auf den Schultern und habt einen Kopf im Gähren gehabt und gelaust. Ich habe mich sehr gefürchtet.‹

Kaum hat der Bub das letzte Wort gesagt, da krisch die Hexe ganz schrill und laut auf, stürzte sich auf den Bub, zog ihn an den Tisch, wo ein großes Messer lag, schnitt ihm den Kopf ab und schlachtete ihn, um ihn zu braten.«[172]

---

[171] Saarbrücker Zeitung nach einer DPA-Quelle, R (SZ) 2.6.2016, veröffentlicht ausgerechnet am Internationalen Kindertag 2016. Die polizeiliche Statistik zeigt, dass Gewalt gegen Kinder mitten unter uns jährlich tausendfach vorkommt – ganz ohne Märchen, und die sind nur ein kleines Spiegelbild der Täter und der Opfer.

[172] Prot 13.4.1969, S. 5 ff, Merchweiler

Aus heutiger Sicht war alleine das tägliche Leben grausam. Vor allem die soziale Grausamkeit. Uns Heutigen ist sie kaum noch bekannt. Sie schlug sich auch in einigen Märchen nieder. Den Alten war es jedoch ein ganz normaler Alltag – man kannte nichts anderes.
Die Kinder, die solchen Märchen lauschten, empfanden das Geschilderte kaum als grausam.
Dazu ein Märchen von der unteren Saar:

Die Kinder der armen Holzhackerfamilie

» ... Da war mal ein armer Holzhacker mit seiner Familie. Er und seine Frau hatten vier Kinder, die noch nix zu saan gehabt haben.[173]
Eines Tages rief der Vater alle zusammen und sagte, daß er nicht mehr genug verdienen würde, um alle zu ernähren. Einer von den vieren sollte das Haus verlassen und versuchen, selbst unterzukommen. Das Los fiel auf den Ältesten und der mußte sich am darauf folgenden Morgen aufmachen, um für sich selbst zu sorgen.
Am anderen Morgen verabschiedete er sich von seinen Eltern und Geschwistern und ging hinaus in die weite Welt, die ihm völlig fremd war.
Er wanderte einen ganzen Tag lang, fand niemanden, der ihm helfen konnte, und auch der nächste Tag war so erfolglos wie der erste Tag.
Am dritten Tag, nachdem er wieder in der freien Natur übernachtet hatte, kam er an das Haus einer alten Frau, sie fragte ihn, was er gelernt habe und er sagte, daß er nur einfach das Arbeiten in Haus und Hof gelernt und das Hacken von Holz. Da sagte die Frau, daß sie hinter dem Haus einen Berg gesägtes Holz liegen habe, das allerdings noch gehackt werden müsse. Da er drei Tage lang nichts gegessen hatte, gab sie ihm vor dieser Arbeit ein Schüsselchen mit Suppe, die er gierig löffelte.
Drei Tage lang hackte er das Holz der alten Frau, dann war alle Arbeit getan. Er hatte in diesen Tagen zwar zu essen bekommen und konnte sich im Stall auf dem Stroh nachts ausruhen, aber die Alte sagte ihm, daß sie kein Geld habe, um ihm einen angemessenen Lohn zu geben.
Also zog er weiter. Da kam er in eine Stadt. Dort waren viele Handwerker, Schrader[174] und andere Leute, die genug Arbeit hatten. Er hatte gelernt, daß man auf dem Markt morgens sehr früh erscheinen mußte und daß die Meister sich die besten von denen aussuchten, die ihre Arbeit anboten. Da er noch klein war, mußte er sich mit einfachen Arbeiten zufrieden geben, die ihm keinen Lohn, aber eine Tageskost einbrachten, und meistens bekam er auch eine überdachte Schlafmöglichkeit, doch ein armseliges Bett, wie zu Hause, das bot ihm niemand an. Einige Meister warfen ihn auch auf die Straße, wenn er sie nach einem Lohn fragte. So verdingte er sich bald bei dem und bald bei dem.

---

[173] ... die also noch unmündig waren
[174] Transportunternehmer

Eines Morgens kam ein Mann, der bot ihm eine Arbeit beim Reinigen eines Brunnens an. Er ging mit ihm mit, arbeitete über eine Woche lang bei ihm im Dreck. Seine Kleidung war naß und schmutzig, so daß er sie waschen mußte und zum Glück schien die Sonne, so daß er sich am anderen Tag wieder anziehen konnte. Auch nach dieser Arbeit bekam er keinen Lohn.
So verging eine Woche nach der anderen. Eines Tages sagte er sich, daß er wieder aus der Stadt müsse, vielleicht gab es auf dem Land bessere Leute.
Er kam zu einer ganz armseligen Hütte in der Nähe eines großen Waldes. Dort klopfte er an und fragte nach Arbeit. Es war nur eine Frau und ein Mann zu Hause. Die beiden führten ein kärgliches Leben. Sie besaßen am Haus ein kleines Gärtchen, in dem sie sich etwas anpflanzten und unter einem Verschlag stand eine Geiß, die ihnen genügend Milch gab, die aber auch täglich ihre Portion Grünzeug benötigte. Und für den Winter hatten sich die beiden einen Heuvorrat angelegt.
Er erzählte nun aus seinem Leben und über dem Erzählen war es bereits dämmrig geworden. Die beiden gaben ihm etwas von ihrem kargen Essen und boten ihm einen Schlafplatz in einem alten Ställchen an.
Am anderen Morgen fragten sie ihn, ob er nicht bei ihnen bleiben wollte, denn sie hätten nie Kinder gehabt und würden sich freuen über eine bescheidene Hilfe. Also blieb er bei den beiden Alten. Bald erzählte der Mann, daß er immer wieder Körbe flechten würde. Er zeigte ihm seine Arbeit und nach und nach erlernte der Bursche das Korbmacherhandwerk. Er band alle paar Wochen die Körbe zusammen und trug sie in die Stadt, wo er sie verkaufte. Da er dem Mann mithalf, kam etwas mehr Geld in die Hütte. Bald konnten sich alle ein klein bißchen besseres, wenngleich bescheidenes Leben gönnen.
So ging es Jahr auf Jahr und einmal traf er in der Stadt ein Mädchen. Sie erzählten einander aus ihrem Leben. Bald stellte sich heraus, daß sie beide aus derselben Gegend kommen und schließlich sogar aus dem gleichen Dorf. Das Mädchen war niemand anderes als seine Schwester. Nun erfuhr er, wie es seiner Familie erging. Sie mußte als Nächste das Haus verlassen und kam in Stellung bei Geschäftsleuten in der Stadt. Doch vorher mußte der zweite Bruder gehen. Er geriet unter die Räuber, wurde von den Gendarmen gefangen genommen und schließlich in einer weiter entfernten Stadt auf dem Marktplatz am Galgen aufgehängt.« [175]

Mehrfach, und das von verschiedenen Autoren, wurden Märchen aufgeschrieben, in denen Kinder geköpft wurden. Es konnte vorkommen, dass die Stiefmutter solch eine Tat beging:

Eine Zeitzeugin aus St. Wendel berichtete dazu:

»... Aber wir haben ja auch Hänsel und Gretel gehabt, das war genauso schlimm.
Aber am schlimmsten war eine Geschichte, die die Oma immer erzählt hat. Also die war ganz »grusselisch«:

---

[175] Prot 6.6.1952, Beckingen

Das Märchen von dem Kind, das beide Eltern verlor

» Das war die Geschichte von dem Kind, das beide Eltern verloren hat. Da ist es zu Onkel und Tante gekommen. Der Onkel ist immer schaffen gegangen und die Tante wurde von Woche zu Woche immer böser mit dem Kind. Das Kind hat alle niedrige Arbeiten machen müssen, die eigenen Kinder durften spielen und das (waise) Kind durfte nicht spielen. Da hat sie einmal das Kind auf den Speicher geschickt, es soll an die Truhe gehen und einen Ballen Leinen holen. Da ist das Kind auf den dunklen Speicher und die Stiefmutter hat hinten in der Ecke gehockt. Da hat das Kind die Truhe aufgemacht und hineingeguckt und zu sich gesagt: ›Ich sehe kein Leinen‹ und da hat die Stiefmutter aus der dunklen Ecke gesagt: ›Dann bück dich tiefer rein‹. Da hat sich das Kind tiefer reingebückt und da hat die Stiefmutter den Deckel von der Truhe zugeschlagen und der Kopf war ab.«

Die Erzählerin war nach dem Erzählen sichtlich bewegt. Sie berichtete danach weiter:

»... Diese Geschichte war so grausam. Das war für mich als Kind besonders schlimm, weil wir so eine große Truhe selbst auf dem Speicher stehen hatten. Als ich aus der Schule war, ... da habe ich mir mal ein Herz gefaßt und bin an die Truhe. Da steckte vorne ein Schlüssel und dann habe ich die Truhe ganz vorsichtig aufgemacht und reingeguckt. Da habe ich gesehen, daß da alte Kleider drin waren und ich weiß noch, daß ich immer wieder geguckt habe, daß niemand kommt und mich reinstößt. So eine Kindererziehung habe ich dann nicht mitgemacht.
Als ich noch kleiner war, hätte die Oma Goldstücke in der Truhe verstecken können, ich wäre freiwillig nicht drangegangen.[176]

Unter den Märchen von Königen und Rittern sind viele Grausamkeiten zu finden, u. a. das Märchen von der Prinzessin mit den Fragen an ihre Bewerber. Das nachfolgende Märchen scheint mit dem vorangegangenen gleiche Ursprünge zu besitzen, doch ist es noch grausamer:

Die Prinzessin mit den Fragen an ihre Bewerber

» Es war einmal ein König. Der war alt geworden und suchte nach einem Nachfolger für sein Reich, denn seine Frau hatte ihm keinen Sohn geboren. Er hatte aber eine Tochter und die war wunderschön und überall in den Nachbarkönigreichen sehr begehrt.
Die Tochter wollte nun nicht einfach verheiratet werden, sie erbot sich bei ihrem Vater einen Wunsch. Die Bewerber sollten ihr eine Frage beantworten, die sie ihnen stellen wollte. Sollte der

[176] Prot 13.3.1980, St. Wendel

Bewerber die Antwort aber falsch geben, dann sollte er in der Stadt in aller Öffentlichkeit vom Henker geköpft werden.
Der Vater war zunächst erschrocken und wollte nicht einwilligen, doch die Tochter war nicht nur schön, sie setzte auch ihren Willen immer wieder durch.
Schließlich willigte der Vater ein. Ihr Wunsch sollte zu einem Teil des Handschlags werden.
Nun wurden alle Boten in die Nachbarkönigreiche geschickt, den Willen ihres Königs und deren Tochter zu verkünden.
Die Prinzen der anderen Reiche waren zunächst über eine solche Forderung, wie sie die Tochter stellte, furchtbar erschrocken. Lange meldete sich kein Bewerber mehr um die grausame Tochter, selbst alle die, die vor Jahren schon einmal um die Hand der Tochter angehalten hatten und abgewiesen wurden.
Eines Tages meldete sich ein fremder Königssohn. Er wähnte sich für sehr klug und war mit den Bedingungen der Königstochter einverstanden. Und nun wollte sie von ihm die Antwort auf ihre Frage hören.
Doch die gestellte Frage war so schwer, daß der Fremde sie nicht beantworten konnte.
Er wurde daraufhin in den Kerker geworfen und nach einer Woche kam der Henker auf den großen Platz in der Stadt. Ein großer Hackeklotz stand schon da. Dann wurde der fremde Prinz in einem Gatterwagen mit einem vorgespannten Esel zum Richtplatz gefahren. Der Henker führte ihn zum Richtstock und schlug ihm mit dem Schwert den Kopf ab.
Danach dauerte es sehr lange, bis sich noch einmal ein Bewerber meldete, denn die grausame hübsche Königstochter wurde in allen umliegenden Reichen nun wegen ihrer Grausamkeit bekannt.
Nach drei Jahren meldete sich ein neuer Bewerber bei dem König. Er wurde eingeladen und konnte die Frage der Königstochter ebenfalls nicht beantworten. So wurde auch er sieben Tage später auf die gleiche Weise auf dem Marktplatz der Stadt vom Henker geköpft.
Der König wurde immer älter und versuchte seine Tochter umzustimmen, doch die blieb bei ihrem Wunsche. Nun dauerte es sieben Jahre, bis sich wieder ein Bewerber meldete. Er war von sehr weit her gekommen. Niemand kannte das Reich seines Vaters.
Als er nun mit der Königstochter sprach, erbat er sich eine unbefristete Zeit des Überlegens, was ihm gestattet wurde.
Die Königstochter stellte ihm ihre Frage. Da sagte er zu ihr, daß die Frage sehr schwer wär und er sich bedenken müsse, was ihm ja gelassen wurde.
Am anderen Morgen lud ihn die Königstochter vor und fragte ihn, ob er die Antwort nun wüßte. Er entgegnete darauf nur, daß er nahe dran wäre, aber er noch einige Zeit brauchte.
Es verging dieser Tag und am folgenden Tag wollte die Königstochter erneut wissen, ob er die Antwort nun sagen könnte. Der fremde Prinz sagte erneut, daß er noch etwas Zeit brauche.
Am dritten Tag erging es der Königstochter genauso. Und so folgten noch viele, viele Tage. Die Königstochter wurde immer ungeduldiger, und der König sah sein irdisches Ende voraus.
Nach langer, langer Zeit war zwischen der Königstochter und dem fremden Prinzen ein Verhältnis größer werdenden Vertrauens entstanden. Sie wollte nun selbst nicht mehr die Frage beantwortet haben und so schlug sie dem Vater eine Hochzeit mit dem fremden Prinzen vor. Der Vater willigte ein.

Der Prinz aber erbat sich vorher noch einen Wunsch, den ihr die Königstochter erfüllen müsse. Diese willigte ein und bat um die Nennung des Wunsches. Der fremde Prinz erbat sich die Antwort auf die Frage der Königstochter. Sie erfüllte ihm den Wunsch nun gerne und er gab ihr endlich eine richtige Antwort auf ihre Frage. Und so kam es doch noch zu einer Hochzeit.
Zu der Hochzeit war das ganze Reich eingeladen.«

Die Erzählerin schloss mit ihrer Erzählung:

»Die Oma hat mir das alles erzählt, und sie hat gesagt, daß auch ihre Oma zu der Hochzeit eingeladen war.« [177]

Die Grausamkeit endete nicht mit den in den Küchen und Spinnstuben erzählten Märchen. Grausam konnten auch die Texte einiger Kinderlieder und Sprüche sein.
Auch solche Texte waren ein Teil des Alltagslebens unserer Vorfahren. Ein Teil dieser Lieder und Sprüche sind erhalten geblieben bis heute.

In einem Liedchen, von dem mehrfach nur noch eine Strophe erhalten blieb, sangen die alten Frauen von den drei »Madammen«, und das waren die drei Matronen aus der mythologischen Vorstellungswelt der Alten, teilweise erhalten geblieben bis ins frühe 20. Jahrhundert.
In diesem Liedchen geht es um ein uneheliches Kind, das wohl am Kindchesbrunnen gefunden wurde:

Die drei Madammen und das uneheliche Neugeborene

» Die erste Madamm
ist an den Born gegang,
da hat sie ein Kindel gefunn,
hat's uffgenumm
unn hemm gebrung.
wollt kääner hann,
schmeißts ins Wasser nääwenann.«

Das nachfolgende Märchen handelt wie auch andere vom Schlachten von Menschen, dem Verspeisen des Fleisches und vom Waten in Blut, einem nicht gerade seltenen Motiv in alten Märchen – und es waren häufig Frauen, die diese Märchen erzählten:

[177] Prot 12.6.1951, Beckingen

Die drei Grafen

» Mitten in einem dunklen Wald war ein Schloß. Da wohnten drei Männer, die von sich sagten, daß sie Grafen wären. Eines Tages kam einer von denen an einer Mühle vorbei, wo der Müller mit Frau und einer hübschen Tochter wohnte. Da hat der Graf, der fein angezogen war, den Müller um die Hand der Tochter gebeten. Der Müller willigte ein und sie machten einen Tag aus, an dem die Müllerstochter auf dem Schloß erscheinen sollte.

Die Tochter hatte sich aber in dem genauen Tag vertan und kam einen Tag zu früh. Das Schloß war leer, keine Menschenseele war anzutreffen. Da ging sie einfach hinein. Im Herd hing ein Kessel, da hat sie den Deckel hochgenommen und da lagen Menschenhände drin. Da erschrak sie fast zu Tode. Nun wollte sie nachsehen, was auf dem Speicher zu finden ist. Da ging sie hoch. Da lagen und hingen lauter Menschengerippe. Als sie durch das Lüftungsloch im Giebel schaute, sah sie die drei Grafen angeritten kommen.

Sie wollte fliehen, kam aber nur bis zur Kellertreppe. Da versteckte sie sich darunter.

Die drei Grafen hatten eine junge Frau gewaltsam mitgebracht. Die schrie entsetzlich um ihr Leben. Als sie die Frau die Treppe hochbringen wollten, hielt sie sich am Geländer fest. Da hieb ihr der eine mit seinem Säbel die Hand ab. Schließlich brachten sie die Frau nach oben und das war der Müllerstochter eine Gelegenheit zu fliehen.

Zu Hause erzählte sie nichts ihrem Vater von dem Erlebnis. Am anderen Tag ging sie wieder zu dem Schloß und der Graf, der sie freite, empfing sie ganz fröhlich und freundlich.

Da wurde die Hochzeit gehalten und viele Leute kamen. Nach dem Mittagessen legte die Braut den Kopf auf den Tisch und tat, als würde sie schlafen. Da weckte sie der Bräutigam und fragte, warum sie schliefe. Sie sagte, daß sie sehr müde wäre und daß sie geträumt hätte, sie wäre früher schon einmal hier auf dem Schloß gewesen und da hing im Herd ein Kessel mit Deckel. Sie habe den Deckel gehoben und da lagen lauter Hände drin.

Da sagte der Bräutigam: ›Ein Traum ist nur ein Traum!‹

Da sagte die Braut: ›Und wenn es doch wahr ist?‹

Wieder schlief die Braut ein und wieder weckte sie der Bräutigam auf. Da sagte sie, es hätte ihr geträumt, sie wäre früher schon einmal hier auf dem Schloß gewesen und da waren auf dem Speicher lauter Totengerippe.

Da sagte der Bräutigam: ›Ein Traum ist nur ein Traum!‹

Da sagte die Braut: ›Und wenn es doch wahr ist?‹

Wieder schlief die Braut ein und wieder weckte sie der Bräutigam auf. Da sagte sie, es hätte ihr geträumt, sie wäre früher schon einmal hier auf dem Schloß gewesen und da wären drei Männer gekommen, hätten eine Frau mitgebracht. Sie wollten diese gegen ihre Gewalt auf den Speicher schleppen, doch sie habe sich am Treppengeländer festgehalten. Da habe einer der Grafen seinen Säbel gezückt und ihr die Hand abgeschlagen.

Da sagte der Bräutigam: ›Ein Traum ist nur ein Traum!‹

Da sagte die Braut: ›Und wenn es doch wahr ist? Und wie kommt nun dieselbe Hand in meinen Schoß?‹ Da legte sie die abgeschlagene Hand auf den Tisch.

Die Männer packten die drei Grafen, rissen ihnen die feinen Kleider vom Leib und darunter trugen sie einfache, aber mit Blut verschmierte Räuberkleidung. Die Männer fesselten die drei aneinander und baten die Soldaten des Königs, sie abzuholen und dem Gericht zuzuführen«.[178]

[178] Prot 12.10.1967, Besseringen, Saarbrücken, Das Märchen wurde auch von Nikolaus Fox unter dem gleichen Titel niedergeschrieben, M 585, S. 106 ff. Als Grimm-Märchen wurde es betitelt »Das Mordschloß«: M 538, S. 340 ff

Familienmärchen

Familienmärchen zählen zu solchen Erzählungen, die kaum aus der eigenen Familie bzw. Sippe herausgelangten. Es ist deshalb auch zu verstehen, dass sie in der allgemeinen Märchenliteratur nicht auftauchen. Nicht nur das, in der Regel wird sogar ihre Existenz verschwiegen.
Die meisten Texte, wenn nicht gar alle, sind mit der Familien selbst verbunden, wohl eine Erklärung für das Verschweigen solcher Erzählungen.
Die familiäre Intimität erklärt auch, warum diese Märchen die Sippe und die Familie ein wenig verklären sollen.
Über die Familienmärchen hinaus gibt es eine große Sammlung von kurzen Geschichten und Erzählungen, die wohl den gleichen Zweck verfolgten. Auf sie soll in dieser Arbeit nicht näher eingegangen werden, sie dürfen auch nicht als klassische Märchen angesehen werden.

Nachfolgend soll ein Beispiel eines Familienmärchens folgen. Es ist nicht beabsichtigt, mehrere Märchen an dieser Stelle wiederzugeben.[179]

Zu dem Märchentext ein kleiner Vorspann aus dem Protokoll:

»Unser Großpappen hat uns, als wir noch Kinder waren, ein Märchen erzählt, das keiner außer uns kennt...
Nein, das hat niemand aufgeschrieben, ich eigentlich auch nicht, und ich weiß nicht, ob das bei uns einer jemals aufgeschrieben hat...«

Es folgt der Märchentext:

Hans Fuchs

» Es war einmal ein Bauer, der hieß Hans Müller, weil seine Vorfahren Pächter einer kleinen Mühle gewesen waren.
Eines Tages kam ein Fremder in seine Mühle und brachte ein seltsames Korn, das er noch nie gemahlen hatte. Er hat dem Müller gesagt, daß er ihm das Korn mahlen sollte, was der Müller dann auch gemacht hat. Der Müller aber war sehr neugierig. Er wollte genau wissen, was das für

[179] Prot 6.6.1967. S. 4 ff, Saarbrücken, Prot 1.1.1976, Wittersheim, Prot 3.1.1976, Erfweiler-Ehlingen

ein Korn war. Da hat er einen halben Scheffel davon behalten und hat das im kommenden März hinter der Mühle ausgesät.
Drei Tage nachdem der Fremde ihm das Korn gebracht hatte, kam dieser wieder und holte das Mehl ab. Er bezahlte dem Müller den doppelten Mahllohn, packte alles auf und fuhr weg. Keiner aus dem Dorf hat den Fremden jemals vor diesem Tag gesehen und keiner sah ihn danach wieder.
Als der März kam, suchte sich der Müller ein schönes Stückchen Land hinter seiner Mühle aus und säte das Korn aus. Er deckte Ginster darüber, damit die Vögel nicht in dem Stückchen scharren und ihm die Körner wegpicken konnten. Das Korn wuchs gut heran und hatte im Sommer sehr große Ähren mit sieben Körnerreihen. Die Halme hatten Mühe, die Ähren zu tragen. Als es reif war, schnitt er das Korn sorgfältig mit einer Sichel ab und drosch es aus.
Dann mahlte er den allergrößten Teil zu Mehl und von dem Mehl backte seine Frau ein Brot. Das Mehl aber war sehr ergiebig, und es sättigte viel besser als die hier bekannten Getreidearten. ›Aha‹, dachte er, ›das ist also das Geheimnis dieses Korns.‹ Von nun an bestellte er von diesem Korn Jahr für Jahr ein kleines Stück Gartenland. So konnte er mit wenig Land seine Familie jedes Jahr gut satt bekommen.
Eines Tages kam ein anderer Kunde, auch er wollte sein Korn gemahlen haben. Der Müller nahm die Ladung an, mahlte sie und kassierte am dritten Tag bei der Übergabe den Mahllohn. Es war ganz normaler Roggen. Schon am anderen Morgen, noch bevor die Sonne aufgegangen war, kam eine Wildsau aus dem nahen Wald an sein Grundstück. Er beobachtete das ganz genau und stellte fest, daß der Bauer vom Vortag einen kaputten Sack aufgeladen hatte, aus dem immer wieder einige Körner auf den Weg fielen. Die Wildsau hatte dies entdeckt und war so bis zu seiner Mühle gekommen. Da kam ihm die Idee, selbst eine solche Spur zu legen. Doch die endete nicht einfach nur an seinem Grundstück. Er hatte eine Grube wie eine Wolfsgrube ausgehoben und führte nun die Spur bis vor diese Grube. Als er an einem Abend wieder einige Scheffel Korn dazu benutzte, eine solche Spur zu legen, hatte er am anderen Morgen eine Wildsau in seiner Grube. Er konnte diese schlachten, räucherte Speck und Schinken und verarbeitete den Rest zu Braten und Würsten.
Wieder hatte er durch seine Schlauheit einen Vorteil für seine ganze Familie geschaffen.
Das Jahr ging vorüber, da kam im Spätjahr ein Bauer, der hatte auf seinem Pferd nur zwei Sack Korn aufgeladen. Der Gaul litt unter einer Dämpichkäät und hustete mit jedem Schritt. Da bot der Müller ihm an, er würde dem Bauer den Gaul wieder gesund machen, wenn er ihn neun Tage bei ihm lassen würde. Der Bauer war ihm schon einmal dankbar und wollte nach neun Tage kommen, sein Mehl und den Gaul wieder abzuholen.
Es war aber eine kalte und trockene Zeit. Der Müller ließ den Gaul unter einem Schuppen im Freien anbinden, versorgte ihn mit gutem Futter und frischem Wasser, mahlte das Mehl und ging seiner sonstigen Arbeit nach. Nach neun Tagen kam der Bauer wieder. Er fand erstaunt seinen Gaul gesund und munter vor. Sein Erstaunen war groß über die schnelle Heilung seines Gaules. Er lud das gemahlene Mehl auf, lohnte dem Müller nicht nur den Mahllohn ab, sondern gab ihm auch ein gutes Geld für die Heilung seines Gaules, viel mehr, als der Müller selbst erwartet hatte. Er dankte ihm noch einmal und zog von dannen.

Eines Tages kam eine junge Frau mit ihrem Kind. Sie betete vor der Mühle und bat um ein Scherflein, damit sie bei einer Frau die Hilfe für das Heilen ihres kranken Kindes bezahlen konnte. Der Müller sagte zu ihr, daß sie die Heilung selbst vornehmen sollte. Die Frau sagte ihm, daß sie das gerne tun würde, aber sie wüßte nicht wie und womit. Da sagte der Müller, daß seine Frau in diesen Tagen viel Hilfe im Haus brauchen würde. Das Kind könne dabei im Haus verbleiben und es würde ihm gut gehen, bis es gesund wäre.
Der eigenen Frau trug der Müller auf, die Hilfe der Frau zu nutzen und das kleine Kind mit warmer Geißenmilch und Honig zu stärken. Die Frau tat, wie der Müller vorgeschlagen, und nach zwei Wochen war das Kind gesund und die Frau hatte in dieser Zeit selbst immer ausreichend zu essen gehabt. Sie dankte dem Müller und zog weiter.
Es gab noch viele Sachen vom Hans dem Müller zu erzählen. Die Zeit strich dahin und im Dorf und in den Dörfern herum erzählten die Leute von dem schlauen Müller. So kam es bald, daß er wohlhabend wurde, das Geld aber nie vertat und nie mehr verlangte, als die Leute freiwillig ihm gaben. Wer aber nicht bereit war, dem Müller weiter zu Wohlstand zu verhelfen, mit dem machte er kein Geschäft.
Die Leute begannen, ihn nicht mehr den Hans zu nennen. Alle sprachen nur noch vom ›Fuchs‹, vom Fuchs in der Mühle.
Nach Jahren kam großes Elend in das Dorf und die Nachbardörfer. Die Leute wurden von Fremden ausgeraubt und ihre Häuser wurden niedergebrannt. Wer nicht umgekommen war, versteckte sich im nahen Wald.
Der Hans Fuchs aber packte das Notwendigste zusammen, zog Lumpen über seine Kleider und zog mit seiner Familie gen Westen, wo er bald in das hiesige Land kam. Dort fand er bald ein neues Zuhause und hatte schon in wenigen Jahren sein altes Glück wiedergefunden.
So war er nun schon lange nicht mehr der Müller, sondern der Fuchs, und dieser Name hat sich in unserer Familie bis heute erhalten. Wir sind nie sehr reich geworden, weil wir aber die ›Fuchse‹ waren, haben wir unser Leben immer meistern können.«[180]

Sicherlich gab es nur wenige Märchen, die derart übertrieben an der Wahrheit vorbeischlitterten.
Ein weiteres Märchen, das in einer Familie blieb und nur dort erzählt wurde, ist das Schicksalsmärchen vom Kühjakob. Hier erzählten arme Leute von einem noch ärmeren Schicksal, möglicherweise ein Trost für ihr eigenes armes Leben.
Derart rührige Geschichten verschwanden in der Zeit nach 1960 fast gänzlich und werden heute nicht mehr erzählt:

[180] Prot 6.6.1967, S. 4 ff, Saarbrücken

Der Kühjakob

» Der Kühjakob war ein alter armer Bauer. Er war aber sehr fleißig gewesen. Früher war er nicht so arm, das Schicksal hat ihn zu dem gemacht, was er im Alter war. Sein einziger Reichtum, der ihm verblieben war, waren die vielen Kinder – und die machten ihn noch ärmer.

Seinen Namen ›Kühjakob‹ hatte er weißgottnicht von vielen Kühen, die er sein Eigen nennen dürfte; er besaß noch nicht einmal eine einzige Kuh. Das einzige Milchvieh in seinem kleinen Stall war ein Geißenpaar, das ihm jedes Frühjahr ein oder zwei Zickel schenkte.

Dennoch, mit diesem Geißenpaar hatte es etwas Besonderes auf sich. Die Tiere waren braun, wie es normalerweise Kühe sind. Und da das etwas Ungewöhnliches war, erzählten die Leute im Dorf, daß er sich zur Zucht einmal einen Rehbock in den Stall geholt hätte. Diese braunen Geißen waren im Dorf und in der ganzen Umgebung etwas Besonderes, und deshalb nannte der Jakob sie stolz ›meine Kühe‹.

Der Jakob verdiente sich sein Auskommen bei einem Bauern, bei dem er im Daalohn stand. Als der Bauer starb, hinterließ er dem treuen Tagelöhner einen kleinen Acker. Mit diesem Geschenk war der Jakob über Nacht zu einem Landbauern geworden, er sah sich nun als ›Großbauer‹, denn dieser kleine Acker konnte einem armen Tagelöhner das geben, wovon er sein Leben lang zur Ernährung der Familie träumte.

Er teilte diesen Acker zunächst in drei Teile und jedes Teil war größer als das Grundstück, auf dem seine ärmliche Hütte mit dem angebauten Stall stand.

Auf dem ersten Teil des Ackers säte er Hafer. Auf dem zweiten Teil pflanzte er Rüben für Mensch und Vieh und auf dem dritten Teil pflanzte er die neue Frucht, nämlich Grundbirnen (Kartoffeln). Er begann seine neuen Felder, wie er sie nun nannte, sehr sorgfältig zu bewirtschaften, wie er es bei seinem Bauern gesehen hatte, so daß die Bewohner des Dorfes spöttelten, er würd täglich neben dem Acker stehen und Kraut und Rüben zum Wachsen anhalten, wie ihn seinerzeit sein großbäuerlicher Herr es mit ihm tat.

Es verging ein Jahr nach dem anderen, er säte, pflanzte, erntete und aß seine Früchte.

Böse Leute aus dem Dorf spotteten, er würde sich nachts heimlich sogar auf den Acker setzen, um diesen zu düngen, denn sein Erfolg war anerkennenswert.

Eines Tages aber verließ ihn das Glück. Eine Mißernte nach der anderen brachte nun sein Acker hervor. Nach Jahren des Grams starb der Kühbauer und nun durfte er noch einmal ein kleines Äckerchen besitzen.

Seine Kinder pflanzten darauf Hafer, Rüben und Kartoffeln.«[181]

---

[181] Prot 23.6.1976, S. 3 ff, Wittersheim

Mythologische Motive

Viele der alten Märchen enthalten Reste des alten Volksglaubens. Meist wurden diese schon vor hundert Jahren nicht mehr als solche erkannt. Der starke christliche Einfluss ließ die alten Gottheiten als böse und grausam erscheinen.
Häufig sind in den Märchen nur Details der alten Mythologie zu finden. Als Beispiel dient der Geißenkopf in den Händen einer Hexe, wie er oben mehrfach erzählt wurde. Dieser Kopf ist ein Symbol, das an den Gewittergott Donar erinnern sollte.
Zwei Geißböcke zogen seinen Wagen. Donar, seit dem 15. Jahrhundert zum Teufel degradiert, blieb als oberster Bösewicht erhalten und wird vielfach als Befehlender der Hexen dargestellt.[182]

In dem großen Märchenkreis vom > Wolf und vom Fuchs blieben Reste der alten Glaubenswelt erhalten und auch im Motiv eines besonderen Märchenkreises, dem der Horneggersch.
Als eine mythologische Märchenfigur wird die Horneggersch kaum noch erkannt. Sie erschien in dem Märchenband in der Ausgabe 1942 von Nikolaus Fox als »Die Horneckerin«. In dem Text wird sie als böse, als Hexenwesen und Kinderdiebin beschrieben.[183] Der Inhalt des Märchens erinnert ein wenig an das Grimm'sche Märchen KHM 55 vom »Rumpelstilzchen«[184]

Im Volk blieb etwas von der Verehrung einer göttlichen Figur erhalten, und diese trägt viele Züge Holdas, die im hiesigen Betrachtungsraum auch als »Die Alt« bis ins 20. Jahrhundert überlebte.[185]
Im Denken des Volkes war die Horneggersch eine weibliche dämonische Gestalt, die im Februar (dem Monat Hornung) als segenbringender Schneefall auftrat. Sie tobte über die Erde, damit diese wieder fruchtbar werden sollte.[186]

Erzählungen über die Horneggersch[187] sind meistens sehr kurz, aber sie sind zahlreich überliefert worden. Nachfolgend eine dieser kurzen Geschichten:

---

[182] Ar 503, S. 245, M 585, S. 78 ff, Prot 13.4.1969, S. 5, Merchweiler
[183] M 585, S. 69 f
[184] M 538, S, 153 ff, Prot 4.12.1973, S. 2, Hilbringen
[185] Hist, 1922, S. 4
[186] Ar 020, S. 91, Ar 506,I. S. 533, HBl 11.1.1997, Prot 11.1.1997, Wadern
[187] Eine weitere alte Bezeichnung für die Horneggersch war »alt Gei«, entstanden aus »alt Goi«, Prot 24.11.1974, S. 2, Erfweiler-Ehlingen, Prot 21.4.1988, S. 4, Schönenberg

Horneggersch (I)

» Da war mal Lichtmeß grad vorbei. Die Bauern putzten ihre Pflüge, weil sie am anderen Tag in die Stücker gehen wollten. In der Nacht aber kam ein kalter Wind aus dem Osten. Jeden Tag wurde es wieder kälter. Der Boden war wieder zugefroren und die Leute richteten sich wieder mit ihren Arbeiten zu Hause ein. Die Bauern hatten Angst um ihr Winterkoor. Da kam eines nachts die Horneggersch daher und warf große Mengen Schnee über die Fluren. Die Kinder gingen am Morgen wieder raus und tanzten mit den Flocken und die Bauern freuten sich, daß die Horneggersch dafür gesorgt hat, daß das schutzlose Winterkoor nicht erfriert. Die Frauen dankten es der Alten, auf sie ist immer noch Verlaß. [188]

Horneggersch war eine Erzählung zwischen Märchen und altem Volksglauben. Das zeigt auch nachfolgender Bericht:

Horneggersch (II)

» Die Horneggersch ist ein nasser Schnee bei Temperaturen um die null Grad. Da haben sie uns noch erzählt, wie die als Alte gekommen ist. Ich habe mir die immer wie die Frau Holle aus dem Märchen vorgestellt, so mit den Zähnen und es war ja auch was mit dem Schnee. Der Opa hat immer gesagt, daß das mit dem Schnee von der Horneggersch immer gut war …
Nein, es waren keine kalten Nachtfröste, da fällt ja nicht der Schnee. Immer so um die null Grad. Die Horneggersch haben wir als Kinder gerne gehabt. Der Schnee …
Ja, der Opa hat gesagt, daß bei den Temperaturen der Schnee die Saat noch einmal zudeckt und gut Wasser gibt. Und wenn eine Frau so was vorhergesagt hat, war sie im Dorf gudd angesehen. Also mit der Sperkelei[189], das war so eine Sache, kann man sich heute gar nicht mehr vorstellen. Und die Horneggersch, die habe ich gern gehabt. Ich hab' mich dann am Abend, wenn der Schnee gefallen ist, in die Bettdecke gekuschelt und in der Nacht immer gudd geschlafen.«[190]

Ein sehr kurzes Märchen, ausdrücklich von der Zeitzeugin auch so genannte stammt aus Hülzweiler:

---

[188] Prot 12.2.1952, Beckingen
[189] Sperkelei = Wetterumbruch im Februar
[190] Prot 7.3.1961, S. 2 f, Beckingen, Prot 5.2.1972, S. 2, Losheim

Der arme Bauer und die Horneggersch

» Da war mal ein armer Bauer. Er hatte nur ein kleines Äckerchen. In einem Jahr hatte er im Herbst Koor (Roggen) ausgesät. Das ging gut auf und der Bauer freute sich schon im Winter auf seine Ernte im Sommer. Da kamen eines Nachts die Eisriesen von Norden mit grimmiger Kälte und wüteten in der ganzen Flur. Überall im Land begann das Koor zu erfrieren. Aber eines Nachts kam mit einem Westwind die Horneggersch daher und warf reichlich Schnee auf die Felder. Das junge Koor war jetzt geschützt und so hatte der arme Bauer wieder Hoffnung gekriegt für eine gute Ernte.«[191]

Ein Märchentext aus Hilbringen gleicht so sehr dem Märchentext Fox' dass er als Nacherzählung des Fox'schen Märchens gewertet werden darf:

Die Horneggersch (III)

» Es war einmal eine Königin. Die hatte ein schönes Kind. Eines Tages hatte sie es im Schatten eines Baumes in den Garten gestellt.
Plötzlich war das Kind weg. Das hat die Horneggersch geklaut.
Sie hat das Kind in den Wald mitgenommen und in einem hohlen Baum versteckt, wo sie selbst drin gewohnt hat. Da war die Königin ganz unglücklich und hat siwwe Knechtchin beisamme gerufd und hat denen gesagt, sie sollen ihr helfen, das Kind wiederzufinden. Da sind die in den Wald und haben nach dem Kind geguckt, aber sie haben es nicht gefunden.
Im ganzen Land hat es sich herumgesprochen, daß der Königin ihr Kind geklaut worden ist. Das hat auch die Horneggersch gehört und da ist sie als arme Frau ins Schloß und hat zur Königin gesagt: ›Wenn de rätscht, we:ie eich hää:isch, krichdes Kind widd'r. Eich genn da dreißisch Daa Zeit.‹
Am ersche Daa iß die Horneggersch kumm und die Königin hat gesagt: ›Dau hääschd wohl Ommei oder Gretche.‹
Da hat die Horneggersch gesagt: ›Nää so häsch ich nidd.‹

›Nedd geròt,
nedd geròt,
die Kenigin isch in Not‹.

Dann ist sie in den Wald gesurrt, daß an den Bäumen die Blätter gezittert haben. Es hat gemacht

[191] Prot 19.1.1970, S. 2 f, Beckingen

›ssssss – räwitt, zäwitt,
die Kenigin wääs nedd,
daß ich Horneggersch häsch!‹.

So ist das ein paar Tage gegangen. Immer ist sie gekommen und hat gefragt und die Königin hat falsche Namen gesagt. Beim letzten Mal ist ein Knecht ihr nachgeschickt worden. Der schlich sich in den Wald und belauschte sie. Da hörte er, wie die Horneggersch wieder machte:

›ssssss – räwitt, zäwitt,
die Kenigin wääs nedd,
daß ich Horneggersch häsch!‹.

Am Tag danach ist die Horneggersch wieder gekommen und hat gefragt, wie sie heißen würde. Da hat die Königin gesagt: ›Dau werschd es Suß senn, oder es Kätt oder bischde vielleicht es Horneggersch?‹
Da ist die Horneggersch wild geworden und hat Höllengestank von sich gegeben und hat gekrisch: ›Datt lòò kannschde nur vumm Deiwel hann.‹ Sie ist in den Wald gesaust und hat das Kind geholt. Da hat die Königin wieder ihr Kind gehabt. Die Horneggersch kam nie mehr ins Schloß.

Und dann hat die Oma eine Minute gewartet, wie immer, wenn sie uns ein Märchen erzählt hat und dann hat sie etwas leise gesagt:

Danach erfolgte ein Märchenschluss wie folgt:

»Da klappern die Karre,
da lache die Narre,
da springt die Maus
zum Finschder enaus,
unn es Märche isch aus!«[192]

Eine Vielzahl von Märchen handelt von Begegnungen mit Zwergen, und Zwerge werden als menschenähnliche Wesen dargestellt. Sie bilden, dem Volksglauben nach, gesonderte Gesellschaften, können jedoch häufig Berührung mit den Menschen haben. Als Einzelwesen erreichen sie – dem Volksglauben nach – schon nach drei Jahren ihre ausgewachsene Körpergröße und die entspricht der eines drei- bis vierjährigen Kindes.

Ihr Greisenalter erreichen sie – dem Volksglauben nach – schon mit dem siebten Lebensjahr, ohne dass sie nach dem dritten Lebensjahr noch viel an Körpergröße zugenommen haben. Die geringe Körpergröße veranlasst sie, den Menschen scheu gegenüberzutreten und ihnen am liebsten auszuweichen.

[192] Prot 4.12.1973, S. 2, Hilbringen, eine zweite Version: Prot 7.3.1961, Beckingen, M 585, S. 69 ff

Sie waren ursprünglich der göttlichen Welt näher als der menschlichen oder gar der teuflischen. Reste dieser alten Glaubensvorstellungen sind noch heute in den Märchen zu finden, deshalb können keine allgemeingültigen Aussagen über die Welt der Zwerge getroffen werden.

Zwerge werden häufig als geschlechtslos angesehen. In den Märchen erscheinen sie in der Regel als männliche Wesen.
Erotische Schilderungen von weiblichen Zwergen sind nicht bekannt, anders bei den männlichen Zwergen. Sie stellen gerne menschlichen Jungfrauen nach, versuchen sie mit Gold, Silber oder Edelsteinen zu betören.

***Abb. 9:** Darstellung eines Zwerges mit undurchsichtigem Charakter*

Die Zwergenfrauen suchen bei Geburtsnöten die Hilfe einer (menschlichen) Brauchersch und sie lassen gerne ihre eigenen Kinder durch menschliche Ammen säugen, damit sie schöner werden. Aus diesem Grund stehlen sie gerne menschliche Säuglinge, indem sie diese als Wechselbalge gegen die eigenen Wesen austauschen.[193]

In den Schilderungen untergliedern die Erzählerinnen und Erzähler die Zwerge gerne grob als Wichtel und Elben, als schwarze und weiße, als gute und hilfreiche oder als böse und gefährliche Wesen.
Schwarze Wesen werden als hässlich und abstoßend geschildert. Ihnen wird nachgesagt, dass sie eher danach trachten, den Menschen Böses zuzufügen, während das Verhältnis zwischen den Menschen

[193] Wechselbalgsagen sind sehr zahlreich.

und den lichten Elben meist ein positives und entspanntes ist. Von solchen können die Menschen eher magische Hilfen erlangen.
Schwarze Zwerge erscheinen auch dort, wo es traditionellen Bergbau und das Schmiedehandwerk gab, also in Bergwerken, Höhlen und Schmieden.
Der Bergbau des Saarlandes ist nicht so ausgeprägt wie z. B. der im Erzgebirge, dem Harz oder dem Pfälzer Bergland. Aus diesem Grund sind bergmännische Zwergenmärchen hier selten zu finden.

Unter der Erde bilden Zwerge eigene Königreiche. Besonders durch christlichen Einfluss in Bezug auf Teufel und Engel zählen sie zu jenen Wesen, die den Menschen Gutes tun, ihnen aber auch Schäden zufühgen können.
Den Menschen gelten sie deshalb als unberechenbar, man soll ihnen stets mit Vorsicht begegnen. Ein sehr schönes Beispiel zu diesem Thema ist in dem Märchen vom > Mond, als er auf die Erde kam, zu erkennen.
Um sich zu schützen, tragen Zwerge gerne Nebelkappen und besondere Mäntel. Der Schutz ist schon alleine deshalb erforderlich, weil das Sonnenlicht sie zu Stein erstarren lässt.
Zwerge gelten als reich, weil sie unter der Erde große Schätze angesammelt haben sollen, angefangen von Gold, über Kristalle und Edelsteine.[194]

Nachfolgend ein Märchen, das aufzeigen soll, wie vorsichtig man Zwergen begegnen soll. Man darf sich auf sie nicht verlassen, denn sie sind, wie bereits gesagt, unberechenbar:

Der undankbare Zwerg

» Es war einmal eine arme Familie. Die Eltern hatten zwei Töchter, die fromm erzogen waren, sie waren fleißig und immer hilfsbereit gegenüber jedermann. Eine alte weise Frau hatte den Eltern einmal gesagt, daß der Herrgott ihre Freundlichkeit einmal belohnen würde.
Eines Tages schickte der Vater sie in den Wald, um Holz zum Feuern des Ofens zu holen.
Sie waren tief in den Wald gelangt, Holz war an diesem Tag aber kaum zu finden. Da hörten sie auf einmal ein furchtbares Gejammer. Dem gingen sie nach. Sie fanden auf einmal einen kleinen Zwerg. Er stand vor einem riesigen Baumstorzen und jammerte. Sie gingen zu dem kleinen Mann und fragten ihn, an welchem Unglück er leiden würde und ob sie ihm helfen könnten.
Er erzählte, daß er den Storzen spalten wollte, mit dem Bart just in dem Moment in diesen geriet, als mit einem Knall der Keil nach oben wegflog und der Spalt sich sofort wieder schloß. Er bat die beiden, ihm zu helfen, sie würden es auch nicht bereuen müssen.
Die Mädchen sahen, daß er auf dem Waldboden neben dem Storzen einen großen Sack voll Gold abgestellt hatte.

---

194 Ar 503, S. 280 f, Ar 506, I, S. 363 ff

Die Mädchen wollten nun den Keil erneut in den Storzen treiben, doch der Zwerg sagte, daß das zu gefährlich sei, sie sollten das nicht weit von ihm entfernt am Boden liegende Messer nehmen und den Bart auf der Ebene des Holzes abschneiden. So taten es die Mädchen, der Zwerg war wieder frei, nahm seinen Goldsack und das Werkzeug auf, wünschte ihnen ein Gott-Vergelts und verschwand.

Sieben Wochen waren vergangen, da schickten die Eltern die Mädchen erneut in den Wald zum Holzholen. Auch an diesem Tag mußten die beiden lange nach Feuerholz suchen, so leer war der Wald. Auf einmal hörten sie ein erbärmliches Jammern. Sie suchten und fanden am Abbruch in der Sandkaul ein zappelndes Etwas.

Es war schon wieder der Zwerg, den sie da hörten und wieder hatte er sich in eine gefährliche Situation gebracht. Beim Ausgraben einer großen Baumwurzel an dem Rand des Sandabbruches war er abgerutscht und mit seiner Joppe so unglücklich in einem Dornenbusch hängengeblieben, daß die Joppe ihm die Arme hochriß und sich über dem Kopf schloß. Derart gefangen, konnte er sich alleine niemals befreien, vor allem nicht, weil die Füße nach unten frei baumelten. Die beiden Mädchen fragten ihn, ob sie ihm helfen könnten. Er bat die beiden, ihm zu helfen, sie würden es auch nicht bereuen müssen. Langsam schnitten sie die Äste auf der einen Seite aus dem Busch heraus. Die eine Seite des Zwerges war bald frei und er konnte bei der weiteren Bergung mithelfen. Als er gänzlich aus seiner mißlichen Lage befreit war, rutschte er den Sandberg hinunter, schnappte sich seinen Goldsack, der bei diesem Unglück abgerutscht war und machte sich davon, ohne sich noch einmal zu seinen Retterinnen dankend umzusehen.

Die beiden Mädchen gingen weiter ihrer Arbeit nach, konnten noch ausreichend Holz finden und machten sich auf den Heimweg.

Wieder waren sieben Wochen vergangen. Der karge Holzvorrat war aufgebraucht, und die Eltern schickten die Mädchen erneut in den Wald zum Holzholen.

Und wieder war der Wald rar an verwendbaren Knüppeln, also gingen die beiden immer tiefer in den Wald hinein.

Plötzlich vernahmen sie ein furchterregendes Knurren. Sie faßten sich aus Angst beide an den Händen und schlichen sich an den Ort, von dem sie das Knurren vernommen hatten. Da sahen sie auf einmal einen furchtbar großen Wolf, der den kleinen Zwerg gefaßt hatte. Er war dabei, ihm seinen Joppen vom Leib zu reißen. Der Zwerg hatte nun die beiden Mädchen entdeckt und schrie nun dem Wolf zu: ›Ach laß mich doch in Ruhe und laß mich weiterleben. Sieh' da drüben die beiden Mädchen. Sie sind eine viel fettere Beute als ich. Überleg' mal, die Zartheit dieser Wesen und das gleich zweimal. Ich kenne die, sie werden sich nicht gegen Dich wehren und Dir keine Verletzungen zufügen.

In dem Moment, wo er so bittend und jammernd die beiden Mädchen als Opfer anbot, hatte der Wolf ihn schon aus dem Joppen befreit und fraß ihn nun mit Haut und Haaren. Er schaute zu den beiden Mädchen herüber, die sich schnell ängstlich umarmten in der Hoffnung, noch einmal verschont zu bleiben. Doch diese Mahlzeit hatte den gefährlichen Räuber vollends befriedigt, so daß er sich noch einmal das Maul leckte, sich umdrehte und in den dunklen Wald zurückschlich.

Die beiden Mädchen waren zu Tode erschrocken. Es dauerte noch einige Zeit, bis sie begriffen hatten, was da wirklich geschehen war. Sie gingen an den Ort des furchtbaren Geschehens und

fanden dort den Goldsack des kleinen Zwerges. Den hoben sie auf, nahmen die paar Holzknüppel ebenfalls an sich und liefen nach Hause.
Zu Hause angekommen freuten sich die Eltern, denn nun hatten sie bis an ihr Lebensende ausgesorgt...

Wie hatte doch der kleine Zwerg immer gesagt: ›Ihr werdet es nie bereuen müssen.‹ So nahm die grausame Geschichte doch noch ein verdientes Ende.«[195]

Geschichten von Gnomen und anderen Wichtelmännern sind in zahlreichen Märchen zu finden. Häufig spielen sie dabei nur eine kleine Nebenrolle. Manche Zwerge sind böse, andere gut.
Als Nächstes soll der Fall von diebischen Wichteln wiedergegeben werden.
Es ist ein Wechselbalgmärchen, das im folgenden Fall gut ausging, was nicht immer so war:

Der Wechselbalg

» Eine Frau hatte eines Tages ein lieblich anzusehendes Kind zur Welt gebracht. Die Eltern waren mit ihm überglücklich. Doch in der neunten Nacht sind die Wichtelmännchen gekommen und haben das Kind gegen eins von ihnen ausgetauscht. Und das war klein und unendlich häßlich. Es hatte einen übergroßen Wasserkopf und blöde Glotzaugen. Es schien, als würde es unentwegt damit in die andere Welt gucken.
Vater und Mutter waren völlig verzweifelt und wußten keinen Rat. Da sind sie zu der alten Frau im Nachbardorf gegangen. Die Frau wohnte einsam am Waldrand und es hieß, daß sie die Wichtel gut kannte und sie immer mal wieder traf.
Die Frau sagte, die betrogenen Eltern sollten auf die Wiege einen Mahrfuß aus geweihtem Wachs setzen. Sodann sollten sie den Wechselbalg am Abend ausziehen und so lange kitzeln, bis er anfängt laut zu lachen, so laut, daß es alle hören können, im Dorf und in den Hügeln.
Die Eltern taten, wie ihnen geheißen: Sie holten sich bei der guten Frau einen Mahrfuß aus gesegnetem Wachs und klebten den unter die Wiel.[196] Dann zogen sie dem Balg die Hemdchen aus und fingen an, ihn so lange zu kitzeln, bis er anfing, laut und grusselig zu lachen.
Schon kurze Zeit später polterte es im Flur des Hauses. Es waren lauter kleine Schritte zu hören. Die Eltern verschwanden schnell hinter einem Vorhang und warteten ab, was nun passieren könnte. Da ging die Türe weit auf, herein kamen drei kleine Wichtel und tauschten den Balg gegen das gesunde Kind wieder aus.

---

195 Prot 30.9.1952, Haustadter Tal
196 mundartliche Bezeichnung für eine Kinderwiege

So schnell, wie sie gekommen waren, so schnell waren sie auch wieder verschwunden. Und weil sie den Mahrfuß gesehen hatten, kamen sie auch nie mehr wieder.«[197]

Das oben erzählte Märchen ist eines, was ebenfalls in Mitteleuropa in unterschiedlichen Texten von verschiedenen Volksstämmen erzählt wurde. Es soll ein Beleg für den einst weit verbreiteten Wechselbalgglauben sein.

Bei Grimm ist eine ähnliche Erzählung unter dem Titel »Von einer Frau, der sie das Kind vertauscht haben« zu finden, doch das ist nicht die einzige schriftliche Wiedergabe dieses Motivs, denn das Thema ist weiter verbreitet und sollte Mütter von behinderten Kindern schützen helfen.[198]

Zwerge waren häufig Mittler zwischen der geheimnisvollen Zauberwelt und der realen Welt der Menschen, und da besonders der armen Menschen. Zwerge waren deshalb die Vermittler von Wohlstand, ohne dass sie selbst als freigiebige Wesen anzusehen waren.

Das nachfolgende Märchen erzählt von einem solchen freigiebigen Fall, und zugleich von der Zerstörung des Glücks durch menschliche Verdächtigungen und Neugierde:

Der Zwerg, der Arme reich beschenkte – oder Wie Neugierde bestraft wurde

» Es ist schon gut hundert Jahre her. Da saß im Tal eine arme Frau abends am Herd und wärmte sich. Auf einmal klopfte es ans Fenster. Sie ging zum Fenster, öffnete es und guckte hinaus, konnte aber niemanden erkennen. So schloß sie das Fenster wieder und ging wieder zu ihrem warmen Herd zurück. Kaum saß sie auf ihrem Höckerchen, da klopfte es schon wieder. Wieder ging sie zum Fenster, öffnete es und guckte hinaus. Doch war auch diesmal niemand zu sehen, also tat sie es wie vorher und setzte sich erneut auf ihren Hocker am wärmenden Herd. Kaum hatte sie da gesessen, klopfte es zum dritten Mal.

Nun wollte sie es genau wissen. Sie öffnete das Fenster, schloß es sofort wieder, wartete eine Weile, schlich sich zur Haustüre, öffnete diese ganz leise und guckte hinaus. Da entdeckte sie unter dem Fenster ein kleines Männchen, das gerade dabei war, sich an der Fensterbank hochzuziehen, um in die Küche zu gucken.

Da schimpfte sie mit dem kleinen Männchen, doch der kam auf sie zu und bat recht freundlich um ein Schüsselchen Milch. Als die Frau das ihm versprach, bat er darum, sich in der Küche bei ihr auch noch etwas aufwärmen zu dürfen.

---

197 Prot 16.2.1952, Haustadt

198 M 538, S. 183 f.

Die Frau nahm ihn mit in die Küche und bot ihm einen Platz am offenen Herd an. Anschließend holte sie ein Schüsselchen Milch. Sie mußte selbst sparsam damit umgehen, denn ihre Geiß gab ihr zurzeit nur wenig Milch. Währenddessen rieb der kleine Mann am Herd seine ledernen Hände, um sie warm zu bekommen. Sichtlich freute er sich über die Wärme, die der Herd ihm spendete. Die Frau brachte ihm das Schüsselchen Milch. Der kleine Mann trank es langsam aus, lachte vor Freude und Wohlsein, rieb sich noch einmal die Hände am Feuer und ging.
Als die Frau das Schüsselchen wegräumen wollte, sah sie am Boden ein kleines Goldstück liegen. Der kleine Mann hatte sich überaus dankbar gezeigt.
Eine Stunde später kam ihr Mann nach Hause. Er hatte schwer im Holz geschafft, war müde und hungrig. Er wünschte sich ein Schüsselchen Milch. Da sagte die Frau, daß ihre Geiß jetzt in der Winterzeit kaum noch Milch gäbe und das bißchen, was sie am Vortag gegeben hätte, hätte sie den Kindern gegeben. Mürrisch ging der Mann hungrig zu Bett und schlief bald ein.
Schon am folgenden Abend wiederholte sich das gleiche Spiel: Das kleine Männchen klopfte erneut, erhielt ein Schälchen Milch, durfte sich aufwärmen und als er ging, lag in dem Milchschälchen ein kleines Goldstück.
Als der eigene Mann am späteren Abend müde und hungrig nach Hause kam und sich ein Schälchen warme Milch wünschte, erhielt er die gleiche Antwort vom Vortag. Die Abende wiederholten sich nun – Tag für Tag. Schließlich schöpfte der Mann Verdacht. Es kann doch nicht sein, daß die Geiß kein Schüsselchen Milch mehr gab.
Er dachte darüber nach, auf welche Weise ihm seine Frau die Treue aufgekündigt haben könnte. Er wollte unbedingt dahinterkommen.
Am anderen Tag tat er so, als ginge er zur Arbeit, wie jeden Tag. In Wahrheit versteckte er sich in dem kleinen Stall am Haus. Von hier aus konnte er alles mitbekommen, was in dem Haus vor sich ging.
Lange saß er da in der Kälte, doch nichts passierte.
Mit dem Einbruch der Dämmerung kam auch das kleine Männchen wieder. Es zog sich mit einer Hand an der Fensterbank hoch und klopfte an die Scheibe. Plötzlich bemerkte er, wie seine Frau den Kleinen durch die Haustüre in die Küche führte. Es schien nicht das erste Mal gewesen zu sein. Nun schlich er zum Fenster, um das Geschehen in der Küche zu verfolgen. Er sah, wie seine Frau dem kleinen Wicht ein Schüsselchen voll Milch reichte und wie sich der Kleine vergnügt am Herdfeuer aufwärmte.
›Aha‹, dachte er ›meine untreue Frau gibt einem kleinen häßlichen Gnom das, was mir als fleißigem Holzarbeiter zusteht.‹
Er kam durch die Haustüre ins Haus, stürzte laut polternd in die Küche und wollte den Kleinen anbrüllen. Doch wie durch einen Zauber versagte ihm die Stimme. Der Kleine aber war plötzlich verschwunden.
In dem Milchschüsselchen lag an diesem Abend kein Goldstück mehr.
Die Frau versuchte ihrem Mann alles zu erklären. Sie zählte ihm die vielen kleinen Goldstücke vor, die sie für das bißchen Milch von dem kleinen Männchen erhalten hatte.
Der Mann sah, daß er seiner Frau keine Untreue vorwerfen konnte.

Doch von diesem Tag an kam das kleine Männchen nie mehr in das Haus der armen Leute und die Zahl der Goldstücke konnten sie auch nicht mehr vermehren.«[199]

Besonders unter den Zwergenmärchen verbergen sich so manche heimlichen Wünsche der erzählenden Dorfbewohner.
Nach furchtbaren Kriegen wurden derartige »Wunschmärchen« gerne erzählt – wohl als Trost, denn viel blieb den Menschen meist nicht mehr. Diese Geschichten wurden häufig so gut erzählt, dass sie von den wirklichen alten Märchen kaum zu unterscheiden waren.
Nachfolgend ein Märchen, das diese Aussage stützt:

Des Müllers Magd und das kleine graue Waldmännchen

» Es lebte einmal in einer alten Mühle eine Magd, das war fernab von hier. Der Müller brauchte dringend Feuerholz und schickte die Magd in den Wald. Sie suchte im Wald nach Holz, fand aber kein einziges Stück, obwohl sie sich große Mühe gab.
Da setzte sie sich auf einen Baumstumpf, legte den Kopf in die Hände und weinte.
Doch dann sagte sie sich: ›Es nutzt nichts, ich muß wieder zurückgehen, auch wenn der Müller wütend wird. Als sie in die Nähe des Dorfes kam, begegnete ihr der Müller. Sie sagte ihm, daß der Wald von Holz leer wäre, als hätten ihn böse Geister gefegt.
Als der Müller das hörte, schalt er sie als faule Magd, zu nichts zu gebrauchen. Zu Hause setzte er ihr das Essen ab. Am anderen Morgen schickte der Müller sie wieder in den Wald. Doch diesmal ging sie an einer anderen Stelle ins Holz. Sie lief und lief, doch wo sie auch ankam, nirgendwo war ein Stück Holz zu finden, das sie als Feuerholz mitnehmen konnte. Mit dem Holztuch über der Schulter erreichte sie eine Schlucht, in der sie noch nie war. Sie begann, sich zu fürchten, denn es war im Wald still geworden, keine Vögel sangen mehr ihre Lieder und kein Hase hoppelte mehr über trockenes Laub.
Als die Sonne schon hoch am Himmel stand, fand sie ein paar trockene Knüppel, die sie auch gleich mitnahm. Sie hatte nun Hunger und suchte nach Beeren. So lange sie auch suchte, hier gab es auch keine Beeren. Da grub sie einige Wurzeln aus, schwenkte sie an einem Bach und aß sie. Dabei fluchte sie über den Müller und klagte über ihr armseliges Los als Magd.
Plötzlich stand, wie aus dem Nichts gekommen, ein kleines graues Männlein vor ihr und fragte sie mit heller Stimme: ›Heute Morgen war es noch friedlich an diesem Ort und nun höre ich sehr viel Unzufriedenheit.‹ Nachdem sich der erste Schreck gelegt hatte, faßte die Magd den Mut, dem Kleinen Antwort zu geben. ›Ja‹, sagte die Magd, ›seit gestern bin ich in Wäldern unterwegs, weil mich der Müller geschickt hat, Holz zu sammeln. Doch der Wald ist leergefegt. Als ich gestern zurück in der Mühle war, hat der Müller mir sogar das Essen abgesetzt und nun bin ich heute hier

[199] Prot 28.5.1974, Beckingen

unterwegs, aber auch hier ist kaum Holz zu finden‹. Der Kleine war sehr freundlich, er sagte ihr, sie solle ihm folgen. Da kamen sie in ein enges dunkles Seitental, wo sehr viele trockene Knüppel herumlagen. Sie bedankte sich tausendmal bei dem kleinen Mann, lud sehr viele Knüppel in ihr Holztuch, band es zu, setzte es auf den Kopf und schleppte die schwere Last in des Müllers Mühle. Es war mittlerweise schon Abend geworden. Als der Müller sie mit einer solchen Menge Holz kommen sah, war er erstaunt, denn mit einer solchen Menge hatte er nicht gerechnet.

Nun wollte er alles genau erfahren, wie die Magd zu dieser Holzmenge, die für eine Reihe von Tagen reichen sollte, gekommen war. ›Was soll ich dem Müller sagen?‹ dachte die Magd, also sagte sie, sie sei lediglich fleißig gewesen und habe lange Wegstrecken zurücklegen müssen, damit sie so viel Holz finden konnte. Ich habe den halben Wald abgesucht und alles, was ich habe, das ist das hier. Der Wald ist leer wie gefegt.

Doch der Müller gab sich damit nicht zufrieden. Also schickte er die Magd am anderen Tag wieder in den Wald. Aber sie fand das kleine dunkle Tälchen nicht mehr, wo ihr das kleine graue Männchen das reichliche Holz gezeigt hatte. Nun blieb ihr nur noch eins: Hoffen, daß das kleine Männchen sich erneut zeigte.

Und gegen Mittag erschien es wieder und führte die Magd erneut in das kleine Tälchen mit dem reichen Holzvorrat. Da sammelte sie erneut das Holztuch ganz voll, verschnürte es, nahm es auf den Kopf und trug es nach Haus. Am Abend kam sie in der Mühle an und der Müller war wieder erstaunt über die große Menge Holz.

Er fragte sie wieder aus, doch sie wich nur aus, sie wollte das Geheimnis vom kleinen grauen Männlein nicht preisgeben.

Am anderen Morgen, dem dritten Tag, an dem der Müller die Magd in den Wald schickte, machte sich der Müller auf, heimlich der Magd zu folgen. Dort im Wald wollte er seine Magd überraschen. Die Magd fand wieder einmal das enge dunkle Tälchen nicht, also mußte sie warten, bis sich das kleine graue Männchen zeigte.

So lange sie auch wartete, das kleine Männchen kam diesmal nicht und sie fand nur wenige fingerdicke Holzstückchen. So ging sie durch den Wald und am Abend hatte sie doch eine Menge Holz in ihrem Holztuch, wenngleich nur dünnes Geäst. Als der Müller erkannte, daß sich die Magd auf den Heimweg machte, rannte er vor, um als Erster wieder in der Mühle zu sein.

Spät am Abend kam auch die Magd in die Mühle zurück. Scheinheilig und freundlich fragte er die Magd, ob sie wieder die dicken Knüppel gefunden habe.

Die Magd antwortete ihm nun listig: ›Die dicken Knüppel habe ich in den letzten beiden Tagen mit heimgebracht, heute war nur noch das dünne Geäst aufzunehmen und morgen wird es noch weniger sein.‹ Da zürnte der Müller und verweigerte der Magd wieder das Essen.

Am anderen Morgen schickte der Müller voller Bosheit die Magd erneut in den Wald hinaus zum Holzsammeln. Diesmal erschien auch das kleine graue Männlein wieder. Die Magd klagte nun ihm ihr trauriges Schicksal bei dem zornigen Müller. Da verschwand das Männlein in einem Felsspalt und erschien kurze Zeit später wieder mit Äpfeln, Nüssen, trockenem Brot und einem Glas Milch. Nun konnte sich die Magd so richtig stärken. Dann sammelte sie kleines Reisig und brachte es in die Mühle. Als der Müller die minderwertige Holzladung sah, war er wieder zornig und verweigerte ihr wieder das Abendessen.

So erging es der Magd noch viele Tage lang. Was den Müller aber erstaunte, obwohl er ihr kein Essen gab, wurde sie nicht dünn wie ein Faden und sie war weiterhin immer freundlich zu jedermann. Doch sie brachte kein dickes Knüppelholz mehr in die Mühle.
Eines Tages, der Müller wollte unbedingt wissen, was mit der Magd im Wald tatsächlich passierte, schlich er noch einmal der Magd in den Wald nach. Da sah er, wie ein kleiner Wicht der Magd zu essen gab. Wieder brachte sie am Abend nur dünnes Reisig in die Mühle und als der Müller sie am folgenden Tag in den Wald schickte, fand sie weder Holz noch das kleine graue Männchen, das ihm zu essen gab.
So kam sie am Abend fast mit leeren Händen und leerem Magen in die Mühle.
Der Müller tat sehr freundlich und gab ihr am Abend auch eine Mahlzeit.
In den folgenden Wochen zeigte sich, daß der Müller auf unerklärliche Weise von seinem Geiz befreit schien. Er belohnte die Magd zukünftig, wenn sie mit geringen Holzmengen vom Sammeln kam.
Es waren viele Wochen ins Land gegangen, da brachte ihm eines Abends ein fremder Bauer einige Säcke Korn, die er ihm bis zum nächsten Tag mahlen sollte. Der Müller willigte ein und verrichtete in dieser Nacht seine Arbeit. Doch auf einmal erkannte er im fahlen Kerzenlicht, daß aus dem Korn kein Mehl wurde. Das, was aus dem Mahlwerk kam, war pures Gold.
Am nächsten Tag wartete er auf den fremden Bauer, doch der erschien ihm nicht. Auch an den darauffolgenden Tagen erschien er nicht.
Da verstand der Müller diesen Mahlgang als einen Teillohn für seine Mahlarbeit und den großen Rest als ein Geschenk Gottes. Und so lebte er bis an seine Lebensende glücklich und zufrieden. Die Magd behielt er in der Mühle, denn er wußte, daß er nur durch sie zu diesem Reichtum gekommen war.«[200]

Der Rabe war ein weiteres Tier, das einen festen Platz in unserer Märchenwelt besaß. In dem Märchen > »Die Hexe mit den krummen Beinen« tauchte bereits der schwarze Vogel auf.
Im nachfolgenden Märchen erscheint der Rabe mit einer menschlichen Eigenschaft: Er erkundigt, sucht und berichtet seinem Herrn – eine typische Eigenschaft des Vogels aus der mythologischen Welt:

Der Bauer und der Rabe

» Ja auch Märcher, wie das von dem Raben …:
Da war mal ein einfacher Bauer. Er lebte von seinem Acker und seinem Fleiß, aber beide konnten ihn und seine Familie nur knapp ernähren. An einem Morgen hat der sein Pferd angespannt, den Pflug und die Egge auf den Wagen geladen und dann ist er raus auf seinen Acker. Als er da angekommen war, hat er gesehen, wie ein großer schwarzer Rabe in seinem Acker rumpickt. ›Aha‹

---

[200] Prot 12.3.1974, S. 2 ff, Beckingen

dachte der Bauer, ›wenn ich eingesät habe, kommt der Rabe und pickt mir die ganze Saat weg und ich habe im Sommer weniger zu ernten. Da muß ich vorsorgen.‹
Er bückte sich, griff eine Handvoll Erde und wollte sie gerade nach dem Raben schmeißen, da krächzte der: ›Halt, wer will denn da sein Glück verderben!‹
Der Bauer ist furchtbar erschrocken und ließ schnell die Erde fallen. Dann sagte er zu dem Raben: ›Wie kommt es, daß ein so großer Vogel die Sprache der Menschen spricht?‹
Der Rabe erzählte dann dem Bauer, wie er als junger Vogel aus dem Nest von einem Bauern geraubt worden war. Der Bauer sperrte ihn in einen Käfig, brachte ihm seine Sprache bei und schickte ihn auf kleine Raubzüge in die Nachbarschaft. Er bekam von dem Bauer zu essen und zu trinken, aber er wurde immer wieder in seinen hölzernen Käfig eingesperrt.
Eines Tages sagte er dem Raben, daß die reiche Nachbarin im Haus gegenüber das Fenster aufgelassen habe und in ihren Garten gegangen wäre. Der Rabe sollte nachsehen, ob es etwas an Geld oder Schmuck zu holen gäb. Der Rabe flog durch das offene Fenster des Nachbarhauses, sah, daß auf dem Tisch ein paar Münzen lagen, aber er sah auch, daß die Türe des Zimmers geöffnet war. Er hüpfte neugierig durch die offene Türe und entdeckte dahinter eine weitere Türe, die ebenfalls offen stand. Also ging er auch durch diese und nun sah er, daß auch in diesem Raum das Fenster offen stand. Für ihn war das die Gelegenheit, vor seinem raffsüchtigen Peiniger zu fliehen. Er sprang auf die Fensterbank und schon war er nach draußen geflogen. Er flog einige Tage lang durch die Gegend, suchte sich ein Plätzchen zu schlafen, und ab diesem Tag mußte er sich auch sein Futter selbst suchen, was nicht immer leicht war, vor allem im letzten Winter nicht.
Der Bauer und der Rabe wurden plötzlich darüber einig, daß er dem Bauern helfen würde und dieser ihn mit Futter, Wasser und einer sicheren Behausung versorgen würde.
Der Bauer baute einen Holzkäfig, den der Rabe nun von innen und außen selbst verschließen und öffnen konnte. Er stellte ihm Futter in seinen Käfig und daneben auch ausreichend Wasser.
Eines Tages ging der Bauer morgens in seinen Hühnerstall. Da mußte er feststellen, daß drei seiner fleißigsten Legehennen tot dalagen. Den Tieren fehlten ihre Köpfe. Zuerst dachte er an den Raben, doch bald schon verzog sich sein Groll auf den Vogel.
Kurze Zeit später kam dieser zum Bauern und sagte, daß in der letzten Nacht ein großer Marder durch ein Loch in den Stall geschlichen war und den Hühnern den Kopf abgebissen hätte. Er schlug dem Bauern vor, eine Totschlagfalle zu bauen und die vor dem Loch aufzustellen. Drei Tage lang passierte nichts, doch am vierten Morgen lag ein prächtiger Marder unter dem Stein der Falle. Der Rabe rief den Bauern und sagte ihm, er sollte den Balg abziehen, gerben und dann besäß er einen wunderbaren Pelz, dessen Wert größer war als der der drei Hennen.
Der Bauer tat, wie ihm der Rabe gesagt hatte.
Wenige Tage danach brachte der Rabe ihm eine blinkende Münze, die einer der Marktkaufleute auf der Straße verloren hatte. Der Bauer erkannte bald den Nutzen des Vogels und bereute seine Arbeit mit ihm nicht.
Eines Tages rief der Rabe den Bauern. Er hatte im Nachbardorf gehört, wie sich die Leute über drei Räuber unterhielten, die in der Nacht in die Häuser kamen und dort wertvolle Gegenstände, vor allem aber Geld stahlen. Er riet dem Bauern, alle Nachbarn zu unterrichten. Als es am Abend dunkel wurde, kamen wirklich die drei Räuber. Als sie aber in das erste Haus einbrechen wollten,

stürzte sich der große Kettenhund des Bauern auf die drei. Der Bauer hatte den Hund vorher absichtlich von der Kette gelassen, um das Haus sicherer zu machen. Die Räuber liefen aus dem Dorf und versuchten es auf der anderen Seite des gleichen Dorfes erneut. Doch auch dort hatten Bauern ihre scharfen Hunde freigelassen, so daß die bösen Räuber aufgegeben haben und nie mehr ins Dorf zurückgekommen sein sollten.
Nun waren alle Leute im Dorf mit dem Raben zufrieden, der ab und an auch noch kleine Münzen oder etwas anderes Brauchbares fand und seinem Bauern brachte.
Eines Morgens mußte der Bauer feststellen, daß sein Rabe schon früh ausgeflogen war. Das beunruhigte ihn zunächst nicht. Doch am Abend war er noch nicht wieder zurück. Auch am anderen Tag kam er nicht mehr in seinen Käfig. Und so verging ein Tag nach dem anderen, der Rabe blieb weg. Der Bauer war voller Traurigkeit, doch am neunten Tag sah er, daß der Rabe in seinem Käfig saß. Er ging zu ihn hin, da kam der Rabe ihm schon entgegen. Er erzählte, daß er im Nachbarkönigreich war. Dort würde eine Hungersnot ausbrechen, weil es eine sehr schlechte Ernte gegeben habe. Der König ließ ausrufen, daß er aus seinem Schatz eine größere Geldsumme für den Ankauf von Korn in den Nachbarkönigreichen zur Verfügung stellen wollte. Er verlangte von seinem Volk, daß sie Ruhe bewahren sollten.
Der Rabe schlug nun dem Bauern vor, sein überschüssiges Korn für den Verkauf bereitzuhalten. Der Bauer wollte sofort verkaufen, doch der kluge Rabe ahnte, daß der Preis noch steigen könnte. Tatsächlich stiegen nun in allen Königreichen die Preise für das Faß Korn. Als der Preis am höchsten war, riet der Rabe zum Verkauf. Der Bauer verkaufte mitten im kalten Winter seinen Überschuß aus dem Vorjahr und hatte in kurzer Zeit ein großes Vermögen zusammengetragen.
So vergingen viele Monate und Jahre, in denen der Rabe sich immer wieder erkenntlich zeigte. Der Bauer belohnte ihn dafür und er selbst konnte in bescheidenem Wohlstand leben.«[201]

Abb. 10: *Der Rabe als Spielkamerad der Jungen*[202]

[201] Prot 10.5.1969, Merchweiler
[202] Fol 589

Aus der germanischen Mythologie wird von den beiden Raben Hugin und Munin berichtet, die in die Welt hinausfliegen und ihrem Herrn, dem Allgöttervater der Germanen namens Odin bzw. Wodan, auf dessen Schultern sitzend, Neuigkeiten zutragen.[203]

Und noch nicht ganz vergessen sind die Kinderspiele der Schulbuben bis in die Mitte des 20. Jahrhunderts. Der Rabe war dabei ein ebenbürtiger Kamerad. Im hier besprochenen Raum handelte es sich in der Regel um eine Saatkrähe und in nur wenigen Ausnahmen um eine Elster.

[203] Ar 503, S. 234

Tiermärchen

In einer Reihe von saarländischen Märchen, möglicherweise sogar in den meisten, spielen unterschiedliche Tiere die Hauptrolle, wie das bereits in einigen Texten oben aufgezeigt wurde.

Zeitzeugen erklärten häufig, dass das ein Beweis für die Märchen als Kindermärchen angesehen werden müsse. Doch diese Aussage darf nicht so im Raum stehen bleiben.[204]

Die verschiedenen Tiere sind überwiegend mit den vorchristlichen religiösen Vorstellungen verbunden. Sie nehmen in den Erzählungen Charakter und Verhaltensweisen der Menschen an. Ihre Sprache ist die jeweilige Dorfmundart.
Eine Reihe der von den Dorfbewohnern als Märchen bezeichneten Erzählungen sind Belehrungen, Lebensweisheiten. Die Tiere werden zu den Lehrmeistern, indem sie Vorbilder für allerlei Situationen im Lebensalltag werden. In den ursprünglichen Texten war dies wohl nicht so vorgesehen.

Die Grenze zwischen Fabel und Märchen ist dabei fließend. In dieser Arbeit werden folglich solche Erzählungen, die belehrenden Charakter haben und, streng genommen, den Fabeln zuzurechnen sind, dennoch wiedergegeben. Den erzählenden Menschen war eine Trennung von Fabeln und Märchen nie wichtig. Sie bezeichneten ihre Erzählungen seit der Mitte des 20. Jahrhunderts gerne als »Märcher« und das war nicht alleine ihre mundartliche Ausdrucksform.[205]

Zur Einführung ein Beispiel mit einem Hecht. Dabei spielt die Farbe »Weiß« wie bei allen Tiererzählungen stets eine besondere Rolle:

Der große weiße Hecht in der Saar

» Da war mal ein Schiffer, der hat immer die Flußgötter[206] verflucht und die Heiligen verdammt, wenn er in Rage war. Eines Tages hatte sich sein Nachen[207] im flachen Ufergewässer in das dortige Gestrüpp verfangen. Er mußte raus und stand bis zum Bauch im Wasser. Er hat versucht, den Nachen wieder freizubekommen. Da kam ein ganz großer Hecht – und als der Großvater das

[204] Prot 9.9.1967, S. 8, Wadern, Prot 4.6.1972, S. 20, Merzig, Prot 25.6.1973, S. 4, Ensheim

[205] Prot 21.7.1961, Silwingen, Prot 13.4.1969, S. 5 ff, Merchweiler, 10.5.1969, Merchweiler, Prot 22.7.1970, S. 8 f, Steinbach b. Lebach u.v.m.

[206] Hierbei sollte es sich wohl um Flussgeister handeln und nicht um -Götter.

[207] Als Nachen bezeichneten Fischer ihre Flussfahrzeuge. Es handelt sich dabei um kleine muldenartige Wasserfahrzeuge aus Holz ohne Mast und ohne Verdeck. Sie wurden auf der unteren Saar auch als Nutzfahrzeuge für Personen und Waren eingesetzt.

sagte, wurde er ganz ernst und wichtig, breitete wieder die Arme aus und zeigte uns, wie groß der Hecht gewesen sein sollte, und was noch besonderes an dem Hecht war: Der war weiß. Der Schiffer erstarrte. Da biß der Hecht ihm ein Bein ab. Er rief um Hilfe und die anderen Schiffer retteten ihn aus dem Wasser.«[208]

Nach diesem Beispiel einer Tiererzählung sollen drei sich gleichende Fabeln wiedergegeben werden. Die ursprüngliche Idee wird dem griechischen Fabeldichter Äsop, eigentlich Aisopos, zugeschrieben. Sie war und ist so weit verbreitet, dass wir sie auch in unseren Redensarten bewahren, wenn wir nach einer Ausrede suchen:

Der Fuchs und die Trauben (I)

» Ein Fuchs kam auf einem Gang nach Beute an einen Weinstock, der voll süßer Trauben hing. Lange schlich er vor denselben auf und ab, überlegend und versuchend, wie er zu den Trauben gelangen könne. Aber umsonst, sie hingen zu hoch. Um sich nun von den Vögeln, welche ihm zugesehen hatten, nicht verspotten zu lassen, wandte er sich mit verächtlicher Miene hinweg und sprach: ›Die Trauben sind mir zu sauer, ich mag sie gar nicht haben‹«[209]

Die Erzählung wurde in den 1950er Jahren als Schulstoff in der Volksschule im Saarraum durchgenommen. Von einer Schülerin blieb eine Niederschrift aus dem Deutschunterricht erhalten, die an dieser Stelle zum Vergleich wiedergegeben werden soll:

Der Fuchs und die Trauben (II)

» Ein Fuchs, den der Hunger trieb, ging an einem Weinstock vorbei. Dieser hing voll zuckersüßer, saftiger Trauben. Sinnend schlich er unter dem Weinstock vorbei und überlegte, wie er die Trauben bekommen könnte. Er machte ein paar kräftige Sprünge. Aber vergebens! Sie hingen zu hoch. Um sich vor den Vögeln nicht zu plamieren (blamieren), trottete er beschämt weiter, und brummte vor sich hin: ›Die Trauben sind mir viel zu sauer, ich mag sie gar nicht«.[210]

Und eine dritte Erzählung, von einer Frau frei erzählt, soll als Beispiel an dieser Stelle wiedergegeben werden:

---

208 Prot 25.6.1976, S. 2 f, Orscholz
209 M 503, S. 225
210 Prot 9.10.1951, Rubenheim

Der Fuchs und die Trauben (III)

» Es war einmal ein Fuchs, der schlich morgens mit hungrigem Magen durch das Dorf. Da sah er an einer Wand schöne reife Trauben. Er wollte sie fressen und sprang zu ihnen hoch, doch er schaffte es nicht, die Trauben zu erwischen. Da ging er an der Wand seitlich an, sprang von dort aus von oben auf die Trauben, doch auch dabei hatte er kein Glück. Da sah er sich von unten noch einmal die Trauben genauer an und sagte: ›Hätte ich vorhin auch sehen können, die sind ja viel zu sauer.‹ Da schlich er sich davon.

Und da kommt das Sprichwort her: ›Dem sind die Trauben zu sauer‹, wenn er etwas haben will und nie kriegt.« [211]

Ein Teil der alten Tiermärchen wurde zumindest seit dem 19. Jahrhundert bewusst dazu eingesetzt, die Kinder zu belehren. Dabei wird heute übersehen, dass die Ursprünge der Erzählungen auf alte heidnische Überlieferungen zurückgehen und ursprünglich keine Kindermärchen sein sollten.

Ein sehr schönes Märchen dieser Art, das Kinder noch heute gerne hören, ist das vom Leben des Hundes »Hasso«. Der Ursprung dieser in unseren Dörfern erzählten Geschichte dürfte wohl das Grimm'sche Märchen »Der alte Sultan« sein.[212]
Und ein zweites Grimm-Märchen zum gleichen Thema, das die Moral der Bauern gegenüber ihren alten Tieren kritisiert, ist »Der Fuchs und das Pferd«[213]

Der alte Hund Hasso

» ... Da waren arme Leute, die hatten einen Hund und der hat Hasso geheißen. Eines Abends hat der Hund am Ofen gelegen und hat so vor sich hin geträumt. Da hat der Mann zu seiner Frau gesagt, daß der Hasso nicht mehr so ein richtig wacher Hund wär und er würde nur noch zu fressen kriegen und würde sich nicht mehr melden, wenn ein Fremder kommen würde. Er hat gesagt, daß es besser ist, ihn jetzt zu vergiften und zu begraben, als nur das teure Fressen immer für ihn zu machen. Da hat die Frau gesagt, daß das vielleicht sogar einen Sinn machen würde. Sie hat gesagt: ›Vielleicht quält er sich sogar selwert.‹
Der Hasso lag ja am Ofen und hat alles hellwach mitgekriegt. Er wurde ganz traurig und hat sich gegenüber den alten Leuten nichts anmerken lassen.

---

[211] Prot 13.6.1970, nnb
[212] M 538, S. 217 ff
[213] M 538, S. 237 ff

Am anderen Tag ist er zu seinem Freund, dem Wolf, in den Wald gegangen und hat gesagt, daß er jetzt, wo er alt geworden ist, die Leute ihn nicht mehr halten wollen und er soll vergiftet werden und krepieren.
Da sagte der Wolf zu ihm, daß er sich was ausdenken würde, und das wollte er ihm am anderen Tag mitteilen. Er hatte mit dem Hasso dann auch was ausgemacht, wenn die Kromperernte beginnen würde.
Schon eine Woche später sagte der Bauer zu seiner Frau: ›Wir fangen morgen damit an, die Krompern auszumachen. Die Frau sagte: ›Ja‹, also zogen sie am anderen Morgen mit dem Handwäänchin, den Karsten, Säcken, dem kleinen Kind und dem Hasso ins Kromperstigg.
Kurz vor Mittag kam der Wolf, schlich sich an die Wiel[214], wo das Kind drin lag und schnappte sich das Kind und lief mit ihm weg. Hasso gab ihm ein paar Meter Vorsprung und jagte bellend hinter dem Wolf her. Bald hatte er ihn auch eingeholt. Er riß dem Wolf das schreiende Kind aus dem Maul und trug es zurück zum Kromperstigg. Der Mann und seine Frau waren furchtbar erschrocken und dankten Hasso seine große Aufmerksamkeit und seinen Kampf mit dem Wolf.
Am Abend lag Hasso wieder am Ofen und der Mann sagte zu seiner Frau: ›Morgen kriegt unser treuer Hasso einen besonders großen Knochen und ein Stück Fleisch. Wir brauchen uns jetzt nicht mehr um ihn Gedanken zu machen, der treue Hund soll es bei uns gut haben.‹ Hasso tat so, als habe er das alles nicht mitbekommen.
So vergingen für Hasso bessere Tage. Schon eine Woche später kam der Wolf zu Hasso und sagte ihm, daß er sehr große Lust habe auf eines der drei Schafe, die seine Herrschaften im Gehege hielten. Hasso sagte dazu nichts, aber er paßte seither sehr gut auf die Schafe auf. Eines Morgens sah er, wie der Wolf auf das Gehege mit den Schafen zuschlich. Hasso sah ihn kommen. Er schlich sich langsam an das Gatter und als der Wolf gerade zum Sprung ansetzte, um in das Gehege zu gelangen, bellte Hasso so laut, daß seine Herrschaften das hörten und schon mit Hacken bewaffnet auf den Wolf zustürzten. Der Wolf konnte noch rechtzeitig Reißaus nehmen und gelangte noch unbeschadet in den Wald, wo er schnell im Buschwerk verschwand.
Am anderen Morgen traf er sich mit Hasso und schimpfte ihn einen gemeinen hinterhältigen Bruder. Er habe ihm geholfen, daß er am Leben bleiben könnte und nun dieses miese Spiel mit ihm. Er schlug Hasso vor, er wolle sich oben am Waldrand mit ihm duellieren. Jeder sollte einen Adjutanten sich besorgen und man wolle sich am Samstagabend vor dem Untergang der Sonne dort oben treffen.
Beide gingen auseinander, der Wolf in den Wald, Hasso in sein Dorf zurück.
Der Wolf suchte sich im Wald einen Adjutanten. Er wurde auch bald mit der alten Wildsau Borstel einig. Hasso hatte es da schwieriger. Niemand wollte mit zu einem Duell mit einem Wolf gehen. Nach Tagen fragte er Priol, einen schwarzen Kater aus der Nachbarschaft, der nach einem Sturz von einem Scheunendach einen schweren Hüftschaden hatte und kaum noch gerade gehen konnte. Hasso und Priol waren sich aber schnell einig und so zog er mit ihm am späten Samstagnachmittag los in Richtung Wald. Priol hatte Probleme, den schwerlichen Weg zum Waldrand zu gehen. Zu groß waren die Schmerzen in seinen Knochen. Immer wieder knickte

[214] alter mundartlicher Begriff für eine Kinderwiege

er nach links ein und schob sein Hinterteil schräg nach vorne. Als Borstel das sah, bekam es es mit der Angst zu tun, denn der Wolf und es stimmten darin überein, daß der schwarze Kater Steine sammeln würde, um die notfalls auf die beiden zu werfen. Borstel grub sich nun vor Angst in den vielen Blättern auf dem Boden ein. Der Wolf sprang auf einen tief hängenden Ast einer Eiche und kletterte noch weiter nach oben. Nun kamen beide am vereinbarten Ort an, doch von Borstel und dem Wolf war nichts zu sehen. Da sah auf einmal Priol, wie sich in dem Blättergewirr etwas bewegte. Er bekam einen Jagdtrieb, sprang auf das sich bewegende Mäuschen und biß augenblicklich fest zu. Aber es war kein Mäuschen, sondern ein Ohr von Borstel, mit dem sie versuchte, alle Geräusche einzufangen, um die Lage sicher zu beurteilen.
Borstel, von dem festen Biß Priols so schmerzhaft verletzt, sprang aus den Blättern auf und rannte in den Wald. Priol wurde von diesem plötzlichen Aufsprung völlig überrascht und er hielt sich an den Borsten fest, um nicht herunterzufallen... Und das sah nun aus, als würde Priol Borstel reiten und jagen, um sie tief in den Wald zu entführen und ihr weitere Schmerzen zuzufügen.
Als das der Wolf sah, bekam er es mit der Angst zu tun. Er alleine gegenüber dem großen Hasso, auch wenn der schon alt war, und im Hinterhalt der garstige Priol, da sah er keine Chance, das Duell zu gewinnen. Er sprang von dem Baum und teilte Hasso mit, daß er es doch nicht so gemeint hätte und er mit ihm doch nur Frieden haben wollte. Hasso, der sich etwas geängstigt vor dem Wolf sah, der doch sehr gefährlich für ihn werden konnte, bot dem Wolf ›großzügig‹ einen immerwährenden Frieden an, den der Wolf auch sofort annahm.
Da kam auch Priol wieder zurückgehumpelt und als er den Wolf und Hasso sah, streckte er sich mit den Vorderbeinen nach oben. Der Wolf sah darin sofort eine Geste, daß er alle gesammelten Steine auf die Erde fallen ließ und damit den Frieden der beiden nicht stören wollte.
Borstel, die Wildsau aber, hatte sich im Wald, nachdem Priol abgesprungen war, bald beruhigt. Sie wollte nun zurück zum vermuteten blutigen Schauplatz, um notfalls dem Wolf zu helfen. Doch sie sah, daß alle drei einig zusammenstanden. Borstel blieb stehen, da ergab sie sich der Situation und kam zu den drei anderen. Alle vier blieben noch ein wenig zusammen, schwätzten über ihre täglichen Sorgen und schließlich gingen sie auseinander. Priol und Hasso zurück ins Dorf, Borstel und der Wolf weiter in den Wald.
Hasso und der Wolf blieben Freunde und halfen einander, so lange sie lebten...«[215]

So manches alte Märchen handelt von der großen weiten Welt, die einst den Erzählerinnen und Zuhörern nicht bekannt war.

Im nachfolgenden Fall waren es Tiere, die sich aufmachten, um diese Unbekannte kennenzulernen. Und es war ein einziges Tier, das der Reise zum Schluss ein logisches Ende setzte.
Die Zielgruppe des Märchens sollten nicht Tiere, sondern Menschen selbst sein.
Von der Erzählerin war zu erfahren, dass das Märchen 1939 eine Besonderheit erfuhr. Die Evakuierung zum Beginn des Zweiten Weltkrieges war für viele Saarländer selbst eine Reise in die große weite Welt - oft die erste in ihrem Leben:

[215] Prot 9.3.1967, S. 3 ff, Gresaubach

Die Reise in die große weite Welt

» Der Fuchs ist an einem Morgen in seinem Bau erwacht und hatte so richtig die Flemm[216]. Langsam kroch er aus seinem Bau und sah einen schönen Tag aufkommen. Er dachte an seinen nächtlichen Traum, in dem er in die große weite Welt gezogen war und verspürte die Lust, es heute selbst einmal zu tun. Also zog er gleich los, durchquerte seinen Wald und kam über fremde Felder und Wiesen und am Abend in einen ihm völlig fremden Wald an. Als es dunkelte, suchte er sich einen Platz unter einer Baumwurzel und schlief die ganze Nacht fest, denn der lange Marsch hatte ihn sehr müde gemacht.

Am Morgen schlich er schon wieder früh los, schließlich sollte die große weite Welt ja weit weg von hier sein, wie ihm der Wolf einmal erzählt hatte. Der hatte damit geprahlt, daß er sie einst zu Fuß erreicht hatte und nach langer Zeit ist er aus dieser Welt wieder zurückgekommen in das Haustadter Tal, in dem er sich zu Hause gefühlt hatte.

Auf einmal kam dem Fuchs ein Marder entgegen. Der sagte zu ihm: ›Guten Morgen, Fuchs! Du bist nicht von hier, wo willst Du in unserem Wald in dieser Frühe hin?‹

Der Fuchs antwortete: ›Ich will in die große weite Welt und bin nun schon einen Tag unterwegs. Ich bin auf dem Weg hier zufällig durchgekommen.‹

›Wo ist denn die große weite Welt?‹ fragte der Marder daraufhin, ›ich habe von der noch nie etwas erzählt bekommen.‹

›Die große weite Welt ist noch sehr weit weg von hier. Aber sie soll viel Neues zeigen, was wir hier alle noch nie gesehen haben. Der Wolf hat gesagt, daß es schön dort war, und er hat mir viel davon erzählt, von großen Wäldern und Vieh auf den Weiden,‹ antwortete der Fuchs.

›Ach laß mich mitkommen,‹ antwortete der Marder und so zogen beide zusammen weiter. Der Weg war wieder lang und mühsam. Er führte durch viele fremde Fluren und am Abend kamen sie wieder in einem fremden Wald an. Sie suchten sich ein ruhiges Plätzchen unter einem faulen Baum und schliefen die ganze Nacht tief und fest, denn es war ein sehr anstrengender Tag.

Am folgenden Morgen standen beide früh auf und machten sich gleich wieder auf den Weg. Gegen Mittag kam ihnen ein Eichhörnchen entgegen. Das sagte: ›Guten Morgen, ihr beiden. Eure Vettern kenne ich gut und ich muß mich manchmal vor ihnen in Acht nehmen, aber Ihr seid hier Fremde. Warum kommt Ihr hier durch und wo wollt Ihr hin?‹

›Wir sind auf dem Weg in die große weite Welt‹, antworteten die beiden Reisenden. Das Eichhörnchen war über die Antwort sehr erstaunt und fragte: ›Wo ist die große weite Welt?‹ ›Ganz weit weg von hier, noch viele Tage, und alles zu Fuß‹, war deren Antwort. ›Oh‹, sagte das Eichhörnchen, ›das ist wohl schön. Ach könnt Ihr mich mitnehmen? Wenn ich schnell laufe, mache ich drei Schritte, wenn Ihr nur einen macht!‹

Der Fuchs und der Marder überlegten nicht lange und luden das Eichhörnchen ein, in die große weite Welt sofort mitzukommen.

---

[216] Ein saarländischer Ausdruck für die absolute Lustlosigkeit.

Nun waren sie zu dritt und schritten der Sonne entgegen, denn so hatte der Fuchs es vom Wolf erzählt bekommen. Sie gingen den ganzen Tag und am Abend suchten sich die müden Wandergesellen eine Höhle, in der sie vor anderen Räubern sicher sein konnten. Sie schliefen die ganze Nacht und am anderen Morgen waren alle zur gleichen Zeit wieder wach und wollten auch sofort weitergehen.

Wieder kamen sie über fremde Felder, Wiesen und durch fremde dunkle Wälder. Hin und wieder mußten sie über Bäche springen, und manchmal mußten sie den Menschen und bösen Hunden ausweichen.

Gegen Mittag begegnete den dreien ein Iltis, der sich über die seltsame Truppe wunderte. Er rief sie an: ›Guten Morgen, Fuchs und Marder und auch Du, Eichhorn. Ihr seid hier in einem fremden Wald, wo wollt Ihr denn hin?‹

›Ach‹ sagte der Marder, ›vor zwei Tagen traf ich den Fuchs. Er erzählte mir, daß er in die große weite Welt gehen will und da habe ich mich ihm angeschlossen.‹ Da sagte das Eichhörnchen: ›Und gestern begegneten mir der Fuchs und der Marder und ich habe mich gewundert, wie beide so friedlich nebeneinander auf Wanderschaft waren. Da habe ich sie gefragt, wo sie denn hin wollten und beide haben mir gesagt, daß sie in die große weite Welt gehen wollten. Da habe ich sie gefragt, ob sie mich mitnehmen würden und so habe ich mich den beiden angeschlossen.‹

›Das ist aber toll!‹, antwortete der Iltis, ›habt Ihr noch einen Platz für einen vierten Mitläufer?‹

Ohne lange zu zögern sagten der Fuchs, der Marder und das Eichhörnchen, daß sie gerne auch den Iltis in ihrer Reisegruppe aufnehmen würden.

Nun waren sie zu viert und alle wollten möglichst bald in der großen weiten Welt ankommen, von der sie nur etwas gehört hatten, aber die niemand von ihnen wirklich kannte, auch der Fuchs nicht, der so viel vom Wolf erzählt bekommen hatte.

Sie wanderten viele Tage über fremde Felder und Wiesen, sprangen über Bäche, die sie noch nie gesehen hatten und überquerten sogar einen breiten tiefen Fluß auf einem Baumstamm, der sich am Ufer gefangen hatte.

So gingen sie Tag für Tag, ruhten in den Nächten in fremden Wälder unter Wurzeln oder in Höhlen, bis sie nach langer Zeit eines Morgens einen Kuckuck hörten.

Der Kuckuck hatte sie zuerst entdeckt und rief von dem dicken Eichbaum: ›Guten Morgen, Fuchs, Marder, Eichhorn und Iltis, wo wollt Ihr denn so schnell hin?‹

›Wer bist Du, der da spricht?‹ antworteten der Fuchs, und Marder, Iltis und Eichhorn wollten es auch wissen.

›Ich bin der Kuckuck und sitze hier oben, kurz vor euch in der großen Eiche‹ rief der Kuckuck zurück. Nun entdeckten ihn alle vier und sie grüßten den scheuen Waldvogel.

›Wir wollen in die große weite Welt und wir sind nun schon viele Tage unterwegs und müßten schon bald da sein. Weißt Du den Weg und weißt Du, wie lange wir noch wandern müssen,‹ antworteten die vier aus fremden Wäldern.

Da lachte der Kuckuck lautschallend und er begann zu erzählen:

›Ich bin jedes Jahr einmal, wenn der Sommer am heißesten war, auf dem Weg in die große weite Welt. Ich fliege sehr hoch, über Wälder und Städte, Dörfer und Felder und dann komme ich an dem unheimlich großen Meer an. Dahinter liegt die große weite Welt. Viele viele Tage reiste ich,

bis ich angekommen bin. Unterwegs trachten mir viele Leute nach dem Leben. Die schöne weite Welt ist sehr weit von hier weg. Ich glaube, Ihr müßt zu Fuß sieben mal tausend Tage gehen, bis Ihr in der großen weiten Welt angekommen seid. Diese Welt beginnt dort, wo die Menschen schwarz sind und alle fremde Sprachen sprechen. Dort verbleibe ich dann einen Winter lang, und nur, weil es im Winter für mich hier nicht genug zu fressen gibt. Der Weg in die weite Welt ist sehr anstrengend und nicht alle, die dorthin aufbrechen, erreichen diese Welt auch wirklich.‹
Danach war langes Schweigen. Fuchs, Marder, Eichhorn und Iltis schauten sich traurig an.
Als Erster brach der Fuchs das schmerzliche Schweigen: ›Siebenmal tausend Tage, das sind ja viele viele Jahre‹. Und der Marder sagte: ›Und dann das Meer, der Kuckuck kann fliegen, wir aber müßten schwimmen, viele Tage, Wochen und Monate?‹ Das Eichhörnchen meinte: ›Auf dem Meer kann ich keine Nüsse finden.‹ ›Und überhaupt‹, sagte da der Iltis. Alle drei sahen sich schweigend, aber fragend an und auf einmal kam ein gemeinsames ›Und nuuun?‹
Der Kuckuck war von seinem höchsten Ast heruntergeflogen. Er sagte daraufhin: ›Wenn ich im Winter in der großen weiten Welt war und in meinem Wald hier bei Euch wieder angekommen bin, dann freue ich mich jedes Jahr und rufe laut hundertfach meinen Namen, damit alle es hören können. Und alle Leute freuen sich, daß ich wieder da bin.
Da steckten die vier ihre Köpfe zusammen, beratschlagten und schließlich dankten sie dem Kuckuck und kehrten um. Sie kamen nach vielen Tagen in ihren Wäldern wieder an, die ihnen so vertraut waren und sie freuten sich, wieder daheim zu sein.
Da sagte der Iltis zu den anderen dreien: ›Irgendwie war ich nun schon in der großen weiten Welt‹. Und das Eichhörnchen sagte das Gleiche. Da sagte der Marder: ›Es war doch gut, daß wir den Kuckuck getroffen haben. Ich glaube, wir haben vergessen, ihm ein Dankeschön zu sagen.
›Ja‹, sagte der Fuchs, ›Der Wolf macht große Sprünge, wenn der in die große weite Welt geht. Vielleicht war er auch noch nie dort gewesen. Und der Kuckuck, nun der hat Flügel, die er schnell schlagen kann, damit er schnell fliegt und so über das Meer kommt. Nun sind wir wieder daheim und waren doch in der schönen großen weiten Welt – einmal im Leben.«[217]

Der Fuchs war nicht nur im soeben gelesenen Märchen eine Hauptfigur. Unter dieser Motivgruppe ist er der beliebteste Vertreter der Tierwelt, und dennoch findet man ihn auch in weiteren Märchen. Meist ist er der schlaue, der listige, doch im nachfolgenden Märchen stieg er als Verlierer aus:

---

[217] Prot 28.9.1951, Beckingen, Haustadter Tal

Der Fuchs und der Hahn

» An einem Morgen schlich sich der Fuchs aus dem Wald. Er wollte einmal an den Rand des Dorfes gehen, um dort Ausschau zu halten. Bald hatte er den ersten Bauernhof erreicht. Er sah, daß der Hahn mit der gesamten Hühnerschar draußen im Bungert[218] war, wo sie zusammen nach Futter suchten. Auf einmal flog der Hahn auf den Ast eines Baumes, von wo er alles überblicken konnte. Er krähte aus lauter Freude.
Da schlich sich der Fuchs an diesen Baum heran und sagte zu dem Hahn, daß er wunderschön krähen könnte, so schön, wie er es noch nie erlebt hatte. Der Hahn fühlte sich um so freier und krähte aus Leibeskräften, um nun auch dem Fuchs zu gefallen. Plötzlich aber sprang der Fuchs hoch und schnappte den Hahn. Nun packte er noch sicherer nach, drehte sich um und schlich mit der schweren Beute in Richtung des Waldes.
Die Hühner indes hatten alles genau beobachtet und gackerten ganz aufgeregt los. Das hörte der Bauer, und er sah, wie sich der Fuchs mit dem Hahn davonmachen wollte. Sofort rief er verzweifelt die Nachbarn um Hilfe. Die eilten mit Heugabeln, Sensen und Dreschflegeln herbei, um ihrem Nachbarn zu helfen.
Der Fuchs versuchte, den nahen Wald zu erreichen, wo er sich sicher wähnte. Die Bauern aber rannten hinterher. Der Bauer rief unentwegt: ›Gib mir meinen Hahn zurück, sonst schlag ich Dich tot ...!‹ Der Fuchs bekam es mit der Angst zu tun und rannte so schnell er konnte. Da sagte der Hahn zu dem Fuchs: ›Ruf doch zurück: ›Dummer Bauer, wieso dein Hahn? Jetzt ist es mein Hahn‹.‹ Der Fuchs fand den Gedanken sehr gut und rief so auch zurück: ›Dummer Bauer, jetzt ist es mein Hahn!‹. Der Hahn, dadurch kurz freigelassen, flüchtete sofort auf einen sicheren Baum und krähte aus lauter Freude und rief dem Fuchs hinterher: ›Jetzt bin ich wieder dem Bauern sein Hahn!«[219]

Dieses Märchen scheint ein weit verbreitetes gewesen zu sein. Nikolaus Fox hielt es in seinem Märchenbuch[220] gleich dreimal in verschiedenen Varianten fest.

Tiergeschichten sollten erzieherisch und tröstend auf die zuhörenden Personen wirken, und das waren meist nicht die Kinder, denn die Erwachsenen erzählten sich solche Märchen auch ohne die kleinen Zuhörer. Derartige Märchen galten der Allgemeinheit als Hilfe im täglichen Leben.

Von dem nachfolgenden Märchen »Vom Hähnchen und dem Hühnchen«, häufig auch anders genannt, existieren mehrere Fassungen. Grimms KHM 80 ist betitelt mit »Von dem Tod des Hühnchens«[221]. Aber bereits vor Grimm wurde dieses Märchen schon häufig in Deutschland erzählt und niedergeschrieben.[222]

---

[218] Bungert = Obstbaumgarten
[219] Prot 20.6.1956, Beckingen
[220] M 585, S. 69 f
[221] M 538, S. 358 ff, M 593, S. 307 f
[222] M 578, S. 181 ff

Die in dem Erzählgut erhaltenen Märchen sind – im Gegensatz zum Märchen der Brüder Grimm – recht kurz. Hier eine mündliche Wiedergabe aus Düppenweiler:

Vom Hähnchen und dem Hühnchen (I)

» Edd woor e Mal e Hähnchin unn e Hienchin. Die senn in de Gaade gang unn hann geschärrt. Dòò hat edd Hähnchin e Kerrnchin gefonn unn hat geruf ›Dock-dock-dock‹. Da isch das Hienchin dabba gelaafd kumm unn hadd dat Kerrnchin gefrääßd. Da hatt das Hienchin e Kerrschkäär gefonn, hat geluud, wie edd Hähnchin so:ucht unn hat schnell de Kerrschkäär gefrääßd. Da issem de Keer im Hals stegge geblieb. Da hat edd Hähnchin datt gesiehn unn hat gesiehn, wie edd Hienchin gesturf isch. Da hat edd Hähnchin bedderlesch gekriech. Amm onndere Daa hadderd uff de Kerrschopp gebraachd unn in de Gruub geleed unn hat naas betterlich gekrisch.

Es folgte ein Märchenschluss:

Da hadda sich rimmgedräht
unn da woor die Geschicht uss
unn mir senn widda ennd Huss.«[223]

Zum Vergleich soll das gleiche Märchen aus einem Jahrzehnte später aufgezeichneten Protokoll wiedergegeben werden. Der Vergleich zeigt, wie schnell die gleichen Märchen durch das Verschwinden des Maiens im ausgehenden 20. Jahrhundert sich verändern können, um schließlich ganz verloren zu gehen.
Erschwerend kommt hinzu, dass viele Menschen die angestammten Dörfer verlassen und in die Nähe ihrer Arbeitsorte umziehen. Dadurch wurde das traditionelle Erzählgut fast gänzlich aufgegeben:

Vom Hähnchen und dem Hühnchen (II)

» ... War oben im Hochwald. Da war mal ein Hähnchen und ein Hühnchen und die sind in den Garten und haben geschärrt. Da hat das Hähnchen was gefunden und hat das Hühnchen gerufen. Da hat das Hühnchen das gefressen. Dann hat das Hühnchen was Schönes gefunden, hat geguckt, daß es keiner sieht und hat es gefressen. Weil das aber so dick war, ist es ihm im Hals stecken geblieben und da ist es erstickt. Da hat das Hähnchen das Hühnchen auf den Friedhof

[223] Prot 16.4.1951, Beckingen, Prot 23.11.1969, S. 4, Düppenweiler, ähnlich auch Prot 31.8.1967, S. 2 ff, Marpingen

geschafft, ein Loch geschärrt, das Hühnchen rein und zugeschärrt. Und da soll das Hähnchen geweint haben, daß es jetzt alleine ist ...«[224]

Bei manchen Zeitzeugen blieben von dieser Erzählung kaum mehr als ein oder zwei Sätze übrig.

Ein weiteres Tiermärchen-Motiv, das weder bei Fox noch bei Grimm zu finden ist, will ebenfalls erzählend und belehrend auf seine Zuhörer wirken:

Vom Schwein, das in die weite Welt reist

» Es war mal ein Bauer, der hatte eine Muttersau, die ihm dreizehn Ferkel geworfen hat. Die Sau brachte alle durch. Als es Sommer war, sagte eins von den Ferkeln: ›Ich würde gern in die weite Welt gehen.‹ Da sagte die Sau: ›Wenn Du so weit gehen willst, mußt Du aber Schuhe haben, und ich glaube nicht, daß Dir der Schuster welche machen kann.‹

Da ging das kleine Schwein zum Schuster im Dorf und fragte ihn, ob er ihm ein Quartett Schuhe machen würde. Der Schuster sagte ihm aber, daß solche Schuhe Geld kosten würden, er wollte sie nicht umsonst machen.

Da kam das Schwein zu seiner Mutter zurück und erzählte ihr, was der Schuster gesagt hat. Die Mutter sagte, daß die Menschen für Geld schaffen gingen und der Schuster die Schuhe mit Recht nur für Geld machen wolle. Also ging das Schwein wieder ins Dorf und fragte die Bauern, ob es bei ihnen schaffen könnte und dafür Geld bekäm, denn das Geld wollte der Schuster haben für ein Quartett Schuhe, die es braucht, um in die Welt zu ziehen.

Schließlich kam es zu einer Frau, die sagte, daß das Schwein im Garten das Unkraut wegmachen könne. Wenn es das sauber macht, bekommt es Geld für das Quartett Schuhe. Es riß das Unkraut aus und fraß es. Als das Schwein fertig war, war es die Bauersfrau zufrieden und gab ihm das Geld für die Schuhe. Das Schwein trug nun das Geld zum Schuster und der fertigte ihm ein Quartett Schuhe an. Als die Schuhe fertig waren, sagte das Schwein zu seiner Mutter, daß es jetzt wohl in die weite Welt gehen könne. Die Sau sagte daraufhin: Die brauchst auch einen Kittel. Wenn es regnet oder stürmt, wird er Dir helfen solche Unwetter zu ertragen.

Das Schwein ging darauf zum Schneider und fragte um einen Kittel nach. Der Schneider sagte ihm, daß ein Kittel Geld kosten würde, er wollte den nicht umsonst machen.

Da kam das Schwein zu seiner Mutter zurück und erzählte es ihr. Die Mutter sagte, daß die Menschen für Geld schaffen gingen und der Schneider mit Recht Geld für seine Arbeit verlange. Also ging das Schwein wieder ins Dorf und fragte die Bauern, ob es bei ihnen schaffen könnte und dafür Geld bekäm, denn das Geld wollte der Schneider haben für einen Kittel, und den brauche es, um in die Welt zu ziehen.

224 Prot 13.9.1995, S. 5 f, Quierschied, Weiskirchen

Schließlich kam es zu einer Frau, die sagte, daß das Schwein den Garten umgraben könnte, dann würde es auch Geld kriegen, damit der Schneider ihm den Kittel macht.
Da kam das Schwein in den Garten und wühlte die Beete mit seiner Rüsselschnauze um. Als es fertig war, bekam es von der Frau das Geld und trug es zum Schneider. Der machte ihm einen schönen blauen Kittel, wie es zu dieser Zeit üblich war. Als der Kittel fertig war, ging das Schwein zu seiner Mutter und sagte ihr, daß es jetzt in die große weite Welt ziehen könne.
Die Sau sagte darauf hin, daß das Schwein noch einen Knüppel haben müsse. So ein Knüppel ist ganz wichtig, um sich bergauf und bei Müdigkeit zu stützen und wenn ein böser Mensch oder ein böses Tier kommt, kann es sich damit wehren. [225]
Das Schwein ging zum Holzhacker und fragte um einen Knüppel nach. Der Holzhacker sagte ihm, daß ein Knüppel Geld kosten würde, er wollte den nicht umsonst machen.
Da kam das Schwein zu seiner Mutter zurück und erzählte es ihr. Die Mutter sagte, daß die Menschen für Geld schaffen gingen und der Holzhacker mit Recht Geld für seine Arbeit verlange.
Also ging das Schwein wieder ins Dorf und fragte die Bauern, ob es bei ihnen schaffen könnte und dafür Geld bekäm, denn das Geld wollte der Holzhacker haben für einen Knüppel, und den brauche es, um in die Welt zu ziehen.
Schließlich kam es zu einem Bauer, der sagte, er habe eine Wiese, auf der stehen Obstbäume. Die Baumscheiben sind zugewachsen, der Boden hart und nicht mehr gedüngt. Wenn es das machen könnte, würde er ihm genug Geld geben, damit der Holzhacker ihm den Knüppel macht.
Das Schwein ging in die Baumwiese. Unter den Bäumen waren die kreisrunden Scheiben ganz zugewachsen. Es fraß die Kräuter und das Gras weg, wühlte die Scheiben mit der Rüsselschnauze um und schiß an die Bäume, um diese zu düngen.
Als es fertig war, bekam es von dem Bauern das Geld und trug es zum Holzhacker. Der machte ihm einen schönen Knüppel.
Nun verabschiedete sich das Schwein von seiner Mutter und den zwölf Geschwisterschweinen und zog in die weite Welt.

Es sah jeden Tag etwas anderes und kam aus dem Staunen nicht mehr heraus. Es erfuhr nun, wie gut es war, sich ein Quartett Schuhe und einen Kittel zu besorgen, denn die weiten Wege hätten ihm große Probleme bereitet und die unterschiedlichen Wetter ebenfalls. Einmal kam ein Wolf und wollte es fressen. Da hat es mit dem Knüppel nach ihm geschlagen. Der konnte gerade noch Reißaus nehmen.
So vergingen viele Wochen und das Schwein lernte die weite Welt kennen.
Da kam es eines Tages in ein fremdes Dorf. Da war unterhalb der Kirche ein großer Auflauf von Tieren und Menschen. Etwas seitlich davon stand eine Geiß, die war sehr traurig. Da ging das Schwein zu ihr und fragte, warum sie so traurig alleine da stehen würde. Da sagte die Geiß, daß sie einen Bock kennengelernt hätte und diesen gerne heiraten würde. Aber der Bock habe zu ihr gesagt, daß er sie nur heiraten wolle, wenn sie zur Hochzeit schöne Schuhe tragen würde. Sie wüßte aber nicht, wo sie so etwas herbekäm. Da sagte das Schwein, daß es selbst Schuhe

[225] Anm.: 2015: Hier ist wohl der Wolf gemeint.

tragen würde und schenkte diese der jungen Geiß. Diese zog sie an und ging überglücklich davon.
Nun hatte das Schwein keine Schuhe mehr und das bereitete ihm große Sorgen, die weiten Strecken zu Fuß zu gehen.
Ein anderes Mal wanderte das Schwein wieder weiter und ging durch einen großen Wald. Als der am Abend zu Ende war, sah es ein einsames Schaf ganz traurig da auf einer Wiese stehen. Es ging zu dem Schaf, wünschte ihm einen guten Abend und fragte, warum es so traurig wär. Da sagte das Schaf, daß es frisch geschoren wär und es nun frieren müsse.
Da zog das Schwein seinen Kittel aus und schenkte ihm diesen.
Nun hatte das Schwein keinen Kittel mehr und mußte bei schlechtem Wetter einen Unterschlupf suchen. Damit war die Reise in die weite Welt schon fast zu Ende.
Wochen später begegnete dem Schwein ein Kälbchen. Das hinkte und konnte sich nur schwerlich fortbewegen. Da ging das Schwein zu dem Kälbchen und fragte es, warum es so hinken würde. Das Kälbchen sagte, daß es beim Sprung über einen Bach den Fuß gebrochen hätte und nun nur noch auf drei Beinen laufen könne.
Da schenkte das Schwein dem Kälbchen seinen Knüppel, damit es besser gehen könnte.
Nun zog das Schwein weiter und kam eines Tages durch einen großen, weiten Wald. Je länger es ging, desto finsterer und dunkler wurde der Wald. Auf einmal kam ihm ein Wolf entgegen. Sie wünschte dem Wolf einen guten Tag. Dieser sagte, daß er den schon sehen würde, denn er wollte das Schwein nun fressen. Da fiel dem Schwein ein, daß es keine Schuhe mehr hatte, um schnell wegzulaufen und es fehlte jetzt auch der schwere Knüppel, mit dem es den Wolf hätte totschlagen können.
So kam es, wie es kommen mußte, der Wolf biß das Schwein tot und fraß es auf.«[226]

Es folgte wieder ein Märchenschluss:

»Als ich das hörte, bin ich in den Schweinestall gegangen, um der Sau diese Nachricht zu bringen. Wie ich da reinkam, stand neben unserer Sau das kleine Schwein, sah mich und quiekte vergnügt. Und damit ist das Märchen aus.« [227]

---

[226] Prot 3.5.1969, Hasborn
[227] Prot 2.9.1967, S. 2 ff, Hasborn

Die Märchen vom Fuchs und vom Wolf

Die Märchen vom Fuchs und vom Wolf zählen zu den beliebtesten und am weitesten verbreiteten Tiermärchen.
Fontane nannte sie Tierfabeln.
Aus dem Saarland wurde eine auffallend große Anzahl solcher Märchen überliefert und viele davon vom Autor seit den 1950er Jahren aufgezeichnet.

Für die einfachen Bauern war der Wolf das Tier ihres »alten Herrgottes«, der nichts anderes war als der gallogermanische Wodan selbst. Der Fuchs war das Tier des Donnergottes Donar.
Beide Gottheiten wurden vom bäuerlichen Volk – trotz ständiger Ermahnungen der Kirchen, es würde sich bei diesen Gottheiten um Heidengötter handeln – bis ins frühe 20. Jahrhundert noch hoch verehrt. Doch das Volk machte dabei Unterschiede. Wodan, der Allgöttervater, galt als streng, und Donar war den Bauern der Lieblingsgott, mit dem die Bauern eher kumpelhaft umgingen. Was liegt näher, wenn der dem Gott Wodan zugedachte Wolf als der Größere und Mächtigere stets in den Märchen den Kürzeren ziehen musste und Donar, dargestellt durch die Figur seines Lieblingstieres Fuchs, stets der Klügere blieb, der am Ende immer als Sieger dastand.[228]

Die Märchen vom Wolf und vom Fuchs wurden im Saarraum bis in die 1950er Jahre noch gerne erzählt. – gleich ob sie nun Märchen oder Fabeln waren. Die erzählenden Personen nannten sie stets Märchen. Nachfolgend soll eine Reihe von Beispielen folgen. Das erste Märchen sollte sich im St. Ingberter Wald abgespielt haben, wo Wolf und Fuchs am Stiefel je ein eigenes Revier besaßen:

Fuchs und Wolf am St. Ingberter Stiefel

» Ämol isch de Fuchs dem Wolf emm Schdiwwelswald begesch'nd. Do horrer de Wolf gefrood, wies emm gääng unn de Wolf hodd gleich gejòòmert, daß er Hunger hädd. Do hodd de Fuchs gesaad, daß es ihm aa so gääng unn hodd vorgeschlaa, bei Meiersch Hof se schleiche unn Ferrervieh zu klaue.
Do senn die zween loss unn wie sie bei Meiersch Hof òònkumm senn, hodd de Fuchs gesaad: ›Du Wolf, du krieschd die Gans unn ich e Hinkel, das isch donn gereecht uffgedääld unn ich duun erschd es Hinkel holle, dòò sieschde, wie man ess machd.‹

[228] V 733, 7, S. 14 ff

De Wolf woor medd innvastonn. De Fuchs isch unna de Zaun durch unn hodd sich òòn e Hinkel gemaachd. Do horrer'd òòn em Kopp geholl unn jä ischer. ›So‹, saarer zum Wolf, ›aweil bischd du dròòn, hoschd gesiehn, wies gedd‹.
Do isch de Wolf aa unna de Zaun dorch, tappsisch uff der Gänsestall loss, hodd edd ganz Ferrervieh vaschreckd, die Hinkele sinn loßgelaafd, iwwa de Zaun enn de Gaade, die Gäns honn grusselich geschrie, daß es Dorf zesammeglaaf isch unn donn hodd de Bauer aa schun gesiehn, was loss woor. Er hodd e Backschidd[229] geholl unn hodd dodemedd de Wolf totgeschlaa.
De Fuchs hodd das all nimmee gesiehn. Er hodd gewuschd, wie gefährlich edd isch, medd emm Wolf im Hinkelsstall unn hodd sich medd em Sunndesflääsch devonn gemaachd.«[230]

Das nachfolgende Märchen ist wohl nur der dritte Teil einer umfangreicheren Erzählung der Brüder Grimm »Der Wolf und der Fuchs«, und dieses Märchenstück endete – im Gegensatz zum Grimmmärchen – für den Wolf nicht tödlich.[231]

Eine Zeitzeugin, die dieses Märchen als Kind noch erzählt bekam, berichtete einleitend:

»Ich bekam früher von der Oma Märchen und andere Geschichten erzählt. Die allermeisten habe ich vergessen, manchmal fällt mir noch ein kleines Stück davon ein, aber ich kriege nicht immer alles auf die Reihe.
Aber bei uns gab es einige Märchen vom Fuchs und vom Wolf, und das eine ist bei uns ziemlich oft von der Oma erzählt worden…
Das krieg ich noch einmal hin.«:

Fuchs und Wolf im Sulberkeller (I)

» Einmal trafen sich die beiden wieder. Da sagte der Wolf zum Fuchs: ›Hann eich Kohldamp.‹ Da fragte ihn der Fuchs, wann er zum letzten Mal gejagt hätte. Der Wolf erzählte ihm, daß das schon viele Tage her wäre. Der Fuchs erzählte ihm dann von einem Bauern, der vor wenigen Tagen eine Wutz geschlachtet hätte. Er müßte die Schinken und die Seitenteile schon im Sulberfaß liegen haben. Schnell waren sich beide über ihre nächste Zeit einig.
Sie schlichen sich ins Dorf und da der Weg über die Hauptstraße für beide zu gefährlich war, schlichen sie durch die Gärten. Die meisten Gärten aber waren eingezäunt. So ging es nur mühsam vorwärts und dabei immer die Lauscher offenhalten.

[229] ein Holzscheit für den Backofen
[230] Prot 2.6.1979, S. 2, St. Ingbert
[231] M 593, S. 607 ff

Abb. 11: Dann schlugen sie den Wolf tot.[232]

Sie kamen an das große Haus des Bauern. Da schlichen sie in den Keller. Das war einfach, weil das Kellerloch offen war. Nun liefen und suchten sie im dunklen Keller herum, die Nase hoch und schon waren sie am Sulberfaß. Der Wolf wurde ganz guurich, er schnappte mit dem Maul hinein und hatte sofort einen großen Schinken herausgezogen. Zum Glück schien draußen der Mond, er ließ ein wenig Licht durch das Fenster in den Keller gelangen. Der Wolf fraß, als hätte er wirklich seit Wochen nichts zu fressen bekommen, und der Fuchs riß sich von dem Schinken ein Stück ab, fraß es und machte einen Satz zum Kellerfenster hinaus. Draußen drehte er sich um und sprang wieder durch das Kellerloch hinunter. So fraß er einen Brocken nach dem anderen. Jedes Mal wenn er einen Brocken aufgefressen hatte, sprang er zum Kellerloch raus, drehte sich um und kam wieder herunter. Den Wolf kümmerte das zunächst überhaupt nicht. Er fraß ein Stück nach dem anderen und hatte sich auch noch ein fettes Seitenteil aus dem Faß gezogen.
Auf einmal hörten die beiden vor der Kellertüre lautes Geschrei. Dem Bauern war nicht entgangen, daß sich in seinem Keller Fleischdiebe aufhielten.
Da er es gewohnt war, vorsichtig zu sein, hatte er sich sofort mit einem dicken Knüppel bewaffnet. Nun stürmte er in den Kellerraum, in dem sich Fuchs und Wolf an seiner Wutz gutgehen ließen. Der schlaue Fuchs machte sofort ein Sprung durch das Kellerloch, und schon war er verschwunden. Der Wolf erkannte ebenfalls die Gefahr, sprang ins Kellerloch, doch er kam nicht weit. Er hatte so viel von dem Fleisch gefressen, daß sein kugelrunder Bauch im Rahmen des Kellerlochs festsaß. Es ging nicht mehr vor und nicht mehr zurück. Der Bauer erkannte sofort seine günstige Lage und drosch mit dem Knüppel auf den Wolf ein, so daß dieser vor Schmerzen laut zu jaulen begann. Plötzlich merkte er, daß er sich aus dem Kellerloch befreit hatte und nun zurück in den Keller

[232] unbekannter Künstler, M 579, S. 75

fiel. Der Bauer schlug weiter auf ihn ein. Der Wolf erkannte noch eine zweite große Chance: Die Kellertüre stand halb offen. Schnell sprang er hindurch und zog die Türe von außen zu. Nun war der Bauer der Gefangene im eigenen Keller. Schnell suchte der Wolf den Weg nach draußen, fand ihn auch und rannte, so gut er noch laufen konnte, aus dem Garten, aus dem Dorf, tief in den Wald hinein.

Drei Tage lag er in seiner Höhle auf Blättern und Kraut und heilte sich aus.

Erst nach einer Woche traute er sich zum ersten Mal wieder nach draußen und sofort begegnete er wieder dem Fuchs.

Dem machte er nun furchtbare Vorwürfe und hätte ihn am liebsten gleich aufgefressen, so wütend und so hungrig war er geworden.

Der Fuchs versuchte, ihn zu beruhigen, doch das dauerte sehr lange. Da hockten die zwei nun, beide völlig außer sich, und überlegten, wie sie wieder an fette Beute kommen konnten. Die Beute sollte aber nicht mehr in einem Keller eines Bauern zu suchen sein.

Ich hab sie dabei gesehen, doch sie schwätzten so leise miteinander, daß ich sie nicht ganz verstehen konnte, obwohl ich nur wenige Schritte von ihnen weg war.«[233]

Die Menschen erzählten sich diese Geschichte sehr oft und gerne und das in verschiedenen Variationen.[234]

In einem Fall aus dem Bliesgau wurde von einem Vorspannmärchen erzählt, das dem Geschehen von Fuchs und Wolf im Sulberkeller vorausgegangen sein sollte. M. E. kann es sich insgesamt aber auch um ein ganz selbstständiges Märchen gehandelt haben, denn ein derart langer Vorspann mit einem völlig anderen Thema erscheint als ungewöhnlich.

Der Weltuntergang

» Da war mal ein Entchen, das ist von den Bauern abgehauen und kam in den Wald. Da ist es auf dem kleinen Waldsee geschwommen. Da wurde der Himmel immer dunkler und es sah aus, als wenn es gleich ein Gewitter geben würde. Es hat schon gedunnert. Auf einmal fiel von einem Baum ein kleines Ästchen herunter, dem Entchen auf den Schwanz. Da ist es erschrocken und hat sich unheimlich geferrschd, ist aus dem Wasser und ist tief in den Wald gewatschelt.

Da ist ihm auf einmal ein Häschen begegnet. Da hat das Häschen zu dem Entchen gesagt: ›Wo willschde donn hien, so schnell?‹

---

233 Erneut ein typischer Märchenschluss

234 Prot 2.9.1967, S. 3 ff, Nalbach, M 529, S. 189: Das Märchen ist eine Anlehnung an ein Grimmmärchen. In der Sammlung von 1813, M 538, ist es nicht aufgeführt. Zur Grimm'schen Überlieferung konzentrieren sich die saarländischen Märchen auf den dritten Teil, werden jedoch teilweise weit ausgeschmückt. Prot 25.8.1952, Beckingen, Prot 19.1.1970, S. 2 Hüttigweiler,

Da hat das Entchen gesagt: ›Die Welt geht unna, de Himmel sterrzt in, e Stickche isch mir schunn uff de Schwonz gefall.‹
Da hat das Häschen zuner gesaad: ›Ei, wonn das so isch, gehnisch medda weira in de Wald.‹
Da sind die zwei weira gòng, unn uff ämòl isch e klään Rehche kumm, wo aa vunn seina Momme furrtgelaafd isch. Dòò hodd das Rehche gefròòd: ›Wo willna donn hien, so schnell?‹
Da hat das Entchen gesagt: ›Die Welt geht unna, de Himmel sterrzt in, e Stickche isch mir schunn uff de Schwonz gefall.‹
Und das Häsche hat gesaad: ›Jòò, so isches.‹
Da hat das Rehche gesaad: ›Ei, wonn das so isch, gehn isch medd eich weira in de Wald.‹
Da sind die drei weira gòng, immer diefer in de Wald, unn uff ämòl isch de Fuchs kumm. Dòò hodd der Fuchs gefròòd: ›Wo willna donn hien, so schnell?‹
Da hodd das Entche gesaad: ›Die Welt geht unna, de Himmel sterrzt in, e Stickche isch mir schunn uff de Schwonz gefall.‹
Unn dòò hodd das Häsche gesaad: ›Jòò, so isches.‹
Unn dòòdenòò hodd das Rehche gesaad: ›Jòò, so isches.‹
Dòò hodd de Fuchs gesaad: ›Ei, wonn das so isch, gehn isch medd eich weira in de Wald.‹
Dòò sinn die vier immer diefer in die Wald gòng. Uff äämòl isch de groß Wollef kumm. Wie der die vier gesiehn hodd, harra gefròòd: ›Wo willna donn hien, so schnell?‹
Da hodd das Entche gesaad: ›Die Welt geht unna, de Himmel sterrzt in, e Stickche isch mir schunn uff de Schwonz gefall.‹
Unn dòò hodd das Häsche gesaad: ›Jòò, so isches.‹
Unn dòòdenòò hodd das Rehche gesaad: ›Jòò, so isches.‹
Unn dòòdenòò hodd da Fuchs aa noch gesaad: ›Jòò, so isches.‹
Dòò hodd de Wollef gesaad: ›Ei, wonn das so isch, gehn isch medd eich weira in de Wald.‹
Dòò sinn die finf weira gòng in de Wald, immer diefer unn uff äämòl hodd de Wollef gesaad: ›Ich honn e große Honger, ich duun aweile dadd Entche fresse.‹
Dòò hodda das Entche gefreß. Dòò woore se nurmeh vier und sinn immer diefer in de Wald kumm. Wie se so gòng sinn, hodd uff äämòl de Wollef gesaad: ›Ich honn immer noch e große Honger, ich duun aweile dadd Häsche fresse.‹
Dòò hodda das Häsche gefreß. Dòò woore se nurmeh drei und sinn immer diefer in de Wald kumm. Wie se so gòng sinn, hodd de Wollef nommòl gesaad: ›Ich honn immer noch e große Honger, ich duun aweile dadd Rehche fresse.‹ Wo er'd gefreß hodd, senn nur noch de Fuchs unn er iwwerisch gebliebd. Dòò hodd de Fuchs groß Ònschd voremm Wollef kriet unn hodd zurem gesaad: ›Wollef, ich kenn e Derffche, gònz in de Näh, dòò isch aweil die Kerb unn die Baure honn geschlacht unn vill Flääsch im Keller in de Bidde. Mir gehn aweil' in das Derrfche unn fresse uns mòl gudd satt.‹
Dòò sinn die zwei loss unn inn das Derfche kumm …

… Unn jetze geht das erschd loss mit der Geschicht, wo ma vorhin geschwätzt honn. Jetze geht die Geschicht weira …:«

Fuchs und Wolf im Sulberkeller (II)

»... Se sinn onnem Baurehaus kumm unn de Fuchs hodd geguggt, wo e Kellerfinschder uff isch. Wora enns gefunn hodd, senn se all zwei ninn unn honn gleich die Sulwerbidd gefunn. De Wollef, guurisch, wiera woor, hodd sofort de dickschde Sching:ke geholl unn gefreß, de Fuchs hodd sich e klääner Stick geholl. De Wollef hodd nur noch gefreß, de Fuchs awwa isch immer wiera ausem Kellerfinschde enuß gesprung unn dòò hodd de Wollef zurem gesaad: ›Worum springschd' immer ussem Finschder nuß?‹
De Fuchs hood gesaad: ›Ich muß gugge, daß alles in Ordnung isch.‹
Die Baureleit emm Hof wòòre omm Feire. Dòò saad de Bauer: De Wein isch òll, isch gehn noch es Flasch holle, geht in de Keller unn heerd ebbes. Wiera durch es Schlisselloch geguckt hodd, hodda de Wollef unn de Fuchs gesiehn, wiese edd Flääsch ussem Sulber geholl honn. Dòò ischer nuuf, hollt sich e dicker Knibbel unn kummt wiera in de Keller, reißt die Dier uff, schreit furchtbar, unn de Fuchs isch jä durch edd Kellerloch. Weg waara. De Wollef imm nòò isch awwa im Kellerloch steggegeblieb, so dick unn vollgefreß woora. Dòò hoddn de Bauer meddem Knibbel doodgeschlaa.«[235]

Das Märchen in dieser erweiterten Form wurde als Pfälzer Märchen 1914 veröffentlicht.[236]

Ein weiteres Märchen vom Wolf und dem Fuchs war möglicherweise ein ursprüngliches Bechstein-Märchen und es war ein solches, in dem der Hase den Fuchs und nicht der Fuchs den Wolf nach einer Bedrohung überlistete:

Der Fuchs und der Wolf im Winter

» Es war ein eiskalter Winter, so wie der, als die Preißen kamen.[237]
Da traf der Wolf den Fuchs und sagte: ›Eich hann sonen großer Honger, eich kinnt Deich grad fressen.‹
Gemach, gemach sagte der Fuchs. Wenn Du einen so großen Hunger hast, denk daran, daß es mir genau so geht. Die Mäuschen scheinen alle in ihren Löchern zu bleiben, die Bauern haben die Hinkel bei dieser Kälte in die Keller gesperrt und niemand läßt am Backofen mal ein Brot liegen. Ich weiß nur noch eins, wo es was zu fressen gibt, das sind die Fische am Dorfausgang im Bach.

---

235 Prot 23.10.1974, S. 3 ff, Erfweiler-Ehlingen

236 Z 013, 1914

237 Das Jahr 1816 war ein sehr kalter Winter, der lange den Menschen in Erinnerung blieb und ständig wieder beim Maien geschildert wurde. ...

Da sagte der Wolf, daß der auch zugefroren wär. Der Fuchs sagte darauf zu ihm, daß er wüßte, wie man mit List dennoch an die Fische kommen würde.
Also gingen sie gemeinsam zum Bach unterhalb des Dorfes. Der Fuchs nahm einen dicken Stein und schlug mühselig ein Loch in das Eis auf dem Bach. Dann suchte er etwas verdorrtes Gras unter dem Schnee und band das dem Wolf an das untere Schwanzende. Da sagte er zu dem Wolf, daß er nun den Schwanz eine Zeitlang in das Wasser halten müßte. Die Fische würden kommen und an dem Gras fressen und danach ihm auch in die Schwanzhaare beißen. In dem Moment, wo er das verspürt, soll er den Schwanz blitzschnell aus dem Wasser ziehen und schon hätten sie etwas zu fressen. Der Wolf wartete nun auf das Anbeißen der Fische, und der Fuchs lag vor ihm auf der Lauer.
Auf einmal sagte der Wolf: ›Ich habe an dem Schwanz gezogen, aber der ist ja ganz in dem Eis festgefroren.‹
Da sagte der Fuchs: ›Das ist, damit Du mich in diesem Winter nicht doch noch frißt, wenn das Frühjahr kommt, wird die Sonne Dir Deinen Schwanz wieder auftauen, drehte sich um und verschwand.«[238]

Fuchs und Wolf in kalter Winterzeit war ein Thema, über das die Leute in der kalten Jahreszeit gerne maiten.

Ein weiteres Märchen aus kalten Kindertagen, den Fuchs und den Wolf betreffend und zugleich deren Hungersnöte, soll an dieser Stelle folgen:

Fuchs und Wolf auf Fischraub

» Noch lange vor dem Weltkrieg[239] gab es mal einen sehr kalten Winter. Der ging von Nikolaus über die Weihnachten bis Ende März, so haben es die Alten erzählt.
In dem Winter froren nicht nur die Menschen, auch das Wild in Wald und Feld.
Da schlichen Fuchs und Wolf auch herum und bald fanden sie erfrorene Hasen und anderes Wild, doch als der Februar kam, war das Wild so selten geworden, daß nun auch die beiden Jagdgenossen froren, weil sie kaum noch was zu essen gehabt haben.
Da trafen sie sich an einem Tag an der Straße. Der Fuchs war munter und sah gut genährt aus. Der Wolf war rappelderr und jammerte dem Fuchs sein Leid. Da sagte er zu ihm: ›Warum siehst Du so gut aus?‹ Da sagte der Fuchs, weil ich erst vor wenigen Tagen einen großen Raub habe machen können.

[238] Prot 3.5.1954, S. 5 f, Beckingen. Das Märchen wurde in dem Saarländischen Lesebuch für das 3. und 4. Schuljahr, aus dem Jahr 1947, unter dem Titel »Der Hase und der Fuchs« als Bechstein-Märchen wiedergegeben. In diesem Märchen überlistete der Hase den Fuchs. Wahrscheinlich wurde das hier wiedergegebene Märchen von den Erzählerinnen in den großen saarländischen Märchenkreis vom Fuchs und Wolf aufgenommen.
[239] Hier war der Erste Weltkrieg gemeint.

Nun wollte der Wolf Genaueres erfahren, denn er hoffte, daß er dem Fuchs nachmachen konnte. Der Fuchs erzählte, daß der Fischhändler von Metz nach Saarbrücken unterwegs war und da, so der Fuchs, bin ich aus dem Gebüsch gekommen und habe mich weiter vorne an den Straßenrand gelegt und gemacht, als wenn ich erfroren wär. Das Pferdegespann von den Händlern kam immer näher und als sie mich gefunden hatten, haben sie den Pferden die Zügel gezogen und der Wagen stand still. Sie kamen zu mir. Da sagte der eine: ›Das ist der schreckliche Winter, sogar der Fuchs verhungert, wo doch vor kurzem noch so viel totes Wild herumgelegen hat.‹
›Ja‹, sagte der andere. ›Wenn ich mir das genau bedenke, der Balg ist einen halben Thaler wert, also legen wir ihn hinten neben die Fässer.‹
Gesagt, getan. Der eine hob mich auf und warf mich hinten auf die Ladefläche des Wagens. Dann stiegen beide wieder auf den Kutschbock und fuhren wieder weiter.
Jetzt war ich ganz nahe an den Fischen, die die beiden geladen hatten. Ich machte vorsichtig die Augen auf und sah, daß die beiden schon nach kurzer Fahrt gar nicht mehr an mich dachten. Da schlich ich mich an den ersten Korb und nahm einen Fisch nach dem anderen heraus und warf ihn einfach hinten aus dem Wagen. Zwischendurch hatte ich das große Verlangen, einmal einen der Fische zu probieren, das machte ich dann auch. Als ich genug zu fressen herausgeschmissen gehabt hab', sprang ich vorsichtig hinterher und versteckte mich zuerst einmal im Buschwerk an der Straße. Die beiden Händler fuhren, nichts ahnend, weiter. Also war ich frei und sammelte die Fische ein. Seitlich der Straße versteckte ich sie unter einen Busch.
Nach und nach trug ich sie nach Hause und konnte in meinem Bau in aller Ruhe die Fische verspeisen. Schau mich an, ich habe einen Vorrat mir zugelegt. Dabei strich der Fuchs zufrieden über seinen Wanst.
Dem Wolf gefiel die Sache sehr. Er fragte den Fuchs, wann die Händler wieder vorbeikommen würden. Der Fuchs antwortete, daß das schon bald wieder der Fall sein konnte. Sie kommen in der Regel am Donnerstag auf der gleichen Straße vorbei.
Heimlich in der folgenden Woche machte es der Wolf nun so, wie der Fuchs seinen Raub erzählt hatte. Er legte sich an die Straße, als er den Wagen der Fischhändler kommen sah. Und der kam immer näher. Der Wolf tat so, wie es der Fuchs ihm erzählt hatte. Da hielt der Wagen direkt neben dem Wolf. Die beiden Fischhändler stiegen vom Kutschbock herab und sahen sich den Wolf an. Da sagte der erste: ›Es wird uns doch nicht etwa so gehen, wie mit dem Fuchs vor einer Woche?‹ Da legte er ruhig die Hand auf den Pelz. ›Ah‹, dachte der Wolf, ›jetzt kommt die Prüfung des Balges‹. Der erste sagte dann: ›Was denkst Du, was der wert ist?‹ ›Ach, kaum mehr als drei Kreuzer, wer will heute noch Wolf tragen?‹ sagte der zweite. Da ging der erste zum Wagen, holte die schwere Schaufel und schlug den Wolf tot. ›Dann sagte er zu dem anderen: ›Der wird uns auf keinen Fall mehr die Fische klauen, sicher ist sicher.

Und so war das Ende des Wolfes gekommen. Der Fuchs aber hatte noch lange Vorräte von seinem Fischzug.«[240]

[240] Prot 7.3.1952, Beckingen

Das Thema Fuchs und Wolf scheint unerschöpflich gewesen zu sein. Praktisch alle Beutetiere der beiden Räuber tauchten in den Märchen unseres Raumes auf. Die Menschen erzählten sich immer wieder neue Geschichten, und die meisten beschrieben den unheimlichen Hunger des Wolfes, so auch im folgenden Text:

Wie Wolf und Fuchs um einen Hasen losen

» Der Wolf begegnete wieder einmal dem Fuchs. Da sagte er, daß er einen großen Hunger hätte, einen richtigen Wolfshunger.
Der Fuchs sagte darauf, daß er in aller Bescheidenheit auch einmal Beeren im Wald pflücken würde, um den Hunger zu stillen.
Auf einmal entdeckte der Fuchs am Waldrand einen Hasen und zeigte ihn dem Wolf. Darauf sagte der Wolf, daß er den jetzt fressen würde. Darauf sagte der Fuchs, daß er den entdeckt hätte und daß er ihm in aller Freundschaft den halben Hasen nach gemeinsamer Jagd überlassen sollte. Der Wolf aber wollte das nicht und so machte der Fuchs ihm den Vorschlag, darum zu losen.
Dem stimmte der Wolf zu und das Los sollten Steine sein, die jeder so weit wie möglich werfen mußte. Der Sieger bekäm den ganzen Hasen.
Also suchten sie sich jeder einen Stein und warfen sie weit weg. Der Fuchs war dabei nun der Sieger. Das wollte der Wolf aber nicht gelten lassen. Er stellte fest, daß der Stein des Fuchses leichter gewesen wäre und damit weiter zu werfen war. Das aber wollte der Fuchs nicht gelten lassen. Also einigten sie sich auf ein erneutes Losverfahren. Nun sollten Stöckchen geworfen werden. Beide einigten sich auf Länge und Dicke und warfen nun erneut das Los, und wieder war der Fuchs der Sieger. Auch das wollte der Wolf jetzt nicht gelten lassen und beschuldigte den Fuchs, daß er sich vor dem Abwurf dreimal gedreht hätte und das sei nicht abgesprochen gewesen. Beide suchten nach einer neuen Möglichkeit eines Loses. Nun war man sich einig, daß der höchste Sprung aus dem Stand den Sieger bestimmen sollte. Wenn es dann wieder keinen Sieger gäbe, wollte man sich doch den Hasen nach gemeinsamer Jagd teilen.
Der Wolf tat sogleich einen mächtigen Sprung in die Luft, doch der Sprung des Fuchses war wieder höher und dieses Mal mußte der Wolf den Sieg des Fuchses hinnehmen.
Beide einigten sich nun auf die Teilung. Sie wollten nun an den Waldrand laufen, doch der Hase war nicht mehr zu sehen. So hatten beide nichts nach so langem Streit ...

Und die Lehr' von der Geschicht':
Wer was erreichen will,
Tut's gleich und streitet nicht!«[241]

Und es geht mit dem Hunger der Räubers weiter:

[241] Prot 13.11.1953, Beckingen

Fuchs und Wolf auf der Jagd nach einem Lämmchen

» Eines Tages ist der Wolf am Waldrand spazieren gegangen und da kam der Fuchs.
Der Fuchs hat gerufen: ›'n Daach, Wollef!‹
Da hat der Wolf hochgeguckt und hat zurückgerufen: ›'n Daach, Fuchs!‹
Der Fuchs zurück: ›Wo gehsche dann hien.‹
Der Wolf: ›Ich hann Honger und kind Dich grad fresse!‹
Der Fuchs: ›Mach's so wie ich, ich hann grad e Maus gefreßd.‹
Der Wolf: ›E Maus, daß ich nidd lache. Die merk ich doch garnidd!‹
Jetzt waren beide auf gleicher Höhe und plötzlich entdeckte der Fuchs ein einsames Lämmchen am Waldrand, das an den Blättern der Büsche fraß. Er zeigte es dem Wolf und der wollte gleich losstürzen. Da sagte der Fuchs zu dem Wolf: ›Das hann ich zeerschd gesiehn, das geheerd mir!‹ Da sagte der Wolf: ›Ich kind Dich zeeschd fresse unn dann dat Lämmchen dódenòò. Awwa ich freß nur edd Lämmchen unn loß Dich am Lääwe.‹ Der Fuchs schlug dem Wolf einen Vergleich vor: Jeder bekommt die Hälfte. Der gierige Wolf war damit nicht einverstanden. Er schlug dem Fuchs stattdessen eine Wette vor: Wer zuerst dort ist, der bekommt das Lämmchen alleine und kann ja, wenn er gesättigt ist, dem anderen noch einen kleinen Rest lassen.
Der Fuchs hatte mit etwas Ruhe darüber nachgedacht: So ein Lämmchen kommt ja nicht alleine in die weite, wilde Flur.
Sicherlich ist ein Schäfer mit seiner Herde unterwegs und wenn er ein guter Schäfer ist, hat er längst den Verlust festgestellt und ist mit einem Hund auf der Suche nach seinem Tier. Vielleicht ist er auch noch mit einem Stock bewaffnet.
Also willigte er schelmisch in die Wette ein. Sofort rannte der Wolf los auf das Lämmchen zu. Der Fuchs hielt sich zurück, denn er hatte plötzlich den Schäfer mit einem großen Hund entdeckt. So schlich er sich lieber in die Büsche, aber so, daß er das weitere Geschehen gut verfolgen konnte. Nun sah er, wie Schäfer und Hund dem Wolf den Weg abschnitten und als der Wolf weiterrennen wollte, sprang der Schäfer mit einem Satz dem Wolf in den Weg und schlug mit einem dicken Knüppel zu, so daß der Wolf stürzte. Der treue Hund des Schäfers stürzte sich auf den Wolf und biß ihm die Kehle durch. Der Schäfer nahm das Lämmchen auf den Arm und kehrte mit Lämmchen und Hund zur eigenen Herde zurück und tat so, als wäre nichts geschehen.
Der Fuchs schlich sich nun zu dem Wolf und sah ihn blutend und mit heraushängender Zunge tot im Gras liegen.
So wird der bestraft, der andere überlisten wollte.«[242]

Fuchs, Wolf und der Löwe bilden wohl eine Ausnahme in den Märchen unseres Raumes. Das ist auch einfach zu erklären: Der Löwe spielte im Alltagsleben der Dorfbewohner keine besondere Rolle. Er ist zudem auch kein Tier unserer hiesigen Mythologie. In der mittelalterlichen Literatur erscheint er als sehr starkes, königliches Tier:

[242] Prot 22.1.1976, S. 2, Ottweiler

Fuchs und Wolf besuchen den Löwen (I)

» Der Fuchs traf mal wieder den Wolf und sagte: ›Wir wollen einmal den Löwen besorgen. Er hat seine Wohnung neu ausgebaut.‹
Da sind sie zu dem Löwen gegangen. Der führte sie durch alle Räume und zeigte ihnen seine Wohnung.[243] Zum Schluß sagte der Löwe: ›Darf ich Euch auch meine Fleischkammer zeigen?‹
Da zeigte er ihnen noch seine Fleischkammer. Dann fragte er die beiden: ›Na, wie hat Euch meine Fleischkammer gefallen?‹. Da sagte der Wolf: ›Edd mipst grusselich dadrin.‹[244] Da wurde der Löwe wütend, erschlug den Wolf, zog ihm das Fell ab und zerriß ihn in Fleischstücke. Die legte er zu den anderen in seiner Fleischkammer. Dann fragte er den Fuchs und der Fuchs sagte zu ihm: ›Das ist ja ein trefflicher Vorrat. Ich wollte, ich hätte auch so einen.‹ Da freute sich der Löwe und schenkte dem Fuchs ein besonders gutes Stück Fleisch.«

Darauf folgte von der Erzählerin eine Belehrung:

»So ist es auch im Leben, man soll die Leute loben, wenn sie es wollen. Wer sie aber tadelt, wenn sie nicht getadelt werden wollen, dem kann es schlecht ergehen.«[245]

Das Märchen von Fuchs, Wolf und Löwe konnte noch bis in die 1970er Jahre mehrfach aufgezeichnet werden.
Nachfolgend ein Märchen mit dem gleichen Motiv, das starke mundartliche Einflüsse aufweist:

Fuchs und Wolf besuchen den Löwen (II)

» De Fuchs unn de Wollef haben sich getroffen.
Da hat der Fuchs gesagt: ›Was machen mir dann heit.‹
Da hat der Wolf gesagt: ›Ich wääsedd nidd, es iß mir langweilig.‹
›Ei‹, sagt der Fuchs, ›gehn ma doch mal zum Leeb, der hat ne neie Wohnung‹.
Da sind sie zu dem Leeb und haben angeklopft. Der Leeb hat aufgemacht und hat gesagt: ›Soll ich Eich mal mei nei Wohnung zeie?‹
Da haben die beiden: ›Ja, gerne‹ gesagt.

---

[243] Bei diesem Brauch handelt es sich um einen im Saarraum weit verbreiteten, nämlich der »Beschau«, besonders nach einem Hausbau und dessen Bezug durch die Bauherren. Eine Beschau fand auch vor einer Hochzeit statt. V 733, III,, 2. Aufl. S. 14 ff

[244] Es riecht sehr unangenehm darin.

[245] Prot 15.9.1952, Beckingen

Da hat er sie durch alle Stuben und Kammern geführt und als er ihnen alles gezeigt hat, da hat er gesagt: ›Wolln da aach mal mei Vorratskammer sien?‹
Da haben die beiden: ›Ja, aber gäär‹ gesagt.
Da hat er ihnen seine Vorratskammer gezeigt.
Da lag viel Fleisch in allen Ecken, von allen Tieren, was ein Wollefsherz nur so wünscht.
Da hat er zu dem Wollef gesagt: ›Wie gefällt Dir meine Vorratskammer.‹
Da hat der Wolf gesagt: ›Es duud hier mibseln.‹
Da ist der Leeb jähzornig geworden und hat den Wollef geholt und hat ihn in der Luft in Stücke gerissen, das Fell von den einzelnen Fleischbrocken abgezogen und die Brocken in eine Ecke geschmiß.
Dann sagte er zu dem Fuchs: ›Wie gefällt Dir meine Vorratskammer?‹
Da hat der Fuchs gesagt: ›Wääschde Leeb, ich wär froh, ich hätt nur e bißje davon in meiner Höhl, so gut gefällt mir Deine Vorratskammer. Da suchte der Leeb ihm ein ganz schönes Stück aus, schenkte es ihm und bedankte sich auf diese Weise für sein Kommen.« [246]

Märchen und Fabeln vom Fuchs und dem Wolf gab es im Saarraum zahlreiche, und wenn für das Nalbachtal eine Häufung dokumentiert wurde, so weist das nur darauf hin, dass dort früh solche Märchen aufgezeichnet wurden und lange bewahrt blieben. Nach eigenen Recherchen war eine Verbreitung überall im Saarraum gegeben, ausgenommen die sind die modernen Industrieorte im Zentrum des Saarlandes.

Ein weiteres, etwas anderes Fuchs- & Wolf-Märchen soll an dieser Stelle aus Rubenheim wiedergegeben werden. Von den Rubenheimern wurde dieses als eigenes »Dorfmärchen« gerne den Kindern erzählt. Nach etwa 1990 verschwand es sehr schnell aus der dörflichen Erzählwelt und ist heute kaum noch bekannt.
Es gibt mehrere Varianten, und das nicht nur im genannten Dorf, sondern auch in den umliegenden Dörfern, z. B. in Herbitzheim und Gersheim.
Die personifizierten Tiere benahmen sich wie die Menschen in den bäuerlichen Dörfern. Dabei bleibt der Fuchs stets der Gescheitere – aber auch derjenige, der mit List seinen Freund, den Wolf, schamlos übergehen kann.

[246] Prot 30.3.1981, S. 3 ff, nnb

Fuchs und Wolf beim Grumbiereplònze in de Aldegäärde in Rubenheim

» Der Fuchs und der Wolf hatten zusammen Grumbeern gepflanzt. Als es warm wurde, standen diese gut und sie mußten gehackt werden. So entschlossen sie sich eines Tages, mit der Hacke loszuziehen. Unterwegs fiel ihnen ein, daß man vom Grumbeerhacken Durst bekommen könnte, und man ging zum Bauer Pirmin in der Wittersheimer Straße und kaufte sich eine Kanne voll Milch.

Als sie nun auf dem Weg waren, unterhielten sie sich über diese Kanne voll Milch und stellten gemeinsam fest, daß die Milch wohl sauer werden könnte und daß andererseits warme Milch auch nicht schmecken würde, zumindest wäre das nicht das Richtige gegen einen guten Durst. Doch der Fuchs wußte einen Ausweg. Da war der Rohrenbach und der war immer schön kühl und gut gekühlte Milch löscht schließlich auch den Durst. Der Fuchs war zufrieden und der Wolf war es mit dem Fuchs auch. So stellten sie die Milch am Brückelchen in den Bach und sicherten sie mit Steinen gegen Umfallen.

Beide hackten sie nun Grumbeern. Auf einmal stellte der Fuchs fest, daß er nicht nur Appetit auf einen Schluck Milch, sondern auch einen richtigen Durst bekommen hatte. Was aber, wenn es dem Wolf gleichermaßen ginge und was, wenn durch den doppelten Durst die Milchkanne um so schneller leer würde?

Also sann der Fuchs nach einem Ausweg und sprach so den Wolf an: ›Du Wolf, ich hör' die Glocken läuten, hörst du sie nicht?‹ Der Wolf schaute kurz auf, nahm aber seine Hacke wieder in die Pfoten und sagte so über dem Schaffen: ›Fuchs, du weißt doch, ich bin schwerhörig, ich höre keine Glocken läuten.‹ Darauf der Fuchs: ›Ach Herrgott, jetzt fällt es mir wieder ein, ich werde doch heute Patt, ich muß schnell zur Kirche laufen.‹ Dem Wolf kam das zwar merkwürdig vor, aber er war bei dem Fuchs ja einiges merkwürdiges gewöhnt, also meinte er lediglich: ›Nun denn, wenn du Patt wirst, mußt du halt zur Kirche, aber ich erwarte, daß du sobald wieder zurückbist, wenn die Kirche aus ist.‹

Der Fuchs, ein wenig stolz über seine List, eilte zum Bach, nahm die Milchkanne aus dem kühlen Wasser und trank. Dann stellte er die Kanne wieder in den Bach und begab sich in Richtung Grumbeerstück. Doch zum Glück fiel ihm schon nach den ersten Schritten ein, daß das kurze Wegbleiben dem Wolf gar arg merkwürdig vorkommen müßte. Außerdem würde ein etwas längeres Wegbleiben den Anteil dessen, was der Fuchs am Stück zu hacken hatte, vermindern. Also legte er sich für eine halbe Stunde in den kühlenden Schatten eines Baumes.

Als die halbe Stunde um war, schlenderte er in Richtung des Feldes. Er sah den Wolf fleißig hacken und als er dem Felde näher kam, beschleunigte er seine Schritte und tat so, als wäre er in aller Eile aus der Kirche geradezu zum Feld zurückgeeilt.

Der Wolf nahm ihn wahr, unterbrach jedoch seine Arbeit nicht. Doch als der Fuchs gerade damit begonnen hatte, mitzuarbeiten, warf der Wolf ein: ›Wie heißt denn das Kind?‹

Der Fuchs war von dieser Frage überrumpelt, aber kein Fuchs würde seinem Namen nicht Ehre machen, so fiel ihm sogleich ein Name ein: ›Owwerumewegg‹. Der Wolf schaute den Fuchs ungläubig von der Seite an, sagte aber kein Wort.

Dem Fuchs war bei der Sache nicht ganz wohl, doch mit jedem Hackenschlag in den Boden verflogen auch die letzten Skrupel und schon nach einer Stunde meldete sich erneut der Durst. Da sprach er den Wolf mitten in seiner Arbeit erneut an: ›Sag mal Wolf, hörst du nicht auch schon wieder die Glocken läuten.‹

Der Wolf unterbrach kurz seine Arbeit, legte die rechte Pfote auf den Rücken und schaute von der Seite zum Fuchs hinüber: ›Jetzt sag bloß, daß du schon wieder Patt werden sollst?‹

›Jessesnää‹, entsetzte sich da der Fuchs, ›das hätte ich beinahe vergessen, daß ich ja heute noch einmal Patt werden soll. Ich muß dir dankbar sein, daß du mich daran erinnert hast.‹ Er warf seine Hacke auf die Seite und rannte los in Richtung Dorf. Doch auch diesmal schlich er sich schnell an den Bach, nahm die schöne kühle Milch und setzte sie an das Maul. Er tat ein paar kräftige Schlucke, setzte sie ab und mußte mit Schrecken feststellen, daß die Kanne halbleer war.

Wieder legte er sich eine halbe Stunde unter einen Apfelbaum und ruhte sich aus. Dann ging er zurück zum Feld, wo der Wolf immer noch fleißig die Grumbeern hackte.

Der Wolf, diesmal wohl etwas mißtrauischer, redete den Fuchs an, ohne von seiner Arbeit aufzuschauen: ›Na, wie heißt diesmal das Kind?‹ Der Fuchs hatte so plötzlich diesmal die Frage nach dem Kindsnamen nicht erwartet, doch er war vorbereitet – und er war bereit, das Spiel weiterzuspielen, ja es begann, ihm Spaß zu machen.

›Halwaleer heißt es‹, sagte er mit einem Unterton, als wäre es ihm eine Last, schon zum zweiten Mal Patt zu werden und das noch an einem Tag.

Der Wolf war ein fleißiger Schaffer. Er wollte das Grumbeerstück erst fertig gehackt wissen, ehe er seinem immer brennenderen Wunsch nach einem Schluck kühler Milch nachkam. So legte er denn kräftiger zu, obwohl er auch seine Kräfte schwinden sah, doch der Lohn, ein kühler Schluck Milch schien ihm mit jedem Hackenschlag rentierlicher.

›Wolf, sag mal, werd ich nun verrückt oder läuten da zum dritten Male die Glocken‹, rief plötzlich der Fuchs, nachdem er kaum eine halbe Stunde dem Wolf bei der schweren Arbeit geholfen hatte.

Der Wolf wurde mittlerweile weiter mißtrauisch, doch er sah den Fuchs als einen Faulenzer und Nichtsnutz, der sich um die Arbeit drücken will. So sagte er denn auch nichts, sondern schaute sich nur kurz um, warf dem Fuchs einen fragenden Blick zu.

Wieder ging der Fuchs zum Brückelchen, wo er die Milch im Bach wußte und tat einen letzten kräftigen Schluck. Wieder legte er sich eine halbe Stunde hin und wartete. Dann ging er zurück zum Feld mit dem Gedanken, daß ihn der Wolf diesmal nicht mit einer dummen Frage nach dem Namen des Kindes überfallen werde.

Als er in die Nähe des Feldes kam, sah er, wie der Wolf immer hastiger die letzten Ecken aushackte. Er ging also hin, nahm seine Karschd zur Hand, begab sich wieder an die Arbeit, so, als läge ihm das besser als das ständige Pattdasein. Er wartete nicht auf die Frage des Wolfes, sondern sagte ›Das da haben sie ›Gònzleer‹ getauft.‹

Der Wolf antwortete nichts. War es Absicht oder war es die Jagd nach den letzten Hackenschlägen, der Fuchs auf jeden Fall wußte plötzlich nicht mehr, ob der Wolf so dumm war oder ob er diesmal ein klein wenig Gerissenheit an den Tag legte.

Auf einmal rief der Wolf laut auf – und man hörte, daß es ihm eine Erlösung war: ›Das war's, jetzt ist Feierabend und jetzt gehen wir beide zum Brückelchen an den Bach und teilen uns brüderlich die schöne kühle Milch, auf die ich mich schon lange freue.‹

Dem Fuchs war plötzlich nicht ganz wohl in seiner Haut, aber er hoffte, daß ihm, wie doch immer, noch bis zum Brückelchen ein rettender Gedanke kommen würde. So ging er neben dem Wolf her und hatte wie dieser die Karschd auf der Schulter und ließ den Wolf erzählen von der schönen kühlen Milch.

Als sie am Brückelchen angekommen waren, sagte der Wolf: ›Fuchs, geh du runter und bring die Milch hoch.‹ Doch der Fuchs hatte eine andere Idee: ›Wolf‹, sagte er in falscher Bescheidenheit, ›Du hast so schwer geschafft, geh runter und trink die halbe Kanne da unten am kühlen Bach gleich leer, du hast es verdient, ja du hast es verdient.‹

Von so viel Entgegenkommen gerührt, rutschte der Wolf selbst auf dem Hintern das Bachufer runter und griff nach der Kanne. Doch oh Schreck, sie war leer. Da fiel es ihm wie Schuppen von den Augen: Der Fuchs war nie Patt geworden, er hatte ihn, den Fleißigen, auf die schäbigste Art und Weise hintergangen.

›Das sollst du mir büßen!!‹ schrie er plötzlich vor lauter innerem Schmerz über so viel Gemeinheit, drehte sich um und wollte sich gerade auf den hinterhältigen Rotrock stürzen – doch der war weg. Da sprang der Wolf herauf auf den Weg und sah den Fuchs gerade noch beim Pirmin laufen. Schnell raste er hinterher. Jetzt begann ein Jagen, der Fuchs machte einen Haken über die Brücke am Mühlenbach und rannte in Richtung Kirche, doch der Wolf mit seinen längeren Beinen holte ihn langsam ein, erkannte die Absicht des Fuchses, sich in die Kirche zu flüchten, doch er schnitt ihm den Weg ab. Dreimal rannten sie nun um die Kirche und siebenmal über den Kirchhof, da endlich hatte der Wolf den Fuchs gepackt und da dies genau neben dem alten Ziehbrunnen war, nahm er ihn mit einem kräftigen Ruck hoch und warf ihn in vollem Bogen in den Brunnen.

Da schwamm er nun – in drei Metern Tiefe unterhalb des Brunnenmauerrandes.

Der Wolf keuchte noch etwas von der Jagd, legte dann die Vorderpfoten auf den Brunnenrand und schaute zum Fuchs hinunter. ›Jetzt hab ich dich und jetzt lass' ich dich versaufen, du hinterlistiger Rotpelz‹ schimpfte er.

Der Fuchs hatte seine Lage sofort erkannt – und er war ein Fuchs.

Nach einigen Runden, die er in dem tiefen Brunnen geschwommen war, meinte er – äußerlich sehr ruhig, nur innerlich brannte er doch: ›Sag' mal Wolf, eigentlich waren wir doch immer gute Freunde. Nun gut, hin und wieder habe ich mir mit dir ein Späßchen erlaubt, aber du weißt doch, es war nie ernst – und schon gar nicht war es so weit gegangen, daß du in Lebensgefahr warst. Schau an, kannst du in Ruhe jemals wieder in die Grumbeern hacken gehen, wenn du weißt, daß dein alter Freund, der Rotfuchs im Ziehbrunnen ertrunken wäre. – Und dann noch bei der Kirche. Ja wenn es ein Unglücksfall gewesen wäre, aber ›Nein‹ müßtest du doch dann immer und immer wieder sagen‹ es war mein Vorsatz‹.

Eine kurze Pause, dann hob der Fuchs erneut an: ›Ich weiß, daß es dir schwerfällt, aber ich mache dir ein Angebot. Weißt du noch das Stück im Rohrental, das wollten wir doch im nächsten Jahr auch mit Grumbeern pflanzen. Das wäre doch etwas, wenn ich das dann ganz alleine hacken würde.‹
Der Wolf hatte alles mit angehört, er hatte den ruhig da unten im Brunnen schwimmenden Fuchs gesehen und war fast den Tränen nahe. Da hängte er seinen Schwanz tief in den Brunnen, so daß der Fuchs daranspringen konnte.
So überlebte der Fuchs den tiefen Brunnen, aber erst im nächsten Jahr wissen wir, ob er sein Versprechen wirklich wahrmacht.«[247]

Wie oben bereits erwähnt, handelt es sich dabei um ein Märchen, in dem die beiden Raubtiere total vermenschlicht und Teil der bäuerlichen Alltagswelt geworden sind.
Das Kartoffelhacken ist nur eine der vielen Tätigkeit im bäuerlichen Alltag, die Heuernte eine zweite – und von einer Heuernte handelt das nächste Märchen, bei dem Fuchs und Wolf wieder gemeinsam in Aktion treten sollten:

Der Fuchs und der Wolf beim Heumachen

» Wenn man gegen Herbitzheim geht, da sind gute Wiesen und der Wolf und der Fuchs hatten eine solche Wiese beim Bauern gepachtet.
Als das Gras reif war für die Heuernte, sind sie in die Wiese und haben gemäht. Da haben sie Durst gekriegt und weil der Wolf und der Fuchs Milch lieber trinken als Wasser, schlichen sie sich in einen Kuhstall am Anfang vom Dorf und stahlen eine Kanne voll Milch. Als sie wieder auf der Wiese waren, haben sie erst einmal einen guten Schluck von der Milch genommen und dann haben sie die in den Baumschatten gestellt. Aber jeder hatte Angst, der andere könnte heimlich hingehen und die Milch austrinken. Da waren sie sich einig, daß es besser wäre, die Kanne auszusaufen. Da sagte der Fuchs, daß es nicht gut wäre, weil man mit vollem Bauch nicht schaffen könnte, besser wär es, unten in den Lachen die Kanne in den Bach zu hängen, damit die Milch kühl bleiben kann.
Dann machten sie wieder Heu.

Auf einmal sagte der Fuchs zum Wolf: ›Ach Gott, ich werde ja heut noch Patt und höre schon die Glocken läuten. Ich muß schnell in die Kirche auf Gersheim, mach Du derweil weiter.‹
Aber der Fuchs ging an den Bach und soff die Milch aus.
Jetzt hatte er den Wanst voll wie Wacken und mußte sich unter einen Baum legen, zum Ausruhen. Als die Sonne schon hoch stand, wachte er auf und schlich sich unnerum zur Wiese zurück. Der

[247] Prot 11.8.1989, Rubenheim

Wolf war am Schwitzen und er mähte noch weiter. Er guckte den Fuchs nicht an, der Fuchs schaffte auch wieder. Auf einmal sagte der Wolf zum Fuchs: ›Wie heischdedd dann?‹
Der Fuchs wußte plötzlich nicht, was er sagen sollte. Als er wieder bei sich war, sagte er: ›Ei es heischd ›Unnerum‹. Der Wolf wurde jetzt ein bißchen mißtrauisch und sagte zum Fuchs: ›Das isch ä:mol e klorer Noom'.‹ Er mähte dann weiter und dem Fuchs war es komisch.
Gegen Mittag sagte der Wolf: ›Fuchs, wir müssen aufhören, die Sonn' isch owwe unn sticht. Aweil gehma an de Bach unn trinke uus Millich.‹
Das war dem Fuchs nicht recht, aber er ging einfach mit.
Da sagte der Wolf: ›Fuchs geh runter an den Bach und hol die Millich rauf‹.
Da sagte der Fuchs: ›Wolf, Du haschd om schwäärschde geschaffd, geh Du unn sauf dich mool erschd rund.‹
Da ging der Wolf an den Bach und holte die Kanne. Doch die war ja leer. Da wußte er alles. Von wegen Patt und ›Unnerum‹. Wütend kroch er hoch, fand am Ufer noch einen dicken Knüppel. Damit wollte er dem Fuchs ›Unnerum‹ geben. Doch auf einmal sah der den Fuchs nicht mehr. Der Fuchs war schnell in Richtung Gersheim gelaufen. Da lief der Wolf hinter ihm her. Als beide in Dorfnähe kamen, kam ihm eine Schar Bäuerinnen entgegen, die fürs Verzetten unterwegs waren. Da rief er denen zu: ›Achtung, gleich kommt der Wolf und will in euren Hühnerstall, weil ihr auf die Wies geht zum Verzetten – wie heut morgen.‹ Das haben die Frauen schnell verstanden, stellten sich hinter einen Busch und als der Wolf gerannt kam, schlugen sie mit den Verzettgabeln auf den Wolf ein, daß er blutig und geschlagen das Weite suchen mußte.

Der Fuchs aber schlich sich ins Dorf, in den Hühnerstall, nahm ein Huhn mit in seinen Bau und fraß es dort auf. Dann legte er sich mit rundem Wanst schlafen. So schwer hat der Fuchs im Brachmond geschafft.«[248]

In einem weiteren Märchen haben es die beiden Räuber Fuchs uns Wolf auf den Geißbock eines Vaganten abgesehen:

Fuchs und Wolf und das Huuwäller Cloudchin

» Da war das Huuwäller Cloudchin.[249] Es hatte drei Wochen lang schwer geschafft und wollte nun seine Nägel alle verkaufen. Da mußte er an die Saar fahren, weil es dort Schiffsbau und viele Wagner gab, die ihm die Nägel abkaufen würden.
Eines Abends hat er den kleinen Wagen vollgeladen, die Schäär eingesetzt und am folgenden Morgen, sobald die Sonne den Tag ein bißchen erhellt hatte, wollte er losziehen. Er spannte

[248] Prot 26.4.1984, Gersheim
[249] Nagelschmied (Cloudchin) aus dem Hochwald, Raum Wadern

seinen Geißbock in die Schäär und ab ging es in Richtung Merzig, wo er eine erste große Ladung in der dortigen Werft verkaufen konnte.
Sein Glück war am ersten Tag nicht sehr groß, für eine Einkehr in ein Wirtshaus sollte es sich noch nicht gelohnt haben. Als es nun dunkel wurde, fuhr er mit Geißbock und Wagen in den Wald, denn da wollte er, wie schon mehrmals, übernachten.
Früher war es noch wichtig, daß man sich ein Plätzchen suchte, das nicht von einem Wolf heimgesucht wurde, denn vor diesem Räuber mußte man sich schützen. Seine Waren ließ der Wolf in Ruhe, aber der Geißbock konnte ein gutes Fressen für den Wolf sein. Bald war ein richtiges Plätzchen gefunden. Ein großer wilder Eichbaum bot ihm einen Platz in sicherer Höhe. Nun galt es, nur noch ein Plätzchen für seinen Geißbock zu finden. Unter dem Eichbaum war eine Höhle, sie war zwar nicht groß, dem Geißbock langte sie aber. Er kroch rückwärts in diese Höhle hinein und legte den Kopf im Eingang in den Sand und war auch bald eingeschlafen.
Was das Cloudchin nicht wissen konnte; an dem gleichen Abend waren Fuchs und Wolf im gleichen Wald auf der Jagd. Sie hatten einen Rehbock gejagt und hatten an diesem Abend ihr großes Jagdglück gehabt. Der Wolf und der Fuchs teilten sich friedlich die Beute, den größten Teil beanspruchte der Wolf und der Fuchs überließ ihm den auch und gab sich mit dem kleineren Rest zufrieden, schließlich hatte der auch den größten Anteil an der Jagd gehabt.
Als sie den Bock gänzlich verspeist hatten, war es bereits Mitternacht. Jeder ging nun zurück zu seinem Unterschlupf. Als der Fuchs zu seinem Bau unter der alten Eiche kam, sah er im Mondschein ein paar Hörner, wie sie der Teufel trug. Erschrocken wich er zurück, dann eilte er zum Wolf, um ihn um Hilfe zu bitten.
Fuchs und Wolf schlichen sich nun langsam an die Höhle – und richtig, sie sahen den Leibhaftigen in der Höhle, Kopf und Hörner lugten noch gerade aus dem Eingang heraus. Er schien zu schlafen, für die beiden ein Grund, schnell zurückzuweichen, damit sie der Teufel nicht bemerken konnte.
Nun war guter Rat teuer. Da sagte der Fuchs, daß er auf der anderen Seite des Eichbaumes einen weiteren Eingang besitze und er wollte sich nun von hinten in sein Zuhause schleichen, um nachzusehen, was zu tun sei.
Der Wolf wartete in gebührendem Abstand zur Höhle und der Fuchs schlich in seine Behausung. Plötzlich kam der Fuchs ganz aufgeregt wieder zum Wolf und berichtete, daß der Leibhaftige tatsächlich in seiner Höhle auf ihn warten würde. Er sei von hinten in die Höhle und er habe nun auch den Bocksfuß des Teufels gesehen.
Wieder hockten sie sich in gebührendem Abstand hin und beratschlagten, was zu tun sei. Schließlich meinte der Wolf, es sei gut, im Dorf in die Kapelle zu gehen und Weihwasser zu stehlen, denn vor dem fürchtet sich der Leibhaftige am meisten.
Also zogen sie los ins Dorf. Die Kapellentüre war zum Glück nicht abgeschlossen. Im Weihwasserbecken war genügend von dem segenbringenden Wasser vorhanden. Aber in welchem Gefäß sollten sie es transportieren?
Dem Fuchs fiel ein, daß dem Priester ein Buchsbaumzwacken ausreichte. Der Wolf sprang auf den Altar, wo er solche Zweige entdeckt hatte. Dabei fielen die beiden Leuchter herunter und machten einen solchen Lärm, daß der Küster in seiner Hütte auf der anderen Seite der Straße davon wach wurde. Er vermutete einen Dieb in der Kapelle, sprang von seinem Lager auf, griff die Axt und

rannte in die Kapelle. Da er die Türe offenstehen ließ, und der Fuchs das bemerkte, suchte dieser schnell das Weite und rannte ins Freie. Der Küster sah nur noch den Wolf. Er ging vorsichtig auf diesen zu und als der mit einem Satz durch die Türe wollte, schlug der Küster mit der Axt kräftig zu. Der Wolf fiel um und der Küster schrie laut:
›Hann eich Deich, dau dreckischer Deiwel.‹
Derweil hatte das Huuwäller Cloudchin seinen Bock geweckt und angeschirrt, schließlich hatte er noch weite Wege vor sich.
Der Fuchs schlich noch einmal um seinen Bau und in der aufkommenden Dämmerung konnte er seinen Eingang sehen: Da war keine Spur mehr von einem Teufel. Also konnte er beruhigt wieder in seinen Bau zurückkommen.«[250]

In vielen Märchen von Fuchs und Wolf fand der Wolf seinen Tod. Eines davon soll folgen:

Der Tod des Wolfes

» ... Der Fuchs war immer schlauer als der Wolf und da haben wir uns auch richtig gefreut. Ich weiß noch die Geschichte von den beiden, wo auf der anderen Seite von einem tiefen Wasser ein Schaf war und der Wolf einen großen Hunger gehabt hat ...
Ja, das ging so:
Der Fuchs und der Wolf haben sich im Winter getroffen. Da hat der Wolf zum Fuchs gesagt, daß er einen großen Wolfshunger hätte und er den Fuchs fressen könnte. Der Fuchs hat zu dem Wolf gesagt, daß er dann überhaupt keinen Freund mehr hätte. Also hat er den Fuchs in Ruhe gelassen und sie sind beide an ein tiefes Gewässer gekommen. Da haben sie auf einmal auf der anderen Seite des Wassers ein Schaf gesehen. Der Wolf wollte gleich über das Eis auf dem Wasser laufen, für das Schaf zu jagen und zu fressen. Das Schaf fühlte sich aber sehr sicher, weil es das tiefe Gewässer kannte. Der Fuchs hat da zu dem Wolf gesagt, daß das Eis sehr dünn wär. Da ist der Wolf zurückgeblieben. Aber er wollte trotzdem unbedingt das Schaf fressen. Da zeigte der Fuchs ihm einen großen Baumstamm, der über das Wasser gelegt war. Daß der Stamm glatt war, sagte er dem Wolf nicht, und der hatte nur das Schaf auf der anderen Uferseite im Blick. Der Wolf rannte zu dem Baumstamm und hastete darauf. Kaum war er in der Mitte, rutschte er aus und fiel auf das Eis. Das war wirklich zu dünn, um ihn aufzuhalten, also rutschte er unter die Eisdecke, wo er versoffen ist.
Der Fuchs aber ging seiner Wege. Er blieb bescheiden in den schlechten Wintertagen und begnügte sich mit kleineren Beutetieren wie Mäusen.«[251]

---

[250] Prot 19.4.1955, Pachten
[251] Prot 9.10.1958, S. 2 f, Reimsbach

So manches Märchen vom Fuchs und dem Wolf wurde noch in den 1940er und 1950er Jahren den Kindern erzählt. Einige dieser Erzählungen lassen den Gedanken aufkommen, dass diese Märchen schon kleine einfache Kunstmärchen waren. Die Erzähltradition begann zu schwinden, der Bedarf an Kindermärchen war allerdings noch immer ungebrochen.
Als Schluss ein solches einfaches Beispiel: Die junge Zuhörerin berichtete dazu, dass in ihrer Kindheit (Anm.: vor dem Ersten Weltkrieg) die Angst vor einem Wolf noch nicht ganz geschwunden war. Besonders im Ersten Weltkrieg glaubten viele Dorfbewohner noch an versprengte einzelne Wölfe in der Winterzeit.

Der Fuchs und der Wolf: letzter Streich

» Der Fuchs war am Abend im Dorf unterwegs und da kam der Wolf oben runter, wo auch der alte Schnappgalje früher gestanden hat. Da war für den die Deckung am besten. Da haben sich die beiden getroffen und haben was ausgeheckt. Das war gegen die Leute im Dorf und da haben die Leute es gemerkt und wollten den Wolf erschlagen. Da hat der Fuchs den aber schon irgendwie zu Tode gekriegt, das weiß ich aber nicht mehr wie, und dann hat der Fuchs den toten Wolf durch die Hauptstraße gezerrt und die Leute haben links und rechts der Straße gestanden und haben geklatscht. Da ist der Fuchs immer größer geworden.«[252]

Und eine andere Zeitzeugin berichtete über den schlauen Fuchs:

»... Die meisten Märchen, die wir erzählt gekriegt haben, waren solche vom Wolf und dem Fuchs. Der Fuchs, obwohl kleiner, war immer der Gewinner. Das lag an der Dummheit vom Wolf und an der Schlauheit vom Fuchs. Man sagt ja noch heute, daß das oder das ein schlauer Fuchs wär...«[253]

[252] Prot 21.2.1988, Rubenheim
[253] Prot 2.6.1959, S. 7 f, Merzig

Wolfsmärchen

In einer Reihe von Märchen erscheint der Wolf als einsamer Einzelgänger.
Nach 1400 wurde der Wolf mehr und mehr von der christlichen Kirche im wahrsten Sinne des Wortes verteufelt; er wurde vielfach sogar zu einer Erscheinung des Teufels selbst. Anders als im Märchenmotiv vom Fuchs und dem Wolf wurde der Wolf auf diese Weise zum Sinnbild des Bösen.
Die Märchen mit dem Wolfmotiv sollen an dieser Stelle unter den Tiermärchen aufgezeigt werden.

Weit bekannt und immer noch häufig zitiert und gelesen ist das Grimm'sche Märchen vom Rotkäppchen und dem Wolf. Es gibt von diesem Märchen eine Reihe von abweichenden Erzählungen, auch moderne Kunstmärchen.

Der Wolf konnte in denen eine Mischform annehmen: Er war der unglückliche Trottel wie im Motiv vom Fuchs und vom Wolf, jedoch bestreitet er nun sein in der Regel unglücklich verlaufendes Leben alleine. Eines der schönsten Beispiele dieser Art ist der Wolf vom Litermont.
Das Märchen wurde an der unteren Saar gerne erzählt, und in der heimatkundlichen Literatur wurde es mehrfach veröffentlicht.
Der unten wiedergegebene Text wurde von einer Zeitzeugin erzählt, die möglicherweise die im Saarländischen Bauernkalender von 1950 abgedruckte Version des bekannten Heimatforschers und Lehrers Aloys Lehnert kannte, denn die dem Autor bekannte Person war selbst keine großartige Erzählerin[254]:

Der Liddermänner Wolf

» Einmal schlief ein Wolf nachts am Litermannskreuz. Als er am Morgen aufgewacht war, schien ihm die Sonne ins Gesicht und weckte ihn auf solch wohlige Weise. Er hatte einen großen Hunger und weil er so sanft geweckt wurde, glaubte er an einen glücklichen Tag.
Als er sich vom Litermont aus umsah, erkannte er unten im Tal ein Pferd mit seinem Füllen.
Da ging er runter in die Wiese und begrüßte das Pferd: ›Gudd'n Morje, Päärd.‹ ›Gudd'n Morje, Wollef‹, sagt da das Pferd. Der Wolf darauf: ›Eich hann Honger unn eich gääng gäär Dei Fillchin frääßen.‹ ›Oh nää‹, sagt da das Pferd, ›Dau muschd z'eeschd Duggder spille, eich hann e dicker Doore emm Fo:uß. Der Doore moß raus, dodenoo kannschde mei Fillchin frääßen.‹
Da sagte der Wolf zum Pferd: ›Weise moh Dei' Fo:uß.‹

[254] Bau 1950, S. 176 ff

Das Pferd hob den Hinterlauf hoch, und der Wolf freute sich, kam sofort hinter das Pferd und wollte den Dorn mit dem Maul herausziehen. Da trat das Pferd so kräftig dem Wolf auf die Stirn, daß er bis Beckingen in die Waldstraße geflogen ist. Da lag er nun in der Mittagssonne, ganz benommen und erst am Nachmittag kam er wieder zu sich.

Abb. 12: *Der Wolf und das Pferd, dem der Dorn aus dem Fuß gezogen werden sollte.*[255]

Dann sah er eine Schafherde und am Rande der Herde stießen sich zwei Schafböcke und stritten sich um ein Schaf.
Da schlich sich der Wolf zu den beiden und sagte: ›Gudd'n Daa, Ihr zwei Schafbeck.‹
Da antworteten die Schafsböcke. ›Gudd'n Daa, Herr Wollef.‹
Da sagte der Wolf: ›Eich honn Honger unn gääng gääre enner vun Eich fressen.‹
Da sagten die Beck: ›Mir zänke uus um datt Schaf loo, wo loo steht. Am beschde isch, Dau kummscht unn machschd die Spillrichder, dódenoh kannschde de Verlierer frääßen.‹
Der Wolf war damit einverstanden. Die beiden Schafböcke liefen auseinander, vielleicht hundert Meter. Dann gab der Wolf das Kommando und beide Böcke liefen aufeinander zu. Doch sie trafen sich nicht, sondern den Wolf und stießen so fest mit ihren Hörnern auf seinen Kopf, der eine von links, der andere von rechts, daß der Wolf umfiel, wie tot und so auch liegenblieb.
Da liefen die beiden Böcke schnell zu der Herde zurück. Der Schäfer kam ihnen schon ein Stück entgegen, um sie aus den Fängen des Wolfes zu retten.
Erst am späten Nachmittag erwachte der Wolf aus seiner Bewußtlosigkeit. ›Ach‹, hat er bei sich gedenkt, ›schunn so spät unn noch immer so ne großer Honger.‹ Ziemlich mitgenommen schlich er sich davon, als er in Dorfnähe auf einmal drei junge Geißen sah, die aus der Herde des Geißenhirten ausgebrochen waren, um sich hinter dem Buschwerk zu verstecken. Vor allem

[255] ebenda, S. 177, unbekannter Zeichner

spielten sie gerne hinten, wo ganz nah am Dorf, der Backofen stand. Das Dach reichte fast bis zum Boden, für die Geißlein keine Kunst dort auf das Dach zu springen und wieder zurück. Da ging der Wolf zu den Geißen hin und sagte: ›Gudd'n Daach, Ihr Geiße.‹
Die antworteten ›Gudd'n Daach, Wollef.‹ Der Wolf darauf: ›Eich hann e großer Honger, eich frääßen enns vunn Eich.‹
›Oh, nää‹, sahn da die Geißen, ›mir hann die Veschber noch nidd gesung.‹
›Wenn edd sinn moß, doo sengen z:eeschd die Verschber‹, säät doo de Wollef.
Da fingen die Geißen ganz laut und erbärmlich an zu heulen, daß der Schäfer und die Bauern sofort gewußt haben, daß da etwas nicht stimmt. Da kamen alle gerannt mit Heugabeln und Dreschflegeln und prügelten den Wolf, daß er beinahe gestorben wäre, wenn er sich nicht doch noch schnell in den nahen Wald retten konnte.
Er rannte weiter und weiter und sah auf einmal eine Sau mit ihren Ferkeln beim Suhlen.
Da ging der Wolf zu der Sau und sagte: ›Gudd'n Owend, Sau.‹
Die Sau sagte ›Gudd'n Owend, Wollef.‹
Da sagte der Wolf: ›Eich hann e großer Honger unn well enns vunn Eire Säile frääßen.‹
Da sagte die Sau zu dem Wolf: ›Nau, se senn noch nidd gedääft, eich moß se z'eeschd dääfe.‹
›Wenn edd sinn moß, mosses halt sinn‹, sagte der Wolf. Die Sau holte nun ein Ferkel nach dem andern und tunkte sie nach und nach alle in den Fluß. Plötzlich aber ergriff sie den Wolf und warf ihn in die Mitte des Flusses. Beinahe wäre der Wolf dabei ertrunken, er erreichte mit Müh' und Not das andere Ufer und als er sich rumdrehte, war die Sau mitsamt allen Ferkeln verschwunden.
Jetzt schlich der Wolf in den Wald, fand eine alte dicke Eiche und legte sich darunter. Da lag er nun, völlig ermattet. Er ließ den Tag an sich vorübergleiten und jammerte über alle seine Unglücke vom Morgen bis zum Abend. Da lag er nun, schloß die Augen und sagte zuletzt nur noch: ›Ach gääng meich doch grad de Schlaach treffe.‹
Das hörte ein Holzdieb, der gerade oben auf dem Eichbaum saß und das Gejammer des Wolfes mit anhören konnte. Da schnitt er einen dicken Ast ab und ließ ihn von oben senkrecht herunterfallen. Der traf den Wolf voll auf den Kopf und da lag er nun: Vom Schlag getroffen, mausetot.«[256]

Das beliebteste Märchen vom Wolf ist und bleibt wohl das mit den sieben Geißlein. Es ist weit verbreitet und wurde mehrfach schriftlich festgehalten. Und auch hier ist der Wolf der Verlierer.

Aus der Reihe der Erzählungen wurde in den 1950er Jahren der Stoff eines Märchens mit den sieben Geißlein in den unteren Klassen der Volksschule behandelt.

Nikolaus Fox schrieb dieses Märchen ebenfalls nieder, wahrscheinlich wurde diese Aufzeichnung zur Grundlage des Schullehrstoffes.[257]

Nachfolgend die Geschichte aus einer Zeitzeugenaufzeichnung:

---

[256] Prot 11.1.1952, Dillingen
[257] M 654, S. 97 ff

Vom Wolf und den sieben Geißlein

» Es war einmal eine Geiß, die hatte sieben Zickel. Eines Tages kam eine andere Geiß und hat sie zur Kindtaufe eingeladen.

Da hat sie die Geißlein alle zu sich gerufen und zu ihnen gesagt: ›Hört gut zu! Ich bin für heute mal weg und komme erst am Abend wieder. Wenn ich draußen bin, schiebt ihr den großen Riegel vor die Tür. Wenn dann einer kommt, macht nicht auf, und denkt dran: Der böse Wolf ist immer unterwegs. Er hat nie etwas Gutes im Sinn. Wenn Ihr die Türe aufmacht und er reinkommt, frißt er Euch alle mit Haut und Haar.‹

Da fragte das kleinste Zicklein: ›Wie können wir denn den Wolf erkennen?‹ Da sagte die Geißenmutter: ›Ihr müßt Euch gut merken: Der Wolf ist sehr listig, er hat eine dunkle Stimme und dunkelgraues Fell. Wenn Ihr daran denkt, könnt ihr ihn schnell erkennen.‹

Die Mutter ging nun fort zur Kindtaufe, wo es arg lustig war.

Der Wolf aber hatte gesehen, wie sie das Haus verlassen hatte, denn er schlich zur gleichen Zeit hinter der Gartenmauer vorbei. Dann schlich er zur Türe und stuppte daran und rief: ›Macht auf, Kinderlein, macht auf, ich bin Eure Mutter.‹ Da gingen die Geißlein an die Türe und sagten: ›Du bist nicht unsere Mutter, Du hast eine viel zu dunkle Stimme. Unsere Mutter hat eine helle Stimme.‹

Da schlich sich der Wolf wieder fort und brach in dem Schulhaus ein. Dort fraß er alle Kreide auf und hatte nun eine helle Stimme. Er ging wieder zu den Geißlein und stuppte an die Türe, dann rief er mit heller Stimme: ›Macht auf, Kinderlein, macht auf, ich bin Eure Mutter.‹ Da wollten die Geißlein aber sichergehen und sagten zu ihm: ›Zeig Dich mal am Schlüsselloch.‹ Da sprang der Wolf hoch und stuppte an das Schlüsselloch. Die Geißlein aber erkannten ein dunkles Fell. Da sagten sie: ›Du hast einen ganz dunklen Kopf, unsere Mutter hat einen weißen Kopf. Du bist nicht unsere Mutter.‹

Da rannte der Wolf in die Scheune eines Bauern. Dort hing das Kopftuch der Bäuerin an einem Nagel. Das nahm er und band es sich um den Kopf. Wieder stuppte er an die Türe und rief mit heller Stimme und weißem Kopftuch: ›Macht auf, Kinderlein, macht auf, ich bin Eure Mutter.‹ Da riefen sie wieder raus: ›Zeig Dich mal am Schlüsselloch‹. Da sprang der Wolf so hoch, daß die Geißlein das weiße Kopftuch sehen konnten, doch die Geißlein wollten ganz sicher sein und riefen hinaus: ›Zeig uns mal Dein Füßchen.‹ Da streckte der Wolf einen Fuß unter der Türe hin. Da sagten die Geißlein: ›Du bist nicht unsere Mutter, die hat weiße Füße.‹

Da rannte der Wolf zu einem Kalkbrenner, dort tauchte er den Fuß in den frischen Kalk und ging zurück zu den Geißlein. Nun stuppte er wieder an die Türe und rief: ›Macht auf, Kinderlein, macht auf, ich bin Eure Mutter.‹ Da erkannten die Geißlein den weißen Fuß, den weißen Kopf und die helle Stimme. Da sagten sie untereinander: ›Das kann nur unsere Mutter sein.‹ Sie schoben den Riegel von der Türe, der Wolf riß die Türe auf und sprang ins Haus. Er fraß ein Geißlein nach dem anderen. Nur das jüngste und kleinste hatte er nicht erwischen können, denn das war in den Uhrenkasten geflüchtet, wo der Wolf es nicht fand.

Der Wolf schlich sich nun aus dem Haus und aus dem Dorf. Hinter dem Dorf ist ein warmer Rech mit einigen Büschen, die ihm Schutz boten. Dort hin legte er sich und schlief fest ein.
Am Abend war die Zeit gekommen, wo die alte Geiß von der Taufe nach Hause kam. Sie fand die Türe offen und erschrak, aber oh Schreck, es war noch nicht alles: Kein Geißlein war mehr da. Als das kleinste merkte, daß die Mutter zurückgekommen war, traute es sich aus dem Uhrenkasten und erzählte, wie der Wolf mit viel List ins Haus gekommen war und alle sechs Geschwister gefressen hatte. Da wurde die Geißenmutter sehr wütend und tobte. Dann ergriff sie das große Schlachtermesser und rannte aus dem Dorf hinaus. Hinter einem Hügel hörte sie den Wolf laut schnarchen. Sie eilte hin und fand ihn auf dem Rücken liegend. Im Bauch bewegten sich die Geißenkinder. Mit dem Schlachtermesser schnitt sie dem Wolf den Bauch auf und alle Geißlein hüpften heraus. Dann suchten sie zusammen dicke Wacken und legten sie dem Wolf in den Bauch. Anschließend rannten sie nach Hause.
Kurze Zeit später wurde der Wolf wach. Er wollte aufstehen und sich strecken, doch da polterten die Steine in seinem Bauch.

Der Wolf rief wütend:

Was rumpelt und pumpelt in meinem Bauch?
Sechs kleine Geißlein sollten's sein.
Jetzt sind's wohl sechs schwere Wackenstein!

Da ging er hinunter zu dem Fluß, denn er hatte einen großen Durst bekommen. An dem Ufer beugte er sich nach vorne, um zu saufen. Doch die Steine waren so schwer, daß er das Gleichgewicht verlor und kopfüber in das Wasser fiel und von den Steinen auf den Grund des Flusses gezogen wurde, wo er ertrank.
Die Geißlein haben von dem Tod des Wolfes bald danach erfahren und tanzten fröhlich vor ihrem Haus. Dabei sangen sie:

Der Wolf ist tot,
der Wolf ist tot,
Er war der Geißlein schlimmste Not!«[258]

Bereits im Vorwort wurde auf das folgende Märchen hingewiesen. Es ist ein Märchen, in dem sowohl die erzählenden wie auch die zuhörenden Personen genau mitdenken müssen. Und gleichzeitig ist in diesem langatmigen Text die eigentliche Handlung sehr kurz. Ein solches Märchen besitzt in der Märchenliteratur Parallelen, doch im Saarraum wurde es auffallend häufig erzählt, wohl auch deshalb, weil die Struktur des Märchens sehr einfach und leicht zu behalten war:

---

[258] Prot 15.7.1953, Beckingen

Der Wolf, die sieben Geißen und der Geißbock

» Der Wolf ist mal wieder hungrig durch das Dorf gestreift. Da sah er eine Geißenfamilie und sagte sich: ›Davon eine Geiß, das wird mir meinen Hunger vertreiben‹, denn es waren sieben Geißen und ein Bock.
Da ging er zu der ersten Geiß und fragte die: ›Geiß, was hasch Dau dann auf em Kopp?‹
Da sagte die ›Ei, e Peetchin Hau.‹ (Anm.: Ei, ein Pfötchen voll Heu.)
›Unn was haschde zwische de Bään?‹
›E Tittchin Mellich‹, sagte da die Geiß.
Da sagte der Wolf: ›Eich hann e großer Honger unn duun Deich aweile fresse.‹
›Nää, nidd meich‹, schrie da die Geiß, ›luu mal hinner meich, da sinn noch sechs Geiße unn e dicker, fetter Bock‹, machte einen riesigen Satz zur Seite und weg war sie.
Da stand der Wolf vor der zweiten Geiß und sagte zu der:
›Geiß, was hasch Dau dann auf em Kopp?‹
Da sagte die ›Ei, e Peetchin Hau.‹
›Unn was haschde zwische de Bään?‹
›E Tittchin Mellich‹. sagte da die Geiß.
Da sagte der Wolf: ›Eich hann e großer Honger unn duun Deich aweile fresse.‹
›Nää, nidd meich‹, schrie da die Geiß, ›luu mal hinner meich, da sinn noch finf Geiße unn e dicker, fetter Bock‹, machte einen riesigen Satz zur Seite und weg war sie.
Da stand der Wolf vor der dritten Geiß und sagte zu der:
›Geiß, was hasch Dau dann auf em Kopp?‹
Da sagte die ›Ei, e Peetchin Hau.‹
›Unn was haschde zwische de Bään?‹
›E Tittchin Mellich‹, sagte da die Geiß.
Da sagte der Wolf: ›Eich hann e großer Honger unn duun Deich aweile fresse.‹
›Nää, nidd meich‹, schrie da die Geiß, ›luu mal hinner meich, da sinn noch vier Geiße unn e dicker, fetter Bock‹, machte einen riesigen Satz zur Seite und weg war sie.
Da stand der Wolf vor der vierten Geiß und sagte zu der:
›Geiß, was hasch Dau dann auf em Kopp?‹
Da sagte die ›Ei, e Peetchin Hau.‹
›Unn was haschde zwische de Bään?‹
›E Tittchin Mellich‹, sagte da die Geiß.
Da sagte der Wolf: ›Eich hann e großer Honger unn duun Deich aweile fresse.‹
›Nää, nidd meich‹, schrie da die Geiß, ›luu mal hinner meich, da sinn noch drei Geiße unn e dicker, fetter Bock‹, machte einen riesigen Satz zur Seite und weg war sie.
Da stand der Wolf vor der fünften Geiß und sagte zu der:
›Geiß, was hasch Dau dann auf em Kopp?‹
Da sagte die ›Ei, e Peetchin Hau.‹
›Unn was haschde zwische de Bään?‹

›E Tittchin Mellich‹, sagte da die Geiß.

Da sagte der Wolf: ›Eich hann e großer Honger unn duun Deich aweile fresse.‹

›Nää, nidd meich‹, schrie da die Geiß, ›luu mal hinner meich, da sinn noch zwei Geiße unn e dicker, fetter Bock‹, machte einen riesigen Satz zur Seite und weg war sie.

Da stand der Wolf vor der sechsten Geiß und sagte zu der:

›Geiß, was hasch Dau dann auf em Kopp?‹

Da sagte die ›Ei, e Peetchin Hau.‹

›Unn was haschde zwische de Bään?‹

›E Tittchin Mellich‹, sagte da die Geiß.

Da sagte der Wolf: ›Eich hann e großer Honger unn duun Deich aweile fresse.‹

›Nää, nidd meich‹, schrie da die Geiß, ›luu mal hinner meich, da isch noch e Geiß unn e dicker, fetter Bock, machte einen riesigen Satz zur Seite und weg war sie.

Da stand der Wolf vor der siebten Geiß und sagte zu der:

›Geiß, was hasch Dau dann auf em Kopp?‹

Da sagte die ›Ei, e Peetchin Hau.‹

›Unn was haschde zwische de Bään?‹

›E Tittchin Mellich‹, sagte da die Geiß.

Da sagte der Wolf: ›Eich hann e großer Honger unn duun Deich aweile fresse.‹

›Nää, nidd meich‹, schrie da die Geiß, ›luu mal hinner meich, da isch e dicker, fetter Bock, machte einen riesigen Satz zur Seite und weg war sie.

Nun stand der Wolf vor dem Geißbock, der vor ihm und beide sahen sich drohend an. Der Wolf verstellte seine Stimme und knurrte den Geißbock an: ›Geißbock, was hasch Dau dann auf em Kopp?‹

Da sagte der: ›Ei, e Schießgewehr.‹

Der Wolf darauf: ›Unn was haschde zwische de Bään?‹

Der Bock: ›E Säckelchin midd Schießpulwer.‹

Da sagte der Wolf: ›Eich hann e großer Honger unn duun Deich aweile fresse.‹

Da schrie der Bock ›Unn eich hann Raasch unn duun Deich aweile schieße.‹

Da machte es ›bumm, peng, batsch‹ und der Wolf fiel um. Da lag er nun, der gefräßige Wolf.«[259]

Märchen mit ständigen Wiederholungen eines Textes waren recht langatmig. Solche Geschichten besaßen einen meditativen Charakter und waren in der Erzählwelt der Alten sehr beliebt. Gleichzeitig ging es darum, sich als Erzählerin gut zu konzentrieren, denn die Reihenfolge der durchnummerierten Geißen musste beim Erzählen fehlerfrei eingehalten werden, und darin lag eine bescheidene Faszination. Nimmt man dagegen den Text alleine, wäre der Inhalt in wenigen Sätzen mitgeteilt, doch darin lag nicht der Sinn der Märchen. Die Zuhörerinnen und Zuhörer konnten auf diese Weise länger in einer irrealen Welt verweilen.

Von dem folgenden Märchen blieb dagegen nur noch ein sehr kurzer Text erhalten. Wieder spielen Wolf, Geißlein und Geißbock eine Rolle:

---

[259] Prot 29.4.1955, Nalbacher Tal, Dillingen

Der Wolf, die Geiß und der Geißbock

» ... Und dann das andere Märchen vom Wolf, den sieben Geißlein und dem Bock: Der Bock und die Geiß gingen mal grasen und begegneten da dem Wolf. Der Wolf begrüßte die Geiß und den Bock und fragte die Geiß: ›Ei, was habt ihr denn zwischen de Bään?‹ Da sagte die Geiß: ›Das sind zwei Tüttchen, die sind voll Milch.‹ Dann fragte er den Bock: ›Ei was habt ihr denn zwischen den Bään fier Säckchen?‹, und der antwortete: ›Ein Säckchen mit Schrot und Pulver‹ und dann hat der Bock den Wolf totgeschossen ...«[260]

Von einem Geißlein, das neugierig wurde und nur mit List dem Wolf wieder entkommen konnte, erzählt das folgende Märchen:

Das neugierige Geißlein begegnet dem Wolf

» Ein Geißlein war neugierig und wollte in die weite Welt. Es entfernte sich von der Mutter und der Herde und bald war es im Wald. Da kam ein böser Wolf. Das Geißlein wußte, daß es nun zu Ende war. Aber es war listig und bat den Wolf, noch einmal im Leben tanzen zu dürfen. Der willigte mit ein. Er blies auf einer Flöte und das Geißlein tanzte. Die Flötentöne aber hörten auch die Hirten, die das Geißlein schon gesucht hatten. Sie eilten in den Wald und sahen Wolf und Geißlein. Den Wolf schlugen sie tot und das Geißlein nahmen sie wieder mit zur Herde.«[261]

Neben dem Märchen mit den sieben Geißlein erzählten sich die Menschen aus Elm auch eins mit den sieben Kindern. Das Märchen besitzt zu dem Geißlein-Märchen die gleiche Quelle:

Der Wolf und die verschwundenen Kinder

» Es war einmal eine Frau, die hatte viele Kinder. Wenn sie auf das Feld ist, hat sie die Kinder aufgestellt und gesagt: ›Hört zu: seid brav. Ich gehe jetzt mit dem Bauer auf das Feld. Die Magd ist bei euch und paßt auf euch auf.‹ Sie nahm eine Elle und maß die Kinder. Die Frau ging mit dem Bauer auf das Feld. Als die Magd in den Keller ging, um Kraut zu holen, kam der Wolf in das Haus und nahm eines der Kinder mit sich.

---

[260] Prot 26.1.2003, S. 3, Ottweiler, Guiderkirch / Lothringen
[261] Prot 13.6.1952, Beckingen

Am Abend kamen die Mutter und der Bauer müde vom Feld zurück. Sie sah, daß ein Kind fehlte. Die Magd stritt das ab. Da nahm die Mutter die Elle und maß nach. Wirklich, ein Kind fehlte. Sie nahm die Elle und schlug damit die Magd.
Am anderen Tag war es wieder so. Die Mutter und der Bauer mußten auf das Feld, vorher maß sie die Kinder nach und am Abend fehlte wieder eins. Die Magd bekam ihre Schläge und am dritten und den anderen Tagen war es genauso.
Als nach einer Woche die fehlenden Kinder nicht mehr zurückkamen, lief die Mutter um das Haus und suchte nach den Kindern. Sie fand sie nicht um das Haus. Da lief sie durch das ganze Dorf und dort fand sie die Kinder auch nicht. Dann lief sie in die Flur und fand die Kinder auch nicht. Dann lief sie in den Wald. Dort begegnete sie dem Wolf und fragte ihn, ob er ihre Kinder gesehen hätte. Da sagte der Wolf, daß sie in Richtung Norden gelaufen wären. Die Frau eilte in die Richtung und suchte nach den Kindern. Sieben Tage war sie nun schon unterwegs. Da begegnete sie wieder dem Wolf. Sie fragte den Wolf noch einmal, ob er ihre Kinder gesehen hätte, sie sei in Richtung Norden gelaufen, dort aber wären die Kinder nicht. Der Wolf sagte, er wisse nicht, wo die Kinder sind. Auf einmal rief eines der Kinder hinter dem Wolf in der Hütte: ›Ich glaube, das ist unsere Mutter.‹ Da lief sie an dem Wolf vorbei und sah alle ihre verschwundenen Kinder. Die sagten ihr, daß der Wolf sie braten wollte und schon den Backofen angemacht hätte. Da griff die Mutter ein Stück Backholz und schlug auf den Wolf ein. Alle Kinder griffen zu einem Stück Backholz und schlugen auch auf den Wolf ein, so daß er bald halb tot war. Sie packten ihn nun und trugen ihn nach Hause, wo sie ihn braten wollten. Als sie zu Hause angekommen waren, wurde der Wolf wieder wach, sprang auf und lief davon. Er lief und lief und lief, bis er den sicheren Wald erreicht hatte. Seither ist er nie mehr ins Dorf gekommen.«[262]

Dieses Märchen ist ein wenig ungewöhnlich. In der Literatur sucht es seinesgleichen. Ende des 19. Jahrhunderts entstand aus diesem Märchen ein Kindergartenspiel, in dem der Inhalt nachgespielt wurde. Unter der Rubrik »Moderne Märchen« sind Text und Spielverlauf in dem Märchen »Siwwe Eele - ein Kinderspiel« nachzulesen.

Der Wolf ist in unseren Märchen grundsätzlich ein Feind, der Böse schlechthin. Es galt immer, ihn zu vernichten, und das ist den Mitteleuropäern ja auch gelungen.
Dass dieser Wolf, dem es galt, vernichtet zu werden, auch als Helfer der Menschen auftreten konnte, ist in unseren Märchenbüchern nicht zu finden. Auch in den mündlichen Überlieferungen scheint so eine Erzählung eine Ausnahme zu sein, und dennoch gibt es sie, wie nachfolgender Text belegt.
Eine solche Erzählung ist möglicherweise auf eine echte Erfahrung zurückzuführen. Die nachfolgende Erzählung, als Märchen weitererzählt, stammt aus einer Familie, deren Vorfahren im 19. Jahrhundert von der Eifel an die untere Saar übersiedelte, um dort Arbeit zu finden:

[262] Prot 29.5.1966, Elm

Der treue Wolf

» Es war einmal ein Schäfer. Der führte jeden Morgen seine Herde in die Wiesen vor dem Dorf. Am Abend trieb er sie wieder nach Hause, wo er einen Hirtengarten hatte.
Der Schäfer hatte auch drei Söhne, die ihm ab und zu bei der Hut halfen.
Eines Tages schickte er sie in den Wald, Feuerholz zu holen. Sie waren dort fleißig bei der Arbeit, mußten aber weite Strecken zurücklegen, um den Handwagen füllen zu können.
Gegen Mittag waren sie fast fertig, da hörten sie auf einmal ein leises Wimmern. Sie suchten das Gebüsch ab und fanden ein Nest mit jungen Wölflingen. Da wußten sie, daß die Wolfsmutter in der Nähe ist und daß man damit nicht scherzen darf. Sie wollten nun so schnell wie möglich heimfahren, doch der älteste der drei Brüder sagte, daß er dem Vater den besten Wölfling mitbringen will, sagte es und ging noch einmal zurück zu dem Nest. Den stärksten packte er, steckte ihn in einen Sack und auf ging die Rückfahrt nach Hause.
Zu Hause angekommen gaben sie dem jungen Wölfling frische Schafsmilch zu saufen, sie bauten ihm im Stall einen Verschlag, legten den mit Streulaub aus und legten das junge Tier hinein.
Als der Vater am Abend nach Hause kam, war er froh um dieses Tier, doch er wußte, daß er ihn erst als Hirtenhund umerziehen mußte. In den folgenden Wochen übernahm der Älteste die Pflege des Wölflings. Und der wuchs schnell heran, bis er schon nach einigen Monaten auf dem kleinen Hof alleine herumlaufen durfte. Er war ein sehr treues Tier geworden und nun ging es an das Eingewöhnen als Hund in der Herde.
Der alte Schäferhund begann, ihn zu führen und der junge stellte sich gut an, so daß er bald in der Herde mitgehen durfte.
Es vergingen einige Jahre, der Wölfling war ein guter Hirte geworden, der alte Hirtenhund ließ in seiner Leistung immer mehr nach. So war der Schäfer froh um den jungen Wölfling.
Die Männer aus dem Dorf warnten den Schäfer davor, einem jungen Wolf alleine die Hut zu übertragen, schließlich sei er ein Wolf und als solcher würde er im Falle eines Rudelangriffs seinen Brüdern und Vettern eher zur Hilfe eilen als seinen neuen Eltern. Der Schäfer tat dieses ab, er sagte, daß der es so gut bei ihm gehabt habe, daß der alte Wolf bei ihm nicht mehr durchbrechen würde.
Eines Tages war der Schäfer wieder mit der Herde draußen in der Flur. Als sich plötzlich drei Wölfe aus dem Wald schlichen, denn sie hatten in der Herde eine gute Mahlzeit entdeckt.
Der alte Hirtenhund jaulte laut auf. Der Wölfling lief den drei Wölfen entgegen. Es kam zu einer lange andauernden Rauferei zwischen den Hütetieren und den Wölfen.
Die Wölfe brachen plötzlich ihre Jagd ab und zogen sich schließlich ganz zurück und der alte Hirtenhund suchte bei seinem Schäfer Schutz. Er lobte das alte Tier und verfluchte den Wölfling, der mit den anderen Wölfen wohl gemeinsame Sache gemacht hatte. ›Wolf bleibt Wolf‹, fluchte er vor sich hin.

Am Abend ging der Hirt noch einmal zum Kampfplatz. Da fand er auf einmal seinen Wölfling. Er mußte die Herde tapfer gegen die eigenen Brüder verteidigt haben, denn er lag da zerzaust und verbissen und hatte wohl dabei den Tod gefunden.«[263]

Noch im 20. Jahrhundert erzählten sich Eifeler Dorfbewohner solche Geschichten. Es scheint sich etwas Wahres dahinterzuverbergen.

[263] Prot 12.7.1953, Beckingen, Eifeler Land

Fuchsmärchen

Der rotbärtige Donnergott Donar liebte rote Pflanzen, rothaarige Tiere wie das Eichhörnchen, den Fuchs, das Rotkehlchen und das Rotschwänzchen. Und rothaarigen Menschen sagten die Bauern und die Kirche nach, dass sie Donar näher standen als der Kirche.
Das größte seiner Lieblingstiere war der Fuchs, auch Rotfuchs genannt. So ist es zu erklären, dass dieses Tier mit Attributen Donars versehen, zum Lieblingstier der Bauern wurde.
Die Schläue, die das Volk als Attribut Donars, dem Sohn Wodans und Holdas, erkannt haben wollte, sollte sich auf den Fuchs übertragen haben.[264]

Nicht alleine vom Wolf, auch vom Fuchs gibt es einige Einzelmärchen. Nachfolgend als Beispiel das Märchen:

Vom Fuchs und dem Hasen

» Der Fuchs und der Hase waren zur selben Stunde am Waldrand unterwegs. Da sah der Hase den Fuchs und wollte sofort Reißaus nehmen.
Der Fuchs rief ihm zu: ›Guten Tag, Vetter Hase, wie geht es Euch, wollen wir nicht ein Stück des Weges gemeinsam gehen, bei diesem schönen Wetter?‹
Der Hase zitterte vor Angst, hatte er doch von der List des Fuchses die Nase voll. Aber der Fuchs wurde immer freundlicher und schließlich trotteten beide nebeneinander her. Sie sprachen über dies und das und da fasste sich der Hase ein Herz und sagte zu dem Fuchs: ›Ich hätte nie gedacht, daß Ihr, Vetter Fuchs, so freundlich mit mir reden könntet. Ich hätte Euch unterstellt, daß Ihr alle List anwendet, um mich zu fressen.‹
Das sagte der Fuchs zum Hasen: ›Vetter Hase, wie sollte ich Euch denn fressen, ich habe erst drei von Euch heute Morgen gefressen und bin für drei Tage völlig satt. Warum sollte ich Euch dann ein Leid zufügen.«[265]

Von einigen Märchen sind nur noch Fragmente erhalten. In einem Fall sind solche auffallend häufig vorhanden, so dass man davon ausgehen darf, dass diese Erzählungen in den Maistunden sehr beliebt waren und entsprechend immer wieder vorgetragen wurden.[266]

---

[264] Ar 503, S. 245
[265] Prot 13.6.1952, Beckingen
[266] Prot 17.10.1953, Borg, Prot 15.10.1972, S. 3 f, Weiten, Prot 8.10.1973, S. 2, Mettlach

Ein sehr ungewöhnliches Märchen ist das vom Fuchs, der mit seinem Beutetier »Maus« in die Kirche geht.
Die Maus zählte in der Erzählkultur der Bauern nicht gerade zu den Lieblingstieren, aber dennoch zu denen mit hoher Beachtung im Zusammenhang mit der »Alten Gottesmutter«.
Dennoch waren Märchen mit Fuchs (dem Lieblingstier Donars) und der Maus selten zu hören. Zunächst ein Märchen aus dem Raum Ottweiler. Die Klugheit der Maus zeigt nur, wie sie versuchte, ihre eigene Haut zu retten:

Der Fuchs und die Maus gehen im Wald spazieren:

» Der Fuchs war am Waldrand unterwegs und ist einer Maus begegnet. Da sagte die Maus: ›Guten Tag, Fuchs, wo geht's denn lang?‹
Da sagte der Fuchs: ›Guten Tag, Maus. Ich suche mir was zu fressen und könnte Dich grad auffressen.‹ Da sagte die Maus: ›Warum sollst Du mich fressen? Es ist viel besser, du würdest Dir einen Hasen schnappen, der kann Dir viel mehr den Hunger vertreiben als so eine kleine Maus wie ich.‹ Das fand der Fuchs dann auch und ließ die Maus am Leben. Da sagte die Maus: ›Laß uns ein wenig in den Wald spazieren gehen.‹ Das fand dann der Fuchs auch gut und die beiden gingen zusammen in den Wald spazieren. Da begegnete ihnen ein Hase. Da sagte der Hase zu dem Fuchs und der Maus: ›Guten Tag, Fuchs und Maus, wieso so friedlich nebeneinander?‹ Da sagten die beiden, daß sie auf der Suche nach einem Braten für den Fuchs wären und daß ein Hase wie er wohl ein gutes Fressen ergeben würde. Der Fuchs setzte zum Fangsprung an, doch der Hase war darauf gefaßt und sprang hin und her, dicht an den Bäumen vorbei, der Fuchs aber hinter ihm her. Doch der Hase war schneller und entkam dem Fuchs. Der Fuchs blieb schließlich stehen und sagte sich: ›Eine Maus wäre wenigstens etwas gewesen.‹ Da ging er zurück, die Maus zu suchen. Doch die Maus hatte die Jagd des Fuchses auf den Hasen gesehen, hatte sich umgedreht und ist schnell in ihren Bau gelaufen. Als sie da unter einem großen Baum in Sicherheit war, sagte sie zu sich selbst: ›Das ist noch mal gut gegangen, ist sicherlich ein schöner Tag heute.‹
Damit war das Märchen aus.«[267]

Eine weitere, von der Erzählerin ausdrücklich als »Märchen« genannte Erzählung wurde wohl in den letzten Erzähljahren nur Kindern als einfaches Kindermärchen erzählt:

[267] Prot 9.7.1967, S. 11, Ottweiler

Der Fuchs geht mit einer Maus in die Kirche

» Der Fuchs ist einmal durch das Dorf geschnürt. Da begegnete ihm in einer Gasse ein Mäuschen. Anstatt schnell wegzulaufen blieb es hucken und fragte den Fuchs: ›Reinecke, wo gehschde dann hien?‹ Der Fuchs war wegen der Freundlichkeit überrumpelt, aber er war guten Mutes, und er war auch für den Tag schon satt. So gab es keine Gefahr für das Mäuschen. Da hat der Fuchs zu dem Mäuschen gesagt: ›Ei, eich gehn gäär in die Kirch bääde.‹ Da sagte das Mäuschen zu dem Fuchs: ›Ei da gääng eich grad meddgehn.‹

Da sind der Fuchs und das Mäuschen an die Kirche gekommen. Die Türe stand offen und sie sind grad ninngeschluppt. Sie sind den großen Gang zwischen den Bänken entlanggestrichen und haben links und haben rechts geluut. Es war niemand da. Dann waren sie vorne vor dem großen Altar und sie haben sich hingehuckt und haben geguckt. Da hat der Fuchs zu dem Mäuschen gesagt: ›Wie duun dann die Mensche bääde?‹ Da hat das Mäuschen gesagt: ›Ei, die halle die Hänn iwwananna unn dann schwätze se medd ihrem Herrgott.‹ Da hat der Fuchs seine Vorderpfoten übereinandergelegt und hat da so gesessen. Auf einmal hat er gesehen, wie der Herrgott ihm ein Petzaa gemacht hat.

Nach kurzer Zeit sind das Mäuschen und der Fuchs wieder aus der Kirche raus. Da hat der Fuchs das Mäuschen gefragt: ›Woher wääschd dau datt dann alles vunn de Kirch?‹ Da hat das Mäuschen gesagt: ›Ei eich gehn effder in die Kirch, meich duud man ja nidd siehn.‹

Da sind sie wieder auseinandergegangen, jeder seinen Weg.«[268]

[268] Prot 9.9.1953, Beckingen

Erzieherische Märchen

Wer weiß...? Vielleicht wollten ja auch die Brüder Grimm die Märchen, die sie ja Kinder- und Hausmärchen nannten, erzieherisch wirken lassen.

Die Alliierten wollten in den Jahren nach 1945 die Märchen für Kinder am liebsten verbieten, damit zukünftige Erwachsene nicht noch einmal solche Grausamkeiten, wie sie die Alliierten in KZ's entdeckten, ausführen können.
Die Diskussionen über die Grausamkeiten in Märchen, verbunden mit dem Gedanken an erzieherische Auswirkungen auf die Jugend, setzte auch noch einmal in der Zeit nach 1968 ein.

Eine Reihe von Märchen kann noch heute als mahnend, die Jugend erziehend eingestuft werden. Einige der Tiermärchen vom Fuchs und dem Wolf zum Beispiel eignen sich bestens für diese Erziehungshilfen. Auch das grausame Märchen vom > Hund Hasso darf als ein solches angesehen werden. Unklar ist der Radius der Verbreitung, da von dieser Arbeit nur wenige Einzelbeispiele zu finden waren.

Nachfolgend sollen einige wenige Beispiele belegen, wie die erzählende Bauerngesellschaft versuchte, erzieherisch in das Alltagsleben einzugreifen.
Da nicht alle Märchen von den Erzählerinnen und Erzählern mit einer Überschrift übermittelt wurden, soll dieses Märchen mit »Die kleine Kuh, die Armut und die Arbeit« betitelt werden:

Die kleine Kuh, die Armut und die Arbeit

» Da war mal ein ganz armer Bauer. Der hatte nur ein kleines Hittchen, seine Frau, einen Bub und eine Kuh, und die war gerade so groß wie eine Geiß. Die Kuh lebte unter einem einfachen Verschlag und gab jeden Tag nur einen halben Liter Milch, gerade so viel, daß die Familie ein bißchen zum Leben gehabt hat. Im Winter war es unter dem Verschlag zu kalt. Da lebte das Kühlein mit der Familie in der warmen Küche.
In dem ganzen Hittchen war alles so arm, daß selbst die Mäuse einen großen Bogen um diese Behausung gemacht haben.
Land hat der Bauer auch keins gehabt und er mußte das Futter für seine Kuh immer am Waldrand holen gehen, und weil er auch kein Fahrtier hatte, zog er täglich mit einem kleinen Karren los, um zu krauten.
Bei Bauern im Dorf ging er, so oft er konnte, in Lohn und schaffte dort fleißig, damit die kleine Familie leben konnte.

Eines Tages bekam die Kuh ein Kälbchen. Das Kälbchen war gerade so groß wie eine Katze. Deshalb nahm die Frau das Kälbchen am Abend mit in die Küche, wo es sich hinter den Ofen gelegt hat.
Der Bauer und seine Frau schafften, daß aus dem Kälbchen auch eine Kuh wurde, denn dann hätten sie zwei und hätten vielleicht doppelt so viel Milch.
Es vergingen viele Wochen. Das Kälbchen wuchs heran, aber es blieb so klein wie die Mutter.
Da kamen eines Tages lustige Leute in das Dorf, bettelten, zauberten und spielten, damit die Leute tanzen konnten. Sie entdeckten beim Zug aus dem Dorf am Abend die kleine Hütte am Dorfrand und die beiden Kühlein, von denen sie noch nie welche gesehen hatten.
Da fragten sie den Bauer, ob er ihnen die beiden Kiehlein verkaufen wolle. Die Bauersfrau sagte zu ihm, daß sie dann aber keine Milch mehr hätten, aber der Bauer sah das anders. Er wollte wenigstens eines der beiden Kühlein gerne verkaufen, weil er mit einem großen Geldbetrag rechnete. Eine alte Frau von den lustigen Leuten bot einen einfachen Betrag, doch die Bauersfrau sagte sofort, daß das für sie kein Preis wäre und tat so, als wollte sie den Handel abbrechen. Die alte Frau erhöhte sofort ihren Preis und endlich wurden sich die beiden Frauen doch noch einig. Die Alte zahlte den armen Bauersleuten einige Golddukaten und nun besaßen sie ein kleines Vermögen. Sie fragten sich allerdings, warum die fremden Leute so viel Geld für so eine kleine Kuh bezahlt hätten, die doch kaum Milch gibt, und das Geld war viel mehr als für eine ganz normale Kuh.
Eines Tages kam ein Bauer aus dem Dorf von einem Marktgang in die Stadt zurück und er erzählte, daß die fremden lustigen Leute in der Stadt die kleine Kuh herumführen, dabei Musik machen und eine Menge Geld damit verdienen, weil niemand bisher je so eine kleine Kuh, die ja kein Kälbchen war, gesehen hatte.
Der arme Bauer aber begann, das Geld nach und nach zu versaufen, kam nur noch selten zu den Bauern zur Arbeit, wenn die nach ihm geschickt hatten und so war bald das Geld aus dem Kuhhandel weg. Da er auch noch die eigene kleine Kuh vernachlässigt hat, stand die nun trocken im Verschlag und so hatte die Familie auch keine Milch mehr, sie hatte nichts mehr als pure Armut.
So kam es, daß eines Tages der Bauer und seine Frau zu ihrem Bub sagten, daß er nicht mehr bleiben könnte und er in die weite Welt gehen müßte, um sein Glück zu versuchen.
Am anderen Morgen packte der Bub ein kleines Bündel mit seinen Habseligkeiten und zog hinaus in eine Welt, die er gar nicht kannte.
Unterwegs begegnete er einem Korbflechter. Der hatte einen riesigen Berg Körbe auf dem Rücken und quälte sich damit. Er wollte sie in die Stadt bringen und am anderen Tag dort verkaufen. Die beiden grüßten, da fragte der Bub ihn, ob er wüßte, wo man Arbeit bekommen könne. Ja, sagte der Korbmacher, bei mir. Trag mir die Hälfte dieser meiner Last in die Stadt, das ist Arbeit. Der Bub war froh, Arbeit gefunden zu haben und trug die halbe Last auf seinem Rücken in die Stadt. Am Abend waren sie dort angekommen. Da fragte der Bub um seinen Lohn. Der Korbmacher sagte, er habe ihn nur um Arbeit gefragt und nicht um einen Lohn, also schulde er ihm auch nichts. Er wolle aber im christlichen Glauben handeln und lud ihn zu einem Stück Brot und einem Schluck Wasser ein.

Am anderen Morgen nahm er sein kleines Bündel an Habseligkeiten und zog durch die Stadt. Da sah er, wie eine Gruppe von Handwerkern Steine und Balken auf einer Baustelle auf den halben Stock trugen. Er dachte bei sich: ›Das kann ich auch.‹ Dieses Mal wollte er es aber richtig machen. So ging er zu dem Meister und fragte ihn nach dem Lohn, den er ihm geben würde, wenn er die Steine nach oben tragen würde. Der Meister sagte, daß er und seine Leute dann ja keine Arbeit mehr hätten und selbst nichts mehr verdienen könnten. Er wollte mit ihm nicht weiter über einen Lohn verhandeln.
Da ging der Bub weiter und sah an einem anderen Haus, wie Zimmerleute ein Gebälk auf ein Haus setzten. Er ging zu dem Meister und fragte, ob er das auch machen könnte. Da sagte der Meister zu ihm: ›Zeige mir Deine Fähigkeiten und ich überlege, ob Du bei mir anfangen kannst.‹ Da fragte der Bub, welche Fähigkeiten er denn sehen wollte. Er hätte bei Bauern viel und gutes Arbeiten gelernt. Da sagte der Meister: Diese Arbeit kann man nicht mit Pflug und Egge lernen, da muß man viele Jahre bei einem Meister mitarbeiten.
Da ging der Bub weiter. Es war schon Abend geworden und er hatte Hunger und war sehr müde. Er ging in den Wald, fand ein paar Beeren und setzte sich an einen Baum gelehnt zum Schlaf nieder. Gegen Mitternacht wurde er von einem schwarzen Mann mit roten Haaren und Hörnern auf dem Kopf geweckt. Der Mann war sehr freundlich zu ihm und fragte ihn, was er denn da alleine zu dieser Zeit im Wald machen würde. Da sagte der Bub, daß er gerne etwas lernen würde, damit er Arbeit und Lohn bekomme, so viel, daß er davon leben könnte. Mehr wollte er nicht haben.
Da sagte der schwarze Mann, daß er bei ihm etwas lernen könnte, daß er Arbeit bekommen würde und er ihm den versprochenen Lohn sogar im Voraus zahlen wolle.
Mit einem Schlag war der Bub hellwach. Er glaubte, daß er in diesem Augenblick sein Glück gefunden hätte. Er fragte den Schwarzen, wann es denn losgehen sollte. Der sagte, daß er sofort anfangen könnte, die Nacht wäre ihm sowieso die liebste Zeit.
Er fragte, was er denn zu tun habe. Da sagte der Schwarze: ›Jede Arbeit fängt klein an, auch bei mir. Damit Du siehst, wie es geht, bekommst Du von mir eine Aufgabe, die Du sofort angehst. Ich bleibe hier sitzen und warte auf Dich, um zu sehen, wie schnell Du einen Auftrag erledigst. Gehe in das Dorf dort unten. Hinter dem ersten Haus ist der Gänsestall. Da gehst Du hinein und holst mir eine Gans und bringst sie hierher. Dann bekommst Du einen ersten Lohn und eine neue Arbeit.‹
Der Bub ging in das Dorf, trotz der Dunkelheit fand er den Hof und auch den Gänsestall. Er öffnete die Türe und wollte die erstbeste Gans packen, doch in dem Moment fingen alle Gänse laut an zu schnattern. Im Haus sprangen Bauer, seine Frau und die Knechte aus dem Bett und rannten mit Knüppeln bewaffnet vor den Stall. Der Bub erkannte seine brenzliche Lage sofort und versuchte zu fliehen. Die Knechte und der Bauer hinter ihm her. Sie schlugen ihm immer wieder mit dem Knüppel eins über. Schließlich sagte der Bauer: ›Der hat es verstanden, der kommt nicht mehr wieder.‹ Sie drehten um und gingen wieder heim. Der Bub aber, voll Blut und Bausen flüchtete weiter, ging aber nicht mehr in die Richtung, aus der er gekommen war, er wollte dem schwarzen Mann mit den beiden Hörnern nie mehr begegnen.

Am Morgen kam er an einem Brunnen an. Er wusch sich die Wunden, trank von dem Wasser und setzte sich neben die Quelle, um sich ein wenig auszuruhen. Wie er so saß und über sein Schicksal nachdachte, hörte er auf einmal ganz leise eine Stimme. Es muß eine Frau gewesen sein, die ihn leise bat:

›Ich habe Dir mein Wasser gegeben,
Du hast von meinem Wasser getrunken,
Nimm etwas Gras und reinige mich.‹

Nun war er furchtbar erschrocken, faßte sich aber schnell wieder und suchte nach der Gestalt, die mit ihm geredet hatte. Doch er konnte niemanden sehen. Als er leise nach der Gestalt rief, antwortete sie ihm wieder mit den gleichen Worten:

›Ich habe Dir mein Wasser gegeben,
Du hast von meinem Wasser getrunken,
Nimm etwas Gras und reinige mich.‹

Da fragte er noch einmal, wer sie denn sei und die Stimme sagte ihm, daß sie der Brunnen selber ist und sie bat noch einmal:

›Ich habe Dir mein Wasser gegeben,
Du hast von meinem Wasser getrunken,
Nimm etwas Gras und reinige mich.‹

Da rupfte er ein großes Büschel Gras, legte es einmal zusammen und begann, den Brunnen zu reinigen.
Es war schon Morgen und die Menschen im Dorf waren auf dem Weg, frisches Wasser aus dem Brunnen zu holen. So kamen die Frauen an dem Brunnen an und sahen den jungen Mann beim Reinigen ihres Brunnens. Sie grüßten den Fremden und fragten ihn, in wessen Auftrag er diese Arbeit machen würde. Da sagte der Bub, daß er im Auftrag des Brunnens arbeiten würde, was die Frauen kaum richtig verstanden hatten. Sie bedankten sich bei ihm und eine Frau fragte ihn, ob er denn schon ein Frühstück erhalten hätte. Da sagte er, daß er drei Tage nichts gegessen habe. Sie lud ihn ein, mitzukommen. So bekam er zum ersten Mal für eine Arbeit seinen Lohn.
Als er sich gestärkt und sich bedankt hatte, wollte er weitergehen, um sein Glück zu suchen. Da bot ihm der Bauer an, bei ihm zu bleiben. Und das tat er, er hatte nun eine Arbeit und auch einen Lohn.«[269]

Möglicherweise handelte es sich bei diesem Märchen um zwei ursprünglich getrennte Erzählungen. Der erste Teil mit der kleinen Kuh passt scheinbar nicht mit dem Nachfolge-Erzählstoff zusammen. Vergleichbare Erzählungen wurden mehrfach aufgezeichnet.

---

[269] Prot 3.9.1967, S. 2 ff, Namborn

Kaum weniger belehrsam ist das nachfolgende Märchen, Grimm nannten es »Von einem eigensinnigen Kinde« und nahmen es in ihre Märchensammlung als das Märchen Nr. 115 auf. Das Märchen ist dort sehr kurz gehalten und beschränkt sich lediglich auf Tatbestand und Strafe.
Die Zeitzeugin teilte mit, dass ihr als Kind das Märchen als Ermahnung und zur Erziehung über einige Jahre mehrmals erzählt wurde.[270]
Beide nachfolgenden Versionen sind an Grausamkeit kaum zu überbieten.

Der liebe Gott straft, wenn Kinder nicht gehorchen wollen (I)

» Da war mal ein Kind. Das hat nicht auf Papa und Mama gehört und auch nicht auf Opa und Oma.
Dem lieben Gott hat das überhaupt nicht gefallen. Immer wieder machte das Kind das, was ihm verboten war.
Eines Tages kletterte es auf einen Baum, obwohl ihm das verboten war. Da brach der Ast und es fiel herunter. Viele Tage hatte es große Schmerzen, doch als die vorbei waren, da war es wieder so, wie früher. Es wollte nicht hören, was die Erwachsenen sagten.
Dann kam der Tag, da sah es unten am Bach einen schmalen Steg, den es noch nie gesehen hatte. Es sagte sich: ›Ei, da kannst Du drüberlaufen‹, tat es und fiel ins Wasser. Eine Waschfrau, die zufällig am Bach ihre Wäsche spülte, sah das und zog das Kind an Land. Doch schon nach wenigen Tagen war auch dieses Unglück wieder vergessen, und schon wenige Wochen später lief das Kind einfach alleine von zu Hause weg, obwohl ihm auch das oft verboten war. Es lief weit aus dem Dorf hinaus. Draußen am Waldesrand sah es auf einmal einen Wolf. Und der sah das Kind und lief sofort auf es zu. Das Kind erinnerte sich nun an die vielen Mahnungen der Mutter und rannte, was es konnte, nach Hause. Das war noch einmal alles gut gegangen. Doch das Kind wollte und wollte auch weiterhin nicht hören.
Da hatte der liebe Gott kein Erbarmen mehr mit ihm. Er schickte ihm eines Tages eine schwere Krankheit und das Kind wurde von Tag zu Tag immer schwächer, bis es bald nicht mehr konnte und starb.
Da wurde es auf den Friedhof gebracht und beerdigt. Doch schon am anderen Tag hatte es sein Händchen nach oben durchgebuddelt und streckte es nach der Mutter aus. Die Mutter sah es und grub die Hand wieder ein. Doch schon am anderen Morgen hatte das Kind die Hand wieder nach oben gestreckt und wieder grub die Mutter das Händchen ein. Als es auch am dritten Tag so war, ging die Mutter heim, brach Haselruten und schlug damit dem Kind auf das Händchen und grub es erneut ein.
Nun blieb das Händchen in der kühlen Erde des Grabes.«

---

270 M 538, II, S. 172, Prot 31.5.1953, S. 5 ff, Beckingen

Die Erzählerin beendet das Märchen mit einem Satz, den sie wohl aus ihrer eigenen Kindheit mehrmals vernommen hatte:

»Wenn ein Kind nicht folgt,
muß es die Folgen tragen,
auch wenn es erst ein kleines Kind ist.[271]

Eine zweite Version soll der ersten folgen. Sie wurde in einem anderen, weiter entfernten Ort aufgezeichnet. Auch diese Erzählung orientiert sich an dem Grimm'schen Märchen, wie die Version I.

Der liebe Gott straft, wenn Kinder nicht gehorchen wollen (II)

» Da war ganz früher mal ein Mädchen in unserem Dorf. Das wollte und wollte nicht hören. Die Mutter ermahnte es immer wieder, doch es machte, was es wollte.
Das hatte der liebe Gott gesehen und eines Tages ließ er es die Kellertreppe runterfallen, wobei es sich sehr wehtat.
Die Mutter sagte ihm, daß das nur passiert ist, weil es nicht gehorcht hat.
Ein paar Wochen ging es nun gut, aber dann war es wieder wie früher. Der liebe Gott hat es noch einmal gestraft und danach war es eine Zeitlang wieder gut. Aber nach der Zeit war es wieder wie früher, es machte grad, was es gewollt hat.
Da hat der liebe Gott dem Kind eine schwere Krankheit geschickt. Die gute Frau im Dorf konnte ihr nicht mehr helfen und da ist das Mädchen gestorben.
Als es auf dem Friedhof beerdigt war, war am anderen Tag das Händchen von ihm nach oben gestreckt, als wollte es die Mutter fassen. Die Mutter aber grub das Händchen wieder ein. Dreimal kam es aus dem Grab hervor und beim dritten Mal nahm die Mutter eine Rute, schlug das Händchen und grub es wieder ein. Von da an war Ruhe auf dem Grab.«[272]

Ein weiteres Märchen wurde wohl gerne erzählt, weil ältere und unbeholfene Menschen auch in der Vergangenheit zum Ziel von Spott und Hohn werden konnten. Ein solches Märchen schloss mit einem Märchenschluss in Versform, der sich einprägen sollte:

---

271 Prot 31.5.1953, S. 5 ff, Beckingen
272 Prot 22.8.1967, S. 13, Tholey

Die alte Beerenpflückerin

» Da war mal ein junger Handwerksbursche auf der Walz. Auf seiner Wanderschaft erreichte er die Tore einer kleinen Stadt. Er ging durch eines, in der Hoffnung, für eine geraume Zeit etwas Arbeit zu finden.

Auf dem Weg durch die Stadt gelangte er auf den Marktplatz, wo einmal im Mond Händler und Sammler aus dem Umland ihre Waren ausbreiteten, um sie feilzubieten. Als er so über diesen Markt schlenderte, sah er, wie eine kleine alte Frau mit einem kleinen Korb voll Waldbeeren zum Markt kam, um sie gegen ein geringes Geld zu verkaufen. Das Gehen schien ihr schwerzufallen. Sie konnte sich nur mit einem einfachen Knüppel in der einen Hand fortbewegen, in der anderen trug sie ihr kleines Körbchen. Als der Geselle sie sah, machte er sich über sie lustig und spottete über ihre Armut. Die Alte ließ das unbeeindruckt an sich vorübergehen. Als er weiter den Markt überschritt, kam ihm eine andere Alte entgegen. Sie sah ihn streng an und sagte zu ihm, daß er den dritten Tag kaum überleben werde. Eine Chance bot ein Weg in den dunklen Wald, wo er auf eine Zauberin stoßen würde.

Der Handwerksbursche lachte auch über diesen Hinweis und ging seines Weges.

Am Abend hatte er bei einem Meister ein Unterkommen erlangt, die Ereignisse des Tages schienen für ihn vorübergegangen zu sein.

Er hatte bei dem zukünftigen Meister auch ein Quartier erhalten. Das suchte er nun auf, um sich nach der langen Reise eine wohlverdiente Ruhe zu gönnen.

Als er sich auf sein Strohlager niedergelassen und die Augen geschlossen hatte, erschien ihm im halben Schlaf – oder war es nur ein lästiger Traum – die zweite Alte, die ihm ein Ende prophezeit hatte. Sie wiederholte ihre Ahnung, daß er den dritten Tag kaum überleben würde. In der Einsamkeit der Nacht bereitete es ihm nun doch etwas Sorgen. Kaum geschlafen, die Müdigkeit in den Gliedern, stieg er am Morgen von seinem Nachtlager auf und begab sich an die Arbeit. Doch nichts konnte ihm eine Ruhe geben, auch nicht die Arbeit, auf die er sich so sehr gefreut hatte.

Am Abend, als er sich erneut auf seinem Lager ausgestreckt hatte, erschien ihm die Alte im Traum erneut. Wieder blieb der nächtliche Schlaf aus und wieder kam er morgens müde an seine Arbeit. Als die Ruhe des Abends gekommen war, fragte er die Mitgesellen nach dem dunklen Wald. Diese wollten ihm zunächst nicht antworteten, taten es nach langem Zögern dennoch, warnten ihn aber vor diesem Ort.

Von Unruhe getrieben machte er sich nach einer dritten unruhigen Nacht auf den Weg, um den Ort zu finden, der ihm eine Rettung versprach. Gegen Mittag hatte er den Wald erreicht, nun ging er in ihn hinein. Nach wenigen Stunden bemerkte er, daß der Gesang der Vögel immer mehr abnahm und schon eine Stunde später war der Gesang keines Vogels mehr zu vernehmen. Es wurde immer ruhiger, aber auch unheimlicher. Selbst der Wind schien abgenommen zu haben. Der Geselle wanderte weiter und weiter. Nach Stunden im tiefen dunklen Wald entdeckte er vor sich eine kleine Hütte. Er dachte sich, daß es ratsam ist, dort einmal nachzufragen, wie es hier weitergehen könnte.

Nach kurzer Zeit hatte er diese Hütte erreicht. Niemand war zu sehen und niemand gab ihm auf sein Rufen eine Antwort. Als er die Türe öffnen wollte, hörte er in naher Entfernung einen Waldkauz rufen, was ihn noch mehr beunruhigte. Die Hütte, die er nun betrat, schien gottverlassen zu sein. Er öffnete die erste Türe. Niemand war zu sehen, doch alles deutete darauf hin, daß erst vor kurzer Zeit hier jemand gesessen und gearbeitet hatte. Er verließ den Raum wieder und ging in den nächsten Raum. Dieser schien die Küche zu sein. Mitten in der Küche stand ein Hauklotz. Auf ihm lag ein Beil und auf dem Holz mußte er Blut erkennen. Es erschreckte ihn so sehr, daß er am liebsten geflohen wäre. Doch er erinnerte sich des Fluches der Alten in der Stadt. Er wollte nun keinen weiteren Fehler machen.
Schnell verließ er die Küche mit dem grausamen Hauklotz wieder und gelangte über den Flur zu dem dritten Raum. Vorsichtig öffnete er diese Türe und lugte hinein. Alles war still, so öffnete er die Türe weit und trat in den Raum ein. Da gewahrte er hinter der Türe ein großes Lager, darauf lag die alte Frau, die er in der Stadt auf dem Markt bereits kennengelernt hatte. Sie lag völlig regungslos auf dem Rücken. Die Augen waren geschlossen und den rechten Arm hatte sie so ausgestreckt, als müsse er diesen aufheben. Er betrachtete sich die Alte genauer und stellte nun fest, daß es die Frau mit den Waldbeeren war. Kaum hatte er sich wieder gefaßt und wollte zur Türe, da hörte er, wie sie zu ihm sagte: ›Siehst Du an der Türe den Korb? Den mußt Du bis zum dritten Tag mit Beeren dieses Waldes gepflückt haben, sonst wirst Du den Wald nie mehr verlassen können.‹
Er wurde bleich vor Schreck, ging stumm und wie von unsichtbaren Kräften geschoben zur Türe, nahm das Körbchen auf und verließ die Hütte.
Vor der Hütte angekommen, setzte er sich erst einmal auf einen großen Stein und überlegte, was zu tun sei. Schließlich beschloß er, die Anweisungen der Alten anzunehmen und begab sich tiefer in den Wald, wo er hoffte, die Beeren zu finden. Doch so sehr er auch suchte, Beeren fand er keine, obwohl er wußte, daß es die rechte Zeit dazu war.
Die Angst, daß er seine Zeit verlieren könnte, trieb ihn immer weiter, doch bis zum Abend war ihm kein Beerenstrauch begegnet. Nun war er völlig verzweifelt. Als es die Zeit war, zu der die Sonne untergeht, begegnete er plötzlich einem kleinen Mann. Er grüßte ihn freundlich und dieser grüßte ihn zurück und fragte ihn etwas garstig, was er denn in diesem Zauberwald zu suchen hätte. Er versuchte dem Kleinen klarzumachen, worum es ging, indem er ihm die ganze Wahrheit erzählte. Der kleine Mann sagte ihm, daß er das Gelände mit den schönsten Waldbeeren kennen würde und daß es noch ein Stück des Weges sei. Er bat ihn, mit in sein Bergwerk zu kommen und ihm etwas zu helfen, am anderen Tag könne er ihm den Weg zeigen. Der Geselle, mittlerweile dankbar um jedes Wort, das man mit ihm wechselte, kam mit dem Kleinen mit. An einem Felsen ging es in den Berg hinein. Das Gehen in diesem Bergwerk war für ihn sehr mühselig. Fast die ganze Strecke konnte er nur gebückt zurücklegen, bis sie in einem kleinen ausgehauenen Raum ankamen. Der Kleine sagte ihm, daß sie jetzt hundert Meter unter der Sonne wären und daß er und seine Genossen einen großen Stein nicht wegschieben könnten. Der Wandergeselle betrachtete sich den schweren Stein, gab zu, daß dieser auch für ihn nicht zu rücken sei. Der Kleine pfiff, da kamen weitere kleine Leute und brachten einen langen Baum mit. Nun rückten sie gemeinsam den Stein weg. Dahinter befand sich erneut ein Gang, wie die bereits zurückgelegten.

Die kleinen Leute baten nun den Gesellen, ihnen zu folgen. Es ging stundenlang nur durch Gänge und Höhlungen, bis sie wieder einen größeren Raum erreicht hatten. Die kleinen Leute hatten eine große Leiter gezimmert und die galt es nun aufzustellen, denn oberhalb des Raumes befand sich ein weiterer Stollen, durch den die Kleinen weiter in den Berg eindringen wollten. Da der Geselle lang war, länger als die Kleinen, schafften es alle gemeinsam, die große schwere Leiter aufrecht zu stellen, so daß die kleinen Leute nun an dieser emporklettern konnten, was sie auch sofort taten.

Der Zwerg, der den Gesellen als ersten getroffen hatte, blieb bei diesem unten und sagte ihm, daß er sein Versprechen halten müsse. Er begleitete ihn auf dem langen Weg zurück in den Wald. Dort angekommen zeigte er ihm die Richtung zu dem Beerenfeld.

Der Geselle fragte ihn noch nach der bisher verbrauchten Zeit und erfuhr, daß er nur noch einen Tag für das Erreichen des Beerenfeldes, des Pflückens und den Rückweg hatte. Also vertat er keine Zeit mehr und machte sich auf den Weg.

Schon nach zwei Stunden gelangte er an eine Lichtung, auf der er zum ersten Mal seit Tagen wieder die Sonne sehen konnte. Am Rand der Lichtung befanden sich die schönsten Beerensträucher und da sie mitten in einem Zauberwald waren, kamen auch keine Menschen hier her, um sie zu ernten. Er pflückte nun rasch so viele Beeren, wie er konnte. Als das Körbchen voll war, wollte er sich auf den Weg machen, doch er hatte alle Richtungen verloren.

So irrte er herum, doch den richtigen Weg konnte er nicht mehr finden.

Auf einmal begegnete er wieder einem kleinen Männlein, das war jedoch nicht das von vor zwei Tagen. Das Männlein war sehr freundlich und erstaunt, daß er alleine tief in diesem Zauberwald Beeren pflückte. Es fragte ihn, was ihn bedrückt. Er erzählte, daß er einer alten Frau ein Körbchen voll Beeren gepflückt hatte, damit sie diese auf dem Markt in der Stadt verkaufen konnte, daß er aber den Weg zu dieser Frau nicht mehr finden könnte.

Der kleine Mann versprach ihm, den richtigen Weg zu zeigen, doch müsse er ihm den Inhalt des Körbchens dafür geben, denn er hätte lange nichts mehr gegessen. Der Geselle gab ihm die Beeren, suchte statt dessen erneut einen Korb voll und nun begleitete der kleine Mann ihn wirklich so weit, bis er das kleine Häuschen der Alten vom Markt wiedererkennen konnte. Er bedankte sich bei dem Kleinen und erreichte mit knapper Not rechtzeitig das Häuschen.

Die Alte saß vor dem Haus auf einem Baumstumpf und wartete schon auf ihn. Als sie ihn kommen sah, dankte sie ihm für den Korb und sagte ihm, daß er mit ihr aus dem Zauberwald wieder herausfinden könnte. Die nahm ihren Gehstock in die eine und den Beerenkorb in die andere Hand und ging mit ihm mühsamen Schrittes durch den Wald in Richtung der kleinen Stadt.

Als sie durch das Stadttor gegangen waren, nahm sie den Weg in Richtung des Marktes, er aber den zu seinem Meister. Doch als er dort ankam, schaute der ihn ungläubig an und fragte ihn, wo er in den letzten drei Jahren war. Er habe nicht mehr damit gerechnet, daß er jemals wieder zurückkommen würde. Da erzählte der Geselle, wie es ihm in dieser Zeit ergangen war und daß es für ihn nur wenige Tage waren, die er unterwegs war.

Und die Lehr' von der Geschicht:
Spottet unsrer Alten nicht,
Jeder, der die Zeit erlebt,
Erfahrung Jungen weitergibt.
Und ist gekommen seine Zeit,
steht ihm der Himmel auf – und weit.«[273]

Undank war den Alten in ihren märchenhaften Erzählungen stets ein Mittel der Verwarnung und Erziehung. So auch im nachfolgenden Märchen:

Der undankbare Bauernsohn

» Meine Oma, wo sie noch gelebt hat, hat mir paarmal ein kurzes Märchen erzählt, von dem alten Bauer und seinem Sohn, der ihm undankbar war...

Da war mal ein alter Bauer. Der konnte die Arbeit auf seinem Hof nicht mehr machen und da seine Frau schon tot war, war er alleine.

Eines Tages ließ er seinen einzigen Sohn kommen und sagte ihm, daß er den Hof nicht mehr bestellen kann und er wollte ihm Haus, Hof, Ställe, das Vieh und alles Land schenken. Er selbst wollte dafür nur ein Dach über dem Kopf und jeden Tag mindestens eine ausreichende Mahlzeit haben.

Der Sohn bedankte sich beim Vater und übernahm alles. Schon nach wenigen Tagen richtete er seinem Vater ein kleines Verlies neben dem Pferdestall ein, kaufte einem Zigeuner für den Vater einen Holzteller und einen Holzlöffel ab und nun sollte er den Rest seines Lebens so verbringen. Der Vater war darüber sehr traurig, sagte aber kein Wort. Er war es selbst schuld, so sagte er sich, schließlich habe er sich ja ein Dach über dem Kopf gewünscht und er bekam jeden Tag einen Holzteller voll Brei zu essen.

Es vergingen viele Monate, der Vater darb in seinem Verschlag, dem Sohn ging es prächtig.

Eines Tages ging der Bauerssohn mit einem Jäger auf die Jagd. Jeder schoß ein fettes Feldhuhn und jeder trug es in sein Zuhause.

Der Sohn des alten Bauern ließ das Huhn von seiner Frau zurechtmachen und als es fertig gebraten war, setzte sie es ihm auf den Tisch, damit der es essen konnte.

Als er gerade zupacken wollte, öffnete sich die Türe und sein alter Vater kam in die Küche. Der Sohn packte schnell seinen Teller mit dem Huhn und stellte ihn in die Schublade unter dem Tisch. Der Vater fragte ihn, was er denn so schnell vom Tisch genommen hätte. Da sagte der Sohn: ›Eine fette giftige Kröte. Ich habe sie weggenommen, damit sie dich nicht anspringen kann.‹

---

[273] Prot 17.9.1955, Siersburg

Da ging der Vater wieder weg, denn er ahnte, daß es etwas anderes war. Kaum war der Vater aus der Türe, öffnete der Sohn die Schublade, um seinen fetten Hühnerbraten wieder hervorzuholen. Doch auf dem Teller saß eine dicke fette und giftige Kröte. Mit einem Satz sprang sie dem jungen Bauern an den Hals und sagte zu ihm, er sollte ihr was zu fressen geben, sonst müsse sie ihm das Fleisch vom Hals fressen.
Die junge Bauer war zu Tode erschrocken. Die Kröte biß nun fest zu und da merkte er, daß er sich seinem Schicksal beugen mußte. Jeden Tag mußte er nun die gefräßige Kröte füttern. Tat er es nicht, drohte sie ihm mit Bissen in sein Gesicht.
Der jungen Frau war der tägliche Anblick ihres Mannes, der nun auch nicht mehr alle Arbeiten verrichten konnte oder wollte, bald zuwider. Nach einigen Monaten schickte sie ihn fort, er möge in die Welt hinausgehen, und gucken, wer ihm helfen könnte.
So ging er in die weite Welt, fragte mal hier und mal dort, aber niemand konnte ihm wirklich helfen. So ging er nun schon drei Jahre durch die Welt. Eines Tages kam er am Abend an eine kleine Hütte, wo er noch ein Licht erkennen konnte. Er klopfte an und eine alte Frau bat ihn herein. Er bat um einen Teller Suppe.
Die Alte setzte ihm ein Schüsselchen mit warmer Suppe vor, die er mit seiner Kröte gierig schlürfte. Als er fertig war, schaute ihn die Alte an und sagte zu ihm, daß er sich an seiner Ahnensippe schlimm verschuldet habe, sie könne das an der Kröte erkennen. Der junge Mann gab das zu und begann lange seine Geschichte zu erzählen. Die Alte hörte ihm geduldig zu.
Als er seine Geschichte fertig erzählt hatte, war es schon spät geworden. Da sagte die Alte, er müsse tief in den Wald gehen. Da könnte er einen kleinen Mann finden. Den müsse er um Hilfe bitten.
Am anderen Morgen verabschiedete er sich von der Alten und ging immer tiefer in den Wald. Nach drei Tagen begegnete er einem kleinen Männchen. Er erzählte ihm seine Geschichte und fragte ihn, ob er ihm helfen könnte.
Der kleine Wicht sagte ihm, daß er dem alten Vater einen besseren Aushalt geben müsse, er müsse ihn auch wieder mit an den Tisch nehmen, dann würde die Kröte ihn wieder verlassen.
Der junge Bauer war dem kleinen Wicht sehr dankbar, machte sich auf den Weg nach Hause auf. Schon nach drei Wochen erreichte er sein Zuhause, immer noch gequält von der bösartigen Kröte im Gesicht.
Sein Dorf, die ganze Gegend, in der er einst zu Hause war, erschien ihm fremd. In seinem Haus angekommen, machte er sich auf den Weg, seinen Vater zu finden, doch vergeblich. Da erzählte ihm seine Frau, daß der Vater schon vor langer Zeit verstorben war.«[274]

Das vorangegangene Märchen wurde von den Brüdern Grimm als »Der undankbare Sohn« 1813 veröffentlicht. Die Grimm'sche Niederschrift ist sehr kurz gehalten. Die Erzählerin aus Siersburg kannte eine lange und ausführliche Version. Ob diese in ihrem Dorf in früheren Zeiten so erzählt wurde, war nicht mehr feststellbar.[275]

---

274 Prot 2.6.1959, S. 9 ff, Siersburg
275 M 538, S. 281 f

Auch das folgende Märchen sollte wohl die Kinder befleißigen, es der Hauptperson des Märchens gleichzutun. Umgekehrt führen viele leichte Wünsche eher ins Unglück. Die Erzählung zeigt dies auf drastische Weise:

Der fleißige Hans

» Es war mal ein Bauer, der hatte vier Söhne. Der Bauer war arm und er konnte die Kinder nicht mehr ernähren. Da schickte er die drei Jüngsten weg in die Fremde, sie sollten etwas lernen und dann sich ein eigenes Leben aufbauen. Am schlimmsten war für ihn der Jüngste, den er immer den ›fleißigen Hans‹ geheißen hat.
Die Brüder zogen also gemeinsam los und als sie an einem Abend eine Höhle gefunden hatten, schliefen sie in der. Als die älteren am anderen Morgen erwacht waren, schlief der jüngste Bruder noch. Sie schlichen sich leise aus der Höhle und von dannen und ließen den Kleinen alleine in der Höhle zurück, denn für die war er nur ein lästiges Anhängsel.
Als der fleißige Hans am Morgen wach wurde und nach seinen beiden Brüdern rief, hat er keine Antwort gekriegt. Er ist dann einfach selber losgegangen, ohne zu wissen, wohin ihn seine Füße tragen werden. Nach zwei Tagen kam er vor einem Dorf an eine Mühle. Er fragte den Müller nach Arbeit, Brot und einem einfachen Lager im Stall. Der Müller freute sich über eine Hilfe und bot ihm Arbeit an. So hatte der fleißige Hans ein Unterkommen, Essen und Trinken, was er sich durch seiner Hände Arbeit nun verdiente. Der Müller merkte schnell, daß der junge Bursche fleißig war und so bereute er es nicht, ihn aufgenommen zu haben.
Bald stellte sich unter den Bauern heraus, daß das Mehl in der Mühle feiner und pünktlicher gemahlen wurde. Immer mehr Bauern aus anderen Dörfern kamen zu dieser Mühle, um dort ihr Getreide mahlen zu lassen. Der Müller stellte fest, daß sich durch den neuen Knecht ein bescheidener Wohlstand breitmachte.
So arbeitete der fleißige Hans vor sich hin, doch eines Tages überfiel ihn die Sehnsucht nach seinen Brüdern und seinem Zuhause. Als er am Abend wieder alleine in seiner Kammer saß, erschien ihm ein kleiner Zwerg und fragte ihn, warum er so traurig dreinschaute. Er erzählte dem kleinen Fremden von seinen Brüdern, seinen Eltern und deren Armut.
Da sagte der Zwerg, daß er ihm einen Stein geben werde, wenn er den in der Hand kreisen ließ, könnte er sehen, was die machen, an die er gerade denkt.
Der Zwerg war bald wieder verschwunden. Also ließ er den Stein einmal kreisen und dachte dabei an seine beiden Brüder, die ihn verlassen hatten. Und siehe da, er sah, wie sie in einer dreckigen Spelunke mit anderen wilden Gesellen Karten spielten. Schnell wechselte er in Gedanken zu seinen Eltern. Da sah er die beiden mit dem ältesten Bruder in der Küche am Tisch sitzen. Alle drei aßen eine dünne Wassersuppe und sprachen kaum miteinander.
Diese Blicke auf Geschwister und Eltern machten ihn betrübt, doch bald verging die Trübsal wieder, weil er sich erneut fleißig an seine Arbeit in der Mühle gemacht hat.

Schon nach drei Wochen überfiel ihn erneut die Neugierde nach den Seinen. Er sah wieder die gleiche Spelunke, doch rauften die Brüder mit anderen, scheinbar wollte der eine oder andere seine Spielschulden nicht bezahlen.
Er schaute wieder in die Küche seiner Eltern und sah, wie sie abermals stumm am Tisch saßen und eine dünne Wassersuppe schlürften.
Wieder wurde er von Trübsal befallen und er schwor sich, nicht mehr nach den Seinen zu fragen.
Er arbeitete bei seinem Müller fleißig, machte seinem Namen alle Ehre und trug dem Müller viel Malterlohn und Reichtum ein.
Es war gerade ein Jahr vergangen, da drückte ihn erneut die Neugierde nach den Seinen. Wieder drehte er den Stein, doch was er nun sah, erschreckte ihn sehr. Der eine Bruder saß im Kerker bei Wasser und Brot. Als er sich in Gedanken dem zweiten Bruder näherte, erschrak er noch viel mehr: Er sah auf einem leichten Hügel einen Galgen stehen. Daran baumelte sein Bruder und auf dem Galgen saßen die Raben.
Er traute sich kaum an seine Eltern zu denken und dabei den Stein zu drehen, schließlich machte er es trotzdem. Am Tisch saßen die Eltern und der älteste Bruder mit einer jungen Frau. Sie aßen wieder nur eine dünne Wassersuppe. Aber sie waren scheinbar zufrieden.
Das Schicksal seiner beiden jüngeren Brüder bewegte ihn sehr. Er wollte davon nichts mehr wissen und arbeitete fleißig auf der Mühle weiter.
Eines Tages kam ein reicher Bauer zur Mühle. Er hatte schon mehrmals dort Korn angefahren und mahlen lassen. Der Bauer blieb etwas länger in der Mühle und schaute Hans bei der Arbeit zu.
Nach zwei Wochen kam der reiche Bauer erneut, ließ eine große Menge Korn mahlen und beobachtete das Tun des fleißigen Hans.
Schon nach weiteren zwei Wochen kam er wieder. Diesmal brachte er wieder eine große Menge Korn, ließ es mahlen und schaute dem Knecht bei der Arbeit zu. Doch war er nicht alleine gekommen. Er hatte seine Tochter mitgebracht. Auch die schaute dem fleißigen Hans bei der Arbeit zu und bevor Vater und Tochter mit dem gemahlenen Mehl wieder abzogen, lächelte sie ihm mehrmals zu, so daß sich sein Herz für die schöne Bauerntochter auftat.
Nach einigen Wochen kam der Bauer erneut. Diesmal war er wieder alleine, was den fleißigen Hans etwas traurig machte. Hans mahlte das Korn des Bauern. Der Bauer unterhielt sich in dieser Zeit mit dem Müller. Als der Bauer seine Mehlsäcke aufgeladen hatte, ging er zu dem Knecht und fragte ihn, ob er seine Tochter zur Frau haben wollte.
Der fleißige Hans war verlegen und erschrocken zugleich. Er bat um drei Tage Bedenkzeit. Am Abend griff er noch einmal zu seinem zauberhaften Stein, dachte an seine beiden Brüder und drehte den Stein. Er konnte von ihnen nichts sehen. Statt dessen sah er eine Kirchhofsmauer und außen an dem hinteren Weg waren zwei flache Erdhügel, beide ohne ein Kreuz.
Nun ahnte er, was geschehen war. Er drehte in Gedanken an seine Eltern noch einmal den Stein und sah seine Eltern mit dem Bruder und der jungen Frau froh am Tisch sitzen. Sie aßen, aber dieses Mal keine dünne Wassersuppe mehr. Es schien den vieren also gut zu gehen.
Am dritten Tag ließ er den reichen Bauern wissen, daß er das Geschenk, seine Tochter, gerne annehmen würde.

Der Bauer richtete eine große Hochzeit, zu der auch die Eltern und der älteste Bruder mit seiner Frau eingeladen wurden. Sie feierten gemeinsam und das Glück sollte wohl für immer sein...

Wenn sich der Fleiß und die Zuverlässigkeit einander kennenlernen, erwächst daraus das Glück.«[276]

Der letzte Satz sollte wohl ein belehrender Schlusssatz sein, den die Erzählerinnen scheinbar mehrfach äußerten und damit überlieferten.

---

276 Prot 23.5.1969, S. 5, Lebach

Moderne Märchen

In der 1968er Revolution bemühten sich Frauen sehr intensiv um eine Emanzipation ihrer Geschlechtsgenossinnen. Es entstanden neue Formen des Erzählens, in denen so manche alte Geschichte auf den Kopf gestellt werden durfte. Die Erzählform »Märchen« wurde sehr gerne benutzt, um »uralte Weisheiten neu aufleben« zu lassen.

Eine zweite Idee war es, die alten Märchen mit ihren Grausamkeiten kindgerechter zu gestalten.
Diese modernen Märchen sind häufig Kunstmärchen, auch wenn einige Erzählerinnen und Erzähler die alten bekannten Märchen in neue Gewänder kleiden wollten.
Die modernen Märchen können auch Persiflagen auf uralte echte Märchen sein.

Eine weitere moderne Märchenform wurde von Erzählerinnen und Erzählern vorgetragen, in der der ursprüngliche Sinn der Geschichten kaum noch zu erkennen war. Mit solchen modernen Märchen entstanden Märchenfiguren, die es in der Tradition nie gab. Als bestes Beispiel gilt dabei die liebe oder gute Hexe. Mittlerweile konnte sich dieses moderne Kunstmärchen in der Erzählwelt fest einbringen. Es wird als modernes Märchen gerne in Kindergärten erzählt.
An diesem Beispiel muss erkannt werden, dass an die Stelle der belehrenden alten Märchen solche mit wunderschönen Erzählinhalten getreten sind. Diese neuen Dichtungen sind teilweise sehr naiv, sie sind nur noch wunderschön, und sie haben mit den alten Märchen und ihren Zwecken nichts mehr gemeinsam.
Der einst belehrende Charakter der Märchen ist verloren gegangen.

Eine junge Zeitzeugin berichtete aus ihrer Kindheit, die in die 1968er Zeit fiel, folgendes:

»A:[277] *Herr Altenkirch, ich habe von Ihnen vorhin gehört, dass Sie Hexen grundsätzlich als böse einstufen. Ich kann Ihnen dazu nur sagen, dass ich in meiner Kindheit gelernt habe, dass es auch liebe und gute Hexen geben würde und dass so manche heilende Frau sich deshalb auch gerne als Hexe bezeichnet.*
F: Ich weiß das. Das kommt nach 1968 in den Kreisen von emanzipationswütigen jungen Frauen auf. Aber das ist kein Beweis dafür, dass Hexen auch lieb und gut sein konnten. In unserer Märchenwelt und in den vielen Zeitzeugenprotokollen, die ich besitze – und die über einen Zeitraum von mehr als einem halben Jahrhundert – aufgezeichnet wurden, gibt es nicht einen Fall einer guten, lieben Hexe.
Und was die ehemaligen heilenden Frauen betrifft. Sie haben von sich selbst nie gesagt, dass sie Hexen sind, ganz im Gegenteil. Sie wollten ganz normale helfende Frauen sein. Solche »helfenden oder heilenden Hexen« kommen erst mit esoterischem Gedankengut nach 1968 auf.

[277] Zur Erinnerung für die Leser: In meinen Zeitzeugenprotokollen steht »A« für die berichtende Person (Antwort), »F« für meine eigene Frage.

A: Aber gerade die Märchen zeigen doch so etwas.
F: Es sind neue Kunstmärchen, die die jungen Frauen entweder als Schriftstellerinnen oder als Mütter ihren Kindern erzählten. Damit ist jedoch nie bewiesen, dass die lieben und guten Hexen in der alten Erzählwelt existierten. Haben Sie denn selbst solche lieben Märchenhexen vorgelesen bekommen?
A: Ja, das war doch normal. Meine Mutter hat auch welche auswendig erzählt. Und wir waren mit diesen Märchen auch sehr zufrieden und glücklich. Die bösen Hexen dagegen, das ist doch grausamer Humbug, so was hat man doch den Kindern nicht erzählen dürfen. Gut, meine Mutter erzählte auch das Märchen von Hänsel und Gretel, aber das ist doch auch furchtbar.[278]

Weitere Befragungen solcher Personen, die nach 1970 geboren wurden, bestätigen die Denkweise obiger Zeitzeugin.[279]

Als Beispiel soll an dieser Stelle ein Märchen von einer lieben und guten Hexe zu Wort kommen:

Die gute Hexe

» Da war eine sehr arme Frau, die war alleine. Heute sagt man ja ›Alleinstehende‹, aber das Wort haben wir früher nicht gehört. Also, die hatte zwei Kinder, ein Mädchen und einen Jungen, wie beim Hänsel und Gretel. Eines Tages hat die Mutter zu den Kindern gesagt, dass sie nichts mehr zu essen hätten und die Kinder sollen in den Wald gehen und Beeren suchen. Da sind die Kinder in den Wald gegangen. Tief im Wald kamen sie an eine kleine Hütte. Da haben sie geklopft und da wohnte eine alte Hexe drin. Die kam raus. Sie war ganz alt und hässlich, mit drei dicken Warzen und vielen Falten im Gesicht, aber die war nicht böse. Die hat die Kinder gefragt, warum sie geklopft hätten. Da haben die Kinder gesagt, dass sie Hunger hätten und Beeren pflücken wollten, aber sie würden keine finden. Da hat die Hexe den Kindern was zu essen gemacht und hat ihnen gezeigt, wo sie Beeren finden könnten.
Dann sind sie nach dem Essen los und haben das Eimerchen voll Beeren gebrochen. Sie haben sich über die Hexe aber gefreut, dass sie ihnen geholfen hat. Da hat das Mädchen zu seinem Bruder gesagt, dass sie der als Dank Blumen pflücken sollten. Das haben sie dann gemacht, sie brachten die auch der Hexe. Die bedankte sich bei den Kindern und sagte, sie würde ihnen noch einen kleinen Kessel mitgeben und einen hölzernen Löffel. Wenn sie mit dem Löffel da drin rühren würden, würde in dem Kessel ein Brei kochen.
Sie brachten alles nach Haus, die Beeren und den Breikessel. Da waren sie zu Hause alle froh und konnten sich nun immer satt essen ...«[280]

---

278 Prot 19.11.2005, Saarbrücken
279 Prot 25.9.2016, Rubenheim
280 Prot 19.11.2005, S. 2 f, Saarbrücken

Die junge Zeitzeugin fand dieses Märchen noch nach vielen Jahren »schön«, aber sie erkannte bereits den Kitsch solcher Geschichten, die ihren eigentlichen Auftrag, Kinder zu kritischen Wesen zu erziehen, verloren hatte.[281]

Die 1968er Zeit war allerdings auch der Beginn einer Epoche, in der es als fortschrittlich galt, zunächst einmal alles infrage zu stellen oder gar zu zertrümmern.
Ein derartiges modernes Märchen ist das hier wiedergegebene neue Rotkäppchen-Märchen aus dem Jahr 1970. Auffallend ist eine völlig neue Erzählform, und die verdeutlicht, dass diese Märchen für die Jugendlichen selbst gedichtet wurden:

Rotkäppchen für junge Erwachsene

» Es iss schon lang her, da wohnte so eine Ziggische mit ihrem Bock in einer Bude.
Einmal sagte der zu seiner Zigge: ›Guck mal nach unsrer Uralten, die hat nix mehr für zwischen die Rippen.‹
Die Zigge nahm nen Beutel voll Fressalien über die Schulter und rückte aus.
Sie war noch nicht lange fort, da war sie schon kaputt, weil sie für die Uralte ein paar Blumen aus dem Boden gerissen hatte, so ne scheiß Sentimentalität. Da machte die schon schlapp und mußte niedergehn.
Da kam so ein hungriger Gammler daher und machte sich an die Zigge ran. Haare wie 'n Wolf, stank wie 'n Wolf und hatte 'ne Krächzstimme wie 'n Wolf. Fragte die Zigge aus, wo's hinging und die blöde Zigge schwatzte so dummes Zeug daher, daß er gleich draufsprang und wußte, wo er für heute mal landen könnte.
Der Gammler wußte jetzt, wo's langging, zockte ab zur Urzigge und vernaschte die auf der Stelle. Dann legte er sich auf die Lauer, denn er hatte noch nicht genug und schon kam die Zigge ran, zirpte was von Omachen, Tür aufmachen und Fressalien.
Der dreckige Wolfstyp krächzte zurück, die Tür steht auf. Die Zigge rein, da lag die Uralte, kaum wiederzuerkennen, war wohl wegen der Hungerlidderei.
Sie: ›Saa mal, was haschde dann so große Aue?‹
›Damit ich Dich besser beklotzen kann.‹
›Warum haschde dann so dreggisch Hänn?‹
›Damit ich Dich besser betatschen kann.‹
›Unn warum haschde so e schrecklich groß Maul?‹
›Damit ich Dich besser vernaschen kann.‹
Der Typ sprang auf und machte sich über die Knackische her. Danach war er so kaputt, daß er ein Gimmchen machen mußte.

---

281 ebenda

Bald hat er so laut geschnarcht, daß der alte Bulle von dem Eck vorbeikam. Der kam öfter mal zu der Alten. Der wußte durch den Hintereingang Bescheid, kam durch den Keller und sah, wie der Dreckskerl auf der einen Seite die Alte, auf der anderen Seite eine knackige Zigge hatte. Er schlug auf den Wolfskerl ein, daß der sofort aufheulte und die Fliege machte. Bei dem Gerangel sind die Weibsleit wach geworden und zeigten sich dem Bullen gegenüber sehr dankbar.
Dann fiel der Zigge ein, daß sie auch was für hinter die Rippen mitgebracht hatte und wenn sie dabei nicht gestorben sind, vernaschen sie sich heute noch.«[282]

Besondere Märchen wurden bereits nach dem Ersten Weltkrieg von jüngeren Männern gerne erzählt. Damit sollte die alte Welt »auf den Arm genommen« werden.
Eine solche Geschichte erzählte ein Zeitzeuge aus seiner Kindheit:

Wenn Geister versprechen, die Arbeit zu machen

» Die Bauern haben Frucht abgemacht und wie es schon Abend war, hat einer von den Knechten gesagt, daß er mit einem Geist oder so gesprochen hätte. Da haben die anderen gesagt: ›Und, was hat der Geist gesagt?‹ Da hat der gesagt, der Geist hätte gesagt: ›Geht heim, morgen liegt das ganze Stück gemäht da auf den Stoppeln.‹ Da haben sie geglaubt, daß das so ist und dann sind alle heim gegangen.
Am anderen Morgen in der Früh sind sie aufgestanden und haben gedacht: ›Heut ist nicht viel los.‹ Und dann sind sie auf den Fruchtacker und dann haben sie von weitem schon gesehen, daß der noch stand.«[283]

Dass Märchen nun auch zu Kinderspielen werden konnten, scheint keine Ausnahme gewesen zu sein. Das nachfolgende Erzählbeispiel entstand als gemeinschaftliches Kinderspiel angeblich schon vor 1900. Der Inhalt des Spieles ist weitgehend identisch mit dem oben aufgeschriebenen Märchen »Der Wolf und die verschwundenen Kinder«.

[282] Prot 23.6.1970, Saarbrücken
[283] Prot 24.5.1975, Medelsheim, Erfweiler-Ehlingen

Siwwe Eele – ein Kinderspiel

»... Aber was Sie vielleicht gar nicht mehr wissen, weil ich das auch nach dem Krieg nicht mehr gesehen habe, das ist ein Spiel, das hieß bei uns ›Siwwe Eele‹ und erinnert so ein bißchen an die Grimmsmärchen.
F: Der Begriff ›siwwe Eele‹ heißt das sieben Elende?
A: Eigentlich waren es sieben Ellen, warum, das weiß ich nicht mehr. Das Spiel ging so: Die Mutter ist mit ihren sieben Kindern und einer Magd in den Wald gegangen, um etwas Brechholz zu sammeln.
F: Was ist Brechholz?
A: Das ist trockenes Holz, das über das Knie gebrochen werden konnte. Das war früher kostenlos zu sammeln, für das andere hat man einen Leseschein gebraucht. So jetzt weiter:
Wenn viele Kinder mitgespielt haben, wurden sie in Siebenerreihe aufgestellt. Dann hat der Wolf immer von jeder Reihe ein Kind geklaut, aber das will ich Ihnen ja jetzt genau erzählen. Im Wald ist ja auch der Wolf. Die Magd soll jetzt aufpassen, daß der Wolf nicht kommt und ein Kind holt. Aber die Magd ist doof und schusselig. Jetzt kommt der Wolf und er verstellt wie im Siebengeißlein-Märchen seine Stimme und ruft: ›Gugge mòl all dòò owwe.‹ Die Magd guckt hoch, sucht, aber findet nichts. In der Zwischenzeit hat der Wolf ein Kind geraubt. Die anderen Kinder rufen danach: ›Mama, Mama, de Wald brennt.‹ Die Mutter kommt gelaufen und straft die Magd mit einem Schlag auf den Po ab. Dann kommt der Wolf noch mal und macht es genauso wie beim ersten Mal. Die Magd guckt wieder doof in die Luft und der Wolf holt das nächste Kind. Die Mutter straft wieder die Magd. Das geht so lange, bis alle Kinder weg sind. Dann kommt die Mutter und ruft die Kinder nach und nach herbei und die Kinder kommen gelaufen oder gehumpelt, denn sie tragen Verletzungen vom Wolfsfang. Manche haben auch gut geheult. Dann schließlich wird der Wolf gefangen und geschlachtet. Auf den Boden wird jetzt eine große Pfanne gemalt und da wird ein großes Holzstück reingelegt.
F: Wie wird die Pfanne gemalt?
A: Einfach einen großen Kreis, so einen Meter und da dran einen Stiel. Dann wird der Holzklotz in die Pfanne gelegt und dann wird der Wolf gebraten. Zum Schluß bekommen die Kinder alle ein Stück vom Wolf zu essen. Das war bei uns früher meistens eine Dörrquetsche.
F: Wer hat denn den Wolf gespielt, der muß doch von einem Kind gespielt worden sein, denn sonst hätte das Kinderstehlen doch nicht so recht geklappt?
A: Ach ja, das habe ich vergessen, das war auch ein Kind. Das wurde auch als Wolf gefangen, aber dann kam der Klotz in die Pfanne und nicht der Wolf.
F: Was war zum Schluß mit der Magd?
A: Die stand an der Seite und die bekam auch eine Quetsche, weil sie ja mitgespielt hat, der Wolf übrigens auch.
F: Das war dann Wolfskannibalismus?
A: Wenn Sie so wollen, ja, aber Kinderspiele sind nun mal etwas von der Realität weg.« [284]

---

[284] Prot 6.12.1989, S. 3 ff, Wörschweiler

Der Märchenschluss

Die oben wiedergegebenen Märchentexte ließen es schon ahnen: Dem Ende eines Märchens folgte in sehr vielen Fällen noch ein kurzer abschließender einzelner Satz oder auch ein mehrzeiliger Spruch.

Aus eigenen Kindheitstagen war den meisten Zuhörern der Satz bekannt, den die Brüder Grimm noch überlieferten:

»Und wenn sie nicht gestorben sind,
dann leben sie heute noch.«

Nikolaus Fox überlieferte eine Reihe weiterer Sprüche, die ein Märchen abschließen sollten – wirklich abschließen?
So wird der Märchenschlusssatz heute oft gesehen. Doch die Alten sahen darin etwas anderes:

Märchen führten sowohl die erzählenden als auch die zuhörenden Personen aus ihrer eintönigen Alltagswelt in eine irreale, fantastische Welt, die weit entfernt war. Um aus dieser irrealen Welt wieder zurückzukommen, schlossen die Erzählerinnen gerne mit einem Satz ab, der den zuhörenden Personen nüchtern klang und der mit der vorangegangenen Märchenwelt nicht immer etwas zu tun hatte. In der Regel hielten die erzählenden Personen zwischen Märchentext und Schlusssatz eine kurze Pause. Der Schlusssatz wurde von vielen Erzählerinnen auch noch besonders betont. Er stellte damit ein wesentliches Element der einstigen Märchenwelt dar. Heute dagegen sind derartige Abschlüsse des Märchenerzählens eine Seltenheit geworden.

Ein sehr schönes Beispiel der Schlusssätze zeigte Nikolaus Fox auf. Er führte die zuhörenden Personen durch das Märchen »Die Müllerstochter«, vergleichbar in dieser Arbeit mit den beiden Märchen »Die Spinnerinnen«, zum Ende und damit wieder in den Realität des Abends zurück:

» ... Wie se wei am Desch gehuckt hann, dô hat der Prinz sich newen die drei alt Wäsjer gehuckt unn hat die än gefrôt: Ma, van watt hann dihr dann dat schief Maul?
Ei, dat eß vam villen lecken!
Do haarer die anner gefrôt: Wäsjen, wovon hann dihr dann den dicken Fouß?
Dat eß vam villen träden!
Dann harrer die drett gefrôt: Wäsjen, wovon hann dihr dann den dicken Daumen?
Ei, vam villen zuppen!

Dô hat der Prinz gesat: Wann dat so eß, dann därf mei Frau sei Leäwen nemme schbenne! Unn se hat äch nie meh gesponn.

Weil eß et Schdeckelchen aus,
lô hennen läft'n Maus.[285]

Abrupter konnte kein Märchen enden, und das war von den Erzählerinnen stets so gewollt.

In einem anderen Märchen, aufgezeichnet 1993 in Tholey, schließt die Erzählerin wie folgt:

»... da hatte der Prinz die Prinzessin geheiratet, die früher eine Magd war und damit war das Märchen eigentlich aus. Aber die Oma sagte dann bei diesem Märchen:

Unn da senn ma ingelaad g'weesd,
awwa mer senn nidd hingang,
weil die Geiß an dem Daa
zwei Ziggelcher gried hatt.«[286]

So mancher Märchenschluss sollte sich reimen. Damit hob er sich schnell von dem prosaischen Märchentext ab – und auch das war beabsichtigt:

»... Das Märchen ist jetzt aus
wir gehen all nach Haus
und wer nicht will nach Hause gehn,
der bleibe immer stehn.«[287]

Und ähnlich klingt auch folgender Reimspruch:

»Nun ist unser Märchen aus.
Wir packen ein und geh'n nach Haus.
Doch plötzlich läuft da eine Maus
Wer sie fängt –
kriegt ein Pelzkäppchen daraus.«[288]

Andere Sprüche konnten bisweilen längere Gedichte sein, wie die beiden nachfolgenden:

---

285 M 585, S. 68 f
286 Prot 19.10.1993, Tholey
287 Prot 12.2.1998, Beckingen
288 Prot 22.9.1958, Beckingen

» Und jetzt ist unser Märchen aus
Da gehen alle schnell nach Haus
Hinter jedem Baum und Busch
Machen alle Geister husch.
Und morgen kommt ein neuer Tag,
wer weiß, was der uns bringen mag.
Gute Nacht,
träumt gut.«[289]

» Da klabbern die Karre,
da lache die Narre,
da springt die Maus
zum Finschder enaus,
unn es Märche isch aus!«[290]

Und für ein Lügenmärchen sollte es einen besonders treffenden Spruch geben:

» Und wer das glaubt,
ist ein ganz schlauer Dummkopf.
Er wird es sehr weit bringen
und die anderen bringt er mit.«[291]

So mancher Schlusssatz war nichts anderes als eine Belehrung für die zuhörenden Kinder, wie der über den Streit zwischen dem Fuchs und dem Wolf:

» Und die Lehr' von der Geschicht':
Wer was erreichen will,
Tut's gleich – und streitet nicht!«[292]

---

289 Prot 16.3.1969, Spiesen
290 Prot 4.12.1973, Hilbringen
291 Prot 12.7.1953, Beckingen
292 Prot 13.111953, Beckingen

Quellenverzeichnis

Kurzzeichen	Autor(en)	Titel	Ort und Jahr
Ar 020	Höfler, Otto	Kultische Geheimbünde der Germanen	Frankfurt a. M., 1934
Ar 503	Kroker, Ernst	Katechismus der Mythologie	Leipzig 1891
Ar 506	Grimm, Jacob	Deutsche Mythologie	München, 1968
Ar 570	Tuczay, Christa	Magie und Magier im Mittelalter	München, 2003 ISBN 3-423-34017-7
Bau	Saarländisches Bauern-blatt, Saarbrücken	Bauernkalender	seit 1949
Bro	Brockhaus	Der Große Brockhaus	Wiesbaden, 2001 ISBN 3-7653-3660-2
Fol	Altenkirch, Gunter	Bildarchiv, sortiert nach lfd. Eingängen	
Gri	Grimm, Jacob und Wilhelm	Deutsches Wörterbuch	München, 1984
HBl	Saarbrücker Zeitung	Heimatblätter der SZ „Geschichte und Landschaft", sortiert nach Nummern oder Datum	
Hist	Historischer Verein für die Saargegend	Mitteilungen des Historischen Vereins für die Saargegend	seit 1850
Kat	Altenkirch, Gunter	Museumskatalog Museum in Rubenheim	seit 1988
M 004	Fox, Nikolaus	Volksmärchen in den Landschaften der Saar-Pfalz aufgezeichnet	Saarbrücken, 1963
M 027	Merkelbach-Pink, Angelika	Aus der Lothringischen Meistube zwei Bände: Sagen, Schwänke, Legenden, Bauerngeschichten, Redensarten, Sprichwörter, erster Band	Kassel, 1943
M 503	Ministerium für Kultus, Unterricht und Volksbildung	Blühende Gärten – Lesebuch für Elf- und Zwölfjährige	Saarbrücken, 1949 Saarbrücken, 1961
M529	Arbeitsgemeinschaft Saarländischer Schulbuchverleger	Saarländisches Lesebuch für das 3. und 4. Schuljahr	Saarbrücken, 1947
M 538	Grimm, Brüder	Kinder- und Hausmärchen, Teil I und II	Berlin, 1812 und 1815
M 558	Früh, Sigrid	Märchen von Hexen und weisen Frauen	Frankfurt a. M., 1966
M 564	Leyen, Friedrich von der Zaunert, Paul	Die Märchen der Weltliteratur – Deutsche Märchen seit Grimm	Jena, 1922
M 565	Uther, Hans-Jörg	Französische Märchen	Augsburg, 1998
M 566	Wildhaber, Robert Uffer, Leza	Schweizer Volks-Märchen	Augsburg, 1998

Kurzzeichen	Autor(en)	Titel	Ort und Jahr
M 567	Uther, Hans-Jörg	Märchen aus Österreich	Augsburg, 1998
M 578	Uther, Hans-Jörg	Märchen vor Grimm	Augsburg, 1998 ISBN 3-8289-0061-5
M 579	Henßen, Gottfried	Märchenschatz der Jugend - seit her unbekannt gewesenes Erzählgut unserer Ahnen	Stuttgart, 1940
M 584		Märchen aus Frankreich - Volksmärchen und nach Perrault	Augsburg, 1994 ISBN 3-89350-611-X
M 585	Fox, Nikolaus	Märchen und Tiergeschichten In den Landschaften der Westmark aufgezeichnet	Saarlautern, 1942
M 593	Grimm, Jacob und Wilhelm	Grimms Märchen	?, 1998 ISBN 3-85049-115-3
M 654	Fox, Nikolaus	Volksmärchen In den Landschaften der Westmark aufgezeichnet	Saarlautern, 1941
M 691	Lohmeyer, Karl	Die Sagen der Saar – Quellenband	Saarbrücken, 2012 ISBN 978-3-938889-31-1
Prot	Altenkirch, Gunter	Protokollarchiv „Gespräche mit Zeitzeugen", sortiert nach Aufnahmedatum	
V 063	Peuckert, Will-Erich	Deutsches Volkstum in Märchen und Sage, Schwank und Rätsel	Berlin, 1938
V 733	Altenkirch, Gunter	Saarländische Volkskunde in fortlaufenden Teilausgaben	Saarbrücken, seit 2004
Z 013	Pfeiffer, Albert Croissant, Eugen	Der Pfälzerwald – Zeitschrift für Touristik und Heimatpflege	Zweibrücken, seit 1899
Z 069	Meisen, Karl	Rheinisches Jahrbuch für Volkskunde	Bonn, seit 1949

Bildquellen:

S. 35: Florian Brunner
alle übrigen: Sammlung Gunter Altenkirch

Stichwortverzeichnis